Afee Street

阿飞街女生

唐颖

浙江出版联合集团

浙江文藝出版社

写作的能力变成了一种盾牌、一种躲藏的方式，可以立时把痛苦转化为甜蜜——而当你年轻时，你是如此无能为力，只能苦苦挣扎，去观察，去感受。

——约翰·厄普代克

目录

1

～～～

"你从哪里来？"

"我从中国来。"

"你的职业？"

"我是法官！"

"喔，法官！"

小小的骚动，瑞德先生表示意外的反应，带动了整间教室的气氛，他是这节课的教师，提问者，纽约退休市民，这间"国际中心"众多义务教员之一。

"你喜欢纽约吗？"

"喜欢，非常喜欢。"

瑞德先生却不以为然地耸耸肩摇摇头。

"法官"是个肤色白皙的年轻女子，她旁边坐着米真真。米真真正坐立不宁，可是已经没有退路，今天教室很满，她和"法官"被围困在第一排。米真真朝后张望，看见瓦夏坐在最后一排，他朝她眨眨眼，微笑得性感，她也微微一笑，算是回答，没有再多的意味。

这个星期米真真第二次遇上这位瑞德先生，抑或，她是被同一个问题困扰了两次。上一次瑞德先生开的课名是"review"（新闻回顾），课前冗长的自我介绍吓退了米真真，她坐在最后一排，快轮到她时，她溜出教室去了另一间课堂。

今天吸引她进这间课堂的乃是课名"电视剧"，她倒没想到在这里还能听到某类专业课。似乎这节课也吸引了其他学员，所以课堂满满当当。

"法官，你来纽约干什么？"瑞德先生不无讥讽地问道。

"我来纽约读学位，我在哥大法律系拿硕士学位，我喜欢纽约。"

"法官"微微一笑，再一次强调，她镇静自如，英语堪称悦耳，以这间各国移民来来往往的 International Center（国际中心）的标准。她明亮的双眸闪烁好斗的锋芒，这锋芒在纽约的中国人眸子里已很微弱，它令米真真产生小小的兴奋。

"你是法官，怎么会喜欢纽约？你对这里的治安有什么看法？"瑞德先生毫不掩饰他的不快。

"我才来两个月，没有碰到治安问题。"

"要是碰上了呢？它可能会影响你的一生！"

"法官"一愣，顿了一顿，依然镇静。"听说纽约过去治安不好，自从朱里亚尼市长上任治安问题已有了……"她踌躇片刻，用了"进步"这个词。"不是吗？"她反问道。

"嘿，朱里亚尼！"瑞德先生语气讥讽，目光严厉，"你马上就会了解我们这位共和党市长，他对少数民族可不怎么样！光有治安没有人性，一个无趣冷酷的家伙！"

课堂笑声，局外人的笑，也有人茫然，米真真就是一个，纯粹是语言带来的困扰，是"人性"这个词让米真真产生片刻的迷惘。

但米真真能看懂"法官"明亮的眸子锋芒已经毕露，米真真的情绪跟着提升。

"我对他暂时没有感觉，但我周围的中国移民都支持他，他给了他们安全感。"年轻标致的女法官补充道，"说到治安，少数民族首先不要再给暴力侵害，我们需要安全感。"

纽约资深市民耸耸肩，不置可否，目光移向"法官"后面一位娇小的亚裔女孩："请问你对朱里亚尼有什么看法？"

亚裔女孩脸色通红，战战兢兢起身并站得笔直："我……从日本来……学音乐……"她答非所问，结结巴巴，但作为异乡人，她知道这是个必须给予的答案。

"音乐人？了不起！你喜欢纽约吗？"

"我……我……"

米真真开始焦虑，米真真在纽约的时间只有半年，今天下午米真真必须在三点钟之前离开曼哈顿，现在一节课眼看过去了十分钟。时光流逝是米真真唯一的焦虑。瑞德先生在课堂上用什么方式教学并不重要，重要的是米真真要从纽约人那里学到纽约英语，只是米真真没有心理准备，学习也是倾听的过程，倾听纯正英语和错误百出的英语。

这是一个为新移民服务的会员制机构，纽约戏剧圈子的不少访问者知道这个机构，只要交纳会员费就能成为会员，然后可以在这里买到价格低廉的戏剧票子，当然主要是具有实验性质的off-off-Broadway（外外百老汇）剧场，也就是不太具有商业性的剧场，说得难听一点，多半是观众寥寥无几的剧场。

米真真最初来这里是为购买廉价戏剧票，然后发现凭着会员证可以免费听英语课。

米真真没有料到在这个美国最大的城市，整日飘荡在她耳际的竟不是这个国家的母语。也许这正是纽约特征，少数民族并不少数，或者说这是个多数民族日益稀少的城市，她的庞大和国际化已超出米真真的想象力。对她来说在纽约要找到一个纯粹的英语环境就像在七号地铁车厢里找到一个曼哈顿人一样不易。

米真真说着支离破碎的英语时，觉得自己一无所有，信心崩溃，判断力消失，想象世界空无一物，本来这些是米真真这样年龄的可以称之为财富的东西。当青春正在远去，荷尔蒙开始衰退，难道她不应该学着从物质的世界超脱？可米真真突然到了纽约，几乎毫无准备地落进这个城市，并发现这是个不可比拟的欲望城市，同时也是个充满精神奇迹的巨大空间，但假如没有语言的指引，你只能徘徊在这个缤纷世界的灰色边界。

千万不要和真正的纽约擦臂而过！米真真就是这样一个走在纽约街头却在担忧失去纽约的城市单相思患者。

此刻，她试图寻找出路一般再一次朝教室后面看去，她看到瓦夏和他旁边的两个韩国女生眉来眼去交谈甚欢，想来那里已是个快乐的社交空间。

"难道纽约有你喜欢的音乐？"

米真真听见瑞德先生在朝日本女音乐人叹息，好像他来这里的责任是让所有刚刚来到纽约的新移民赶快逃离纽约。只见娇小的日裔女孩眼帘下垂，笑得很抱歉，没头没尾说出"激动"这个词，仍然毕恭毕敬站得笔直。

"那么你呢，你是什么感觉，对纽约？"瑞德先生有些混浊的灰蓝色眸子突然转向东张西望的米真真，她一阵心跳，不得不硬着头皮迎战，喔，回答瑞德先生的问题的确有挑战感。

"纽约是个令人激动的城市，但有时，"晓得他有反应，米真真来个转折，"有时令人恐惧！"

"对，恐惧！"瑞德先生几乎是高兴地呼应着，他似乎庆幸他们终于没有被纽约的假象蒙蔽。

他转过身，在黑板上用力拼写出大写的SCARE（恐惧）。

关于恐惧，萧永红的形容最强烈，她说："就像黑色，所有的颜色都无法覆盖黑色。"她问米真真："你没有觉得，我们其实是伴随着恐惧长大？"

瑞德先生书写时手在颤抖，只要他的手拿起任何东西，就会发现他其实一直处在微微战栗中，被称为帕金森综合征的症候。

"请告诉大家，恐惧的感觉从何而来？"瑞德先生对着米真真亲切微笑。

"前一晚的新闻，一位女子在地铁七号车上被枪击。"米真真慢吞吞地、字斟句酌地，没有母语的支持，米真真的个性顿然萎靡，她应该告诉他，惧怕枪击，只是恐惧中的一种。

"不仅是女人，男人也会被枪击，还有儿童！走在路上，或者在地铁，你怎么知道身边的人有没有带枪？所以你也必须带上枪才有安全感，终有一天，你会买枪，并放在你漂亮的手袋里。"瑞德先生滔滔不绝地开发米真真的话题，"那么，你会有什么打算？当这个城市令你恐惧，你还能做什么？我是说，你来纽约有什么计划？"

计划？米真真一愣。

"但愿我能知道我在纽约的计划是什么。"米真真犹疑地回答。

笑声，瑞德先生尤其笑得开怀，只有看到人们在质疑的时候，瑞德先生才会露出欢快的笑容。这便是美国人的文化个性？

之后他们有至少五分钟的对话，如果从命运的角度，并非完全没有意义！

"那么，你怎么会来纽约？"面对米真真短暂的迷惘，瑞德先生换了问句。

"我们受到亚洲文化基金会的邀请，来美国访问半年。"

"我们？"

"我和我丈夫。"

"你们真幸运。能不能告诉我你们的职业？"

"我丈夫曾经是画家，现在是剧场人（theater-maker），如果不考虑生存，也许他只做行为艺术（performing art），基金会是看了他的行为艺术才邀请我们，总之并非因为我们职业上的成就，事实上，基金会对那些所谓失败或者说不与主流合作的艺术家更感兴趣。"谢天谢地，米真真对"失败"、"不合作"这些词记得很牢，在充满反讽的英语社会，这些词似乎颇具叛逆的美感。

果然瑞德先生的笑容更慈祥："嗯，有意思，支持失败的艺术家，那么我支持基金会！"众人笑，想必瓦夏也在笑，米真真突然后悔在众人前谈论自己的丈夫。

"还有你本人，你也是艺术家？或者是艺术的支持者？"

"我……以编电视剧谋生，我也做过纪录短片，如果不考虑生存，我更愿意做纪录片，虽然我本来的理想是写戏剧。"米真真知道，纽约人尊敬有理想的人，当然她不是到了纽约才发现自己应该有理想，她只是到了纽约才发现谈论理想并不可笑，然而她在谈论自己的理想时发现自己已经没有理想。

教室后面靠门口处人来人往，不断有新人进来，但离去的人更多，与米真真和瑞德先生冗长的对话不无关系。不过，坐在后排的人，很少有听完一节课的，他们游走在各间教室，寻寻觅觅。

瑞德先生大睁双眸睨视米真真："我们这节课不是叫'电视剧'吗？你可不要告诉我，你坐进这里是指望从我的课上学点儿你需要的专业。"

谁说不是，难道以米真真三十九岁的年龄重新坐进课堂，是为了闲聊天吗？不过米真真没响，米真真面对的是一个年近七十的患帕金森综合征的志愿者，他来这里无论做什么，批评也好，质问也好，用他的美式英语为米真真们制造语言环境也好，他在这里所做的一切都是义务的，面对他，米真真感到气短。

"好吧，我不能因为你而改变我的教学计划是不是？"他幽默地做出无奈的样子打开电视机和录像机，把一盒带子塞进机器，"我只是个退休的数学教师，不懂你的编剧法，我是想通过电视剧的情景对话，让你们更有兴趣更感性地了解英语并真正地喜欢上她。"

米真真和她的肤色各异的同学一道喜笑颜开，谢天谢地，他们的想法一致，在这座巨型大都市，课堂上的每一个学员都在寻觅获得英语技能的捷径。

瑞德先生终于放了米真真而开始面对堂下整体学生："先让你们看一段连续剧情节，然后我会把里面精彩的对话挑出来，作我们的课堂练习，都是一些绝妙的对话。"他的目光又转向米真真："那不也是你需要的？"似乎在问米真真。

倒带的时候，他对着课堂，手指依序划来："法官，音乐家，编剧，加上还有你那位艺术家丈夫，顺便说来，失败这个词可以和艺术家画等号。"瑞德先生深深叹息。"不管怎么样，你们让我觉得自己很平庸，我只是一个毫无成就感的纽约市民。"他对着米真真笑，"我为你遗憾，你丈夫做剧场，你应该是他的编剧（playwright），而不是电视编剧（screenwriter），"瑞德先生强调着 playwright 和 screenwriter，他也知道这是完全不同的境界，是纯文学与通俗读本的区别，"不过，我很喜欢纪录片，纪录片比故事片更严肃。"米真真拼命点头，这是真诚感叹：纽约人就是不同凡响。

带子已倒完，瑞德先生做出安静的手势，终于进入正课，二十分钟过去。不过，瑞德先生在课堂上反复播放的戏剧情景颇吸引人。

一对夫妻在时装店买衣服，他俩在不同的试衣室试衣，丈夫在试西裤，妻子在试胸衣。另一个男子敲门进男试衣室，丈夫穿着内裤，他们的对话简洁但指向多元。

"喂，我们需要谈谈……"

"现在吗？瞧，我还在试裤子，等我找到合适的裤子。"

"有件事比你的裤子更重要。"

"真的吗？"

接着，两人一起出现在女子试衣室门口，丈夫还穿着短裤，曾束进西裤的衬衣下摆皱巴巴的，显得委琐怯弱，旁边的男子却是西装革履，气宇轩昂。他们敲门，妻子穿着胸衣开门，丈夫对她说：

"你的朋友需要马上和我们谈谈，我们一起去楼下咖啡室。"

"我的胸衣尺寸不对，我需要再试一个。"

"可是，他等不及了！"丈夫指指旁边的男子。

妻子有些不耐烦地对这位男子说："说吧，赶快说，我还要试胸衣呢！"

妻子站在试衣室内，两个男人站在门口，现在的画面是：妻子穿胸衣，丈夫则衣冠不整，像个"拆白党"，试衣室更像卧室，这两个人像在偷情。旁边的衣冠楚楚的男子更像公寓的男主人，丈夫，一个不小小心闯入非法关系的受害者，不过台词的内容却正好相反。

"你的妻子不爱你，"男子指指那个妻子说，"她爱我，这就是说你们的婚姻已经结束。"

"等一下，"丈夫对男子说，"你至少应该等我把外裤穿好。"丈夫欲去男装部试衣室，却又转回头问男子："你是说我们应该离婚？这是我妻子的意思吗？"

两人都朝妻子看去。

妻子朝男子瞪眼："我没有说过要离婚。再说，我的胸衣还没选好。"说着把两个男人推开，用力关上试衣室的门。

门外两个男子面面相觑。

（罐头笑声。）

瑞德先生也在笑，就像第一次看到这个情景一样投入。米真真尽管不能完全听懂对话，但情景的熟悉感令她自动把缺损的对话部分补上。菲茨杰拉德小说里有相似的场景，但时装店应换成理发店，因为她也曾试着把这个场景搬到她的电视剧里，后来又被自己删去了。无论如何，情节从文化里滋生，无法模仿，她恰恰是在编写看起来是无聊的电视剧时，才开始对人类学产生兴趣。

瑞德先生将要对这段对话进行讲解，米真真很遗憾她必须在这种时候站起身递上她事先写好的请假条，她得赶回家接孩子，她将错过课堂上的精华部分。

瑞德先生已经对她展开慈祥的笑容，并为她打开教室门，她这才发现教室只剩下三分之一的学生，瓦夏和韩国女孩也离去了，也许他们与其他学员早在她与瑞德先生对话时便离去了。想想也是，那些新移民远比她焦虑，他们学语言首先是为解决生存，那些关于艺术和婚姻关系的讨论，如何与生存的紧迫相提并论？

2

米真真离开教室后便去休息室买戏票。售票窗口每天下午十二点至五点开放，同时窗口外的两边墙上会有新戏的布告张贴出来。米真真匆匆忙忙浏览广告，她其实很难判断哪一个剧场更值得去，纽约下城有几百个小剧场，她和追求形式感的丈夫何值不同，她对有情节和大量台词的 play（话剧）更感兴趣，那不仅曾是她的专业，也是她的理想。

"哈罗，Jinjin，"她的身后响起瓦夏的招呼声，他无法发出"真真"的音，米真真拿了票转过身，一双迷人的蓝眼睛正笑盈盈地望着她，"有些什么值得看的戏请为我推荐！"口音浓重。

米真真很怕他的长句子，但心情却分外轻快，也盈盈笑眼回答他的招呼："哦，看见你真高兴，我也不知道哪个戏最好，我随便挑了几个。"她已经好几天没有见到他，可眼下没有多少时间和他聊天。

她手里的票子被瓦夏接过去，他像玩牌一样把戏票在手里展开成扇形："是在哪几个剧场，我们能一起去吗？"

米真真不假思索答道："我只看其中的一两场，其他是为我丈夫买的。"

瓦夏翻看戏票，执着地问道："你是看哪几场呢？"

米真真踌躇片刻，瓦夏笑了，把戏票还她："没关系，我以为你会希望我陪你去看戏！"

米真真差点从鼻腔发出哼哼声，但结果是笑眯眯地对他道了声"再见"，转身离去。

但是瓦夏叫住她，他走上前，真挚地看着她。"你站在售票窗前的样子最性感。"他凑到她耳边，轻声道。

米真真的脸一热，似笑非笑瞥了瓦夏一眼："真的吗？"

"因为你站在那里很自由，看起来跟这里所有的新移民都不一样。"

"我本来就不是新移民，我只呆半年就回国。"

"我知道，你每次站在那里便有这个信息传递出来。"

"我不太明白！"她疑惑地看着瓦夏，她从来没有这么近距离地面对一双蓝眼睛。

"因为你不是移民，所以你有充分的自由享受纽约。"蓝眼睛里笑意隐去时便渗出忧伤的灰色，更增添瓦夏的魅力，但也只是刹那的忧伤，瓦夏立刻又笑意盈盈地朝她挥手，"噢，你去吧，不要耽搁了你的时间。"

米真真怔怔地盯着瓦夏的背影，看着他回到休息厅咖啡桌旁，那里坐着他的男同胞和那两个韩国女孩。她们要是不说话，几乎就像她自己街区出来的女孩，个子修长，衣着时髦，眉眼间流转风情。人们把她出生长大的街区贬称为阿飞街。

米真真在回公寓的路上陷入沉思。你有充分的自由享受纽约！她知道他所指的自由的意义，当你为了生存挣扎时，自由就丧失了。然而，这里的许多新移民不正是为了自由才投奔而来的吗？

她站在六大道二十三街的地铁站发愣。一位爱尔兰男子站在她的面前，微笑地问道："May I help you（我可以帮助你吗）？"

即便你摔倒在地，也需要征得你的同意才能向你伸出援手，它体现了英语世界的人际规则，尊重他人意愿，即使想帮你，也需要先征得你的同意。

"我可以帮你吗？"它是米真真在纽约街头听到最多的招呼。常常，街口的某一个景象令她产生遐想，有过传说的某一栋建筑屹立在她面前，总之，米真真行走在纽约经常会有她自己不曾意识到的片刻的失神——呆立在街头失神，便会有人朝她微笑，并向她发问："我可以帮你吗？"

纽约早已成为虚构影像的背景，是媒介制造现代神话的场所，纽约所有真实场景因为想象世界的再现而虚幻，而令人慌乱。常常，米真真站在纽约街口思绪万千，一时难以辨认方向而陷入迷惘，这也使她比旁人有更多机会聆听这样一声问候——"我可以帮你吗？"

"你的眼神就能告诉纽约人，你是否是个外乡人。"她的纽约朋友林木告诉她。

一双闪闪发亮的眼睛，好奇兴奋，或者惊慌失措，总之，眼睛的灵敏度很高，视觉神经处于高度警觉状态，像一头陷入复杂陌生领域的动物。所以当你迷乱的时候，你也逃不过纽约人的眼睛，他或她便会以一种宽容的优越的人道主义的姿态询问道，我可以帮助你吗？米真真对纽约最初的认同，便是从这一声询问开始。

"那只是礼貌和教养，是表面文章，骨子里的种族歧视，你将会慢慢体会到。"林木说。

米真真却不以为然："哪怕是表面文章也让我受用，我们经历了太多赤裸裸的争斗，人际触面粗糙尖锐，每时每刻都会遭到伤害。"她问林木："说到歧视，我们中国的歧视还少吗？年龄歧视，性别歧视，文凭歧视，职业歧视，城乡歧视，更不用说地域歧视，我们上海人对待外乡人连表面的礼貌和教养都没有。"

此时，她独自站在六大道二十三街的地铁站，这是一个像小街一样窄窄的车站，而不是三十四街或者四十二街如同广场般的空旷，通向不同路线的道口如大马路的十字街头，喧嚣闷热、摩肩擦踵，个体被淹没得不容思索，人流被裹挟而去的力量如此强大。而二十三街地铁站的安静亲切是小街小巷的风格，几条木头长椅上零落坐着乘客，总是同一个南美歌手弹着吉他唱着西班牙民歌，歌手矮而敦实，像个建筑工人，歌声却忧伤如絮语，宛如他刚刚干完体力活，坐在工地，微风拂去汗珠也令他心绪如潮，他对着空旷哼唱自己的心情。

米真真喜欢站得远远地听他弹唱，一边等着 F 车，捕捉着他或是她自己像云翳一般若有若无的情绪，那是在上海的日常生活中不曾有机会感触的诗情。有时候进站火车刚刚开走，站台上只有她一人，她坐在长椅上，她的长发在列车奔驰带起的风中舞动，他的歌声在车站低低盘旋，她的心里涌起期待，那不正是很多年前某个春日的夜晚，她穿上长裙赶赴一场约会的心情？

她刚刚从课堂上下来，她的耳边还萦回着高更式的悠远的回声："你从哪里来？"她和纽约资深市民谈论了关于城市的暴力，恐惧，与跟她一样膜拜纽约的外乡人一道观看了一段纽约人将要触礁的婚姻，只是他们要获得的知识远不如他们的话题那般深奥，或者说，那般有意味。她和他们，所有的外乡人不过是来学说话，学一口纽约腔。

然后是俄罗斯人瓦夏的声音，他说你站在那里很自由，她为这句话竟湿润了眼睛。"瓦夏"是她给他的名字，因为她记不住他的发音拗口、字母很长的俄罗斯名字，他的形象令她的俄罗斯情结得到满足，沉默时他的蓝色双眸里的忧郁曾给她文学联想，她想到的是《叶甫盖尼·奥涅金》里的奥涅金，《当代英雄》里的毕巧林，那是在彼此陌生、坐在休息室远远相望时的感觉。后来他走过来对她微笑说话，他的目光便有了挑逗和情欲，他不再是十九世纪俄罗斯诗歌里的人物，他成了瓦夏，性感的俄罗斯男子。

今天瓦夏在她耳边的絮语令她难以平静，南美歌手执着的歌声令她的神情有一缕伤感的韵味，一位爱尔兰男子已经向她注视良久，他终于走上前问道："我可以帮助你吗？"

米真真稍稍吃惊地抬起目光，然后微笑："谢谢！"爱尔兰人宽鼻子厚下巴，看着厚道。她多了几分自信也就有了几分幽默，耸耸肩说："没问题，我想我能认识回家的路。"

他们一起笑了，一起坐到旁边的木头长椅上等车，他问她："你从哪里来？"

她笑了，今天已是第二次听到这高更式的问句。

"我从上海来。"怕他不明白，她补充，"知道中国吗？喏，上海就在中国的东部。"

"当然，我知道，上海，中国的大城市，很有名。"他笑着点头，打量着她，"我希望有机会能去上海，我的老家在爱尔兰……"

她突然意识到纯粹的英语环境就在眼前，这是个练英语的机会，她的情绪雀跃了。

"爱尔兰吗？上海有个爱尔兰酒吧，很热闹，不过却是坐落在上海最安静的马路……"

"真的吗？上海有很多爱尔兰人吗？"

"不是很多，其实我也不清楚，不过，据说那个酒吧里都是爱尔兰人，歌手也是爱尔兰人，酒吧的黑啤很有名。"

爱尔兰人笑得欢乐："爱尔兰人很恋家乡，但是他们又很喜欢离开家乡去世界各地。"

"这样喔……"她若有所思。

"他们觉得家乡偏僻，他们要去看世界。"

"很有意思，这样，你到哪里都能见你的乡亲……"

他笑了，蓝绿的双眸深切起来。

"你是单身吗？"

突然转变的话题令她一愣，意识到某种含意立刻又使她尴尬。沉寂了两秒钟，F车正好进站，她起身重又笑得自然。

"我已结婚，你看我的车来了，再见，认识你很高兴。"

他告别的笑容毫不掩饰瞬间的失落，米真真有些内疚，要在纽约生活一段时间，米真真才会明白，诸如此类的邂逅是纽约生活不间断的小插曲。

然而，当火车在皇后区杰克逊高地停下时，瑞德先生的课堂、瓦夏、车站邂逅已跟曼哈顿一道留在东河对岸，她的心情也从曼哈顿进入皇后区，如果说曼哈顿是梦幻，那么皇后区就像她在上海的家一样实在，操心的都是柴米油盐的事，去学校领儿子去超市买食物去银行付账单，等等等等。

3

"给你一个 surprise（惊喜），"章霏语气兴奋，"郁芳要来美国了！"

"哦，什么时候来呢？"米真真并没有回应她的惊喜，语调甚至有些冷淡，她的心随着这个名字的出现而往下一沉。

"我至少有二十年没有见到她了，说起来你和她的关系更亲密，我以为你会比我更加兴奋。"章霏的情绪陡然下降。

现在是加州的正午，天空像海，阳光铺天盖地，章霏必须拉上窗帘挡住过于强烈的光线。她上海的家窗口朝北，没有阳光，天空好像永远是灰色的，家门口弄堂的水泥地上也永远是湿漉漉的。

"有什么可兴奋，都是过去的人……"

"什么叫'过去的人'？"

"生活在朝前走，朋友也在变动，人和事都会过去的，难道还要抓住过去不放？"

现在纽约已经五点钟，夕阳照在对面公寓楼的红砖墙上，就像一束灯光，好像按一下开关就会消失似的。从这个视角朝窗外看，米真真有身在上海弄堂的错觉，不过她并不愿意沉溺在这种错觉里。

"什么话哟，"章霏嚷起来，"正因为过去了，才让人珍惜。"

"珍惜什么呢？仅仅因为'过去'？假如'过去'是一堆垃圾或者泡沫？"

"你在说什么？"章霏吃惊了，"你把郁芳看成……"

"跟郁芳无关，我们在讨论'过去'这个词……"

她们五人合影的黑白照嵌在小镜框里，就放在电话机旁。当初丈夫何值看到这张照片哈哈大笑，他端详了一番说："我猜里面最傻乎乎的那个就是你。"她抢回照片，视线仍然先被郁芳吸引：清澈的大眼睛令她的脸比边上的人亮了几度，或者说她在一群女孩子中间漂亮得过于鲜明，她的线条优美的嘴唇，使她的美趋向于成年女子，今天的人称之为性感，虽然她当时才十二三岁。此时的米真真仍能清晰感受当时面对这张照片时复杂的情绪，说不嫉妒就是在撒谎了，同时也有倾慕。郁芳是女神也是天敌，那种爱恨交加的程度跟以后恋爱时的感受没有本质的差异，原来，她的初恋竟是郁芳。

不过章霏看不见米真真心里那一羽阴影，她生气了："我才不要跟你讨论什么词不词的，我打电话是告诉你郁芳要来，没想到你说出这么一番不上路的话，你跟她之间有过节是不是？你们曾经住一幢楼，谁知道你们之间发生过什么，我还一直以为你和她最要好。"

"要好也好，过节也罢，反正都忘了，我不像你有那么多闲工夫……"

"更年期！"章霏骂道，电话"啪"的一声挂了。

"更年期？哼，我到更年期，你也逃不了，你不过比我小两星期而已！"米真真自语，她并不怕章霏发脾气，她知道她消了气会把断了的电话接上。

米真真往后一仰倒在床上，儿子在客厅看电视，她可以暂时让他走出自己的视线，她从床头柜上拿起相框，真可怕，二十五年过去了！

照片里的章霏，小家碧玉，好看的杏眼，鼻头轻翘，小而丰满的樱桃嘴，皮肤细腻得像鸡蛋白，穿着镶有蕾丝花边的娃娃衫，像只俏丽的洋囡囡。男生们叫她嗲妹妹，怀着爱意欺负她惹她哭鼻子，她当然就受到女生的嫉恨和不屑，她们和他们都不会料到，嗲妹妹成年后会有一番惊天动地的经历。

想着她经历过的一切，米真真心里就涌起怜悯和温情。但想到嗲妹妹如今在湾区拥有自己的独立宅院，每年给当地教堂捐款，在名校拿学分，和同班二十四岁的男生戴维相恋，米真真觉得不如把廉价的同情留给自己。

当米真真和章霏在美国联系上时，章霏第一个要关照的竟是：不要在我的男朋友面前谈过去的事，因为他不知道我的年龄。深感挫折的是米真真，终于到了"年龄"成了阴暗隐私的日子。她忍不住刻薄地问章霏："有一个年轻十五岁的男友，是否会让你经常走访心理医生？表演年轻，难道没有心理压力？"

"没关系，这方面我已有经验，我的前夫也不知道我的年龄。"章霏回答明快，"我的经验是绝不与同龄人往来！"

米真真双手枕在后脑勺仰面躺在床上，公寓西窗的木质窗框被夕阳照亮在白墙上，枝丫点缀在窗框的剪影上，窗外是对面公寓楼的褐色砖墙和人行道上的绿色树叶，终于又回到了城里，更像是回到上海老弄堂的家。米真真并不喜欢回到过去，"过去"不是一个令人愉悦的词。然而，城市对于她，是一种必要的认同，用母体来比喻也不为过。对她来说，从出生到成长期的街区，是她生命最初依附的空间，如果丧失，不就同丧家犬一样？婚后无房，她和丈夫在城市边缘地带借房，那里是千篇一律的工房，早晨，是醒在四周是水泥的空间，水泥外墙水泥地板，她没有能力住回昂贵的西区，甚至，她的父母都搬离了市中心，这让她感觉已经离开自己的城市，连根都被拔了。没想到，却是在纽约找回住在城市的感觉。

当年，章霏为了离开阴湿的弄堂老房子，竟去了泰国，在那里一呆八年，嫁了年长十五岁的商人，在他指引下成了地产商人，离婚时她有了自己好几处房产。离婚是为丈夫挽救其家族，他的家族产业在东南亚经济风暴中濒临大破产，他只有通过与另一大家族的女儿联姻来拯救家族产业。

这位大家族女儿原本就是章霏的情敌，商场上强悍，情感也很激烈，章霏出嫁那天，她曾扬言要枪击他们，令新婚的章霏夫妇不得不穿上防弹衣。章霏离婚时分得前夫的一半财产，到底有多少财产，章霏只说，这辈子可以无忧。这听起来像个虚构故事。从章霏如释重负的状态，米真真觉得好像急于摆脱婚姻的是章霏自己。

章霏离婚后回国住了两个月，那年她三十三岁，晒得黝黑，腰身苗条，胳膊和臀部没有多余的脂肪，好像这些年她是在健身房努力而不是在商场。

那晚，米真真陪章霏在商城的长廊酒吧喝酒到半夜两点，她们以为是软饮料的"长岛冰茶"兑了烈酒伏特加，真真身上马上发出红疹块，章霏头晕心跳，两人四肢绵软半卧在各自的沙发椅上。她们处于微醺状态，姿态上便有几分放纵，让邻桌的西方客人产生遐想。他们朝她们挤眉弄眼，频频端起酒杯示意一起一醉方休，无奈这两个中国女子似乎视而不见，完全沉浸在她们自己制造的某种氛围里。

她们后来灌了几大杯冰水，才缓解了伏特加突如其来的冲击。之后，章霏改喝她喝惯的墨西哥啤酒，喝这酒直接把瓶口送进嘴，章霏仰起头喝酒的一刻，就有几分江湖来去举重若轻的气概，米真真不由得要对她刮目相看。章霏已经语气平和地聊起她在东南亚的几次劫难，她曾被作为人质绑架，在一个小岛上呆了三天，在那里她被有黑斑纹脚的毒蚊咬，感染了骨溢热血症，从岛上解救出来便被送去曼谷医院抢救，高烧中她神经错乱了几天，将医生当作上海的男友抱住他，要他把她娶回上海。

那是个冬天的夜晚，雨夹雪的湿寒气候，可在暖气过足的长廊酒吧，章霏只穿一件丝质长袖白衬衣和牛仔裤，冬夜里的她更显悠闲优雅，好像那些遭遇是从电视剧里看来的，她并没有意识到，她的跌宕起伏的人生戏剧化得不真实。

她说被绑架的那几天，她并没有怀念过上海的家人，也没有关于上海男友的记忆，她不能理解自己无意识时表达的对上海的渴望。她说，只要回想那股在阴湿中发霉的气味，她就窒息，那种拮据平庸没落的弄堂生活比任何异域的艰辛更令人不堪回首！她问米真真，我连东南亚都敢去，为了逃开弄堂的小市民生活，你会相信吗？米真真点头表示可以相信，为什么不？她自己选择的人生不也是为了同样的逃离吗？

现在回看，章霏在热带的所有劫难都成了某种有回报的投资。她问米真真其实是问自己，她那个同龄上海男友拥有什么呢，一个工厂青工罢了，到今天连青春都不再，有什么值得她留恋？

坐在长廊酒吧的章霏，脸颊瘦削，杏眼下的两片眼袋已通过美容去除，所以她的脸并没有让时间改变太多，她仍然俏丽，如今肤色晒黑，头发染成棕色，比起年轻时更自信更有气质。她和米真真干杯说，现在是我投资回报的时候，我真正的人生是从现在，从三十三岁开始，我可以离开泰国去我想去的任何地方，上海是我休息的地方，没有我真正的生活，我想走得更远！

米真真基本同意章霏对她们共同的城市的菲薄，她是个在自己城市失去城市感觉的市民。然而无论在身份还是金钱上，她都不具备章霏的自由。她也是从那时开始离开文化机关进入电视编剧行业，有了赚钱意识。那是一九九二年，邓小平南巡讲话之后，上海在中央政府的调控下开始进入大规模的经济改革，这个城市将脱胎换骨，无论过去多么令人厌恶或多么令人向往，她都要毫不留情地抛弃，她马上要面目全非了。

那个深夜，米真真和章霏离开长廊酒吧一起去旁边章霏留宿的波特曼酒店，米真真在章霏那里过夜。她们不睡一房，章霏为她另外订了一间房，章霏说她现在已不习惯和任何人同房。只是在这一刻，米真真才 touch（触摸）到章霏的现实，她作为多金阶级的现实，这个现实当然让米真真受了刺激。

不过夜太深，再深沉一步就进入新的循环，黎明眼看到来，米真真洗完澡还未来得及关灯便跌入睡眠深渊，所以她还未来得及丈量她们之间的鸿沟。新一天的已经上海化的章霏将她吵醒，她在电话里告诉米真真她要出门去见她过去的男友，他们刚刚联系上。她不是昨天还在说他已青春不再？但米真真困得要命，她扔下电话翻个身继续睡。

4

米真真最终又翻身起床，给章霏拨电话，铃响了好一会儿，章霏的声音才过来。

"哈罗？"

"喂喂……刚才说的事还没有说完……"米真真竭力显得若无其事。

"我有个电话，"果然，章霏状态——永远电话在线，"我马上打给你。"也好，这样一来，米真真也无须抱歉。

"那，干脆半小时以后打来。"她想不如先给儿子默生词，只怕等会儿没有时间了。

"噢，半小时以后就没空了，我要和男朋友出去。"

等章霏再接回电话，真真问道："你刚才说男朋友？"

"是啊，戴维，比我小十五岁的那位。"

喔，戴维！永红的丈夫不也叫戴维？这更增添几分荒谬感。

米真真"嘶"的一声抽口冷气。

"怎么了？"

"我仍然有点少见多怪，无论如何不能想象他那么年轻。"

"一开始我也不习惯，但现在我学会通过他的目光看自己……"

"怎么看？"

"我在他的目光里看到自己很年轻。"

"那是你的想象。"

"恋爱就是一场想象。"

"他想象我年轻漂亮，我想象他过去现在将来只爱我。"

"可能吗？"

"当然不可能。但要是你看到他怎么追求我，你就会相信……"

"他真的不知道你的……现状。"米真真咽下"有钱"两个字，改说"现状"。她们之间还不习惯"钱"这个字。

"我不告诉他，他怎么知道？他也没有来过我家，我很小心。今晚我们约会，是他请我吃饭。他好可爱哟，刚才在图书馆遇到我，很神秘地告诉我：'我打工积了六十块钱，我请你吃晚饭！'我说：'好啊，我很久不上饭店了。'"章霏笑得很开心。

米真真觉得自己很小人之心："听起来我显得好卑琐，这么去想象人家……"

章霏不响，沉吟片刻才答："我也这么怀疑过所有接近我的男人，可能，正因为他太年轻，我和他不会有结果，我很放松，反而，我们的关系发展很快。"

"接下来呢？会有什么结局？"

"说起来你还是艺术家的太太，怎么问出来的话跟普通人一样……"

"好吧，赶快忘掉，当我没问。"沉寂几秒钟，自嘲，"当然，我其实是在嫉妒你，这种多姿多彩的生活已和我无缘。"刚说出口又觉得不妥。

果然章霏接口："人总是不会满足，要是婚姻安稳，你觉得闷，没有婚姻呢，又觉得动荡……"显然章霏的情绪已降落。

真真便后悔，人家兴致勃勃去约会，自己却说扫兴话，然而二十四岁的男生与章霏相恋这件事，却无论如何不能令她安心。

章霏来美国旅行后便留下了，她买了住房，去社区大学注册读英语，之后又转去斯坦福大学读社会学，只为了能 keep（保持）一个学生身份，合法留在美国。现在章霏是用昂贵的学费维持自己在美国的身份，她想找个老实厚道年龄相当有美国身份的男人结婚，能永久居留同时还能有个可靠伴侣，这一晃又是三年。

"你刚才说到郁芳要来……"真真只能生硬地转话题。

"郁芳要来，事情都挤到一块……"

"还有什么事？"

"我不是在谈恋爱吗……"

哼！真真立刻又闭嘴，罢，罢，不说为妙，一说又要吵，不如回到正题。

"你告诉萧永红了吗？"

"当然，我第一个就告诉她，我要让她做准备……"

"做准备？"

"是呀，这一次是非聚不可了，要么纽约要么加州，再忙也得聚，少数服从多数……"

真是铿锵有力的语言，毕竟做过泰国大家族太太，米真真不由得笑了。

"至少戴珍妮不可能来，一个下岗工人，哪有钱出国，除非你给她出机票……"

"没问题，只要她拿得到签证，机票小意思啦！"

"真是富婆的口气！你现在就要开始办，拿签证是要担保的。"米真真步步紧逼，她知道章霏有点不把戴珍妮放在眼里。

"没问题啦，交给我的律师去办。"

"哇，口气好大，'我的律师'，听起来像'我的佣人'。"米真真不失时机刺她一下，"说真的，你怎么和郁芳联系上的？她是拿什么签证来美国？"

"她送大女儿去波士顿大学报道，大概拿的是旅游签证，我是通过珍妮拿到她的电话，其实珍妮一直在和她联络，珍妮没有跟你说吗？"

米真真不响。

"喂喂……"

"我在听呢！"她已回过神，"多亏你在联系，先找到萧永红，然后是郁芳。"

章霏叹了口气："自从你到纽约，我的心思都在你们身上，仔细回想，活到四十岁，最贴心的朋友也就是你们了……"

米真真打断她："她们三个四十，我和你离四十还有八九个月呢！"

章霏呵呵冷笑："有什么区别呢，三十九和四十？哪怕倒退十年也已经老了，倒退十年还比我的小情人老五岁，这一年两年的，我还计较什么呢？"

突然的悲调，米真真打断她："郁芳在干什么？听说她老公在做珠宝生意，她应该跟你一样……"米真真的坚硬是，她听不得任何心情表达。

"早就破产了，香港现在经济一塌糊涂，她老公的店倒了，她也失业了，知道她在干什么？"章霏已经声调如常。

"喔？"

"等会儿,我有电话进来……"章霏撂下米真真去接听电话,几乎每次和章霏通电话,都会被其他电话干扰,让米真真拿着电话等上十分钟是常有的事。

可是,如果不是她勤打电话,她们这群旧日同窗,如何能在二十多年后重新接上线呢?要是计较的话,米真真分分秒秒可以和章霏翻脸,现在她们俩几成冤家,吵起来,什么伤人话都说得出,就像刚才。但是,彼此往来最多的还是她们俩。这就是漫长的友情之途?任性,自私,不耐烦……然而,友情不正是让你保持住了真面目?

眼下刚从学校接回来的儿子正将安放在客厅一角的方桌当作球门,他在练射门。米真真捂住电话,向儿子发出响亮的"嘘"声,刚要开口斥责,就见四窗敞开。罢,罢,贴墙住隔壁的台湾老太有心脏病,纽约神经质邻居。

"知道郁芳每天的工作吗?"章霏已回到她的电话,"她在做清洁工,打扫办公大楼。"

"做清洁工?"真真喃喃发问,"郁芳的命怎么这么背!"

"你觉得她做清洁工很惨?她可不这么认为,听上去,她倒是比过去开朗,她女儿拿到美国大学全额奖学金,老二老三也很听话,说老公待她好。"

"待她好又怎样?那个老公长得多丑,广东乡下人,当年偷渡去香港,我看她是在强颜欢笑。"

"她过得惨你就开心了?真是看不懂你。"

"我是为她不值,她是我们阿飞街有名的美女,走在路上后面跟着至少一个排的男人……"

"好看又怎样?"章霏用真真的口吻反问,"她不跟他结婚就去不成香港!"

"去不成也不会死。"

"那是你，看人挑担不吃力，她不走这条路还有哪一条更好的路，最宠她的亲娘死在'文革'，她自己又出过那种事，我们阿飞街的人知根知底，谁会和她好？有人肯跟她结婚带她去香港，对那时的她来说就像上天堂。"

真真不响，只听得儿子的球朝门上射去，"嘭——嘭——嘭——"她竟没有反应。

"设身处地为郁芳想吧！很多事不能看表面……"

"我知道。"她不耐烦地打断章霏。

当然，阿飞街上，多少女孩是用这种方式离开中国，所以美女最多的阿飞街已经没有美女了，人们都这么说。

"这次要看萧永红了。"章霏已换话题，"你到纽约时，我和她说过要一起来看你，你已经到了快一个月，她那里还没有动静，好了，现在郁芳来了，我看她还有什么理由不关掉诊所。"

"关掉诊所？你说得轻松……"

"当然不是永久关门，诊所休假关门是正常事，再说她有助手，不关门也可以，无论如何，我们这么多年没聚……"

"你空闲多，所以把聚会看成重要事……"

"你觉得不重要吗？"

"那么萧永红到底来不来呢？"

"没有说定，郁芳六月下旬才来，现在是四月，我跟她说了，我们要聚一下，加州或者纽约，你也得把时间空出来……"

"你跟郁芳说过我们要聚吗？"

"早就说了，她很高兴，这么多年没见，她跟我的感觉一样，觉得最后的朋友是我们这群，从小学到中学……"

"章霏，你不要搞错！"米真真失控地喊了一声，"郁芳……

她看到我们应该伤心才是！"

是谁的记忆发生错误？

儿子的球愈踢愈烈，米真真朝他手一指，眼珠瞪得要落出来，儿子才收敛了一下。

"她家的遭遇，当时，也是很多人家的遭遇。可怜的郁芳……"

似乎怕听到"强暴"两个字，真真打断章霏："发生这种事跟我们这条街的人自私冷漠有关，他们简直……简直懦弱得可耻……"

"你现在脑子清爽，当时你家里大人不是也没有出来救她吗？"

"他们……怎么会想到是郁芳呢？"

"问题就在这里，谁都以为和自己无关……"

有人按门铃，刺耳的铃声，连章霏都听到了。"是门铃吗，你去吧，过几天我再给你电话，"挂电话时她又嘀咕一句，"这种事可不要再对郁芳提了！"

门外站着黑人女子，米真真一惊。

"我是你家楼下的邻居，你们家发出很大的声音，我已经忍了一阵，声音越来越响，"她皱着眉头朝屋里一瞥，米真真也跟着一瞥，她的儿子正在盘球，"我想你应该知道公寓里不能踢球，希望这样的事不再发生，否则我直接去找管理员投诉！"

真真向黑人女子连连道歉，送走她以后，一把抢过儿子的足球便锁进壁橱，黑人邻居的脸色让她气闷。儿子扑在卧室床上脸闷在被窝里哭，这是他的自虐方式。她不理他，至少这个方式不会得罪邻居。

米真真走到窗前，旋开百叶窗，窗外夹竹桃好像一夜间开出花，想起已经四月，纽约的春天到了。她鼻腔里的气味是很久以前弄堂里飘荡着的夹竹桃气味，令人微微晕眩的气味。

郁芳家的天井种着夹竹桃，春天时开出粉红色的花，一树花正好开在米真真家二楼的窗外。花儿太繁颜色浓郁因而刺眼，真真的母亲在窗上又挂了一层薄纱白窗帘。于是，隔着白纱窗帘，一树花显得绮丽，房间也有了绮丽之色。父亲无端地不安，说房间里的味道不对了，人家会看不惯。人家是谁，母亲愤愤问道，我们家已经没有人上门，没有亲戚也没有朋友，我们过着六亲不认的生活。

二十多年了，隔着白纱窗帘一树夹竹桃花呈现的绮丽，这绮丽之色给父亲带来的不安。米真真从来没有喜欢过夹竹桃的味道，它令她有轻微的不适，这是否也和郁芳将要到来有关？

5

在一八九七年的纽约普罗科托游乐宫张贴的《卢米埃尔影片目录》登载着下列影片：

《婴儿学步》

《巴黎至波尔多电马车竞赛》

《法国马赛的鱼市》

《德国骑兵跳栏》

《法国里昂的打雪仗》

《伦敦街头黑人剧团演员的舞蹈》

《工人套袋赛跑》

《意大利米兰的密涅瓦泉》

曼哈顿五大道五十三街人们称作 MOMA 的现代艺术展览馆的电影资料馆，米真真找到了纪录电影的始祖人物路易斯·卢米埃尔，这位从父亲的照相馆暗房出来的里昂人，早在一八九四年便研制出活动电影放映机。卢米埃尔在法国南部拍摄的《火车到站》，令观众初次感受到电影的惊人效果。列车由远及近，从全景到特写的场面，是摄影机摆在靠近路轨的月台上拍摄的。列车进站时几乎是朝着摄影机而来，使观看影像的观众惊叫躲闪。

　　一星期至少有两个下午，米真真去 MOMA 看资料电影，在一间顶多是六平米的放映室，名叫美作的日裔女放映员为她一个人放映十六毫米的资料片，于是在米真真的记事本上写着已看过和将要观看的影片目录，比如：

The Great Train Robbery（1904）

Dir: Lubin，9 Min

The Dragon Painter（1919）

Dir: Worthington，53 Min

The Tramp's Dream（1899）

Dir: Frawley & Smith，2 Min

……

　　这样的目录写了好几页，呈现了米真真紊乱的电影观，事实上，她对于纪录电影并没有自己的看法，而且十六毫米的旧纪录片没有任何娱乐性，却因为一无所知，米真真有了强烈的求知欲。

　　在纽约，当她向陌生人自我介绍说她曾做过纪录电影制作人时，他们的目光给了她很大的满足。比如瓦夏，比如瑞德先生。"我很喜欢纪录片，我觉得纪录片比故事片更严肃。"在"国际中心"，瑞德先生当着全班学生的面明白无误地向她表示尊敬，让米真真想起来有些许不安。在纽约说 Documentary（纪录片）这个词，更有点像赶时髦，纽约是个艺术过剩的城市，在这个充满异端、似乎聚集了全世界自由主义者的城市，没有什么行为称得上是惊世骇俗的。

她拢共才制作过一部二十分钟的短纪录片，完全是无意中制作成的。那时候，何值在为香港的前卫剧场展演制作结合了多媒体手段和现代舞元素的剧场。为了累积多媒体素材，他让米真真用家用数码机帮他录下排练过程。未料在短短十五天的排练期间，作为导演的何值经历了三次换舞者的风波。这给米真真的纪录带来了戏剧性的冲突，致使她剪接出一部跌宕起伏不无悬念的作品。

当时在排练场发生的状况是，为了接拍电视剧和广告，两名刚从艺校出来的年轻舞者先后擅自离开排练场接拍电视剧去了，后来，何值不得不起用一名已离开舞台多年的中年舞者，但他也在排练一半时离去，因为正好有个电视剧需要中年舞蹈教师角色，虽然戏很少，但中年舞者深信这是他走向荧屏的起点，他也走了。

那时米真真家正在装修，何值说服包工头租用装修队里最年轻的双臂肌肉强健的泥水匠做他的舞者。何值带着泥水匠买票进健身房排练，因为他连排练厅也借不到。在健身房，一位如今开着广告公司的前京剧武生每天来健身，他先是旁观排练，后来要求替代泥水匠做何值的舞者，但何值不愿放弃非常具有原生态气质的泥水匠，只是在剧中增加舞者，让前武生一遂回舞台的心愿。

之后，他们跟随何值参加在香港展演的多媒体剧场，这位通过健身仍然保持住形体的前戏曲演员，却是在何值的剧场重新燃起自己作为演员的热情，演出结束，欲罢不能，曾一度打算将广告公司给朋友接手，自己跟着何值做全职剧场，何值反劝他维持公司谋生。但无论如何，他成了何值未来剧场潜在的合作者。

何值给她的片子取名《走出和回归》，她觉得太直白，改名《选择》，其实更一般化，但译成英语，却突现了主题，居然也参加了好几个电影节。她想过可以继续做纪录片，可是她遇到的问题和那几个舞者一样，做纪录片也同样无法解决生计，况且她并没有什么电影理想急于实现。

在小放映室，美作介绍真真看一部苏联人雅可夫·布里奥赫一九二八年拍摄的纪录片《上海纪事》，片中展示的二十年代老城区里密集的人口和戒备森严的租借地，令她产生奇怪的熟悉感。她想起来了，那是很久以前《旧上海的故事》里描绘过的画面，《旧上海的故事》和《新上海的故事》是"文革"前后流行过的一套小学生读物，她和他们一代人最早从这套书中获得关于城市中的阶级差异的具象画面。

她在小放映室回想阿飞街，那里曾经充满旧时代的享乐气氛，奢靡的残余比奢靡本身更具有某种转瞬即逝更为飘逸的魅力。那种尖锐的阶级斗争在阿飞街变得暧昧，并非阿飞街就没有阶级差异了，而是阿飞街的居民价值观使然，他们急欲抹去阶级差异，似乎所有的人都自动朝某种阶层靠拢，人们称为"资产阶级"的阶层靠拢。为了留在阿飞街，未婚男女希望嫁娶本街区的对象，近邻结婚是阿飞街的特色。

这是一条与淮海路平行仅一街之隔曾经机动车都不通的小马路，从地段上来说紧贴市中心却又闹中取静，且它表面的法国风情——高高的法国梧桐和低矮的旧洋楼，笼罩着令人惆怅的几分苍凉诗意，成了今日中国新贵和西方白领的情调寓所。在"文革"前后，它也是本市居民向往的"上只角"，却不知"上只角"的居民是最灰色的人群，他们忍受着表里不一或者说只有面子没有夹里的困窘。街区的旧房用"腐朽"这个词最能表达它给住在里面的居民所带来的种种苦恼：地板松动、墙体斑驳、老鼠流窜，几户人家挤在当年是一户一栋的楼房里，人际空间的紧密使你心气再高也傲慢不起来，卫浴设备已老化，浴间的公用更使人的自尊降到零，内衣在下雨天晾在公用浴间的尴尬、没有隐私的羞耻感，也只有住在这种弄堂房子的居民才有体会。当每天早晨排队进浴间如厕，每晚等着洗沐，他们觉得自己的体面已被这样一种等待瓦解。

但是，如果要他们搬到城市边缘煤卫独用的工房，他们又会觉得自己的住宅地段是金不换，搬离中心地段如同搬离城市，就好像把面子换成夹里，光有夹里的生活又是多么黯淡？可到了今天也容不得他们矛盾了，街区已身价百倍，弄堂房子首先被房地产商觊觎，联手政府动迁，拆了弄堂房造高楼，房价就是天文数了。如此这般遇到动迁，居民们和街区悲喜交加的缘分就尽了。

七十年代，这条小马路曾因产美女而出名，仔细看看也并非都是美女，因为打扮风度不俗，而给人美女一街的感觉，然而六七十年代，"美"是具有贬义的，尤其当这个"美"是修饰出来的，人们便说这里出来的女人很"飞"，"飞"是招摇，带些轻浮，有不正派的意味，所以把阿飞和流氓放在一起说，把一条街冠之以"阿飞"，无论如何是臭名昭著的。可是阿飞街的人并不以此为耻，外来的羞辱反而加深了彼此之间强烈的认同感，所以在校园，住在阿飞街的女生便形成自己的小圈子，比如郁芳、萧永红、米真真、章霏、戴珍妮这五个女生，虽然萧永红并不承认自己住在阿飞街。

五个女生是在小学毕业那年才形成小圈子，这跟她们的成长有关，这一年已经有女生来例假。那时候暴风骤雨的六十年代已经过去，阿飞街这一类受创较重的街区却像内伤的人一样，在后来漫长的岁月一直在感受其持久的钝痛。

事实上，米真真和郁芳居住的这条弄堂，早在"文革"开始和结束时已搬走很多人家，最早搬走的是郁芳家，以后米家也搬了。六七十年代这条弄堂死了不少人，人们都说弄堂的风水不好。郁家的女主人自杀身亡，以后郁芳在这条弄堂身败名裂，郁家选择搬走也是不得已而为之。"文革"后的七十年代末八十年代初，米家和周围的邻居仍在陆续搬走，他们正是在"文革"结束那些年痛定思痛，突然不能容忍自己在这样的地方苟且下去。

米真真母亲退休那年把家搬到离市中心有十站路的新的住宅区，那已是八十年代，母亲对老房子的陈旧、"文革"十年留给她的可怕回忆以及合用一套卫生间的生活已厌恶到极点，为了想象中的安静的退休生活，她轻而易举便与人换房去了新开发的边缘地区，完全没有料到这个街区的房子，尤其是他们这条马路的房子在若干年后将迅猛升值。

后来萧家也搬了。她家住在阿飞街尾与直马路相交的拐角上，她家的弄堂通到淮海路。那是一次大规模的市政建设的搬迁，她家的旧址上很快便竖起一栋著名的购物大厦，地下室成了地铁站。

秋天，她们已经是中学生，在同一学校不同班级，却仍然相约一起上学。她们像以往一样横排成一行，从人行道一直铺到马路，任凭自行车的铃声一路响来，可她们的神情有了含蓄。在路上，萧永红以几分自豪告诉她们，她的 MC 来了。真真问，什么叫 MC？永红告诉她，MC 就是月经的医学称呼。

她们想要尖叫却又捂住嘴，只有郁芳抿着嘴微蹙着眉尖。从这个秋天开始，她们中有两个人已经发育，即便在那样一个满目疮痍的时代，她们仍然期盼成长，仍然对伴随成长的痛苦缺乏准备，除了郁芳。她们也不会料到，很多年以后，她们将各奔东西并被脱胎换骨，那时阿飞街所有面街的一楼人家都变成了店铺，转角造起了高楼，车辆川流不息，大卡车野蛮地嘶鸣。就像海明威描述的那样，原来是树林的地方只剩下残桩、枯干的树梢、树枝。你回不去了。他的童年之乡不复存在，而他又不属于任何地方。

关键是这一次她们要相聚了！虽然米真真一直抗拒回到过去的气氛，可在梦里却有过无数次走在相聚的路上，但一次也没有梦到“聚”，好像，梦从来是各种高潮的前奏，最精彩的一刻到来时梦就结束了。

把相聚的一刻拍下来，那差不多也是一出戏剧的开始，她们五个人在一起不愁没有戏剧性，也就是，冲突的片刻。米真真对此很有把握，年少时构成彼此冲突的基因不会因为成长而消失，就像阿飞街，她没法逃脱城市的改造，她终会面目全非，然而她的过去却永远无法改变，已经深深刻进女生们的记忆中。

米真真在小放映室萌发了拍摄阿飞街女生的念头。女生们长大成人各奔东西，但共同的铭心刻骨的过往使她们难以在精神上分离，如今人到中年，在遥远的异域又相逢，往日和现实缠绕得如此纷繁，她已经因为想象而泪眼婆娑。

拍纪录片的念头才闪现，便犹如吞了兴奋剂一般令米真真血管扩张，情绪振奋，连片名都是现成的：《阿飞街女生》。阿飞，这是个充满六七十年代气氛的词语，即使阿飞街的居民都已经不用这个词了。时代远去时，也带走了许多相关的东西，当年的服装发型词语等等，但它们仍然会从记忆的角落飘浮起来，就像尘埃，因为力的震撼，从角角落落飘浮起来，在瞬间造成幻觉。

6

~~~~~

米真真在厨房忙着晚餐，一边止不住心痒地急着给上海的戴珍妮打电话。纽约和上海时差十二小时，现在是纽约傍晚五点一刻，也就是上海清晨五点一刻。珍妮说她每日五点半就醒了，六点钟已坐在家里的室内阳台喝早茶。珍妮的儿子读高中寄宿在校，珍妮又回到婚前清闲的早晨，那时候她经常陪母亲喝早茶。珍妮的母亲一九四九年前在香港中学教英语，在那里结识已参加地下党在报纸做记者的珍妮父亲，珍妮两个哥哥都出生在香港，他们一家五十年代中期才回国，两年后，珍妮出生，那时珍妮的父母都已四十开外。

在纽约厨房，米真真想象戴珍妮坐在上海的阳台欣赏被晨曦渐次染出层次的花园，虽然树枝从不做剪修，互相缠绕，充满自生自灭被疏忽的横蛮和落寞，然而在晨曦的朦胧中，却有一种枝繁叶茂的假象。在同样的朦胧中，珍妮脸部轮廓凹凸分明，雕塑感的美。她手里的旧瓷器的杯口已经有了细微的裂纹，但它却是道地的舶来品，她像她母亲一样喜欢喝红茶，连茶具都是母亲留下的。

真真宁愿在遥远的地方想象珍妮，即使在上海，她和珍妮也只是通通电话，这和米真真不愿面对阿飞街的现实有关。五人中只有珍妮切实地踏足在阿飞街的现实里，庸常黯淡没有梦想点缀的现实：珍妮所在的无线电厂倒闭后，她在弄堂口开了一家烟杂店。米真真不愿去珍妮家，是不愿看到珍妮的烟杂店，不愿看到珍妮站在烟杂店的形象。米真真忍不住庆幸珍妮的母亲在珍妮下岗前一年逝世，没有看到自己的女儿成了弄堂口小杂货店的老板娘，米真真骨子里有着阿飞街人的虚荣。

在米真真看来，这栋带花园的洋房只有珍妮的母亲配住在里面，她精致优雅，是女人的典范。珍妮母亲喜欢英语文学，酷爱《珍妮的肖像》这篇小说，所以她给女儿起了"珍妮"这个名字。弥漫于小说的奇谲幻丽成了珍妮妈妈生活中的阳光和巧克力，她也从不吝啬将之分给女孩们，她让她们聚在她身边，把书中优美的段落反复朗读给她们听，仿佛要把那些珍珠般的文字种植在女孩们的身上。

她经常说起书中一段关于男人女人的评论，大意是，男人是长在时代的泥土上，男人是和他的时代一起消亡；可女人是超越时代的，女人神情里有一种东西，隔了多少代你还能捕捉到。那是什么呢？珍妮妈妈问女孩们，她们茫然地摇头，却带着这个令人神往的疑问成长，多少年后她们都不会忘记珍妮妈妈通过小说暗示于她们的作为女人要为之努力的某种东西。

奇怪的是珍妮却比所有的女生都显得实在，实在到没有一丝浪漫气息，就像一块没有任何点缀的土布，仿佛她故意反叛母亲。珍妮认为，就不甘于平庸这点上，章霏更合她妈妈的心意，米真真耽于幻想的气质仿佛继承了她妈妈，她们应该是她的女儿，事实上，她们两人的确比珍妮和她妈妈更投合。

米真真告诉珍妮，女人需要一些虚荣，换句话说虚荣是让女人进步的真正动力，至少可以阻止你沉沦在现实的泥沼里，她对珍妮过于实在的人生感到阵阵气闷！首先，她嫁了个平庸无能的丈夫，这个丈夫其实也是她们学校校友，同校高一级，米真真对他毫无记忆，因为他没有鲜明的个性，天生是被淹没在人群里的。

珍妮的婚姻是发生在动荡的日子，珍妮的大哥凭着他的香港出生证去了英国，被众女生视为男神的小哥哥在缅甸失踪，等待去香港的珍妮突然嫁给了平平淡淡无所作为的上海男人，她的喜事毫无喜气。她说，家里需要壮年男人，爸爸去世，妈妈需要人照顾。似乎她在用她的平淡来平衡她哥哥的传奇。

真真在背后说，珍妮真是辜负了她妈妈给她的美丽名字。

傍晚六点，米真真已准备好晚饭，丈夫至少半小时后到家，儿子的能量已通过号哭消耗，目前在卧室对着手里的奥特曼塑料人形又说又笑并间断性地进入异次元世界的冥想中。米真真坐到电话机旁，果然电话一拨就通。

"没想到你还和郁芳保持联系，你没有告诉我。"她没头没脑来上这么一句。

"联系得很少，再说也没有机会告诉你，是……怕你不想听，你们两人，我不知道你和她之间发生了什么。"珍妮心平气和，语调永远平稳。

"听说她蛮落魄？"真真不睬她的问题，却发给她问题。

"还好啦，她不是找了一份工吗？"哼，珍妮的实在，让米真真立刻没有好气。

"不就是个清洁工，有什么好？"

"郁芳已经很满足。"

"她是装的。"

"你……不同情她，反而说这种话，太过分了！"

"我不喜欢她那种强颜欢笑。"

"我不懂你是什么心态，你好像一定要看到她伤心，心里才痛快？"

"我有这么阴暗吗？"

"你自己都不会意识到，平时不是这样的人，为什么一说到郁芳，你的小心眼就特别多？"

"嘿，我在嫉妒她嘛。"米真真只好自嘲了。

"现在应该是她嫉妒你，她不就是个清洁工吗？而你呢，拿着美国文化协会的基金，一家人齐齐去美国。"

"我过苦日子的时候你们都没有看见。"

"算了啦，别人不知道我还不知道吗？还不至于到苦日子的地步，你跟着何值好像越来越夸张了！"

珍妮在笑，她也不好朝珍妮一味撒气，他们这圈人，只有她和珍妮还在上海生活，无论空间还是感情，应该更亲近一些，就互相信任的程度也差不多就是亲姐妹了。

"我问你，'垂盆草'还在吃吗？"米真真责问道，明明是关切，却要将柔情硬化，这是她们共有的坚硬时代留下的痕迹。

"放心，我已把它当作'中国咖啡'，每天喝两次。"珍妮的肝不太好，经常有小 GPT，需要长期服用叫"垂盆草"的中药冲剂。"郁芳这次去美国，"珍妮把话题转回去，"我想你们应该有许多话要说。"

"我打电话给你就是说这件事，你要做好来美国的准备，这次我们要五人相聚美国。"

"开什么玩笑……"

"你听好了，章霏打算给你出担保，机票钱也是她出……"

"怎么可以让她破费……"

米真真不耐烦了："她有的是钱，不花在你身上也是花在男朋友身上……"

"那不一样……"

"是不一样，我们之间的交情当然是超过她和那些男朋友。"

"真真，我不能走开，每个星期要看中医，你不是也叫我吃中药吗？"

"没关系啦，让医生多配一点，如果住一个月，就带好一个月的中药，这事并不难，你可以托运两只箱子，每只箱子可带二十三公斤行李。"珍妮发出"啧啧"声，真真不理，自顾自道，"听我说珍妮，我要把我们的聚会拍下来，做一部纪录片，不过先不要告诉章霏，否则你的机票钱她会要我分担。"

"哦……"戴珍妮长长地哦了一声，米真真听出她的欲言又止。

"你还有什么为难？"

"聚会大概在几月份？"

"六月左右，主要等郁芳在的日子。"

"……"

"你有什么问题？"

"有点不巧……"

"怎么啦？有什么要紧事？快说呀，我急死了……"

"今年六月是我小哥哥的生日，也是他十周年祭日……"

"什么叫祭日？你们当他死了？"真真惊问，"他不是在缅甸失踪了吗？"

"……"

"珍妮，你们怎么确认小哥哥死了？"

"真真，我们只能……当他死了，这么多年……过去……"

"我不相信他会死，珍妮，我们要有这个信念……"

"可是要面对现实……"

"什么现实？"

"也许……失踪比死还可怕，在那种地方，在丛林……"

"可能他早就离开丛林，我常常想也许他在缅甸哪个小镇隐居？这不是没有可能，从资料上看到，一些缅共，他们突然厌倦了丛林的生活，可是又不想对自己当年的信仰说三道四，他们归隐在某个偏僻的小镇。珍妮，这些年我也一直在查找资料，我希望在哪本书里，突然看到小哥哥的名字，可是国内，这方面的书很少，我曾托人到海外去买……"

"真真……"珍妮突然哽咽了。

"有十五年了吗？"米真真自语一般喃喃问道。那个俊美的青年已经消失了十五年吗？难以置信的漫长和短促，米真真要到这么多年后才会明白，她人生中无法消弭的缺憾便是他的离去！他是她青春期单相思的恋人，他也是全体女生的男神，那是刚刚开始发育的女生纯净无欲的爱，是对于完美偶像的渴慕，她们不要占有他，他是属于大家的，所以才能共享这份热情，分享这样一种充满热情的憧憬。也因此，珍妮家是女生们聚集的地方。

小哥哥，她们像珍妮一样称呼他，她们进中学分到不同的班级，仍然经常聚到珍妮的家，可小哥哥目光里的热情已经有了焦点，他在和郁芳恋爱，女生们失恋了。当然，她们各自的秘密埋在各自心田，她们每个人都以为，这个世界上只有自己一个人最失落。

米真真比任何人更早看懂小哥哥的眼睛，看懂小哥哥对郁芳的钟情。那年她们刚刚成为中学生，萧永红MC来了，她坐在珍妮家的抽水马桶上尖叫不肯起来，是珍妮妈妈敲开卫生间的门帮萧永红系上卫生带。

那时候珍妮和章霏正在珍妮家花园窄窄的墙沿上走来走去就像走钢丝，女生中只有她俩有胆量走二米高的墙沿，她们把这称作"勇敢者的道路"，用来向弄堂里的男生示威。米真真和郁芳心神不宁地坐在戴家宽大却幽暗的客厅里，等着珍妮妈妈从卫生间出来。郁芳已经知道发生了什么，可米真真还懵懵懂懂。这时小哥哥进来了，胳膊夹着马克思的《资本论》。他已报名去云南景洪的军垦农场，刚刚和他的红卫兵战友开完告别会回来，他意气风发，全身鼓荡着激情，全然看不到他母亲脸上的悲哀和女孩子们的眷恋。

米真真看到，他进门瞥见郁芳双眸兀地爆出火花，他笑容闪闪发光地朝着郁芳走来，好像米真真是不存在的。之后发生什么她就不记得了，极度失望和沮丧令她神志昏迷记忆空白。事实上，小哥哥很快收起惊喜，他彬彬有礼地朝米真真微笑，他从来不会怠慢任何一个女生。接着他去旋开客厅的木制百叶窗，四点钟的橘红的光线立刻从西窗射来，一直射到女生们的脸上。她们一起用手掌挡住阳光，那时候章霏和珍妮已从墙上跳下来，跟着小哥哥进了房间。小哥哥笑着把百叶窗旋成半开状态，阳光便垂到她们的腿上，小哥哥问，我走后你们还会继续读诗吗？

除了马克思主义，小哥哥还热爱着普希金的诗歌，在革命之余他教女生们朗诵。现在女生们在他面前站成一排，郁芳站在中间，小哥哥拿来手风琴，他拉起俄罗斯民歌《三套车》，他用这段有些凄美的曲子配合普希金的诗，他称之为配乐朗诵。这是女生们和小哥哥最快乐的娱乐，当他的琴声响起时，女生们的眼睛湿润了，她们已进入诗歌情景："它的屏风是一座大山，／门前一溪清流。眺望远方，／色彩斑驳，一片繁荣景象，／那是牧场和金色的农田，／和几处疏疏落落的村庄；／牧场上四处游荡着的牛羊，／一座巨大的荒芜的花园，／绿树铺开宽阔的浓荫，／遮蔽着沉思的森林女神。"

小哥哥微微闭着眼睛，似乎陶醉在诗的意境里，难道他在用诗歌美化将要去的边境农场？多年后回想起来，真真的身体竟热流与冷颤相混。

当时米真真才十三岁，在人们眼里羞怯得像只兔子。那天，小哥哥瞥见郁芳时刹那的惊喜变成米真真心头的阴霾，同时，她在暗暗赞叹小哥哥和郁芳站在一起时的和谐与完美，她不能想象小哥哥除了郁芳还能属于任何人，这是米真真的成长路上必须接受的人生的第一个无奈。的确如此，米真真在爱上小哥哥的同时便已放弃了他，她学会了在忧郁中咀嚼内心的感受。

可是，阿飞街女生各有自己的命运，第一个毁灭性的打击朝着郁芳砸来，她在弄堂遭到流氓强暴。

"喂喂，真真……"

"噢，我在听呢……"

"我以为电话断了……"

米真真猛地回过神，才几十秒钟，青春画面已飞速掠过，她发现自己出了一身冷汗。

"不是在说小哥哥吗？"

"是啊，六月有小哥哥的祭日，我大哥特地从英国赶来，家里人要聚一下，我恐怕去不了美国。"

"我们可以等你，等六月过了。如果……"

如果有可能我们应该在小哥哥的生日那天聚会，因为既然他是大家的小哥哥，她没有说下去。一些黑色画面——缅甸游击队被政府军枪杀尸体陈横丛林的画面，也是她极力抗拒的画面……她从来没有真正地去想象小哥哥的现实，那些现实被丛林里的尸体燃烧后的烟雾遮盖，变成漆黑一团，她突然透不过气来。

"你说什么？"

"你现在在喝早茶？"米真真已转话题。

"对，这时候很安静，我的喝茶时间。"

"你穿着你妈妈的旧睡袍喝茶。"

珍妮笑了："你怎么知道？"

"只是我的想象，我希望你越来越像你妈妈。"

珍妮不响，也许是反感，真真夸赞她妈妈时也包含了对她的批评，真真总是抱怨珍妮的简陋黯淡，她渴望在珍妮身上看到她妈妈的影子，她没有意识到这对珍妮是不公平的。

"那是你的标准，我是我，妈妈是妈妈，我们是不同的生命。"珍妮直率地顶了她一下，立刻又委婉过来，"不过，我倒是觉得和你妈妈更合得来。"

"那就是阴差阳错了。想当年你们拼命玩的时候，我被我妈妈关在家里，我看你连跟我妈妈说话都不敢。"

"如果是你妈妈，她会放小哥哥去边疆吗？"珍妮突然问道。

真真一惊，她从来没有做过这样的假设，她现在试问，妈妈会放任小哥哥做他想做的事吗？回答是否定的。真真一阵心跳，珍妮在怨恨她母亲当年没有阻拦小哥哥吗？

"在那个时代，你妈妈拦得住小哥哥吗？"真真问。

"我不是怨恨她，我只是假设如果小哥哥被你妈妈关在家，他还会做傻事吗？"

"当然会，一有机会，做得比谁都傻，比方我……"真真说。

珍妮笑了："那倒是，关了那么多年，一放出去，简直无法无天，先同居再结婚，当年她没有被你气死算你幸运。"

真真笑笑，不想谈自己，调转话题问道："上次章霏回国，我们三人在你家聚餐到现在也有好几年了？"

"是啊，章霏三年没回上海，你也有三年没来我家了！"

真真不响。珍妮妈妈走了，珍妮的家就只是一间邋遢拥挤的破洋房，徒添伤心和惆怅。

"如果不是章霏经常回来，我们自己也不会往来。"珍妮并没有叹息。

"你不懂我的心情。"真真任性答道。

"我是不懂，你现在在上层建筑……"

"上层建筑"的说法让真真大笑，这可是出土文物的词了，她们小时候，也就是"文革"中，人们把文艺界称为"上层建筑"。

"我算服了你，那么古老的词语还记着。"真真笑骂。

"我的脑子现在时态是空的，存放的都是过去的东西。"

"不要辜负你妈妈的期望，钢琴弹起来，英语读起来，你不是普通的女人，你是珍妮。"

但是珍妮说："我但愿不叫珍妮，我只是个普通女人，这没有什么不好，真真你，还有章霏、永红，你们都不想做普通女人，你们比我辛苦，也比我精彩，可是我不羡慕，请不要告诉我应该怎么生活。"

真真哑口无言，轻轻放下电话。

7

米真真一早赶往"中心"去上据说是很热门的"语音"课。她早到十分钟,可仍然来晚了,教室里坐满人,她和一部分人只能站立。课开始时,"中心"工作人员苏苼便来驱赶站立的学员,她的态度客气又坚决。米真真和其他站立者不得不退到休息室,心里很不爽,却看到满面春风的瓦夏朝她招手。

真真的心情立刻阴转晴,她也笑得灿烂,是发自心底的快乐,她自己都未曾发现的快乐。但她并没有如瓦夏所愿加入他们那一桌的聊天,瓦夏的魅力令她产生心理障碍。瓦夏像他经常做的那样,和韩国女孩围着一张圆桌,喝着咖啡,一边用他们的第二语言勉强聊着天,一边眉来眼去,其身体语言更为丰富。然而他已经有些心不在焉,是米真真进门后的气氛所致。

米真真去窗口买了一杯咖啡,在瓦夏近旁的桌子坐下,一边读着她从马路的报箱里拿到的当天也就是星期三面市的免费的 Village Voice(《村之声》)报,她用笔在《艺术指南》版面上一位叫张环的中国艺术家的行为艺术展览上做着记号。她知道瓦夏会过来坐到她的桌旁。接下来他会拿过她手里的报纸,并对她所做的记号做出反应,只要她愿意,瓦夏会陪她去坐落在苏荷的展览馆一起观看张环的行为艺术录像展览。

几分钟后瓦夏过来和她隔桌相对并从她手里拿过报纸，面对这样一个已经预见到的场景米真真不由笑了。见她笑，瓦夏也笑，蓝眼睛纯净得像天空，怎能相信他是难民的孩子？他的父亲为逃离斯大林政权，坐难民船到欧洲，作为前苏联人后代，他们的家族史也许更血淋淋。米真真和瓦夏几乎不触及彼此的过去，不仅是和瓦夏，即便是遇到同胞也不要谈过去，这差不多是"中心"的人际规则，虽然米真真对这里的每个新移民都充满好奇。

无论瓦夏有过什么样的过去，米真真与他结识是先被他的笑容感染。每天下午四点以后"国际中心"休息室的学员越来越多，新移民们打完工或读完书便涌到这里来，六大道二十三街 50 号是他们在曼哈顿的家，是在昂贵的城里可以歇脚的地方。可是对于刚走进来的米真真，这里的人群过于芜杂令她茫无头绪，每张咖啡桌都坐满人，人们说着不同口音的支离破碎的英文，神情紧张或落寞。第一次走进休息室的米真真一时找不到自己的位子，但她并不着急，作为短暂栖居的旅人站在一群多少有些焦虑的新移民中，会升起一股莫名的优越感，她后来退到墙边，让自己打量一遍环境再离去。她一眼就看见了瓦夏，在南美和亚裔人居多的休息室，瓦夏的金发白肤引人注目，而且他正在开怀大笑。

好像很少看见新移民如此开怀，米真真还以为他是本地白人，她不明白一个年轻英俊的纽约人为何坐在这里？"中心"的义务老师都是老年白人，除了门口接待处的年轻助理迈克，他一看就是那类有献身精神还在研究生院拿学位的西方准知识分子。瓦夏不一样，他一看就是享乐派，一身的光彩都与性有关，随时准备享受生活中的快乐，包括快乐的性。她的目光越过人群和他的目光相遇。

后来有一天早晨，米真真去"中心"，休息室内寥寥几人，瓦夏在和两个深肤色的南美人聊天，她在他们近旁的桌子坐下，她听到他的英语生硬口音浓重但语速很快，不知为何心里竟有几分失望。他们的目光再一次相遇，但是她立刻离开休息室进了教室。

她后来知道上午的休息室人很少，会有一两个义务老师坐在那里，让会员们来聊天，这是练习英语的有效方式。所以米真真尽量安排上午去"中心"，于是他们认识了。有一天，瓦夏走过来，坐到米真真的身旁，他问她，你从哪里来。她告诉他，从上海来。她问他从哪里来，他告诉她，来自德国。她有些吃惊，"中心"很少有欧洲移民。瓦夏补充说，他是俄罗斯裔。看着他笑意盈盈的蓝眼睛，她想起一句苏联电影对白，那个女人在说，瓦夏好像没有生活过，总是在准备生活。那一刻，她把瓦夏的名字给了他。

瓦夏告诉真真，他的父亲出生在彼得堡。彼得堡？米真真眼露惊喜，就这个笼罩文学光环的地名，使她和瓦夏之间有了话题。她让瓦夏吃惊地发现，对于俄罗斯她并非毫无所知，当然那是通过文学获得的知识。她告诉瓦夏，她是读俄罗斯的翻译小说成长。噢，普希金的英语怎么发音？她用中文背诵了两句《叶甫盖尼·奥涅金》，但瓦夏无法明白，她在背哪一首诗。她的黑眼睛闪烁着对于诗人的热情，以她并不自知的光彩吸引着瓦夏。虽然瓦夏对自己民族的文学知识还没有米真真丰富，也未见得比她更有兴趣，或者，相比较，瓦夏对女人更感兴趣。

有一天瓦夏坦率地告诉米真真，他已不算新移民了，他到美国三年有余。

"你在哪里上班呢？"米真真更关心他的现实。

"我在自己的公司上班。"

"你是老板？"

"对。"

"你管着多少员工呢？"

"我手下只有一名秘书，她还是兼职的。"瓦夏从口袋拿出他的名片递给她，好像是和通讯系统有关的业务，名片上他办公室的电话号码212开头。

"你的公司在曼哈顿？"

"只租了一张桌。"瓦夏很坦率。

严格说来，他只能算SOHO族（在家办公一族），米真真有些不以为然。

"你的英语已经没有问题，为什么还要来'中心'呢？"

"我只有在'中心'才有机会结识亚裔女子，喔，我喜欢亚裔女子，你们很美。"他朝她眨眨眼，有调情的意味，她就像没看见，若无其事告诉他，她已婚，有个八岁的儿子。这样，他们彼此怀着一些失望而成了朋友。

这天他俩一起去了苏荷。正如米真真所料，当瓦夏知道她要去画廊，便要求作陪，而米真真答应了。之前她对瓦夏的试图接近一直做出拒绝的反应，或者说他们两人关系发展的界限是由她控制着，她对他矜持地保持着距离罢了。所以说，这一天她只是接受了瓦夏的接近。

可接下来的局面就不由她控制了。首先，画廊的气氛令她意想不到的尴尬。

张环的行为艺术是由一百多名裸体构建，录像被放大在画廊十米左右长的白墙上：人体尺寸和真人一般大，因为表演者都是普通人，有七八十岁的老妇，有孕妇和鸡胸罗圈腿男子，画面充满现实生活里的缺陷丑陋，数目庞大的写实裸体带来的视觉冲击非常强烈！

画廊无一人，米真真和瓦夏站在画廊中央，便有赤裸裸被暴露的代入感，他们各自脸对画面沉默着，仿佛没有勇气面对面。

后来瓦夏笑了，问米真真："能不能告诉我你的中国画家想表现什么呢？"

"我也问自己他想表现什么？不过，人家告诉我，在画廊最好不要用思想，你看到什么就是什么。"她恶作剧地一笑，"喂，告诉我，你看到了什么。"她指着满是人体的大墙。

"我看到了不完美的人体，我看到了'现实'，没想到'现实'最有力量！"

米真真眼睛亮闪闪地望着瓦夏连连点头，她可不要小看他才对，他去看她的表情。

"嗨，你在想什么？"

"我在想……"她笑了，"没想到你说了一个很深奥的问题，关于现实……"

"现实，深奥吗？怎么会？你不是每一分钟都生活在现实里？太现实了……"

"什么意思呢？"她觉得不入耳。

他笑答："你每一分钟都在告诉我，你是个已婚的女子……"

"我有吗？"她笑着皱眉。

他却敛起笑容："你很小心，你怕自己越轨……"

"越轨？我会吗？"

"所以你不会！所以你很现实！"

她一时愣住，无言以对。

他却狡谲地一笑："开个玩笑，你不要当真。"

"不要乱开玩笑，我很现实噢！"

他大笑："我就是喜欢你的聪明！"

"我聪明吗？"她认真地问他。

他握住她的胳膊："有时候却有点孩子气，我也喜欢。"

虽然她穿着外套，仍能敏感他手掌的热力，但她装作不经意地一转身，避开了他的手掌，扬扬手里的《村之声》报纸，上面有好几个画廊打着五星标志。"不如去看看。"就这样，他们说笑着便离开了让人紧张的张环行为艺术。

之后的画廊之行却异峰迭起，给他们带来意想不到的快乐。其中有一家画廊，在一栋旧工厂大楼，进楼之后再没有见到任何人。先是笨重的旧式电梯把他们升到楼上，走廊很长，陈旧的白粉墙，冷冽而阴暗，一扇扇厚重的铁门紧闭，并有岔口通向另一条走廊。楼里静寂无声，只有他们俩的脚步声发出空洞回声。米真真不由心跳，纽约罪恶的黑色背景被凸现，联想的都是惊悚电影镜头，和，村上春树小说里的画面：电梯把他升到某一个楼层，那是在现实中看不到的第四维空间，是人世之外的冥冥世界，杳无声息，空气凉飕飕，夹杂着一股霉味儿。肉身的存在成了空洞的概念，只有硬邦邦的竖式平面——墙壁，光滑的，冰凉的，比人间墙壁温度更低的墙壁，无声无息中扶壁前行，不由得咽了一口唾沫，声音大得犹如铁棍舂进油桶，然而恐惧使唾沫分泌亢进，不敢再咽，就让它自行流出嘴唇，滴滴答答沿着衣襟裤管流到地上。墙在拐弯，仍旧是走廊，但传来窸窸窣窣的声音，宛如走路时裤子的摩擦声，墙边有一扇门……

"你看看，应该是几号？"瓦夏在问。

她一惊，从冥想中醒来，看到瓦夏明亮快乐的蓝眼睛，她笑了，问他，是不是像走在恐怖电影里？惊悚感还留在皮肤上，汗毛仍然竖着。他笑着点头，噢，有一点儿，不过很有趣，是不是？

有趣？她恶作剧地向瓦夏描绘刚才联想的恐怖场景，因为有语言的障碍，她的描述是断续的，破碎的，效果反而强烈，瓦夏不由发出一声听起来更像是呻吟的口哨，蓝眼睛睁得圆溜溜的，那样子很卡通，米真真正在为把自己的恐惧传染给他而得意，却见瓦夏突然转过头打量四周，米真真立刻也狐疑地东张西望，待要问什么，只见瓦夏手指放在唇边，发出嘘声，米真真害怕地去抓瓦夏的袖子，没有抓住，瓦夏已拔腿朝前跑，还沿着走廊拐弯，米真真不管三七二十一，紧随瓦夏奔跑，一直奔到走廊死角才停下。

接着她看到瓦夏弯着腰捂着肚子哈哈大笑，才明白他的恶作剧，想要生气也来不及，因为她已经跟着他的笑声大笑。他们在这条空寂的走廊笑了很久，瓦夏气喘吁吁地问道："喔喔，很刺激是不是？"米真真已精神焕发，没有恐惧，只有荒谬感和忍俊不禁，因为旁边的瓦夏还在发出间断性的笑声。

他们重新按照报上提供的画廊地址，找着门牌号码，于是又在走廊走了几个来回，反正这条空寂阴冷的走廊被他们走得火热。然而写着门牌的画廊竟是一间看起来只有三五平米的小屋，他俩站在门口不解地打量着，小屋内的墙上倒是贴满了画的印刷品，一张肮脏的小桌，放着吃剩的饭食，有带鱼骨堆在碗边，像一个中国人的餐后景象。

米真真和瓦夏站在门口面面相觑，难道这是一间画廊？而且还上《村之声》，并打上五星标志？他们两人又是一阵哈哈大笑。旁边有一扇门，他们推开门，里面是一间空荡荡的大厅，角落是柜台，柜台后坐着一男子正对着电脑工作，米真真向他打听画廊，他无声地指指隔壁，连这个不肯发声的男人也带着某种怪异感，他们对着重又埋首的男人做着鬼脸不得不退回到小屋门口，怎么打量，也看不出这间杂乱的小屋和画廊的关系。

"找找看，说不定有什么机关……"米真真说着便进房，转过身，便发现她的左侧有一扇被发黄的白布帘遮住的窄小的门，她撩开门帘一声惊呼，里面竟是巨大的空间，用布幔拦成曲曲弯弯的长廊和不同的小空间，那些画便挂在由布幔做成的墙上和顶棚上。有人向他们问好，并作着讲解，不过，他没有出现，他的声音从扩音喇叭出来。地上有脚印，指引他们按顺序看不同的画。

从进入这栋大楼开始，米真真就有进入非现实的幻觉，或者说那长长的走廊就像时光隧道，她正走回年少时光，可以将人生视为游戏的时光，她失去了背景，以及与之相关的文化记忆社会关系，只剩孤零零的个体，但轻盈快乐没有任何羁绊，并且有一个像瓦夏这样专注投入的伙伴。而在她真正的童年和少年她曾经错过许多游戏，那时的她曾梦想有同伴和她一起历险并且分享所有的感受。

现在她和瓦夏在窄而长的布廊里穿行，所有的画都是印刷品，画面是些怪异的鬼魅，不同的尺寸叠挂得密密麻麻，将空间压缩得更浓厚。他们其实并没有注意观看那些画，而是享受着被色彩被鬼魅的气氛包围的感觉。两人叽叽咕咕笑着，用各自的母语感叹着。

他们从画廊出来有回到人间的感觉，这样一种另类的观画经验令他们满足，还有一种共同经历了非常事件的亲近感。

瓦夏感谢米真真把他带到这样的地方，他感叹说："啊，太有趣了，太刺激了，噢，我是多么爱纽约啊！喔，我是多么喜欢你呀！"

米真真直笑，想起他之前的恶作剧，她可不要相信他的话！不过她的确很开心，因为瓦夏是个令人满意的伙伴，是她的"年少时光"的伙伴。

8

~~~~~

米真真和瓦夏走在苏荷，两人都有莫名的轻松和满足。在苏荷逛街本身就是享受。作为纽约城旧街区改造再生的典范：从当年被废弃的工厂仓库到艺术家聚集的工作室，它是六十年代纽约城自由前卫艺术的代名词。现在的苏荷，排满顶尖品牌店，转角街口橱窗，每一寸地方都煞费苦心，给最物质的空间抹上一层艺术光泽。

苏荷终究是苏荷，米真真暗自感叹，店铺货物架上的商品其华贵和精致不逊色于五大道，完整保留的"过往"不如说是"破旧"的表象，令这个时尚尖端地仍有尚未消失殆尽的"艺术"的气味，或者说，一种标新立异的气氛。

瓦夏把她带到铺着十九世纪石块的小街上，瓦夏指着凹凸不平的路面告诉她，这是纽约市政府花了百万美金重新整修出这样的"破败"，艺术家们曾经趴在地上把石块铺在地上，并在上面仔细敲打，让当年马车压过的痕迹显现，他笑说，苏荷的"古意盎然"很昂贵。她感叹，在发达的资本主义社会，保持"破旧"成本很高。

后来，他们来到格林街，瓦夏让她注意这条街所保留的完整的铸铁建筑，漆成不同色彩的铸铁墙面透露着十九世纪的面貌。当然，如果没有瓦夏的指点她不会有这样的感受，她只是觉得这里的铸铁楼梯很特别，排列得密集很有风格罢了。可是只要瓦夏随手一指，就能点铁成金，比如，72 至 76 号的建筑是铸铁大师达克沃斯（Duckworth）的经典作品，被称为"格林街之王"，比如 28 到 30 号，是他的另一件作品，双斜坡屋顶是其特色，誉为"格林街之后"。

瓦夏告诉米真真："我移民来时想做艺术家，其实是想要艺术家的生活方式，曾经有过和几十个人住在东村地下室的经验……"

"几十个人？"

"大概有三十几个人，多是从东欧来，他们和我一样也在做艺术家的梦……"

米真真发愣，在想象三十多人拥挤的地下室。

瓦夏笑着眸子闪亮："那时我们的浴缸是挂在半空中。"

"喔……"真真半张着嘴。

"当然是为了节省地方，学会用橱柜分隔成一个个私人小空间，我们每天晒太阳，吃最简单的食物，但酒吧是要去的，直到把钱用光，一些人回去，还有一些人，比如我，开始挣钱，要是挣上钱就停不下来了……"

瓦夏耸耸肩表示无奈，但并没有伤感。

这一趟西村之旅，让米真真对瓦夏有了敬意，可不要看轻纽约的新移民！她在告诫自己。

他们已经来到苏荷的古根海姆，现在对于米真真，能够让瓦夏陪着看艺术博物馆是荣幸。然而古根海姆的门票够贵的，二十美金在米真真是一笔大数目，她对着价目表犹豫时，瓦夏告诉她，他们的会员证跟学生证一样有效，结果付了半票钱，是瓦夏买票。

米真真要还他钱，瓦夏说："我最不喜欢花钱分摊的约会？"

约会吗？米真真有些不自然，只能耸耸肩。

瓦夏又用上他一贯的挑逗的表情，他朝她挤挤眼："约会又怎样呢？"

"So what（又怎样呢）？"她也问自己。

瓦夏说他饿了，米真真立刻也感到饥肠辘辘，他们一起走进古根海姆对面的熟食店。刚买的博物馆门票先由米真真保管。然而，他们后来竟没有找到机会一起进这一间著名的艺术博物馆。

真真要了一盒日本寿司，瓦夏吃三明治，两人又抢着付费，最后仍是瓦夏付，他说："今天上午因为你才过得很快乐，所以我很高兴为你付费。"

熟食店没有座位，人们都是站在窗户边的高脚小圆桌旁吃他们的午餐，食客们衣着正式，是这一带的上班族，真真好像突然想起来似的问道："你怎么不去上班呢？"

他看看表："我自己的公司我自己做主，我通常四点去办公室。"

米真真笑起来，寿司新鲜，味道细腻，她心情很好："喔，这么自由，你差不多就是半个艺术家了。"

"如果做不到这点，我就没有必要留在纽约了，所以我要以自己的方式在纽约获得最大限度的自由。"

自由。她想起瓦夏曾经说的"你站在窗前的形象性感，因为你看上去很自由"。真真心里涌起感动。至少在这个偌大的如荒野一般无边无际的城市，她对一个陌生如瓦夏的人有了认同。

"我来纽约的选择是对的，我多么爱这个城市！"瓦夏强调说，朝四周的人微笑点头，还做鬼脸，她在一旁乐，他们莫可名状的快乐让周围的人们也露出笑脸。

"我也是多么爱纽约啊！我想喝咖啡了！"米真真笑着走开去买咖啡。

"你没有考虑要留下来吗？"她端着两杯咖啡回到桌边，瓦夏问道。

留下来？如果考虑留下来，还会有这一刻？那时她先要解决生存，她还有时间在画廊漫游？她朝着瓦夏莞尔一笑："你说过，因为我要回去，所以我才有了自由，跟你一样，如果得不到我们要的自由，留在纽约有什么意义？"

她的手被瓦夏抓住："我喜欢你，每一次和你谈话我就有这样的感觉，觉得我们很亲近，虽然我有过很多女朋友。"她的心怦怦跳，她已经多久没有心跳的感觉？

不过，理智和惯性令她有足够的自制力，她故意岔开话题："你有多少女朋友呢？"她的手从他的手心滑出拿起咖啡杯，但是，咖啡纸杯在晃动，她拿不住又放下。

瓦夏想了一会儿，答道："二三十个吧，有些记不得了。"

她觉得好气又好笑，他居然还认真计算一遍，他看看她问道："你不高兴了？"

"为什么？"

"我有过很多女朋友……"

"可是，这和我有什么关系？"

"因为你喜欢我呀！"

"我有吗？"

"当然，你的眼睛告诉我，你喜欢我！"

她朝嵌在墙柱的镜子看看，镜子里的她双眸灼灼，盈满快乐和热望，是年轻女孩的神情，她吃惊却又掩饰地轻声喊道："你瞎说，我眼睛里没有任何内容。"

他哈哈大笑，捉住她的胳膊："有时候，我真的很想吻你，比如这种时候……"他的嘴唇擦过她的脸颊，在人声鼎沸并且是站满人的桌旁。

她轻轻推开他，一边咕哝："嘿，嘿，我不喜欢这个玩笑。"

他看住她，眼睛里突然没有笑意："Jinjin，我是认真的……"

"我也是认真的，请不要碰我，我珍惜我们之前的相处。"她应该这样告诉他，可是她说不出来，她只是笑笑摇摇头。

"我喜欢你，你知道……"

她似笑非笑点点头。

"所以……"他抓住她的手贴在自己的唇上，蓝眼睛执着地看着她，"让我吻你好吗？"她能感受指尖的灼热和柔软，防线就在这一瞬崩溃。

"去我的公寓……"他拉着她离开熟食店。

但是，只消几步路就让她清醒过来，在街口等绿灯时，她抬起手表告诉瓦夏："对不起，我来不及了，我要赶回家接儿子……"

她朝他摇摇手，便朝转弯处的地下铁楼梯走去，他紧紧跟上她："让我送送你。"

"不用……"她冲进闸口要逃离他似的。F车已经停站，眼看要关门，她慌慌张张冲进车门，却与一个突然冲出车门手里拖着黑色大塑料袋的老黑人撞个满怀。她喊着"对不起"，可是老黑人火气很大，他嘴里骂骂咧咧，返身拿起手里这只装得满满的黑袋子——在纽约这种袋子是装垃圾的——去撞真真，却被赶上来的瓦夏扯住。

"你怎么可以对女子这般无礼？你要对他道歉！"瓦夏生气地看着老黑人。

"Fuck you！"老黑人捏起拳头朝着瓦夏挥舞。

"不……"真真扯住瓦夏的衣服，她脸上只有惊恐，是对于枪击的恐惧，要是他突然拿出手枪怎么办？她想起一位中国画家因为和黑人争吵而遭到枪击。

瓦夏的蓝眼睛冒出怒火，但车门及时关上了，虽然还能看见老黑人站在车站挥舞拳头破口大骂，但马上便被列车抛在后面，几秒钟后窗外只有漆黑，列车进了隧道。

真真的手紧紧抓住车杆，身体竟在瑟瑟抖动，她自己都无法理解从身体内部涌出的强烈的似乎要令她狂叫的恐惧，对那支将要从口袋拿出的手枪的恐惧。瓦夏搂住她的肩膀："对不起，Jinjin，已经过去了。"

她很想对他微笑，可是眼睛已经红了，她转过头，不让他看到她要落泪的样子。

9

"可能是第一次来美国，可能是在纽约的缘故，我觉得除了兴奋之外还有……"米真真想了想，在斟酌这个词，"我想，我常常会担惊受怕，比如，走在陌生的街区，后面传来脚步声，坐在地铁车厢里，面对滔滔不绝行为诡异的精神病患者，甚至坐在家里也会惊恐，突如其来响起的门铃声，还有无处不在的手枪的阴影，总之，我突然会感到恐惧……"

她几乎可以触摸的恐惧是昨天在地铁遇到的老黑人，但她没有提及。

"这是肯定的，你没有恐惧才怪呢！"萧永红在电话里高声呼应，有一种不可控制的激动，"其实，恐惧一直跟着我们，很多年了，恐惧！SCARE！"萧永红用英语强调。真真吃惊！这是萧永红说的吗？她坚强自信无所不知，许多年前，你把萧永红当作自己的精神指导，你觉得她有一种人格光芒，令你敬佩却又压抑。

"你已经出国十五年还会有这样的感觉？"

"时间越长，这种感觉越清晰，从你到国外的第一天，恐惧就跟定你了，恐惧成了我们这些外乡人的心理颜色，是黑色，渐渐地，你习惯了，黑沉沉的底色让你常常感到胸闷，但是没有药能够医治，常常，忍不住叹一口气，自己已经不觉得自己在叹气，一直要到别人提醒你，比方说我丈夫，他问我为什么要这样的叹气，是不是心脏有问题？我去做过心电图，有一年几乎每个月都去做，还带过二十四小时的心脏监测器，但是，对……你已经猜到了，查不出来，医生告诉我，心脏没有问题，问题不在身体的器官，他说，我很严肃地劝你，你应该去看心理医生，你必须去看心理医生。"

"后来呢？"米真真在想萧永红的模样，她想得起来的也已是十几年前的永红了，利索的短发，深色卡其布外套，就像一个中年女人。她那么年轻就坚决地抹去身上可能残留的属于女孩子的娇媚的色彩，她们那时候都笑骂她是铁女人，因为那时候有个全世界著名的铁女人撒切尔夫人，永红是以她为人生偶像的。她们崇拜她也怜悯她，崇拜她，是因为在她们看来只有非同寻常的女人才有资格不像女人，可又忍不住怜悯她，她们担心她可能会成为"老姑娘"。

"一开始我并没有把他的话当真，听起来有点像推卸责任……"

"你应该多看几个医生……"

"我知道……"她像过去一样用几分专横的口吻阻住米真真，"我换了好几家医院，还回去上海检查……"

"我是后来才听说你回去过，你去上海，什么人都没见……"

"除了上海的医生，美国医生都暗示我有心理问题，"她不接真真的话，循着自己的话题说下去，"那时候我还是个唯物主义者，"她一笑，"我不认为我有什么心理问题，我觉得自己头脑清晰，意志坚强，噢不，那时候，我已经没有这样的自信，可还是不能接受有心理问题这样一个我认为很可笑的问题。后来，我丈夫把心理医生带到我们家，对我说一位朋友想和我谈谈。那天那位医生和我一谈谈了三个小时，在国外从来没有一个人像那他那样问我许多问题，并耐心地听我倾诉，即便是我的丈夫。后来我才知道我的丈夫为那三小时的倾听付出一笔钱！原来，在文明世界，倾听是最昂贵的！我知道后执意不肯继续治疗，可我却无法抗拒自己去向某个无关的人敞开我在自己的生活圈子没有勇气敞开的黑暗的角落。"她顿了一顿，米真真屏住气息，她很怕自己发出的声音令话题突然逃逸。

"所以我最终又去找他，治疗持续了三个月，我决定自己付费，我用完了我自己积蓄的私房钱，不过，很值得，我终于有机会翻出积压了许多年的陈年旧事，一直翻一直翻，一直把一九六九年五月六日晚上的事情都翻了出来。"

"一九六九年五月六日？那天有什么事发生？"米真真的心一跳，她不知道这个日子有什么特殊的意义。

"你怎么会不知道？是你故意让自己忘记。"长长的停顿后，萧永红在电话那头说。

那个时间表仍似被昏暗遮住，米真真被惹恼："我为什么要故意忘记？我没有做过任何亏心事！"她顶撞萧永红，那腔调也是十七年前的，她们之间经常会有冲突。

可萧永红并没有做出相应的反应，她的语调仍然平稳："故意忘记是对自己的保护，否则，我们怎么承受多年来累积起来的痛苦？"她略略沙哑的嗓音低沉的时候比她的话语更有感染力，但是，米真真的思绪产生了空白，她在问自己，那到底是个什么的日子。

萧永红问道："米真真？……哦，我以为电话断了。"

"我在听你说，而且我还在想，你出了那么多钱去看病，是为了翻出三十年前的事，我不知道这之间有什么关联？"

"可能本来并没有关联，你要知道痛苦是可以引发痛苦的……"

"你是指后来的痛苦引发了当年的痛苦？"

"你好像麻木，痛苦将你痛醒，你才发现、才感受一直隐而未发的伤痛。难熬的是到国外的第一年，现在想起来仍像是个噩梦，其实，我早就不想了，我从来不去回想，可它经常出现在梦里，和一九六九年的那些事一起出现在梦里……"

又是一九六九年！但米真真忍住了，她没有任何反应地倾听着，心里紧张莫名。

"我到这里三个月就过不下去了，我没有钱付学费，也不能合法打工，只能去中国餐厅打黑工，可是需要打工挣学费的人太多了，一些北京学生离开蒙特利尔去了别处，也许回去了。我在发高烧，躺在地下室，每天只能吃面包和牛奶，剩下的钱光吃面包和牛奶还能维持三个星期，我不知道之后该怎么办，我只能每天在地下室祷告，连我自己都没有意识到我在祷告，我本来是个无神论者，可那时候我无依无靠，除了依靠神，我对他说，请你帮我，如果我能度过困境，我从此就跟着你。是……你猜到了，天无绝人之路，我在最后一个礼拜找到一份工，听起来，这份工还相当不错，是陪伴病人，我可以住到病人家，重要的是我有了生活费和学费。病人独自住在一栋 house 内，那是一栋豪宅，六百多平米的空间，还不包括花园，是所谓的高尚区域，周围没有人家……"她停顿片刻，又继续道，"很久以后我都没有勇气再进入那些美丽洁净安静的中上阶级住宅区，我只要进入那样的环境，胸口就会发闷，马上有窒息感。我还记得第一次走向那栋屋子的时候，从长满鲜花的园子走向屋子的时候，我那种梦游一般的恍惚，我那时一定像个乡下孩子，脸上是一脸傻笑，直到我见到我需要陪伴的那个病人……"她又突然停顿，米真真有一种错觉，好像她的嗓子被一阵呜咽哽住，然而萧永红重新说话的时候，声音平静清爽，是自律的冷静："我见到病人时梦才醒了，不如说是开始真正的噩梦。她是个癌症晚期病人，独自住在这栋房里，我是学医的，我怎么可以害怕病人呢？"她的口气有自责，正是米真真熟悉的道德主义的萧永红。

"她让你害怕？"

"她的样子恐怖，当时要不是因为再也不想回到地下室，我很想马上放弃……"

"你也会害怕吗？我们那时听鬼故事，吓得缩成一团，不敢上厕所，只有你不怕，你听到窗外有声音，敢一个人跑出屋子。"

"我不怕鬼我怕人，我怕她，不是因为她有病，是她身上那股能把人吞噬的绝望，她骨瘦如柴十分衰弱，一双眼睛却像有炭火在自燃，很黑温度很高，看人时好像要把你一起烧成灰烬，现在想起来正是那股绝望像炭火在身体里自燃……不过这只是一种感觉罢了，我的心情完全被屋子里阴沉的气氛感染，你想，生存都有问题的我，哪有理由顾及自己的感受？好在白天有一段时间我是在学校，我至少还有另一个健康的空间可以呼吸，是不是？"

"可是……你……遇到了什么呢？"米真真紧张地问道。

"有一天黄昏，我从学校回去，那天天气晴朗，夕阳红了半边天，我走向她的屋子时脚步竟有些雀跃，因为一片红彤彤的暖色调也罩住被绝症的阴霾遮住的空间，围绕着屋子生长的植物好像复活一样，我突然意识到人的主观知觉也是能改变客观存在，因为我之前从来没有意识到这些植物是有生命的，我在想我一定要把我的病人带出屋子，带到这片温暖的天空下散散步，我要让她戴上我的沃克曼，让她听我最爱的巴格尼尼的小提琴曲，听巴格尼尼，是我刚离开中国时唯一称得上奢侈的享受。我就是带着这样一个美好的愿望走向她的屋子，花园真大呀，我有点急不可待了，我已走到屋前的一片绿草地，几只小松鼠在嬉戏，哈罗，玛丽，哈罗，简尼……我自说自话和她们打招呼，我从草地旁的卵石路走向屋前的台阶，突然一股臭味朝我轰来，我有些奇怪，在这样一个几乎是一尘不染的高尚地区，怎么会有这么令人作呕的臭味？它让我想起国内农村没有盖子的粪池，公路旁草棚搭就的厕所，迎着这股强烈的气体我匆忙地走上台阶，我打开门差点儿呕出来，臭气就是从屋子里出来的，我看到在底楼大客厅的地板上有一堆粪，我喊着我的病人，但没有应声，我楼上楼下找她，才发现楼上楼下每间房里都是粪便，我一边打扫一边呕吐，花了一个晚上将这栋楼里的秽物收拾干净，然后，她突然出现在我的面前，她朝我冷笑说：'我恨你，我要把你臭死！'"

"太可怕了！"真真嘶嘶地抽气。

"我问她为什么恨我。她说：'我恨所有比我年轻比我健康的你们！'"

"她疯了！"

"是绝症把她逼疯了！我知道我应该可怜她而不是像她一样恨……"

"还想什么应不应该，快离开她啊！她有家人吗？"米真真发急地说，宛如状况还在发展。

"她有个弟弟，我当时找不到他们，后来才知他们一家去亚洲度假了。"

"怎么办？"

"我不能扔下她不管……"

"第二天……"

"是啊，第二天，第三天……这样的情况一直延续了十天，直到她的弟弟度假回来。每天黄昏走向那座美丽的花园，我的心脏因为恐惧紧紧收缩，夕阳依然红彤彤的，在我眼里世界已经变成黑色，我走过那片草地两只小松鼠朝我跳来，我朝着她们泪流满面，以后几天，我不再流泪，我麻木地走向台阶，一股股的臭味朝我涌来，我的头皮阵阵发麻，我捂住嘴不要让自己发出尖叫，有一天，我走进客厅，一团东西朝我的脸上砸来……"她停顿片刻，米真真觉得自己的心脏也在收紧，"那是粪便……"她似乎在微笑，"她把粪便扔到我的脸上，知道我那时在想什么？我想起有天晚上，在郁芳家门口，她的妈妈被现场批斗，有人把有尿和痰的痰盂朝她脸上倒去……"

寂静，突然爆发的抽泣，是萧永红的哭泣还是米真真的？

"你为什么不离开呢？"

"我也这样问自己，后来她的弟弟把她送到医院，她在医院一直住到临终。但我没有马上离去，她的弟弟要我留在那里看家，是啊，真真，我也一直在责问自己为什么不及时离开？"停顿片刻，"就是报酬啊，报酬这么丰厚，可以付学费，为了把学位读出来，我又继续在那间疯狂的屋子呆下去，每天回来，看到美丽的花园会条件反射般地产生心肌收缩，我觉得心痛，可我又知道心脏没有痛感神经，对了，我那时是个唯物主义者，我问自己，没有神经的心脏怎么会有痛呢？"

不能想象，我们，我和戴珍妮，我们不具备这样的想象力，对于你的遭遇，也许章霏、郁芳能够想象，离开中国的你们和我们从此就在两个世界，我们不具备对于另一个世界的想象力。

"最困扰我的是后来的日子，已经离开那里，梦魇却跟着我，深夜，梦里，常常，一团热呼呼的东西蒙住我的口鼻，是她的粪便，我在窒息中惊醒，窒息的感觉更恐怖。有时，我在梦里陷入粪的沼泽，我一边跋涉一边呕吐，直到我把自己的五脏六腑都呕出来……"

"不要说了，我很难过……"真真已经鼻涕眼泪流得一塌糊涂，却捂住嘴不让自己的抽泣发出声音。

萧永红不响，等着她安静下来。

"没关系，这些都是十多年前的事了，自从看了心理医生，这一类噩梦减少了许多……"

"减少？你是说有时还会有……"

"当然，不会完全消失，可是我已经能够面对，常常，我人还在梦里，就已经清醒，我对自己说，这只是个梦罢了。"

"永红，你刚才说到'昂贵的倾听'，你说你通过付费让心理医生倾听你的那些经历，你为什么不讲给你先生听？"

永红不响，片刻后才说："这个问题医生也问过我……"

"你怎么回答他？"

"好像我并没有正面答他，嗯……我跟你说心里话，不知为何，我……无法……是不想告诉他，这些经历太阴暗了，我不要去影响他……不，这不是什么光彩的经历，我把它看成耻辱，不告诉他是不希望他看轻我……你……能理解我的心情吗？"

"我理解……如果这些话你十年前告诉我，我会不理解，但我现在懂了……"真真想起章霏，她告诉她，她从来没有把自己真实的年龄告诉自己的前夫。

不仅是我们五个人的小圈子，不管在小学还是中学，你总是最好，是第一，你从来就是女生们的榜样，聪慧坚强无所不知。你的父母是天文学教授，令人尊敬。"文革"中你们家也有大字报，但没有人会嘲笑你。因为阿飞街成了黑街，一夜间涌出那么多黑五类分子，同时阿飞街的文化教会我们在任何状况下先划分等级，在黑五类人群中，仍然有着高低差异：地富反坏右，"反"是"反革命"，性质严重，如麻风病让人避之不及；"坏"是"坏分子"，道德败坏，最易受到鄙视，譬如郁芳的父亲；"右"多是知识分子，阿飞街的居民被认为势利，也正是这种势利令他们对知识分子不敢轻视，即使是造反派对教授也要比对资本家尊重些。所以虽然在"文革"，你在精神上仍是高人一等。

你出国后走的路也更符合我们对生活的期待，你嫁了当地白人公务员，正是章霏向往的那类人，老实，年龄相当，你同时拥有自己的事业，一间富于东方特色的诊所，你寄来的婚礼照——绿色草坪上穿着白色婚纱的你依偎着你的戴着黑领结的蓝眼睛新郎，这，十分吻合我们对于理想婚礼的想象，这样的你却在花钱看心理医生？

10

米真真安顿好儿子，将卧室里的灯拧暗，窗下的马路虽已少见行人，但停泊在路边的车子警报器时时会发出刺耳的鸣叫，来来回回的电单车拔去消音器的排气管发出的轰鸣更为刺耳。平时深更半夜被这些声音吵醒十分气恼，可是今晚，这此起彼伏的噪音将萧永红传递的恐惧和绝望推远了。

米真真回到客厅收拾餐桌，才发现自己碗里还剩半碗饭，这么说，她们已经讲了近两小时的电话，这是萧永红给她的第二个长电话。十五年未联系，萧永红的往日正从这些晚间长电话里倒带，她的悲情饱满略略沙哑的嗓音一直是她们一圈人中最有感染力的声音。

米真真扔了剩饭，趴在地板上，仔细捡去儿子吃饭时掉落在地毯上的饭粒，并用湿抹布擦去留在地毯上的油迹。她只是下意识地做着这些每日必做的家务，有几次停下来，坐在地板上茫然地看着刷得雪白的四壁，在警报器和轰鸣声都消失后，有一股慑人的安静，她听到自己的心怦怦跳着。

"每天黄昏走向那座美丽的花园，我的心脏因为恐怖紧紧地收起来，夕阳仍然红彤彤的，但在我眼里这世界已经变成黑色……"

黑色到底有多黑？是萧永红的故事给了你关于"黑"的想象力，你又一次受到震动，就像你第一次听到章霏的故事，之后你们五人中还有什么样的"未知"会突如其来向你呈现？或者是，你们每一个自己都有一个"黑色"的世界，只是长久以来你们各自习惯性地把它掩盖了。从现在起，你将以一种你自己也无意识的惊惧的姿态等待着。

之前，你们对于永红一去便杳无音信这个行为无法原谅，那些日子你们三人聚会，一直在讲她的坏话，当然戴珍妮比较沉默，她不喜欢在背后讲任何人坏话。可是你和章霏把所有想得起来有关萧永红的缺点都数落了一遍，你们是在宣泄她曾经带给你们的那些压抑。你们忌恨她是老师的宠儿，嫉恨她总是站在你们无法企及的高度。小学毕业时，只有她敢把自己的资产阶级化的名字"萧依娜"改为革命化的"萧永红"，并且坚持不再回应你们对她旧名字的称呼，在出国潮流中，她是拿了托福高分得到签证，这就是说，无论什么时代，她都是潮流的顶尖人物。几年后，她寄来的婚礼照上，她穿着白婚纱站在花园里，后景是二层小楼，那是阿飞街两代人向往的生活，是在红色夏天你们一起唾弃过的生活，你们骂她虚伪，两面派。

刺耳粗嘎的铃声，米真真从地板上跳起来，沉默了几秒钟又响了一声，它是从装在客厅墙上的对讲器里传出的，是楼下公寓大门的门铃。米真真的心跳声更响，她惊惧地看着对讲器，是谁在十点以后按她家的门铃？她的眼前都是发生在纽约夜晚的暴力图像，从影像和人们的传说描画出来的。

米真真在慌张中失去理智，忘了开门的开关在她手里，她至少先要通过对讲器搞清楚是怎么回事，她连打开对讲器和门外按铃人通话的勇气都没有。在刺耳的铃声中，她蹑手蹑脚走到房门口，检查门是否上锁。想起萧永红说的，那是置身在异地他乡的恐惧，对于她，则是置身在暴力变态罪恶的纽约，她看了一眼电话，她在思忖情况紧急时她应该打给住在最近的哪一个朋友？

有种感觉正从遥远的地方迫近，在最乱的那几年之后，进入七十年代的那些夜晚，锣鼓喧天的夜晚开始沉寂，大游行也在解散。街灯被打碎的大街，黑暗便在那时异乎寻常地黑起来，你突然才发现，夜色黑得像污秽的河里涨起来的水，黑水把城市淹没了。

在黑漆漆的街口，普普通通的少年手里拿着凶器兴之所至朝路上任何一个行人攻击，路上连个交通警也找不到。妈妈就是这样告诉你的，天一黑就把自己锁在家里，无论发生什么都不要开门，她要下乡一段时间。爸爸患上奇怪的头晕病，天旋地转，常常晕倒，他被用了大量镇静剂，昏昏沉沉躺在医院观察室，这倒使他免去坐在隔离室写交代。你是长女，还有个小你五岁的弟弟，全托在幼儿园。一些可怕的事便在这些夜晚发生。

先发生一件事，是在你们家对面的楼，他们的前门对着你们的后门，厨房的窗与后门并排朝北，厨房上面一层就是人们说的亭子间。不过这事是发生在对楼的后门。对楼的底楼厨房不知为何竟住进四口之家。厨房人家的男主人经常出差，女主人常年坐中班。有一晚，她走进弄堂才发现有人跟踪，她跑步逃回家锁上门。她家对着弄堂的北窗已装上铁栅栏，窗关上了，床帘也拉上了，她的一儿一女两个五六岁的双胞胎已经睡着。

她收拾一番上床，她那间十来平米的小屋子居然放了两张床，她的那张大床正对着北窗，她上床后没有马上睡觉，她靠在床背上看报。突然，"咔嗒"一声，窗插销松开的声音，她抬起头，只见窗帘徐徐拉开，一个男人站在窗外朝她露出下体。她发出尖叫，可她好像身在荒原，整条弄堂像死去一样，她楼上有一户人家，有五个成年的儿子，他们居然也装聋作哑。色狼更嚣张了，朝她做出种种淫秽动作，她掐她的不懂事的儿女，他们的哭叫声至少能帮她壮胆。这间房充满尖叫、哭喊。喧嚣声疯狂，但是弄堂像死个死城，静无声息。

这样静，更衬托尖叫哭喊的绝望。

后来弄堂里又进来更晚下班的人，色狼才离去，可到了下半夜他又来了……之后，那女子在弄堂走进走出，大家反而避开她，他们说她的眼睛定漾漾的，言下之意，她的神经也可能出了病。那家人很快便搬走了。

萧永红说，你们弄堂，你们阿飞街真可怕，可怕的不是有坏人，是你们不敢发出声音，是你们见死不救，怪不得阿飞街有那么多黑五类，都不是好人。那时候萧永红自己的家也被抄，萧永红仍然得出这个结论。你妈妈却认为，邻居们都被那些事（抄家挨斗这些事）吓坏了，乱世就像荒野，次序和规则没有了，人像动物一样只能自生自灭。妈妈请来工人在你们二层楼窗上再加了一层铁栅栏。

万马齐暗的夜晚比色狼骚扰这件事更阴暗地留在人们心上，接下来发生的事，你们再怎么为自己辩解，都无法逃脱夜深人静时良心的痉挛。

一个夜晚，你们又听到凄厉的呼救，没有人出来，那个夜晚，你最好的朋友郁芳被强暴，那年她才十五岁。从此，你们的弄堂，变成了麻风岛，人们都不愿意进来，这条弄堂通向淮海路，他们宁愿绕路也不要走进你的弄堂，就像永红说的，可怕的不是有坏人，是你们的沉默，你们的见死不救。

你妈妈动了搬迁的念头，她说，我们要朝工人新村搬，听说那里的人热心讲义气。当然，这只是妈妈的自我安慰，或者说这是想象中的一条退路。

米真真坐在地毯上冥想，竟忘了做到一半的家事。电话铃响，她跳起来接电话，以为是章霏，拿起电话却听到丈夫何值的抱怨："你怎么不开门？害我跑了两条马路打投币电话。"

寓所门口马路的投币电话坏了，何值不得不跑回地铁旁的马路打电话。

"你把我吓得半死，我以为上门抢劫……"

米真真的回答只能再一次向他证明女人的不可理喻。突然想起来，他们居然也结婚十年了。

"上门抢劫还要按铃？再说还有对讲器，你总应该先问一下，你有没有脑子？"他大声叹气。

"深更半夜谁会上门？"

"我不是还没有回家吗？"

"你不是有钥匙？"

"我忘了带……"

"谁叫你忘？要是我也出门呢？"

"哼……我倒是真的以为你出门了，我在想你深更半夜带着儿子去哪里了，还在担心你们会碰到什么事？"何值朝四周看看，虽然不断有人从对马路的地铁站涌上来，但电话的位置是在马路转弯口的暗角，那条小马路却无人，何值不断回头朝身后看去，心里责怪真真的疑神疑鬼影响到了他。

"你不是也没长脑子？"米真真却在电话那头笑了，这时，"砰"的一声巨响，就像有人拿着重物撞墙，米真真短促地"啊"了一声，便怔在那里，这个星期她已是第二次听到这样的巨响，她看看表正好是十一点。

"怎么啦？"何值在耳边问。

"把我吓了一跳！"

"谁？"

米真真一下子从沙发跳起来："谁来了？"

"我怎么知道，你不要开门就是了！"

"你不要骇我，哪有人敲门？"

"没有人敲门就好！"何值要挂电话。他再朝四周看去，四周无人，反显出自己鬼鬼祟祟，本来嘛，何值觉得自己深更半夜到了家门口还要转出来找电话已经够荒唐，现在被家里的老婆一惊一乍，却又不肯承认自己在纽约街头心生怯意。

"是有人敲墙！"

"哎呀，你真啰嗦，等我回来再说。"

"啪"的一声，就把电话挂了，让她胸闷了几秒钟，不过，米真真不知道，这一刻的何值是要快快结束自己的荒谬境遇。

真真先前的沉重在这番打搅中散淡而去，待会儿何值回来后他们的争执听起来更接近插科打诨。两个关系最亲近的人反而没心没肺，没法进入核心，无论哪种核心——爱，或恨，或，绝望恐惧忧伤喜悦欣慰幸福；只有生气烦躁沮丧或者不生气不烦躁不沮丧——这一类属于情感碎屑，鸡零狗碎、不触及灵魂的情绪，就像不需要泥土在水里也能生长的某类蔬菜，吃起来只有水腥味，没有泥土栽培后的馥郁的味道。

即使了解朋友的弱点，你还是会生气，更何况配偶。米真真在房间蹑手蹑脚地来回踱步发着感慨等着何值回家，电视只有画面和耳语一般的声音，从十点开始她就把电视音量放低，越来越低越来越低，她觉得那"咚"的一声巨响是对她家的声音的警告。她很怕那声巨响，巨响是从邻居家传来，因此她惧怕纽约邻居，换言之，她是惧怕纽约，惧怕隐藏在纽约各个角落的暴力，就像萧永红惧怕回到她的病人家，不，这不是一个等量级的恐惧。

除了恐惧，对于纽约她还有更强烈的爱，就像萧永红，她最终成了加拿大的永久居民，然而，这也不是一个等量级的感情。

11

等何值回到家，米真真已对着电话眉开眼笑。从他的耳朵听起来，都是些无聊的废话。

"真的吗？我现在就想试……"

"早知道纽约流行黑衣服，我应该把家里的黑衣服都带来……"

"是啊，哪里的衣服都不适合当地城市，不过我现在最需要的是短靴……"

米真真在和她过去的同事，目前在纽约某服装工作室做设计师的林木通话。何值一听内容就知道她说话的对象，在纽约，只有林木有心情有余暇和她讨论服装、化妆。

何值对林木并没有成见，他是设计师，对服装、化妆的热衷是和事业有关。何值担心的是，要是米真真追踪纽约时尚，直接受影响的将是一个家庭的开支。何值希望在纽约只用基金会给的生活费，而不要动用家里存款，它关系到从纽约回上海后，他是否可以从容于自己的剧场实践，而不要为了生活费去做商业演出。

何值并非吝啬，他对消费态度是和他的悲观有关，和他的不得志有关。他从画家，到放弃架上画，开始做装置艺术，然后是行为艺术，再后是多媒体加肢体语言的抽象剧场，这是一条漫长曲折痛苦多于快乐的道路。对于何值，永远有个困境在折磨他，他的生命到底还有多少时间给他在所谓的艺术实践上挥霍？

谁说不是？首先，生命终极像魔咒悬在每个人头顶。生命在现实生活中具体到用秒表用日历来计算，那么岁月可以给予他的剧场多少时间和机会？何值觉得这像一场跨越障碍赛跑，你必须抗拒来自于现实的一切干扰，而现实就是包括生活费包括衣食住行一切开支，在何值看来时光消磨在现实中也就是讨生活的时间越少获得的可能性就越多，换言之，银行的生活费越多，他在剧场的时间也越多。

说到底，何值和米真真作为夫妇的根本分歧乃是生活方式。米真真从阿飞街带来的及时行乐的生活方式，无端地给了何值很大的压力。说无端，是因为米真真从来花的是自己的钱，事实上，她赚得到她需要的钱。她是电视编剧。问题是米真真不肯让自己太辛苦，赚钱适可而止，花起来却不计后果，她最不喜欢的做的事是去银行储蓄。

就她及时行乐的生活态度，力图将日常过得像假日这一点倒是很浪漫。但凡城里有何开心事她是从不肯放弃，来到纽约，更似老鼠掉进米缸，去中城逛名店，上城看博物馆，下城格林威治有上百个小剧场，如果不是有儿子拖累，她大概会从中午疯到深夜。为了买到廉价票子，她干脆先付一百多美金报名参加为移民开设的会员制机构，如果可能，她还打算在纽约买一台最新型号的数码摄像机。

何值对她各种需要花钱的爱好和似乎更费钱的理想都不想

干预，也是干预不了，他只怕她头脑发昏，从林木那里花上百美金买打折的 Gucci 眼镜或者 Prada 手袋还大喊便宜。不在于花多少钱，而在于米真真的花钱观，它成了何值日常天空中的一片阴影。而何值，除了生活的必要开支，他对物质毫无要求，几乎是以苦行僧的态度拒绝所有的享受。米真真不明白他的节俭已经不是需要而是内心焦虑的映射，对于可能到来的各种危机的担忧乃至他自己在艺术上探求时所面对的挫折的焦虑。

米真真和林木讨论了一番时尚，放下电话心情又轻松了。

"今天晚上有电话？"见她坐到桌边，正在吃饭的何值随口问道。

"一个长电话，萧永红打来……"

"呵，你们之间不会有短电话，"似乎害怕真真向他转告电话内容，立刻调转话题，"真没想到，今晚让我看了一场 hip hop 风格的戏剧……"

何值赶快从口袋里掏出说明书，塞给真真，似乎要用它去堵住米真真塞满腹腔正在找出口的故事，何值没有时间听她讲故事。

果然有效，米真真立刻转移注意力，她抢过说明书翻阅。"戏剧也有 hip hop 风格？"封面上是个身材妖娆的黑人女子，让她眼馋，"我还从来没有看过真正的 hip hop 呢！"

"这不是你想象中的 hip hop，它仍然是个戏剧，有故事，有人物，不过所有的角色由她一个人演，本子也是她写……"

"是吗？……"她已经心不在焉，思绪跳回萧永红，"戏剧远远不如生活，要不是萧永红亲口告诉我……"

"戏剧不如生活是因为戏剧不够有感染力，是戏剧创作者有问题，不过，戏剧需要空间磨炼，需要足够的空间，不受商业控制的空间，所以我对 PS122 这样的空间更感兴趣……"他帮她翻出夹在说明书里的一本小册子，关于 PS122 剧场的宣传材料。

"PS122？我知道，是个前卫剧场，"米真真翻阅小册子，《村之声》上经常有她的演出广告，听起来怎么像个学校？"

"原先是学校，废弃的小学，从一九七九年开始，一群舞者和画家把她当作演出空间，从此就成了全美国演出最多的空间。"

"最多是什么概念？你是说她的演出超过普通剧场？"真真问。

"她一年有350场以上的演出，因为同时有两个剧场在工作，还有一个深夜系列，怎能想象一座废弃的教学楼会有这么大的能量？只有纽约才会制造这类奇迹！"何值已经开始兴奋，他的目光因为憧憬而闪闪发光，"所以在纽约，你不是担心自己怀才不遇，而是发现自己才能不够，创作力匮乏，纽约的问题是艺术过剩。"

可是永红在说："我觉得心痛，可我又知道心脏没有痛感神经，对了，我那时是个唯物主义者，我问自己，没有神经的心脏怎会有痛呢？"和萧永红的遭遇比起来，纽约的艺术过剩算什么问题呢？

真真说："真正的艺术应该能够治疗人们的心理创伤，萧永红为了看心理医生花去了她三年的积蓄，你不会想到我们的永红，一个坚强的铁女人曾经得了严重的忧郁症……"

何值说："PS122 的意义不在于她的频繁的演出，她是世界上最好的实验剧场之一，她的精神就是探索，她成了正在成长的艺术家的家，所以《纽约时报》称她'给所有新的剧场表演一个开拓性空间'，《村之声》认为她代表了西村（即格林威治村）和东村也就是整个 Downtown（下城）的文化气质。"

"萧永红说，我们是在一个唯物主义的世界成长，我们不相信精神也会产生疾病，对天地没有敬畏之心……"

"所以有西方人说'唯物主义'也是物质主义，物质主义不讲精神价值，渎神傲慢，只承认物质，弥漫在曼哈顿中上城豪华场所的物质主义是现代人可怕的陷阱，如果没有下城的文化批判精神，纽约就成了堕落之城。"

"萧永红还说到'文革'……"

就在这个瞬间米真真突然就记起了一九六九年五月六日晚上发生的事，那个晚上，郁芳的母亲跳楼自杀，她不是在米真真和郁芳两家共同居住的三层楼房跳楼，她去了他们居住的那条街的街口，也就是永红的弄堂，那里单独矗立着一栋十一层高的公寓大楼，可她仍担心自己不能立刻送命，跳楼的同时用尖刀刺向自己的胸口。那天人们惊恐的议论声将你从睡梦里吵醒，母亲从窗口望下去，弄堂里的人朝外涌去，她破例带你下楼，你们跟着人群走向出事地点，一路上便听到了人们的议论，母亲马上后悔了，又拽住你往家走……

你应该感谢母亲，那个鲜血淋漓的场面你没有看到，而是从不同人的口里转述过来，所以也在你的想象里无限地扩展着，从不同的噩梦里展示着，梦里这条公寓前的马路暗沉沉的。人们说梦是没颜色的，所以没有阳光也没有路灯。

路黑得像到了世界末日，五十米之外就只剩下黑，公寓楼像高山一样矗立在街口，你抬起头，甚至看不到楼顶，你的头发晕，连往上看的勇气都没有，然而梦里从来没有过血溅街口的景象，你仍然被强烈的恐惧骇得胸口发闷，就像希区柯克的电影，长长的走廊，两边都是门，走廊将有凶杀发生，将要发生的血腥使观众对此时此刻空空荡荡的走廊充满恐惧，即将到来的血腥比血腥现场更恐怖，这也是你站在公寓楼前的感觉，你害怕极了，你知道要出事了，可你没办法改变了。现在，你感到吃惊的是，发生过的悲剧会从记忆里退远，你竟然想不起来那一晚发生的事，如果不是萧永红的提醒。

何值却误把米真真的沉思当作对他话语的关注，愈加地滔滔不绝："其实，上城和下城的价值观也会互相渗透，像PS122，她本来与商业为敌是最前卫的剧场，但这么多年来，PS122经常会有一些剧目在百老汇和外百老汇获得商业成功，而因此给PS122带来更大的声誉，于是，形成这样一种奇特现象：你想远离百老汇请进PS122，你想靠近百老汇请进PS122……"

"你有完没完？"米真真烦躁地喊起来，从何值的角度看过去完全是蛮不讲理，"PSPS说个没完，我的话你根本不听，你完全不关心真实人生里的故事。"

"所谓真实，才是不真实的，没有一样真实不受个人视野的局限。"

"我倒是听不懂，你那个只有抽象符号的剧场是真实的？"

"可能还不够真实，但我正在寻找走向真实的道路。"

"我不是在跟你讨论真实的问题，"米真真气得要死，她总是不知不觉进入他的话语范畴，"我是说你从来不听我说的话。"

"好像，你也从来不听我说的话……"

"你……"

电话铃响，他们一起朝电话看去，何值便拾掇起桌上的脏碗，他从不主动接电话这件事也很让米真真生气。如果不是在等章霏的电话，她也可以不接。米真真拿起电话。

"何太太吗？我是王太太，请你们说话声音轻一点好吗，现在已经十一点三刻了，我有神经衰弱……"

是一墙之隔的台湾王太太，神经质的七十四岁老妇，刚搬来那天，她就来造访，所有的话题便是围绕她的睡眠问题，也就是声音问题。米真真那时就明白这是日后麻烦的开始，米真真觉得家庭自由已在纽约公寓被剥夺，她被声音问题弄得神经质，这时她突然产生兽的冲动，她想咆哮。

事实上，她做了一番道歉，放下电话也没有心情再和何值争执，便进卧室睡觉。接着，何值也进卧室，他们各看各的书，然后关灯睡觉。黑暗中，何值突然说道："对了，今天上午你刚出门就有个电话找你。"

"哦？"她等着何值说下去，但是何值迟疑了片刻。

"噢，他没有留名字，英语口音很重……"

"……"她已经知道是谁，她这几天没去"中心"，自从那天在皇后区地铁站与瓦夏道别，他们就没有再见面。

"哦，可能是我们'中心'的同学，一个俄罗斯人。"她突然解释一般告诉何值。

何值没有回答，像是睡了，也许只是沉默，这正是米真真最郁闷的时候，如果有疑问他也绝不会有所表示。好像，他早就明了米真真多少次试图出轨而他又看透她不会真正出轨。

米真真无法真正猜透丈夫的心思，却很明白自己不会轻易出轨。她在熟食店门口决然离开瓦夏就是证明，在男女关系的某个时刻走钢丝，却不真正坠落。如果没有她值得为此失去一切的激情，她宁愿采取退守的姿态，这也正是米真真常常感到寂寞的原因。

她和丈夫沉默在夜晚的黑色中，夜夜睡在同一片黑色中的倦怠，何值很快有了轻微的鼾声。

为什么永红只字不提关于六月的聚会？米真真的思绪又回到萧永红，她忽然有了担心，假如聚会没有萧永红，她的"纪录"将大打折扣，萧永红仍然是五人圈子的灵魂人物。

她在犹豫是否立刻给萧永红打电话确认六月聚会，经过今天的长电话，她比任何人都更渴望见到萧永红。

这时，电话铃响，是林木。

"快打开电视，法拉盛发生血案……"

皇后区中国城法拉盛的"温迪"快餐厅刚刚被血洗，一个曾在店里打过工的南美人，带着黑人同伙在夜晚十点大摇大摆走进店里用餐，他们后来直接进了经理室，将经理骗到地下冰库，又让他打电话把楼上店面的雇员全部叫到冰库，这个血案的残酷在于，凶手拿着手枪将这六个过去一起工作过的同族的同事捆绑后，当着众人面先把经理打死，然后对着他们的脑袋一枪一个，打到第六个，子弹用完了，他们用塑料袋将第六个雇员窒息，他们杀了这么多人，却只抢到二百多元现金。他们没有想到，第六个雇员没有死，被枪击的五个人中也有一个人没有死，他们两人从地下冰库爬到楼上打电话，但是电话线被割断了。

夜晚下着雪，血从"温迪"关上的店门流到门外，将店门口的雪地染红。十点半时，地铁口涌上打工回来的中国人，"温迪"就在地铁站旁，那一大摊血阻住了他们的脚步。米真真是在电视上看到新闻拍摄画面，她看不到屠杀现场，她看到的是面对屠杀现场后的一张张脸，那是她的同胞的脸，他们七嘴八舌向记者描绘他们看到的情景，他们张大的双眸令她难忘，恐惧就在那些眸子深处，外族人是看不见的，他们看出去的China Town 的中国人是同一张脸同一个表情。

这是米真真来到纽约第八个星期，这个一开始令她兴奋激动的城市正露出她的狰狞的一面，对于暴力的恐惧，将是她在这个城市持续感受的恐惧吗？

12

~~~

从杰克逊高地地铁出站便是罗斯福大道，这差不多也是皇后区名声最差的街区之一。初初进入这条马路，一定会瞠目结舌于她的嘈杂肮脏喧嚣，路面污迹令人作呕，各种广告传单满地皆是，风一起便飞舞起来。罗斯福大道半空横贯七号地铁，车轮驰骋在超过一百年的铁轨上，其声响真是惊人！每每火车从半空穿越，呼啸着奔驰过来，所有的声音便被吞噬！在这条马路上营生的人们如何斯文起来？

罗斯福大道各个街口成群站着贫困的教育程度低也许身份也是非法的南美人，来自墨西哥、哥伦比亚、巴拉圭、玻利维亚、洪都拉斯等属于第三世界的美洲国家，他们的母语是西班牙语，所以整条街上飘飞着西班牙语。

米真真听华人朋友描绘，从罗斯福大道八十街数到一百街朝后，有贩毒者和站街女郎，从南美来的妓女被称为"Ten Dollars"（十美金），十美金可以成交。

罗斯福大道和皇后大桥相连，过了桥便是曼哈顿。杰克逊高地是皇后区最大的地铁转换站之一，五条地铁线交汇，其中有两条快线，坐 E 车三个站便到曼哈顿中城 MOMA，因此便能理解坐落在曼哈顿麦迪逊大道五十三街的"亚洲文化基金会"何以在杰克逊高地租公寓。

于是，来自亚洲各个国家的艺术家便有机会出入于杰克逊高地，行走在罗斯福大道，亚裔舞者画家戏剧导演电影人混杂在赌徒小偷妓女吸毒者中。回想早年的格林威治村，这两类人不也是混杂在一起吗？一九一〇年代，在西四拐角著名的酒吧"地狱的洞穴"里，一代戏剧家尤金·奥尼尔曾和歹徒们一起喝酒，耐心倾听他们的烦恼，他们亲热地称呼他"金"，他们怜悯他衣履破旧，一个小偷曾关照奥尼尔，随便去哪家百货公司给自己选好一件大衣，将尺码告诉他，他会替他把中意的大衣偷来。

崇拜格林威治文化的何值和米真真，对于杰克逊高地的罗斯福大道混乱表象充满好奇，甚至有几分兴奋。事实上，他们的公寓楼与罗斯福大道隔了两条大道，住久了才会发现，这五分钟的路程是有着阶层界限的，两条横马路将罗斯福的喧哗杂乱和肮脏挡得无影无踪。他们住的公寓楼坐落在一条与大道呈垂直的小街，这里树影婆娑，红砖外墙四层楼房整齐排列，楼前有一方一方的草坪，几无行人，路面洁净。这里的公寓楼，并非任何人都能搬进去，难怪接待他们的玛瑞强调，这里的邻居非常 nice（友善）。

他们的楼里住着每天来往于曼哈顿的单身白领，和已经退出曼哈顿上班族生涯的老年夫妇，以及基金会的客人。这一类共管公寓，任何居民迁入都要经过业主委员会的讨论审核，是为社区的安全纯洁设防，也许很有可能，也成了某个人种被拒绝的借口。即便只是匆匆过客，米真真和何值便已经感受到纽约也并非自由得通行无阻。

米真真以一个外乡人带点惊慌和胆怯、不时会踉跄一下的脚步从地铁站匆匆跨上罗斯福大道，然后拐进与罗斯福垂直的七十五街，路面瞬时洁净安静，有砖墙的二层 house，多是牙科诊所律师事务所，行人突然就从这条街消失，米真真走过这段街时能听见自己充满焦虑的脚步声。她正匆匆奔向家门口三十五大道的公立小学，三点半已经到了，孩子们在老师的陪伴下站在校门口，等着家长领孩子。如果过了时间，老师会打电话满纽约找家长或监护人。米真真与何值第一星期因迟接孩子便得一纸通知书警告，如果再有这样的疏忽行为（不按时接孩子是疏忽行为），他们将把孩子交与儿童监管组织。那时他们不再听你任何解释，没有理由，只有法律。然后，你要从那个组织要回孩子就变成一场噩梦，在美国，你可不能对孩子有任何疏忽。

　　米真真和何值是先在这样的小事上体会到了"法治"国家的无情。他们再不敢怠慢，仔细指定时间表轮流回家接孩子，轮流在下午的这一刻体验焦虑，和人生突然被时间刻度切断的苦恼：无论在哪里无论在干什么，短针指向三长针指向六这个时间刻度图案像符咒一样悬在这一对忙着体验纽约人生的父母身上，令他们会突然神经质地跳起来，而后决绝地离去。

　　在急急奔向学校的路途上，米真真又被打扰了一分钟，有个比她更急促响亮的脚步声从后面追上来。在这个阳光炫目的下午，她仍然不无警觉，她转过头，一个亚裔女子正朝她奔来，脸容焦急语言陌生，原来她是个迷路的韩国人，把米真真当作同胞，如果不是急着接孩子，米真真很愿意亲自将她带到她要去的那家韩国杂货店，向一个更晚到的外乡人指路，并看到她宽慰的笑容，米真真获得片刻的满足。

领回儿子小鸥，她便带着他去邮局，邮局在排队，便去银行，银行也排队，便去超市。她的脚步快，小鸥要小跑才能跟上她，再加上邮局银行进进出出被妈妈拉来拉去很不爽，小鸥发起脾气不肯跟她进超市，他向她叫喊："我恨你走路快，我恨你老是急急忙忙的……"

她一愣，对呀，她已领回孩子，为什么还要急急忙忙的？她没有意识到这正是她在纽约的状态，急急忙忙地赶来赶去，为了进入并且占有这个梦幻一般的城市，她有点力不从心了。眼下她必须去超市买食品，接着回家给小鸥补中文，之后煮饭吃饭，六点半她又要往曼哈顿赶，去西村的外外百老汇剧场，假如何值及时赶回家的话，当然他应该赶回来，今天晚上轮到她去剧场。

"我们买了东西赶快回家，妈妈还要给你默生词……"

一听到默生词，小鸥的泪水立刻流出来，哭着控诉："我不要回家，我恨默生词，我恨你！"

米真真心里恼火但也不好发作，在纽约街头教训自己的孩子，不知会给自己带来什么麻烦。

"你要是再哭，超市的牛排要卖光了。"

"我不要吃牛排，也不默生词。"他已看出妈妈在公共场合表现的软弱。

"你要干什么呢？"

"我要看动画，还要喝可乐。"

"那么我们先去超市买可乐，动画也要回家看是不是？"她忍着气尽量和颜悦色，在纽约街头取悦自己的孩子。

"你不要骗我？"小鸥不敢相信妈妈这么好说话。

总算顺利进了超市，又顺利回家。

但一进家门，米真真立刻翻脸。这里儿子在倒可乐开电视，那里她先去关上所有窗子，拿了儿子做算术用的尺，不由分说将儿子拉到卧室。

"我问你，你以后还敢不敢在路上敲诈妈妈？"

"什么叫敲诈？"儿子问，嘴一瘪一瘪的，泪水已经下来。

"就是不许在路上向妈妈提出无理要求。"

"要是提呢？"

"我现在就要教训你。"米真真用尺打儿子手心。

儿子哭声响起来，一边说："你朋友说过在美国不可以打小孩，美国邻居会报警的。"

"我已经把门窗关了，邻居听不见。"米真真啼笑皆非，却不得不作恐吓状，"我告诉你，我们是中国人，按中国规矩做事，你要是以后再敢在街上跟妈妈无理取闹，我就回家揍你，记住吗？"

小欧哭着点头，却又说："你说过给我喝可乐看动画，你说话算数。"

"谁不算数啦！不过你只能喝半杯可乐，看半小时电视。"

她去倒了半杯可乐，又把定时钟拨好。

"半小时后默生词。"

米真真话音未落，电话铃响。

"你在干什么？"

"教训儿子！"

章霏便在电话那头笑，她拿着电话到卧室把与儿子对话告诉章霏，章霏更是笑得喘不过气来。

"哟哟哟，大人就是阴险，小孩怎么弄得过大人？被你弄出个中国规矩美国规矩，亏你想得出来。"

"你还笑，我现在总算理解这里的中国家长的烦恼，没想到在美国管教孩子一不小心会触犯法律。"

"可是中国家长也太封建了，怎么可以打孩子？"

"你没有孩子就没有这方面的体会，我告诉你孩子是动物，偶尔打一顿还是有用的，美国人就是太纵容孩子，弄得孩子没有心理承受力，成年后遇到大一些的挫折不是自杀就是他杀……"

"哗，被你形容得好吓人，不过，也不无道理，想当年我们在小学就遇到'文革'，什么坏事恶事没见过？今天不也是好好的，也没有变态嘛！"

"……"

"喂喂，怎么没声音？"章霏在那头问。

"我在听呢……"

"怎么搞的，我最近又开始梦见过去的事……"章霏的话让真真一惊。

"都是噩梦吧？"

"嘿，那时候留给我们的只能是噩梦了！"

"说不定已经变态，我们自己不知……"

"你不要吓我……"

"我在想我刚才对待儿子的方式，是不是有当年的痕迹？"

"什么痕迹？"

"两张嘴脸，翻手云覆手雨……"

"没有这么严重……"

"……"

"再说我们当年也是受害者……"

"仅仅是受害者？"

"除了受害，我们还能干什么？"

"那天萧永红说起一九六九年五月六日的晚上……"

"那天晚上发生什么啦？"

"你也忘了？"

"差不多有三十年了，怎么记得住？"

"郁芳的妈妈被批斗，当晚她跳楼自杀……"

沉默。

"那次批斗有人把痰盂扣到她的头上……"真真说。一个画面突然从记忆里跳出来，当痰盂扣到郁芳妈妈头上的一刹那，她抬起头，尿水和浓痰从她脸上流下，她的目光与站在人群中的小女生们相触。多么痛楚绝望的目光，她曾是她们的老师，幼儿园里最美丽的老师。

"真恶心，就是你们弄堂那个癞痢头干的，听说他后来也不得好死。"

"那次批斗我们都去看了……"

"那时候的我们跟着人群哄来哄去，我们什么都不懂……"

"后来，我这么想过，如果我们不去挤这个热闹，也许她妈妈不会受那么大的刺激，她，毕竟做过我们的老师……"

"不可以这么假设……"章霏阻止地喊道，"那种事情说了也不会改变……"她喘了一口气，平静下来，"真真，郁芳妈妈的神经本来就不太好，她年轻时就受过刺激，郁芳爸爸有一条腿是义肢，但婚前他没有告诉她妈妈，新婚之夜，他脱衣时把假腿也一起解下来，郁芳妈妈当场就昏过去……"

"哦……"

"我是说郁芳妈妈和郁芳也是他们家的受害者，他们这个家，男人都是无赖，女人又美丽又善良，可是太软弱了……"

"那次为什么要批斗她呢？"真真在问，连批斗的原因都记不得了。

"好像是幼儿园大扫除，她用报纸擦窗，报上有毛主席像……"

真真再一次被一种没有出路的愤懑扼制，她觉得胸口发闷。章霏说得对，一切都已经无法改变了，除了忘记你还能做什么？一个如此野蛮荒谬的时代，如果忘记不了，心里会只剩下恨。

"喔，真真，我是要告诉你我给你买了一套AT&T的电话机配录音装置，明天上午，店家会给你送来，你回中国时可以带走……"

"喂喂，你在说什么，无缘无故送我电话机干什么？"

"你现在的电话机没有录音多不方便，你又经常不在家。我最恨的是打电话找不到你，又没有办法留言，总之，你不用在意，我这是为自己着想，你在美国的日子，我可以时时抓住你，你不知道你来美国我多开心，生活中有个可以随时找她说话的朋友多重要……"

孤独的水从西岸向真真涌来，她被那水噎住了。

录音机装好的当天真真便收到瓦夏留言："Jinjin，你怎么样？还在难过吗？怎么见不到你？请给我电话。"

难过？真真一愣！立刻想起那天与瓦夏分手前在地铁的遭遇，怒气冲冲的老黑人，她自己不可理喻的恐惧，而瓦夏在那一刻给予她的援助使他的魅力又添了几分光彩，她没有把握是否会跌入他拉开的情网。然而，就像瓦夏说的，她一直活在现实里，太现实了，她不想让自己陷入没有任何结果的关系中。

"谢谢你的电话，我想我已经把那件事忘了。"她给瓦夏电话，她的语调轻快，是刻意的轻快，"我也很感激那天你陪我回家，还有我们一起度过的愉快的一天。"

"可是，我觉得像被你抛弃了一样，"瓦夏笑说，却又十分真切，令真真的心一阵激荡，"自从那天以后，我却见不到你了，你为什么不来'中心'了？你不来了吗？"

"我怎么会不去'中心'呢？"真真笑，她被他的率真吸引，"这两天我在 MOMA 的电影资料馆看资料片，MOMA 好像开始罢工了，我很怕发展下去会闭馆，所以我想这些日子在那里多待会儿。"

"就像什么东西在推着你，为什么那么着急？"他问她。

"因为我是这个城市短暂的居留者，我只怕时间不够用……"她笑说。

"时间永远不够，对任何人！"他也笑，"没关系，你忙你的，知道你很快乐，我就放心了。再见！"

道别得猝然，真真一时怔住。

13

星期五傍晚何值和他大学同学相约在五十三街 MOMA 门口。舞美系毕业的同学多在纽约的艺术领域打拼，确切地说，是在纽约成衣界打工，他们为纽约台湾人开的花布公司提供花布图案，业余时间——如果还有业余时间——画一些纯粹的架上画，在纽约画廊偶尔卖出几张画。

每星期五傍晚六点以后，MOMA 以自由付费方式收票，留守纽约的老同窗一年中至少有两次相约在星期五晚的 MOMA，如果有朋友来纽约就增加聚会，付一个夸脱（二十五美分）便能观赏所有的走在世界艺术潮流前端的大师代表作，同时也解决了聚会场所。很多时候并非是为了观画和相聚，仅仅是为了进入令他们如归故里的艺术空间，令他们振奋却又伤感的空间。墙上的画和相知的同行让各自在生存的挣扎中已坠落的梦想再飞翔一次，至少不要让岁月在碌碌无为中飞快流逝，心在疼痛时也是灵魂清醒的一刻。

这天伊浩森也来了。他是真真和郁芳老弄堂的同龄邻居，小学曾同班。伊浩森当年考入大学的艺术系，但进校半年体检查出肝炎被退学，之后有三年时间伊浩森在医院的病房进进出出。一九八七年伊浩森拿到美国签证时，真真已结婚，之后，大概在一九九二年，何值曾在马路上遇见伊浩森，他长发披肩胡子垂胸，完全波西米亚化了，何值就是这么向真真描绘的。胆小个小细腻敏感的浩森波西米亚化地走在阿飞街上？米真真想起来就吃惊不已，并为自己没有见到已发生蜕变的少年邻居而遗憾不已。

浩森直接从公司过来。已成上班族的他毫无波西米亚痕迹，西装领带不留胡子头发剃短三七开还戴无框眼镜。何值几乎认不出他来，而真真看到的是一个类似于浩森父亲的人物，多年前他的父亲就是这样的装扮。真真拉着十年未见的浩森在MOMA门口开怀大笑，以致一旁的小欧不快地问何值："我妈妈怎么那么痴（疯疯癫癫）？"

那晚来了六个校友，何值已随他们进了展馆，真真和浩森不能在展馆畅所欲言，干脆退到露天咖啡座，后来一大帮人干脆都坐到咖啡座，但一拨人一起说话声音太响，索兴就去了浩森寓所。

浩森虽然衣冠楚楚，却开了一部残破不已的福特车，真真一家就上了他的车，其他人上了另外一部六人位的家庭车。

浩森家在布鲁克林的Greenpoint，用中文翻过来就是"绿点"。"绿点"在连接曼哈顿和布鲁克林和皇后区的河流边，是一片废弃的工厂区。六点半的曼哈顿熙来攘往拥挤着下班的人潮，"绿点"却空空荡荡不见人影，薄暮里河边废弃的楼房和无人收拾的工业垃圾飘着阴森的气息，马路空阔，大小形状不一的废墟，让人想起枪战片中，突然从废墟堆里射出的子弹，空阔的街上蹿出亡命徒。河边最大的一幢厂房挂着同样巨大的招牌，上书："工厂和艺术家"。浩森指着它道："我的家就在这栋楼里。"

何值感叹："当年的苏荷可能就是这样？"

"对，这里和旁边的威廉姆斯伯格被称为新苏荷，威廉姆斯伯格有大量无名画家的画廊，什么时候我带你们去走走。"

米真真却有其他担心："这里有没有安全问题？"

"小心就是了。"

"怎么小心呢？假如晚上回家……"

"晚上不要步行，把车开到大楼门口……"

"假如潜伏在大楼旁呢？"

浩淼笑笑没有回答。浩淼正把他的破车停到河边的停车场，这里全部是破车，数量之庞大，这停车场竟像一件波普艺术风格的作品，颜色缤纷的破铜烂铁，充满对现实的嘲弄。

"是故意开破车吗？"

浩淼又是笑笑。"我去年买了一部新车，停在这里第二天就被偷了。"他说道，语气平淡，真真却愣怔半晌，弄堂里最胆小的人却住在布鲁克林的废厂区——夜黑不能步行的地方？

他们先是站在大楼门口等着另一部车子的朋友过来，这栋旧楼红砖墙面染上油污在暮色里暗沉沉的，窗框和门框已刷上白色石灰粉，河边风大，破铜烂铁从四面八方发出声响，米真真不由紧紧拉住儿子。

浩淼笑："没关系，现在不会有事，天还亮着。"

真真仍然紧紧拉住儿子："浩淼，你怎么敢住这种地方？"

"租金便宜，而且仓库面积大，没有画家不喜欢。"正饶有兴趣打量周围的何值代浩淼回答，"我想，我们是来对地方了！我们还以为纽约不再有穷文艺家街区。"

我们？当然不包括妻儿。何值索性走到马路中间，以一种拥抱的姿态面对这一个可爱的破破烂烂的想象中会出现枪战的街区。

　　她几乎是同情地看着何值，如果没有家庭拖累，他会走得更远，走在日常之外的旅途，或者说逆行在人行道上。家就在背上的行囊里，在他看来，连这个身体也是临时的皮囊。逆行，就是要抖掉标准化人生的尘埃，所有的身外之物，异端反叛，一贫如洗，那也是对普遍价值一场旷日持久的战争。

　　她曾经欣赏和崇拜他的生活方式，然后被这种生活方式伤害，他们已经分道扬镳一阵，却又走到一起，因为他们已在时间的化合——磨蚀胶合之后，成为真正的家庭成员。

　　现在的真真学会安之若素，在他身边展开自己的生活，她终于懂得当试图改变他人时不如改变自己，这是更接近真理的态度。即便有争吵，也不再伤筋动骨，重要的是，一旦冷静下来，才能客观面对配偶。比如此时，她晓得他一定再次蓦然惊觉如何成为有家室之累的正常人，他只能在想象中逃往自由之途。她晓得应该对他的遗憾持同情态度，然而，她感受到的是沮丧。

　　米真真拉着儿子退到大楼门口，浩森为他们打开大门："我先把你们带到楼上，他们一定迷路，反正有地址总是找得到……"

　　浩森是指另一部车，但何值要求呆在楼下等他们，他已点燃香烟，这表明他需要享受一会儿孤独。

　　真真拍拍浩森说："噢，不用管他，我们先上去。"

　　楼里的情景让米真真更加叹为观止，空间空旷破旧，走廊如遂道般幽深。真真想起和瓦夏一起历险过的工厂大楼，比较起来，浩森住的这栋楼更工业化，头顶上裸露的管子和电线纵横交错，粗粗细细的管子和电线无以计数，中间更有像锅炉一般的巨型铁铸锅，儿子小鸥兴奋地奔跑躲藏，嘴里喊着，太好玩了！太好玩了！是啊，是好玩，有时候你会觉得这些艺术家的生活更接近娱乐而不是苦难。

浩森和真真一起终于把东跑西蹿的小鸥抓住并一人一条胳膊将他拽上铁楼梯。从边门进到另一栋楼，又曲里拐弯几次，浩森终于说："到了！"

是一间空空荡荡的仓库房，足有一千多平方尺，里面一无所有，噢，除了墙边堆着一摞纸箱。小欧又是一阵兴奋，又喊又叫一阵武打，米真真则是瞠目结舌。

"浩森，这是你的家？怎么没有家具？你睡在哪里？"

浩森不动声色将她带到房间底部，那里靠墙有架木梯，他走上楼梯，将天花板上的顶板打开，原来上面还有阁楼，浩森扶着真真和小欧进入上面，尺寸缩小很多但也更接近家的尺寸的空间，上面有厨房浴间和小小的卧室，加起来也就二百多尺，小欧已经滚到床上并打开电视机。

浩森要去门口接那一车的朋友，米真真跟着他退回楼下，对着空荡荡的仓房她不由问浩森："你一直没有结婚吗？"

"我的女朋友在旧金山，本来打算在她的城市结婚安家，当时我开了一部卡车，把我所有的家当都带上，但我不能适应西岸的生活，最终又搬回来了，"他指指角落叠成一人多高的纸箱，"我从西部搬回的家当都在那些纸箱里，还没有拆呢！"

"这间房用来做画室吗？"

"租下来时有这种打算，但我回到纽约就进了公司，一时腾不出时间画画。"

"那么，最终你是要……"

"做个一两年在钱上有点积累，我还是要回来画画，我不会一直在公司。"

她不响，在消化她听到和看到的一切，过去的那个浩森越来越远，那个胆小如鼠、循规蹈矩的上海职员后代，可是发出感叹的是浩森："真真，没想到，你和何值一直坚持到现在。"

"坚持？"

"喔，他选择的生活我知道很不容易，我以为你和他不会太长久……"

突然有委屈涌起，真真耸耸肩，带点自嘲："我也没有想到，竟能和何值走到四十岁，他三十岁上还说，活到四十岁已经很老，五十岁就自杀。嘿，他现在也认命了，做正常人了，希望平安度过中年，并且安享老年……"

真真笑起来，浩森也笑，无论如何和浩森相遇是多么开心的事，不啻是见到娘家人。

"是你强加给他的吧，关于正常？"

"我没有那么大的力量，是生活，没有比生活本身更大的力量，"真真深深叹气，"你知道，当初跟着他就是为了逃避现实，阿飞街的现实。"

"阿飞街的现实？"浩森笑问。

"正是阿飞街的现实让我窒息，我们这些阿飞街的无名之辈其实最有反叛性，是吗？"她笑问浩森，"问题是我跟着何值走，走着走着，却忘了初衷，把他拉回现实，我也是其中的一股力量。不过，对于我，他也同样是其中一根击碎我梦想的棒头。"

浩森探究地看着真真："真不敢相信，你可以轻松地说出这么一番沉重的心得。"

真真摇手又摇头："不沉重，只是失望，但是，谁不失望？最近我一直在和我们阿飞街的女生通电话，跟她们比起来，我的生活很平淡差不多是平庸的。"

浩森的双眸亮出惊喜的光芒："你们还保持联系？她们在哪里？"

浩森过去在班里年纪最小，个子又矮，女生们反而和他最接近。

"章霏在美国，萧永红在加拿大，郁芳在香港，戴珍妮还在上海……"

浩森的眼神有些涣散，显然他已走神。即便他现在住纽约新苏荷的仓库，对阿飞街的她们仍怀着憧憬？他是对其中哪一个还保留着温柔？真真很好奇，但是他们没有来得及就这个话题深谈，何值已带着那一车人进来，他们的说话声在大楼里发出轰隆隆的回声。

这个晚上，他们就像进行画展开幕酒会，一群人在空空荡荡的仓房站着喝啤酒，四壁空白，但比挂上画还令他们激动，他们对着这大片可贵的空白，有着许多遐想，对可能进行的画展展开热烈讨论，何值说，他打算在这个画展做一件他已思考很久的装置，这一刻他带他们回到飞扬的时代，以为梦想就在前面，可以重新出发。

后来浩森带着他们爬上阁楼，又从阁楼爬上屋顶，曼哈顿高楼群轰然扑面，无以计数的钢的森林，巨型、坚硬，气势的冲击力，就像海浪：波澜壮阔，铺天盖地，其中的帝国大厦和世贸大厦更是巨浪滔天般汹涌，是森林中的恐龙，任何人任何物骤然间丧失立足之地被钢筋恐龙吸过去，吸在它的缝隙。

喔，繁华景象原是最令人压抑的，此时只有惶恐和丝丝冷意，假如你在这个超级大都市什么都不是的时候，至少，反叛的姿态能让你感受自己的存在！这些中国曾经的艺术家们在为脚底的厂房喝彩，它是眼前繁华世界的间离，是一曲颂歌里的不协和音。就像浩森形容，黄昏，坐在这里看着太阳从曼哈顿的楼顶消失，你告诉自己，我还在。

何值开玩笑地吟诵起某个纽约作家的句子：“请问是什么阻碍了他的生活，而这种生活也正是我企盼的？”

真真看出他的朋友们都有了感慨，他们几位都有家室，有儿女的住在新泽西，没有儿女——他们中的大部分没有儿女——住在皇后区。皇后区在纽约市，虽然人口比较杂乱社区不太高尚，但交通方便，没有儿女暂时不用操心学区。他们没有浩森的极端和彻底，将自己的家搬进真正的工厂区，搬进仓库，将自己的生活变成标本。

何值将要到来的大篇议论令真真陡生厌烦，她从天窗爬回阁楼，陪儿子看动画片。她突然记起，浩森过去也是住在阁楼，在弄堂洋房里，一栋楼住三五户人家是常有的事。浩森家住在底楼，只有一间被称为客堂间的大房，和一间没有窗的储藏室，家里有四个兄弟姐妹，所以客堂被玻璃门拦成两间，半间睡父母兼起居，半间睡姐妹兼书房，储藏室上是阁楼，挖个小窗，给浩森和他的哥哥睡。阁楼是离开中国的基本动力，这是浩森离去时的名言。真真相信，那也是阿飞街许多人出国的动力。

让她深感意外的是,纽约十年,浩森他仍然在睡阁楼。当然，此阁楼已非彼阁楼，这是可以选择的“阁楼”，这个阁楼便有了境界，这才是让浩森彻底离开阿飞街的途径，真真突然醒悟。她很后悔没有把小摄像机带在身边。

14

～

浩淼将何值一帮人留在屋顶，自己退回阁楼说要拿东西招待小鸥，但小鸥跟着动画进入二次元，对浩淼送上的可乐和巧克力视若无物。浩淼便在一旁走来走去，见他心神不宁的样子，真真问："浩淼，你是不是有事？"

"不是不是，"浩淼张开手臂苍皇地似要阻止或者拥抱什么，"我在想……"他有些腼腆地笑笑，"你可不要笑我……"

真真摇头，等他说下去，心里似乎明白大半。

"你刚才说章霏已经离婚，她……现在……喔，我给她打电话她应该不会见怪？"

"不会，绝对不会！她最喜欢有人打电话给她。"

真真朗声回答，心下却吃惊，以为他更倾心郁芳。

"我……想追她呢！"

浩淼坦率脸却一红，真真感动，想着章霏纠葛很多现实性极少的恋爱，她该为章霏高兴却忍不住为浩淼担心，她觉得他难以把握章霏，一时不知如何回答。

"这么多年过去，彼此已经像陌生人，我知道我对她不了解，向往她是因为青春期的渴望，本来以为应该忘记了，可是刚刚听你说到她的状况，心里怎么又会升起希望？"浩淼在问自己，笑得无奈。

真真便有莫名的伤感，见他在等她回答，她便笑着点点头："可以试试，她现在也是很彷徨，她原来的丈夫虽是华人，但到底出生成长在不同体制的社会，完全是两种思维方式，比如对一件事的判断，章霏她跟我们一样，是有是非的，我们中国人，喜欢用'对''错'来衡量，她的丈夫告诉她，他们没有对错，他们只有法律，他们的常用词是'合法'或'不合法'，仅仅这一个差异就已经让她郁闷，这已说明，即便讲同一种语言用的语词也完全不同，所以章霏说她在精神上一直有孤独感。"

岂止精神，还有漫长的肉体寂寞的夜晚。但是，如果没有这次婚姻，章霏能有今天西海岸的一切？高尚地区的 house，高价学生身份，和全职恋爱，她通过合法方式摆脱了为生存挣扎的人生，这才是至关重要的。到底应该用什么样的价值观来衡量她的得失？这也是米真真的困惑。

浩淼的镜片后的眼睛里是深切的同情，真真想把章霏所有的故事都告诉他，浩淼的安静倾听令她有述说的热望，至少应该让浩淼通过真相来接近章霏，然而这是章霏的隐私，必须由她自己告诉浩淼。

"我原来的女朋友也是外族人，是犹太人，我去西部是想跟她结婚，可是发现没法融入她们的文化，他们是非常传统的犹太家庭，男孩子梳着细辫子，每个周末都要过安息日，还要去礼拜堂，家族有聚餐，餐桌上有祈祷。我没有信仰，在他们眼里简直是异教徒。"浩淼深深吸了一口气，"在美国，能和知根知底的人成家真是福气呢，至少可以一起吃米饭！一起用上海话讲讲上海往事，啊，我们已经到了需要从往事中获得快乐的年龄。"

浩淼没有变，仍是那个弄堂里的少年，脆弱敏感然而真实，他有痛彻心扉的往事吗？

真真的目光在打量屋子，她颇有意味地笑笑："可是浩淼，章霏是很现实的，你知道，我们阿飞街的女人都很现实……"

"我知道你的意思，结婚的话，我会把这里租出去，另外找住处……"

"那太好了，章霏能和你在一起是最理想的了。"

真真的心里却有几分遗憾，章霏的前婚姻没有身体爱，她现在需要补偿，她要肌肉强健的男人，要子宫的充实。浩淼这一型不是她要的。

但真真并非不相信浩淼将会找到另外一个章霏，那个爱哭爱撒娇没有安全感性情单纯的女孩子，怎么没有可能？不是说女人是架钢琴，就看谁来弹奏她吗？她当即拿出笔，把章霏的电话和地址龙飞凤舞地写在他的白色纸桌布上，一边笑说："你晓得吗，现在楼顶上的何值，心里一定后悔死了，他正在羡慕你无牵无挂，住在这么酷的地方，眼看你的艺术人生先从形式上完成……"

毫不掩饰的嘲讽，浩淼拿不准真真和何值的关系。

这晚，浩淼执意开车把真真一家送回去，何值坐在浩淼旁边的副驾座上，滔滔不绝地谈论着他们将要在"绿点"仓房举行的画展，他可能实现的装置艺术，他甚至遐想可以在里面展开一次多媒体演出。

米真真没有参加他们的谈话，她和儿子坐在后排，两双眸子在一闪而过的灯光里睁得滴溜圆，像动物的眸子闪闪发亮，但小鸥那双眸子很快就合拢了。车行在皇后大道上，皇后区是住宅区，没有高楼，皇后大道街面宽阔，两旁的店铺是平房，不知为何让人想睡觉，真真也睁不开眼了。

朦胧中有点像回到七十年代的淮海路东端，从百仙桥回来，两旁是小铺子矮房子，布店鞋店比较集中，白天很拥挤，入夜后，店门都拉下卷帘门，白天的拥挤变成一街的宽阔。真真和章霏、珍妮一起坐在二十六路电车最后一排，都在打瞌睡，二十六路从外滩开来，那时觉得去外滩很遥远，她们去外滩公园宣传毛泽东思想。那次浩森和她们一起去，却在那里把他丢失，她们在外滩兜来兜去找他，喊他的名字嗓子都哑了。最有责任心的萧永红和郁芳先把她们三个送上二十六路电车回家，她俩打算步行回家的途中再找找他。二十六路到百仙桥以后就行驶在淮海路上，她们知道离家近了，一下子懈下劲反而打起瞌睡，间中睁开眼，发现淮海东路有一种别样的辽阔。

她猛地睁开眼听见何值和浩森的说话声。

浩森在说："这里的房价到目前为止还是很便宜，如果你长住，我可以帮你弄一间。"

"可惜我们只有半年时间，到今天为止离回家已经四个月不到一礼拜。"何值的口气遗憾。

"没有考虑留下来？"

"噢，留下来干什么呢？"何值问道，口气却不容置疑，他绝不考虑留下。真真突然坐直身体皱起了眉头。

"纽约做剧场的空间很大，不仅是剧场，什么可能性都有，就人生的体验来说，真是够丰富的，假如不把赚钱放在首位。"

"但还是要解决生存问题。"

"当然，可是也不是非常难，手上有技能就不怕饿死。你有过绘画训练，至少可以和他们一样去画花布。"

"不不不，"何值大摇其头，"画花布？"他自问，嗤地一笑。

画花布怎么啦？在国内也有生存问题。真真在后排不满，但她不响。

"真真，你觉得呢？"浩淼却回过头来问她。

她有点意外，何值和朋友们谈话，几乎没有人需要询问她，浩淼到底是从阿飞街出来，有着某种可以称之为绅士的气质，所以她也力图显得心平气和。

"在国内不画花布，但也要做其他事，到哪里都有生存问题，都要为生存做你不想做的事。"

"我可以通过申请不同基金会的基金解决。"何值说。

"这是不可靠的，申请过程很麻烦，时间又长，为了得到批准，你得为不同的基金会做节目，这样你的艺术又有多少纯粹性？"

何值不响。真真自问，她并没有留下来的念头，可是为什么对何值离去的坚决性产生反感？瓦夏的脸在她眼前一闪，他曾问她，为何不留下？难道受瓦夏蛊惑？她暗自一惊。

"如果回去能够做自己想做的事，当然更好，到底是在自己的城市，"浩淼感叹，"当年出来是觉得在国内已山穷水尽，现在情况好多了。"

"其实文化的开放性还不如八十年代，只是经济上开放很多，现在是商人的好时代，想起来很惨，我们等啊等，没想到等到的是一个'金钱至上'的社会，话又说回来，对我们这类人未尝不是好事，我已经想象不出在一个对各门艺术只开绿灯畅通无阻的社会，我是否还有斗志？我害怕我会休息下来。"

何值心平气和。

浩淼一个劲点头："我能理解，说到底艺术家都有受虐倾向。"

真真笑了，他们一起笑，于是话题便转到艺术家的个性。

浩淼对何值说："真真跟着你这么多年，不容易啊！"

这是今天浩淼第二次感叹，可因为是对着何值感叹，让真真对浩淼心怀感激。在何值的圈子里，认为女人是应该为艺术家牺牲的。

浩淼继续道："知道吗，我们阿飞街早就具备市场经济的特质，阿飞街很多女孩子把自己的美丽当作资本，她们投资时很小心……"浩淼的比喻让真真和何值大笑。

"你不会想到，真真制作了一个纪录片，在荷兰鹿特丹电影节上放映，内容和我的剧场有关……"

何值更愿意把真真引为 partner，上海人说"搭子"，共同生活了许多年，两人终于磨合成搭档，这到底是幸还是不幸？

这时的何值想起他们的第一次相遇，那时的真真已完成生理上的发育，饱满、多汁，他们是从性爱发展成情爱再发展就成了互相依靠的亲人。激情是短暂的，亲情才长久。这是他们之间的名言，当他们共同意识到已经很长时间没有性生活，这句话足以自嘲和安慰。

但也许他们俩并不庆幸他们还在一起，还有什么比情人成为夫妻更令人遗憾？然而，他们又深知世上没有真正完美的关系，人们每天都在做取舍，到今天的状态，也是他们各自选择的结果。

何值已把浩淼引为知己，到家后，他邀浩淼上楼再喝一杯酒，这倒让真真有些意外，何值是有点孤僻的，而且也很少喝酒。

终究何值不胜酒力，倚着沙发打起了瞌睡，而小鸥从浩森的车里搬到自己的床上就没有醒过。

已过十一点，四周没有人声，只有马路上停泊的车子突然响起警报声，并且引发周围的车辆"报警"，连绵成一片声响。疾驰而过的敞篷车冲出惊天动地的摇滚乐，让人想起这是个周末晚。浩森和真真又叙了会儿旧，临走时他告诉真真，宋子晨住在华盛顿的郊外，有个五岁的男孩，他自己的父母在纽约，所以他经常会来纽约。浩森补充说，他的妻子回上海了，宋子晨的婚姻快结束了。

米真真得承认她听到这个消息比今天在现代美术馆门口遇到浩森还要让她惊喜和意外，如果说阿飞街除了小哥哥还有哪个男生值得让女生们注目遐想，那就是宋子晨了。可留在真真记忆画面上更清晰的是他父亲的形象，阿飞街著名小开，美男子，深凹的大眼冷冷，高挺的鼻梁傲慢，留着长鬓角性感，在阿飞街上目不斜视地踱步，老阿飞呢！

她又一次想到郁芳，刚进中学同学们就把郁芳和宋子晨扯在一起，完全是根据他们的外貌来相配，但是，后来他俩的关系就变得复杂了，郁芳出事，有一度子晨是众矢之的，他们之间到底发生过什么事？令真真为之猜测并痛苦。

然而郁芳对老阿飞从来没有好感，她常说他这种人没有灵魂，金玉其外，败絮其内。可这不说明郁芳不喜欢子晨，她要米真真注意子晨父子俩的眼睛又像又不像，他说老阿飞徒有其表，眼睛空洞，子晨的双眸是深邃的，到了他父亲的年龄，他一定很有魅力。

郁芳不认为子晨父亲是美男子，真真有些遗憾，但她不想和郁芳争论，因为郁芳是美女，所以似乎她更有权力评价何为美。然而，在米真真看来，子晨一家是阿飞街最体面最漂亮的一家人。老阿飞的太太也是漂亮女人，虽人到中年微微发胖，但皮肤光滑滋润胖得富态。最光彩夺目也让整条阿飞街为之动容的乃是他们家的长女宋宜朵，她是阿飞街街花。

为何郁芳对老阿飞这么挑剔？直到郁芳告诉她她母亲对自己婚姻的失望，她才明白郁芳的感受，因为她厌恶她自己的父亲，所以，她也连带厌恶跟她父亲是同类的宋家主人。

真真把浩淼送下楼，他坐上车后，她却把住车门关照道：

"你可不要告诉章霏关于宋子晨的状况，她以前很迷他的。"

浩淼对着后视镜微微一笑：

"我知道，你们都喜欢过子晨。"

她一怔，在这一点上她和章霏一样，无论有过多少次迷恋，她们终究都没有如愿，青春是这样郁闷吗？！

她帮浩淼关上车门，破破烂烂的福特车平稳缓慢地驶向前面的十字街口。突然一辆奔驰敞篷车携着震耳欲聋的摇滚乐飞驶而来，几乎是擦着福特车的破身飞过，车里是一群深肤色的南美少男少女，长长的黑卷发已经飘扬过十字街口，青春也是可以这样的喧嚣和狂放。她看到从街口转弯的福特车里伸出浩淼的手，他在和她挥手道别呢。

15

夜深沉得再也没有声音，真真仍熬不住心痒给章霏拨电话，急着把浩淼的告白传递给她——"我……想追她呢！"真真为章霏感到安慰，在她险象环生的情爱路上，却突然出现个"邻家男孩"。

可是章霏不在家。真真躺在床上竟无法入睡，章霏的往事随着浩淼的告白而风起云涌。

章霏离婚后第一次回国的那个冬日，她们曾约好隔天晚上，三人——米真真和戴珍妮在章霏的亭子间相聚，戴珍妮已帮章霏把底楼房间租出去，一星期后那里就搬进陌生人，所以到那里相聚有几分缅怀的意思，她们这女生小圈子如今只剩一个戴珍妮留守在阿飞街，如果章霏不再回到这里。

章霏家的这栋楼本属于她祖母，一九四九年老太太去了台湾后，这房子便以各种名义被不相干的人占据，她那老实胆小的父亲带着一家三口一直退缩到一间亭子间。家里添了两个弟弟，一家五口住一间房，章霏出国不久，也把弟弟们办出去了。父母相继退休，他们更愿意住到老家广东茂名的老房子，以后章霏弟弟去了新加坡，章霏在泰国成家，他们也常去那两个热带城市轮流短住一阵，基本上是南方和国外两地跑，上海房子让邻居看管着。

章霏来上海度假，虽住酒店，但家里房子是一定要回来看看，并把上海的老同学一起叫来，几个人缩在潮湿有霉味的房间喝茶嗑瓜子聊往事，那是真正地回到过去。虽说当年戴珍妮家是女生主要聚集地，但有时那里聚集的人太多，女生们便拉着珍妮一起撤退到隔壁弄堂章霏的家，那里虽拥挤却也是可以随便进出，她父母早出晚归，章霏把弟弟们赶到弄堂去玩。女生们一起挤到她家的床上说秘密话，把大床的脚也坐断过。现在那张大床已拿走，房间里只有沙发，她们就一起挤在沙发上，总之，她们需要挤在一起。

这两年阿飞街的房价飙升，一楼房间更抢手，做惯生意的章霏自然也不肯失去良机，托了戴珍妮很快就把房子租出去，签完合同章霏马上就后悔，她说我以后连回阿飞街的理由都没有，因此最后一聚变得很有必要。章霏说她要准备红酒和咖啡，还再三关照她俩不要忘记。

那天，米真真晚到了十几分钟，竟看到戴珍妮站坐在章家门口，那时后门开着，珍妮说她敲不开门。可是珍妮又告诉她，这后门是底楼邻居为她开的。邻居说章霏应该在家，她亲眼看见她进房间。她们绕到前门，从底楼天井被锁住的铁门缝隙看进去，房间的窗半开着，但拉上了窗帘。于是她们又回到后门敲她家的房门。也许睡着了？二楼邻居开房门出来站在楼梯口几分神秘的神情朝她俩招手，她在这里住了几十年，和她们都认识。她把她们招到楼上用气声告诉她俩："至少在半小时之前，有个陌生男人进她家。"邻居又迅速退回她的家，她俩面面相觑，一时难以判断眼前的局面。

在工厂上班的戴珍妮的思绪很容易就滑到晚报的"社会新闻版"，她突然脸色煞白问真真会不会有人上门打劫，真真本来对这一类联想会嗤之以鼻，不过想到章霏的那些经历，米真真一时也失去了判断力。她们俩一起把脸贴在她家房门上，那样子鬼鬼祟祟，她们自己想起来都脸红。她们贴在门上果真听到称得上是可疑的声音，直到这一刻她们仍未意识自己的迟钝。

然后，她们俩绕回到前门，珍妮决定爬墙靠近一楼有一定高度的窗户，拉开窗帘看究竟，米真真才想起珍妮的体育是强项，曾是小学生运动会的种子选手。可现在的戴珍妮个子矮小瘦弱，只有一双目光灵活的大眼睛让你联想到她过去的敏捷。珍妮轻盈地爬上天井的墙，沿着窄窄的墙走到一楼窗前，很多年后米真真看到好莱坞大片里的蜘蛛人在墙壁上行走，便会想到珍妮在肢体上的天赋和她当时五体投地的感觉。

眼看珍妮的一只脚跨到窗台上，身体凑上前，手去拉开窗帘，她"啊"的一声发出短促惊叫，突然就停格在窗前，或者说就停格在章霏家的天井墙上。米真真的心脏跟着提上去，接着，米真真透过天井门缝看到从窗里伸出手臂，将半开的窗关拢。同时，珍妮已从墙上走回，爬下来，只是手脚突然干涩起来没有了先前的灵活生气，米真真迫不及待迎候珍妮回到地面，待要说什么，珍妮轻轻推开她，咬牙切齿迸出一句"我们都是大傻瓜！"便朝弄堂外走。

当时珍妮什么都不愿说便径直回家了，米真真已明白大半，突然就醒悟自己的愚笨迟钝。好几天里，她们三人互相保持沉默，米真真到底比较急躁沉不住起气，忍不住打电话问珍妮：

"她到底跟谁在一起？"

"姓陈的！"

"你是说她原来的男朋友？"

"我都不想谈她的事，我以后也不想跟她来往，我真的是很后悔很后悔。"

当章霏来电话时，米真真拿着话筒沉默，她们在电话里僵持了一两分钟，米真真道："不知是你变态还是我们变态。"不等章霏说话便把电话挂了。

米真真为了不接章霏的电话，把电话放在录音档。章霏再来电话的时候在录音机上留下一大段话，后来米真真把这段话拿去给珍妮听，珍妮说："我原谅她了，我为她心痛。"

这段话米真真一直藏着，有一天也许成为她的纪录片的重要素材，但当时米真真并没有这么多的未来计划。

"喂，算了啦，我也气我自己，我出来跟你们说一声就好了。我也没有想到我会这么蠢，我像个贼躲了起来，我不是故意的，当时我，我和他……（停顿片刻）我们在……在哭……我们有些激动，因为我们八年没见，因为离开他时我是个处女，回来时我还是个处女……（米真真吓了一跳，以为自己听错了，倒带重听）回来时我还是个处女……（又是一个长长的停顿，但重新说话时她的语调是平静的）你大概不会相信我结婚五年还是个处女，一直不想告诉你们，因为我自己也不想面对这个现实。结婚前我前夫患肝病不能有性生活，可当时我们两人只想赶快解决我的身份，他也想给我一份安定和富裕的生活，这么多年我们一直分房睡，所以离婚的部分原因也是为了……这个……我丈夫现在的妻子早年是他的情人，据说他们在床上曾经很和谐，我想她是有办法解决他们的性，那个女人至少是爱他的。她说过，我不会把他撂在另一间房，我会帮助他。他们的婚姻不仅只为生意，他更愿意回到她身边。所以离婚时他在物质上给了我许多补偿，现在，你可能才明白我当时说的，我真正的人生是从离婚开始？我后来……"

话语兀地被掐断，录音带走完了，米真真给章霏打电话，她不在，去了香港。她等了一星期才和章霏通上话，章霏在上海停留一夜便去日本，然后回泰国。不过她们并没有马上进入话题，事实是，章霏在有意岔开话题，她懒洋洋地说东道西，米真真有一种错觉，好像留在录音带里是她的梦呓。米真真后来不得不打断她说：

"你留在录音机里的话让我一个晚上都没有睡好……"

章霏就沉默下来，米真真又说："有些事情你不说，我真是想也想象不出来。"

"我本来不想说，你们……你们对我这样，我不得不说……"

"我们并不知道你发生过什么事，你不说我们也不知道……"米真真知道自己不该与章霏针锋相对，所以心里恨着自己。

"你们一定在背后笑话我？"

章霏笑问，米真真皱眉，很想放下电话，她不能接受章霏故意轻薄的口吻，她不知道这正是章霏最虚弱的时候。

米真真沉默片刻才答："你已回到上海，我们都是你的老同学。"她想说，这里不是你那个尔虞我诈的生意场。

章霏不响，米真真觉得话谈不下去又想挂电话，章霏阻止道："我觉得你还有话问我。"

"是，我不理解你为何要去找你那个青工，"她不是说过他不过是个青工吗？米真真觉得有责任提醒章霏，"既然生活重新开始，没有必要再走回头路，当时他如果对你好一些，说白了，他要是跟你结婚，你也不至于出国，是不是？"

"他当时和我若即若离就是因为已经有个未婚妻……"

"这种脚踏两条船的男人还理他干什么？"

"他现在很惨，离婚又失业。对了，你们这里是说下岗……"

米真真鼻子"哼哼"冷笑着，那个听起来就像被人扔弃的破衣烂衫的旧日青工令她鄙薄，本来是满腔同情给她打电话，现在又只剩下气愤和窝囊。

"我知道你看不起他，我也是，我也讨厌失败的男人，可是真的看到他变得这么落魄，很心痛，到底我过去是爱他的。"

"那么，你现在和他在一起只是因为过去爱过他？"

米真真不耐烦地反问，她自问是否有必要再去管章霏的闲事。章霏的回答却让她吃了一惊。

"我终于和他在一起，我是说我们第一次有了那种关系。"

"……"

"你在听我说吗？"

"我在听，不过越听越混乱……"

"我也很混乱，没有想到会这样，没有想到十年后再碰到，我还是处女，你没有看到他是多么吃惊，可以说是休克。"章霏的声音冷漠，就像一只木偶的面孔，"我是说他是我第一个男朋友，是我最执着的想要结婚的人，所以可以说这也是我等了八年的第一次……"只能用瞠目结舌描绘米真真此时的反应。"当然，我不是为了忠于他才等到现在，我和我丈夫结婚时什么都有了，只是没有性生活而已。"

"而已？"米真真怀疑自己神经错乱。

"是啊，当时的我连身份都没有，那时生存是第一位，有财产已经是异想天开，我不能再奢望更多的东西，我是说我当时觉得性并不重要，在我一无所有的时候。"

章霏直等到男友结婚才彻底死心离开上海，这个结局还未到来人人都已看到，至少她们另外四个人都已看到。只有章霏不肯相信。不肯相信只能说明她的痴迷，痴迷就是幼稚。米真真和萧永红在这点上看法一致。尤其是萧永红，简直不能原谅章霏在这场恋爱中是处于失利的一方。

　　"你怎么会为一个已经不爱你的人哭泣？"萧永红的指责铮铮有声，她一向智商过人，也好为人师。

　　米真真既不想看到章霏的眼泪，也不要听萧永红的说教，便一个人走到珍妮家宽阔的室内阳台，那里也是珍妮的卧室，阳台窗口对着花园，全班女生曾在这里模拟一场丑剧。萧永红走到米真真身边低声说："说到底，章霏生活没有目标，才会做这种庸俗爱情的俘虏，我真担心她出国后怎么办，我相信她会不断地沉溺在感情里。"

　　米真真不响，她只能部分同意萧永红的说法，她也在为章霏的未来担心，但她并不认为"不断地沉溺在感情里"是愚蠢的，她正担心自己沉溺不进情感，还担心萧永红会成老姑娘。

　　那年她们二十五岁，时逢一九八三年的春天，珍妮的花园虽然乱糟糟，但芍药和月季开了不少，姹紫嫣红得热闹。米真真和萧永红正面临大学毕业，恢复高考后，五人中只有她们两人选择重上大学，连考两年才考上。

　　这年春天的米真真有些心不在焉，她刚结识何值，两人关系迅速升温，可她又明白与何值在一起未来难有保障。章霏失恋的泪水，让米真真为她感到不值。

　　现在章霏终于办出了三个月的泰国探亲签证，投奔她的姑妈，她不打算回来，之后的工作也有了，泰国姑妈的女儿也就是表姐将要生孩子，她将给表姐带孩子。

那年只有郁芳结了婚并去了香港。

珍妮在厨房做母亲下手，这天她们为章霏饯行。珍妮家是当然的聚会场所，她们五人中还有三人留在上海，她们相信她们早晚都要走。对于出国这件事，萧永红跟其他三人的意见一致，理想的人生是在遥远的他乡。

看到一桌靓菜，章霏转悲为喜，不等别人坐下她已举筷，她的孩子气很得珍妮妈妈欢心。她从不忌讳自己的馋嘴，她说自己天天泡在珍妮家，是为了珍妮家饭桌上的菜。章霏妈妈在郊区工作，一礼拜回家一次，平常晚饭是和家人一起去里弄食堂解决。所以照章霏的话说，她的肚子一直缺少油水，无论何时去珍妮家，她都要去打开她家的菜橱夹几筷子菜吃。

章霏全心沉浸在珍妮妈妈为她做的佳肴里，眼前口腹之乐令她忘了失恋的悲哀，这使得萧永红用悲悯的语气总结道，章霏是个感官主义者。珍妮妈妈问，感官主义是什么？米真真告诉她，感官主义便是以官能快乐为上。珍妮妈妈说，官能快乐是首要的，官能快乐了精神才快乐，你们说饿着肚子还读得进书吗？她们都笑了，米真真心里说，珍妮妈妈不愧是阿飞街的妈妈。

谁能想到，这位"感官主义者"竟过了五年无性婚姻生活，在出国八年后又找回初恋男友，并把她的贞操给了他，现在，米真真和戴珍妮一点都笑不出来。

那是一次悲伤的性关系，首先失声痛哭的是前男友，他被妻子抛弃还失业，像尘土一样卑微的他，却得到已经身价千万的前女友冰冻了八年的贞操。她也哭，她暂时忘记海外，只记得出国前在他的居处，也是十来平米的小屋，她一直无法真正抱紧他，那时她只要他就够了，她的视野很小，只要一个爱人足矣，她哭泣命运的捉弄，当她终于真正抱紧他时，他已不再是她要的人了。

他不知道这八年后的第一次也是最后一次，他刚刚得到幸福就要失去，现在是她抛弃他，彻底的，没有一丝牵挂，她是来做真正的结束。当然，这一切并非是预谋，她回上海时未有过寻他的念头，是偶然的机会让她知道他的落魄，正是他的落魄令她有勇气找他，一个落魄的人才能和她生命中的空白相称，她用他来结束她的空白。

16

~~~~~~

这个星期有波多黎各人的节日，学校放假。美国民族多节日也多，节日多家长就烦恼，你得放下自己的日程安排，陪着孩子。在美国，将十二岁以下的孩子留在家是犯法的。

节日后小鸥打预防针发热，这一星期他基本上就不上学了。这样一来，真真必须留在家陪儿子，她又是一整星期没去"中心"，加起来已有半个月不见瓦夏，那次匆忙离去前她的心曾为他动摇，虽然她推拒了他……然而，生活中有个让你悸动的人，生命又有了张力。

何值一清早就去了英语学校，那也是基金会为他报名付费的学校，这间叫 Queens College 的语言学校，一度在上海也出过名，八十年代早期最早申请去美国的人中间，有人曾经从 Queens College 那里拿 I-20（入学通知书），再准备一笔担保金，就可以申请护照并获得签证，于是这间学校热门起来，纽约的亲戚朋友纷纷去那里拿申请表，只要付一笔价格不菲的报名费，就能拿到 I-20。通常，拿此类入学通知书的人很少是去读书的，他们到了纽约，便开始全职打工……上海这边的签证官很快警觉起来，不再对这类申请签发签证。他们开始要求申请 F1（学生签证）签证者必须出具托福成绩单和大学研究生专业的 I-20，于是，国内一部分人的出国梦常常就做到这儿为止，用 Queens College 的 I-20 和担保金申请到护照，却申请不到签证，虽然他们总是抱着侥幸的心态，以为自己是个例外。

何值成了班里最用功的学生，他的性格是做任何事都不会马虎。每天早晨八点半到十点半的课，他风雨无阻从不缺勤。何值的笔记本记得满满的，何尝仅是语言的记录，他还同时记着在课堂上突然闪现的剧场构思。何值爱煞他的语言课堂，课堂上来自于亚非拉第三世界小国的学生在造句或练习对话时说出可以石破惊天的故事，老师常常泪流满面，甚至泣不成声，何值恨不得将课堂变成排练场，在他看来他在国内用过的演员没有哪一个有如此饱满的激情，而这仅仅是在一堂语言课上。

何值回家常把口音各异的英语学说给真真听，他一向善于模仿，他模仿破裂的扭曲的发音尤其惟妙惟肖，真真笑得肚子抽筋，小鸥便也跟着乱笑。但破碎的语言蕴含的内容却是悲哀的，真真也会被感染得泪花闪烁，这时，何值几乎是恶作剧地停下来，仔细地看看她："哦，又哭了？"小鸥立刻开心地奔到真真面前仰起头盯着她的眼睛看，一边对何值报告："眼泪水满了，马上要掉出来了。"让真真又哭又笑去拍打儿子，何值在一旁还加油添醋，用西班牙口音的英语唱："Don't cry for me，Argentina！（不要为我哭泣，阿根廷！）"

真真笑着擦去眼泪正色问何值："为什么不去演，把你课堂上的内容用这种方式演出来？"何值一愣。真真提醒道："你可以去华盛顿广场，你看，周末下午，那里坐满年轻人，比剧场更有人气。"她经常会有异想天开的主意。

"我没有在这里做剧场的准备……"

"要准备什么？剧场本来就带有游戏性质……"

真真不以为然，想做就做，人生那么短促，住在东村地下室的准艺术家们，又有几个是有明确的艺术观要追求？他们在玩追梦，让人生突然脱离现实的轨道，感受生命的意外收获，就这一点更让真真感慨。她是在纽约发现，实现自己想要的人生比获得艺术成就更值得。

"让我想一想……"何值的眉毛一跳一跳，他很少与真真讨论他的演出计划，但她的即兴想法已经在影响他了。不过，当真真问他如何在这个礼拜平分时间照看小鸥时，他又着急起来："我没有时间，下午要去资料馆，资料来不及看啊……"他深深地叹着气。

"当然，你穷尽一生也来不及看完那些资料。"真真又开始烦他了。

"你知道我每天在纽约街上是以什么样的步子行走？"何值在房间里走起"竞走"的步子，"我在抢……"真真咬住嘴唇没有笑出来，真是可笑，这么夸张的生活场景也只有他们家会出现。

"抢什么呢？"小鸥在旁边问。

"抢时间呀！"何值认真答儿子。

"时间怎么抢？"小鸥又兴奋了，手里拖了把塑料剑，仰着头拉着何值的衣襟问。真真不耐烦地甩甩手，不要儿子打岔，"这样好啦，上午我陪他，下午就交给隔壁的王太，反正她也没事，我们按照市价付钱。"

"你想得出来！"何值吃惊地喊道。

"办法都是人想出来的，只要肯付钱，什么事不能解决？"

"付钱？你有多少钱？用基金会的钱付看管费，五元一小时，一个下午四小时，二十美金，等于近两百人民币。"

"你可不能这么算，是不一样的价格比，再说我又不是用基金会的钱，我从上海带了美金。"

那就更荒唐了，用上海高价换来的钱付费。何值不响，坐到电视机前打开录像机，塞进从资料馆借来的录像带，他开始看录像不再理她。这时的何值不是生气，而是沮丧和无力，如果用这样的生活方式，一生中除了挣钱还能做什么？付费付费，就像白蚂蚁啃噬房子地基，听到这个词他就失去安全感，继而失去理智。

"你也不用这么急嘛，不过是和你商量，再说也不是每个下午托出去，只是一两个下午，万一有事……"

"有什么事？"何值看了她一眼。她心里就不爽起来，其实，她对这个礼拜是否去"中心"找瓦夏还在犹疑，可是何值奇特的一瞥让她产生罪恶感，心一虚托儿子的方案便不提了。

晚上，何值去剧场之后，她给上海家里打电话，妈妈问起何值好不好，她不耐烦道："有什么好不好，他就是那样，神经兮兮的。"

妈妈已知端倪，用的是劝慰的口吻："这么多年你也应该了解他，就是有点独头（孤僻），人是好人啊！"简直是在叹息何值过于好似的。"你是因为何值才去了美国，他忙，你要多照顾小鸥。"就像有透视眼，真真没好气，敷衍几句便挂了电话。又怕母亲平白担心，便重新挂通电话，和她再聊了一会。

当年，为这个婚姻，母亲与她不和至少三年。那时候何值已辞去公职，住在郊区农房，穿一身肮脏的牛仔，留着长发，从老派人的眼里看出去，至少是不正经的。而真真母亲一直致力于把真真培养成贤妻良母，十二岁开始逼着她学女红，学烹调，学各种礼节仪态、人情世故，她总是忧虑地看着她说："你这么粗枝大叶没规没矩，将来如何在婆婆面前做人？"

真真奇怪母亲在"新社会"生活了几十年，有关女儿的婚事想象力都是"旧社会"的，可见人在成长时的环境多么重要，因为真真母亲想象的女儿的婆婆就是真真的外婆，一个严厉的规矩繁多的宁波老太太。

真真母亲何曾料到，她苦心培养的女儿却和一个不懂任何规矩的革命干部家庭出来的逆子结婚。儿子和父亲两代人的人生主题都是"破"字当头，蔑视所有的礼仪和规则，虽然他们彼此为敌，走在不同的路上。

而对真真来说，这场婚姻差不多是对母亲多年严厉管教的激烈叛逆，他们同居近三年她才拿到户口本登记结婚，那时候她母亲面临退休，不再有力气和女儿对峙，尤其是在更年期之后她自己已对人世采取完全放弃的态度，当然也放弃了改变儿女的愿望。

真真既然已通过婚姻出了一口怨气闷气，现在对于年老的母亲也恢复了过往的依赖，毕竟生活里的麻烦层出不穷，丝丝缕缕纠缠不清，很多时候真真不得不找回妈妈来请教，尤其是在与何值有摩擦时。

而妈妈是多么现实，为了真真家庭的平和，次次都是站在女婿的立场劝解女儿。尽管如此，母亲有些原则不会丧失，不为儿女带孩子是原则之一。她宁愿每星期给真真送菜肴帮她料理一些家事，每天一个电话各种询问，也绝不会把外孙子接回家来照顾。自己的人生自己过，她骨子里是标准的宁波上海人方式，其实是比较西化的方式，个人生活的完整性第一重要，不为亲情拖累，不轻易做出牺牲，她说，这不是自私，这也是为子女好，你必须让子女懂得履行自己的义务和责任。

在她的教育下，真真倒是从不为这类事找母亲麻烦。她的问题是，现在的妈妈和女婿已成了亲密家人，陡然失去了叛逆目标。然而，不管是不是以贤妻良母的标准，真真的母性不会因为自己的叛逆而有丝毫减弱，可是她却要与何值计较，在保留自己完整性的同时不由自主会伤害最亲密的人这一点上，她必须要与何值势均力敌。

这个礼拜，真真只能带着儿子去曼哈顿消磨时间。可是，冬去春来的纽约，气温多变，常常出门时还是晴天，一阵狂风过来，灰云将天空遮住，蓝天即刻变成钢灰色，皮肤的颜色也跟着骤变，从红润到青紫到灰白，人像枯萎的树叶立刻卷缩起来朝地下铁飘落。只有地下铁是路人的温暖安全藏身之处，虽然它肮脏邋遢臭气熏天。

从地下铁上升到华美的曼哈顿，在这样的早春简直是痛苦的经验，到处是摩天楼的曼哈顿，任何街口都是抽风口，曼哈顿的风是锋利的刀刃，风起来时，衣服瞬间被风刃刮去，只剩一条冻骨。

这个让米真真头痛不已的公共假日却因为宋子晨的到来而变得富于春意。

17

这天晚餐时电话铃响，米真真嘴里含着饭去接电话，在她想来这时候打这个电话的都是老熟人。当她含混的"喂"一声过去，收到一把全然陌生的男声。

"我找米真真。"她有些吃惊，没有马上回答，那把男声立刻接下去，"你就是米真真吧？我是宋子晨！"

"宋子……晨……"她表示意外的回应却被嘴里的东西挡住，她真后悔没有把饭咽完就接电话，她捂住话筒，把饭咽下，还喝了一口水，总算口舌干净。

那边在问："喂喂，听得见吗？"

"哦，听得见，"她试图发出柔软一些的声音，但一发出的音就是刮辣松脆，软不下来了，这就像长相已无法改变，"宋子晨，你现在在哪里？"笔直得没有曲线，哪有婉约可言？

"我刚到纽约，在我爷娘家，浩淼告诉我你来了。"喔，浩淼真是个好人。"一方面也想看看你……"果断，率直，比印象中的美少年有风格得多。

喔，她简直受宠若惊，前天刚见到浩淼，听到宋子晨的名字还在惊喜，他就出现了。她已经手忙脚乱的，虽然看起来，只是拿着个话筒，在房间来回兜圈子。

"浩淼说，你经常会来纽约，没想到这么快就可以见面。"她絮叨着，女人一乱方寸，有什么风度可言，连对自己失望的感觉都是熟悉的，嗫嚅着的唇，找不到地方放置的手脚，那个无法把握自己的"过去"。

"听说你们只是来做访问，没有特别的事要完成。"

"对，很自由，时间都由我们自己安排。"她深深吸了口气，感谢上帝让她来到纽约。

"噢，那就跟放假一样。"羡慕的语气，他也在吸气，显然，他这个上班族最渴望的就是假期了。"儿子也带来了是吗？"不等回答，"明天如果没有安排，我们带孩子去哪里玩玩，反正我开车来，去哪里都方便？"

"太好了，"她简直是喜笑颜开，也顾不得客气一番，"这两天儿子放假，正在无聊。"

"没人玩是吗？好了，明天就有伴了。"他懂孩子，颇具父性。她突然对他的形象失去把握。"明天十二点钟我来你家接你们，先找个地方一起吃饭。"他不由分说记下地址，之后关照道，"你想想看哪里没有去过，找个远一点交通不方便的地方，对了，我儿子还小，才五岁噢。"他似乎不好意思地一笑。

他父亲"老阿飞"总是摆酷，她从来没有看见他父亲笑过，甚至没有听过他说话，他是阿飞街上的模特，来来去去摆功架，没有表情没有声音。人们说，他的儿子宋子晨的脸和他是一个模子刻出来的，只是，还不飞罢了。想起来他那时只是个青涩少年。也许也在反叛父亲，你飞，我就不飞。啊，我讨厌阿飞，他们那样的年龄，经常这样宣称。

她放了电话，兴奋不已，饭也不想吃了，索性一鼓作气打电话，先给章霏拨电话，她本来关照浩淼不要告诉章霏，可她还是忍不住先打给她，无论如何这些都是陈年激情，只有章霏与她感同身受，她渴望向她倾诉。

可是电话拨过去，仍是录音，自从遇见浩淼，她已打了不下五个电话，都是录音，想来已离家出行，也不知她突然去了哪里，按理她是会打电话告诉真真的。真真心里都是遗憾，平时和章霏说来说去都是陈谷子烂芝麻的事，现在情节开始发展，她人却消失了。

情节一旦朝前走就有了悬念，先是浩淼宣称要重新追求章霏，现在又出来个也许重回单身曾让米真真章霏迷恋的宋子晨，在阿飞街出名的"老阿飞"的儿子。

找不到章霏，真真又给珍妮拨电话，但是珍妮也不在家，她最悠闲的时光是在清晨，而现在是纽约的八点，也就是上海早晨八点，想来珍妮已去烟纸店站柜台。经常就是这样，假如你特别想找人说话，却偏偏找不到人。如果你需要安静，电话却接二连三进来。

珍妮和子晨两家算是世交，珍妮母亲和子晨母亲走动密切，怀孕时她们曾经半开玩笑指腹为亲，两个孩子从小青梅竹马一起玩大。可是到了青春期，珍妮却变成个假小子，她内心完美的男性偶像当然是自己的小哥哥，英武的外形，双目燃烧着理想的光芒，她怎么会不讨厌"老阿飞"呢，那样一个做作的，似乎没有灵魂的完美的衣裳架子，虽然他也是她妈妈的朋友。

珍妮上中学后就疏远了宋子晨，那时候男女生界限分明，子晨本来就沉默寡言，看见个假小子一般的女生恐怕也是避之不及，渐渐地，两个人连话也不说了，倒是他们的母亲一直在走动。

八十年代初，宋子晨一家便去了美国，以后珍妮妈妈病逝，之间的联系已折断。真真想，即便找到珍妮，她未必有兴趣聊子晨的话题，珍妮一头扎在商店和家庭琐事中，整天忙忙碌碌，她没有闲情逸致也从来不是个聊天对手。哼，不在也罢。

于是真真决定给萧永红打电话，她翻遍了地址薄，这本纸页已脱线纷纷掉下烂得不成样子的破本子，有着上百个人的姓名地址，可就是找不到萧永红的名字。她才想起她根本没有向永红要过地址和电话，重新恢复联系后，一直是萧永红来电话，她竟想不起来要个电话，而萧永红也从来没有主动留下电话。

她在寻找地址的过程中，突然就想起了萧永红和宋子晨曾有过纠葛，那件事发生在中学。那时子晨和她们同校不同班，但他和浩淼是好朋友，有一天，萧永红收到一张纸条，上写：

"文化大革命中一坚强战士：

听说你哥哥有一套《基督山恩仇记》，现在我有一套《福尔摩斯侦探》，建议交换，如同意，请于 1974 年 5 月 13 日早上七点五十分把书放到 198 弄 6 号 A 室信箱，届时信箱开着，内有交换的书。谢谢。

此致
敬礼！

暴风雨中的海燕
于 1974.5.12

当时萧永红拿到这张纸条激动得要命，她断定这是一张情书，她把她们四人召来开会，说，有人给我写情书。她的脸通红，不是羞涩，是兴奋和激愤的混合，于是，这封"情书"在她们手里传阅，但是她们怎么也看不出这是一封情书。

郁芳小心轻问永红，你为什么觉得这是情书？当然，他不敢这么赤裸裸表达！永红用"赤裸裸"这个词，让你们脸红。念一下抬头和落款！永红命令道。于是，你们齐声念出"文化大革命中一坚强战士"、"暴风雨中的海燕"，听起来很有几分抒情，然而这仍然和你们想象中的"情书"相距甚远，你们询问的目光齐齐看着永红，她问，人们常用暴风雨来形容文化大革命是吗？她们齐齐点头。海燕不就是比喻坚强战士？永红停顿了一下，几乎是洋洋得意诘问仍然一脸茫然的你们，这不是很明显的意味吗？你们面面相觑，然后，章霏第一个表态，我明白了，"文化大革命"配"暴风雨"，"坚强战士"配"海燕"，这是一封革命情书。你们都笑起来，因为好笑，不过只能表示同意，萧永红义正词严的样子让你们觉得真理是在她这里。

接着萧永红指着地址要你们指认写情书者，她把地址从纸上抄到她家的小黑板上，那里本来写满与购物有关的内容，比如买一条固本肥皂，一斤青菜，三角猪油渣之类，没想到永红家的小黑板内容这么俗气，你为此有几分窃喜，你本来以为柴米油盐的事不会进入永红家。

认出是谁家的地址就知道是谁了，你们帮我打听一下，反正一定不是我们班的，这一点我可以肯定。对着黑板发了一阵愣的珍妮吃惊嚷嚷，咦，这不是宋家吗？宋子晨的家。她有些心虚地朝永红一笑，我妈和她妈很熟。永红问，谁是宋子晨？于是你们偷笑，七嘴八舌，怎么会不知道宋子晨？就是四班的小小开，他爸是小开，有名的"老阿飞"。宋子晨长得很像他爸，很神气噢！永红皱皱眉，我怎么会认识他？即使认识，她也不会承认，她责问，你们阿飞街乱气八糟的事我怎么会知道呢？

第二天早晨，你们几个早早到校，径直去教学楼上的平台，你们趴在平台的水泥墙上等着宋子晨出现，你们要为萧永红指点宋子晨，然后，宋子晨出现在你们的视野，你们四根手指在四层高的教学楼顶兴奋地伸出去，虽然你们并不把同龄男生放在眼里，你们心中的偶像是小哥哥，但是，宋子晨不一样，他鹤立鸡群，英俊得令人心跳，你们的情绪瞬间变得微妙。宋子晨和浩淼等几个男生已进校门，错落成"品"字形走在操场旁的走道上，他们是比较斯文的一群男生，走路时不是勾肩搭背，而是彼此保持距离，像大人一样把手插在裤袋里，这个动作做得最潇洒的是子晨，他比别人都高，所以像个领队，虽然个子细长，可脸的轮廓英挺，已有男性气质，你突然很羡慕永红，你不懂她为什么要这么大动干戈。这时只听永红哼哼，一看就是个腐朽的资产阶级子弟，放学后，你们要陪我去他的教室门口，我要把信还他。章霏说，为什么要还信呢，他会很没面子的，这么好看的男生。永红厉声呵斥章霏，你的思想很复杂！思想复杂就是思想黄色，章霏的脸涨红了，大家都不响。郁芳仍是轻声轻气，要不，你把信寄还他。永红说，我不要寄，我就是要当面还他，让他死了这条心。你们又一次面面相觑。

放学后，你们陪永红等在校门口，这群男生又以同样的步态和节奏走出来，你们站在永红身后，虽然一群对一群，还是胆怯，是为永红怯场，永红可是一点不怕，她喊了一声"宋子晨"！宋子晨便站下来询问地看着他，旁边的男生都似笑非笑，尤其是浩淼，他更是一副幸灾乐祸的样子。

这封信退给你，我不要！宋子晨不解地看看她，下意识接过信看了一眼，便又递还永红，态度平和，但在你们看来是老练，不是我写的。永红身子一侧，拒绝接回信，于是宋子晨旁边的男生发出起哄声，宋子晨便扬手将信朝空中一扔，走开了，男生们踯躅了一秒钟也跟着他离去。薄薄的信纸像纸飞机一样在空中飞起来，有个不相干的男孩跟着飞扬的信纸奔跑想要抓住它，永红追上前把空中的信纸又夺回了，她抓着信纸一时失去了方向。这个结局是出人意料的，本来你看着盛气凌人的萧永红去退信时还在为宋子晨着急，但现在永红却像只瘪了气的球，瘫软的无力滚动的，呆立在马路边。

这天下午永红又召集你们开会，还叫来班里其他女生，共有十来人，永红这次动作更大，她决定把信撕碎，扔在宋子晨脸上，她要女生们在她身后喊一声"可耻！"女生们觉得很刺激，便在她家口口声声练起来。本来你和章霏对退信的事取保留态度，但宋子晨若无其事的回应刺激了你们的女性意识，你们觉得，他也同时菲薄了你们，当然，也许还有那股微妙的情绪在起作用。总之，你和章霏一改前一天的保留立场，你们声援永红，帮着她向女生们描绘宋子晨的傲慢，以激起她们的反感。由于顾忌珍妮母亲和宋家的关系，这天下午永红的会没有叫珍妮参加。而郁芳自始至终没有发声，虽然有几次她欲言又止，人多嘴多，你们都没有注意她的反应，你们还进行了短暂的排练，当永红把信撕碎掷向宋子晨时，要停顿一拍，女生们才齐声喊出：可耻。

次日放学后，你们等在老地方，人多了一倍，有些叽叽喳喳，大家都很兴奋，想要看宋子晨出洋相。然而有一点，萧永红和你们都没有考虑到，这天市区刮六到七级的西北大风，当萧永红把信纸撕碎朝宋子晨脸上掷去时，一阵狂风刮来，碎纸朝反方向飞上天，宋子晨不明所以地和男生们一起抬头，永红和你们也抬起头，看着碎纸片飞舞成一片片雪花，男生们又起哄了，他们在唱：北风那个吹，雪花那个飘……男生笑，女生也笑，等你们醒过神来，宋子晨已和男生们离去，于是你们想起了自己的使命，便追着他的背影喊了一声，只是这一声"可耻"喊出来时，竟是七零八落的，毫无掷地有声的感觉，宋子晨不知你们在喊什么，他停下来询问地回过头，女生们愣怔或怒视的目光令他的目光充满疑惑，这时，一件意想不到的事发生了，你们看到：郁芳突然朝他嫣然一笑，宋子晨有些意外，不过他马上也以微笑回答她。他笑起来下巴有一粒小酒窝，你们发现。

　　无疑地，这一笑是背叛的开始，你们与郁芳产生了裂痕，萧永红更是激愤不已，她又要召集会议，但众女生已意兴阑珊，你们等待的高潮变成了反高潮，就这一点已足以让人沮丧。在狂风中你们回到各自的家，现在只剩下对郁芳背叛的一笑的怨愤，你们暂时把宋子晨忘了。

18

~~~~~

　　十一点钟，米真真开始换衣服，提前一个小时就开始装扮说明她对这次会面充满期待。她试衣服就试了近三刻钟，几乎没有一套衣服能达到她向往的效果。潜意识里她是想恢复到生育前的身材，修长而纤弱，虽然通过节食做操勉强保持住体型，但内衣尺寸的改变是不容忽视的，现在她必须穿上紧身衣才能将腹部和腰上的赘肉完全吸紧。她怅惘得要命，为何不在十年前，哪怕五年前，一生中最丰盛的年华与心仪的旧人重逢？

　　她换来换去仍是换了一套黑，黑色瘦身，也是曼哈顿永不过时不会出错的颜色，黑色紧身莱卡牛仔裤配黑色麂皮夹克，夹克里衬着白衬衣，白衬衣里又衬丝巾，出门时再加一件黑风衣，假如她想吸引什么人，必是以这套衣服开始。只有单色才给她自信，她衣橱里的衣服也是黑色主调，参差灰和蓝，总之，她服装的一贯调子都是低的，事实上，这也正是阿飞街女子的穿衣特色。比如章霏的主调是灰色，珍妮是咖啡色。郁芳穿素色格子，她曾经有一件郊区女农手纺的细格土布做成的大翻领外套，穿在郁芳身上别有风韵，一时土布做的外套也在阿飞街流行了。

宋子晨姐姐宋宜朵，阿飞街顶尖美女的服装留在真真心里的印象，迄今为止比任何服装书上的模特都鲜明，那才是惊鸿一瞥，终生难忘。七十年代初她的一身藏蓝中式棉布单衣同色布裤配布鞋的质朴飘逸，或改制过的窄臀宽腿草绿军裤用宽皮带束在白衬衣外再配一双蓝棠皮鞋店的黑色小丁字形皮鞋，帅气妩媚；七十年代中期黑色条子毛料裤（通常是用祖父马褂改制）配黑蚌壳棉鞋黑色麦尔登泥海芙绒领子的中长大衣的雍容，那时黑蚌壳棉鞋是冬天最老式的棉鞋，年轻女孩更愿意穿北京式的绑带棉鞋，然而宜朵将蚌壳棉鞋重新穿出新意和时髦，果然蚌壳棉鞋又在阿飞街流行，直到八十年代，有时髦女子还将它与中式服装搭配去参加 party。七十年代后期又有舶来品了，宜朵穿上香港寄来的白色开司米春大衣配上玫瑰红唇膏，更是惊为天人般的华贵，是她的美赋予单色非同寻常的气质，使得以后服装书上五色缤纷的衣服都显得土气。

　　当然阿飞街讲究品味的美女不少，宋宜朵只是比较出类拔萃的一个。一九九二年上海进入全面开放以后，世界级的服装名品店也陆续进驻，一九九三年的上海人刚刚认识法国的"皮尔·卡丹"，日本的"伊都锦"，美国的"Esprit"，接着，淮海路上就有了设世界品牌专卖柜的"美美百货"、"迪生商厦"、"伊斯丹"以及"巴黎春天"，有了 Gucci、LV 等大牌。而到九十年代末，淮海路已是一条名品街，国营商店成了品牌专卖店。

　　郁芳、永红、章霏早已离开上海，留在上海的真真和珍妮有时还会相伴逛名店，她们不约而同发现，牌子好的时装色调总是低的，很接近她们那时喜欢的风格，这使她们对自己的服装品味有了更多的自信。

　　回想一九九一年章霏第一次回国穿着 CK 的黑色卡其夹克，

还被人嘲笑穿工作服，第二年她穿阿曼尼灰色毛衣，有生意人在酒席上劝告她穿得好一些，说上海现在已经开放了，什么花衣裳都能穿了。致使章霏发牢骚问："难道开放就是在谈生意时必须穿花花绿绿的地摊衣服吗？"她又问："七十年代阿飞街的品位去了哪里？那些时髦人呢？"

"跟你一样，去了国外！"真真笑答她。事实如此，阿飞街上的时尚弄潮儿早已在几近疯狂的出国潮中被卷向美国或者任何国度，她们如今都成了老土。真真向章霏叹气。这也是真的，曾有邻居在南部的凤凰城遇到宜朵，她带着三个孩子，穿着汗衫牛仔裤，成了一个普普通通的家庭主妇，没有任何时髦痕迹，人们以为她去了那个自由的物质超丰富的国度，应该大展身手，可是她反而偃旗息鼓和时髦告别了。

真真把这些传说告诉章霏，章霏却说："我完全能理解宜朵的状态，那种地方穿得时髦也没有人看到，她是个中国家庭主妇，社交活动极少，出门开车，没有做 show 的场景，可七十年代至少还有一条阿飞街，追求时髦是需要氛围、闲暇和动力的，现在阿飞街的时髦人像沙粒一样被撒向异地他乡，生存的迫切淹没了其他的需要。而且，我走了这么多地方，才发现，我们阿飞街的人是最虚荣的，真真你在美国会发现，我们想象中的西方和真正的西方有着很大的差距，西方人其实很质朴，阿飞街的虚荣心在这里会慢慢消失，我们终于学会质朴，比如现在的宜朵，我知道她嫁了个牙医，至少要比过去富裕得多，她反而朴素了，多半也是那里的风气所致。"

米真真终于把衣服穿停当，离十二点钟子晨的到来只剩十分钟，每一次都是如此，真正开始化妆的时候时间已所剩无几，不过对于真真，脸上的化妆相对简单多了，不过，即使只有十分钟，她也要留五分钟从容地上粉底，她用的是 Dior 粉底霜，虽然很多人都说资生堂适合亚洲人皮肤，但她只认同 Dior 特有的质感。说到底化妆品的喜好是非常个人的，如同你对自己配偶的感受，是无法真正交流的。

然后稍稍描浓自己的一双淡眉，不画眼睛，她的单眼皮的薄眼睑，曾让她伤心不已的单眼皮，在今天竟成了时尚，在纽约更是常常听到本地人的赞美，假如她还能越活越年轻，就是这双正赶上时髦的眼睛了，这简直像劫后余生那般让她庆幸不已。

真真最后涂上与嘴唇同色的唇膏，人家是惜墨如金，她是惜色如金，一红就艳俗，所以不要红只要光泽，总之，这张脸在旁人看来毫无化妆痕迹，她自己知道比起真正的素面朝天要增色几倍。头发是漂染过的及肩直发，洗后用吹风机吹干，柔软滑爽，她用梳子和手把头发再次拍松，终于可以满意地打量镜中的自己，满意只是一种相对的心情，因为以阿飞街一街美女的标准，真真从来没有满意过自己。

十二点整，电话铃响，宋子晨打来，他说："我在停车，一分钟后我们上去，你方便吗？"米真真突然心跳加速，与其说是慌张不如说是恐惧，她恐惧什么呢？然而门铃已经响了，她按开底楼大门，然后走到自己的房门，她没有马上开房门，听到电梯上来的动静，她拉开猫眼，她要先从猫眼里看一眼门外的宋子晨，二十二年未见，她至少要争取一分钟的主动权，假如他已经面目全非？噢，她恐惧的正是这，要是他变得面目全非她怎么办？真可笑，好像是和他相亲似的，她嘲笑自己。

隔着猫眼，走廊的光线更加昏暗，朝前走来的人影果然是陌生的，他比印象中的子晨大了一圈，而且戴着眼镜，面容更是模糊，她的心跳有了缓解，等他站在门前，她不得不把门打开，站在面前的子晨比猫眼里的体格还要魁梧，可是从他身后走出一个瘦瘦小小的男孩。

他们两个人面对面站在客厅，互相打量的目光有点躲闪，有点像被介绍人扔在一边一时不知如何与对方相处的那种无法挣脱陌生感的尴尬。正在看电视的小鸥见有客人来就很兴奋，他奔过来仰起头打量子晨，突然问："你是中国人吗？"这一惊问，才让她发现他的确已经不太像中国人。子晨的头发本来就微卷，五官比普通东方人更立体，现在身体尺寸的改变也令他的气质发生变化，总之，宋子晨已经非常的异国化了，然而，也说不出是哪里人，纽约不是有很多混血人吗？他有点接近国籍不明的那个人群。

子晨脱去羽绒外套，一边回答小鸥："我当然是中国人啊！我是你妈妈的同学，我叫宋子晨，就叫我宋叔叔吧。"子晨耐心地与小鸥搭话，又蹲下来拍拍自己的儿子的屁股："东东，去，跟哥哥玩。"东东听话地走过去，走到小鸥身边，小鸥把不离手的四驱车给东东看，东东踟蹰了几秒钟，接过车子，他是个腼腆的男孩，一声不吭，也不肯抬头看人。子晨微笑地看着两个男孩试图接近的举动，竟有些怔忡。真真难掩吃惊地注视着他的一举一动，无论如何，他与那个在街上摆功架的老阿飞毫无干系。

他回过头视线回到她身上，她掩饰地笑叹："如果在街上我一定认不出你！"

"我本来不戴眼镜。"他深凹的眼睛在镜片后笑望着她。她有些吃惊，好像第一次看到他的眼睛是会笑的。她才发现，过去的子晨几乎不笑。突然想起，中学时他的在黑龙江插队的哥哥在林场伐木时，被倒下的巨树当场砸死。是因为哥哥的猝死使少年的子晨没有微笑吗？她曾听说他们兄弟感情很好，那时她的座位就在他前面，为何不向他表达她对他的悲悯，她感到脊背凉津津的，惊心动魄的往事，无法改变的遗憾，本来已经一一淡忘。

"再说，我比过去重了二十磅，"他继续道，"美国的食物都是高能量，体型像美国人了。"笑睐她一眼，"你没有变，如果在路上，我能认出你。"她的脸竟红了，慌忙让座，倒茶，他阻止："不用了，我们现在就去饭店。对了，你先生呢？"

"噢，不要管他了，白天的时间被他安排得很满。"

"恩，听说了，是个认真的人。"他是赞赏的口吻。

他把两个孩子从沙发上拉起来，一边打量了一下屋子，点点头："这里不错，很干净，面积也够大。"

"是基金会租下的。"

"我想也是，这个地段，外边人一般进不来。"说这话的时候，一股她熟悉的阿飞街的气息扑面而来，阿飞街的人对地段是最敏感的，那也表明了他们的价值观，可是子晨，他到底离阿飞街多远呢？

19

坐进车里，他儿子东东才开口说话，是说英语，子晨提醒道："说中文。"但是，东东说了两句，又改说英语，子晨摇摇头对真真说："自从进幼儿园他就只说英语，那时他妈妈带他多，我刚进咨询公司，业务压力大，而且经常出差，疏忽了，等意识到已改不过来。"

做母亲的既然让儿子说英语，自己为何又去上海不归？当然，真真什么都不问。她坐在他旁边的副驾座上，他侧头看看她又笑了。

"没想到你过这样的生活！"一边检查两个孩子是否绑好安全带，是个有责任心的男人。

她笑问："怎么呢？"

"比较有变化，也比较动荡。"他又看看她，"不过，仔细一想，这样的生活比较接近你的性格。"

"小学时的我老实胆小，老师叫我课堂发言，我会急得哭，我是进了中学才变得激进，简直是判若两人。可到了大学又消沉下来，因为之前去过郊区农场，过了两年苦日子。"她吐吐舌头。

"人万变不离其宗，虽然中学里我们关系并不密切，不过我想，我是了解你的，你很单纯，甚至是天真，当然……"他一边看路牌，小心地转弯，想来家里的事都是他操心，"倾向于浪漫那一类，所以会有你现在的婚姻。"现在车子拐到皇后大道，街面平坦宽阔，他转过头又给她一瞥。

　　她心跳，却装作不在乎地笑道："没想到，你也能了解别人，还以为你很自恋呢！"

　　"怎么会？"他问，笑得平和。

　　可那时候的你，为何给我们感觉是遥不可及？真真在心里问，那种遗憾放在心里多少年，现在又鲜明地凸现出来。他侧头看看她，沉吟地一笑，好像听到她的心声，他们看起来就像一对带着孩子约会的已进入中年的年少时代的爱人。

　　两个孩子坐在后座，各说各的语言，孩子从来只倾诉不倾听，所以两种语言不妨碍他们谈得热闹。车窗外飘起了雪花，天空是钢灰色的，纽约的初春和上海一样残留着冬的寒意。

　　他把他们带到皇后大道一家韩国烧烤店用午餐，从灰沉沉的天空下走进暖洋洋的烧烤店，子晨看见真真笑得很孩子气，他的心里也突然充满已经很遥远的温情。

　　这里干净雅致，门口有鱼塘，但游弋的是漂亮的用来观赏的金鱼，而不是可以立刻烹煮的肥硕的河鱼。餐厅深长，大理石地光可鉴人，桌子的间距很开，一尘不染经过修剪的硕大的观叶植物间隔在桌子中间，总之，比起中国城的中国饭店的嘈杂拥挤简陋，这里是要赏心悦目有格调得多。四人围桌坐下，真真看着坐在对面的子晨，笑了，

　　"要是她们知道，你请我吃饭，嫉妒死了。"

　　"她们？"

"章霏和珍妮。"她想到郁芳，却把这个名字咽下了。

"珍妮？她好吗？"他的眸子一亮。她对珍妮就有了醋意。

"她下岗，在她家弄堂口开了家烟杂店。"她叹息一声，"她的老公是老实头，也很无能。"不由假设，要是珍妮当初与子晨好，如今在美国做太太是什么情景？至少，子晨也不会有个徒有虚名的老婆。

他点头。"她老公我认识，是珍妮需要的类型，"他看了一眼真真，"这是命里注定，周围的人不理解，她也知道不够理想，可还是要这么做，那就是缘分了，她结婚前我们通过电话……"真的吗？珍妮可从来没有跟她说过，真真心里醋意愈浓。可问出的话却是反方向的："那时候人家都说你们两家会成亲家。"子晨笑笑，没有否认。服务生递上菜单，子晨专心读菜单，话题就此搁下。

午餐几乎是完美的，这里的生鱼片品质尤高，材料是三文鱼金枪鱼和鲷鱼，新鲜得足以用生猛来形容，削薄的鱼片似在舌尖上跳跃，尤其是昂贵的鲷鱼，入口的感觉又比三文鱼不同寻常，其滑入齿间的柔嫩细腻中的性感，难以形容，辅之用日本刺身酱油调味的芥末，简直可以和年轻时在床上得到的快感媲美。

作为主菜用来烧烤的牛羊肉也格外新鲜、丰富。配菜的酸辣凉菜味道浓郁，富于个性。总之所有的菜都很对胃，让口腹之欲得到极大满足，而不是如真真原来想象的，因为沉浸在某种心境中而食之无味。

似乎，这也跟子晨对待食物的心态有关，他的专注务实。席间，话很少，话题也只和菜肴有关，他用心照顾他们三个，布菜，换调料，介绍菜肴，旁人眼里看过去，简直就是完整的温馨小家庭中尽责的男主人。子晨不知道,这恰恰是真真今天渴求的。

小鸥和东东很快就饱了,他们离开餐桌去门口看金鱼。留下他们俩面对面围着烧烤架,他们一言不发,真真看着子晨仔细地把肉片铺在架上,然后翻动,蘸料后,一分为二放在各自的盆里。

坐在对面的子晨,一件细纹格衬衣给他穿得熨帖舒适,虽然个子高大,但脸颊仍是瘦削的,原先光滑的额头眼梢有着细细的纹路,可是在相处中时间带来的变化正在消失,某种熟悉的气质在渗透开来,那是一种伸手就能触摸的亲密,她的心情在摇曳。

突然想起有一天,在农村的大灶头旁,也有过这样的一刻,那是初三他们去农村劳动,有一天在农家厨房,只有他们俩,他坐在灶后添柴,她在灶前,准备为他煮一碗面,怎么会想到为他煮面呢?之前三年,他们几乎不交谈,那时候男女生之间壁垒森严,郁芳与子晨的关系,而真真又是个思想激进的班干部,他则是个消极的被认为思想意识落后的男生。那时,班里的医药箱由当班长的真真保管,子晨胃不好,她不仅给他吃药,还要给他煮面。虽然这么多年有这么多障碍,可为他煮面这个愿望暂时没有谁来阻挡。

火一直烧不起来,后来真真也坐到灶后帮他忙,火起来了,两人的影子在火光中晃动,真真的心也晃得厉害。真真是在农家厨房的灶后感受突然到来男女之间猝不及防的亲密接触而有了身体的觉醒,骇然发现自己对异性身体接近的渴望,假如说之前对小哥哥的仰慕是感觉不到欲念的,那么真真在子晨身边升起对她来说几乎是陌生的冲动。

从饭店出来，天放晴了，子晨问："想不想去 Cloisters？虽然是博物馆，但旁边是公园，又是在山坡上，看得到哈德逊河，孩子们会喜欢。"

正中真真下怀，这 Cloisters 是大都会博物馆分馆，地处曼哈顿顶端上城一百九十街，华盛顿高地一带，路远不算，闭馆时间又早，真真一家来纽约第一个月去过，但扑了个空，一路曲折，到了那里已过三点半的闭馆时间。

在去修道院的路上，真真笑着告诉子晨道："我们去过 Cloisters，但，是一次失败的旅行，一路担惊受怕，以致现在还印象深刻。首先是坐地铁的不同经验，我们从地铁 F 车转换到 A 车，乘客突然变少，而且都是黑人，那条路线很生疏，就恐惧起来，因为还带着小鸥，虽然何值就在边上，靠近要下的站头时，车厢里只剩下我们三人，到站后车站也是空无一人，那里是坐电梯出站，真怕那种老电梯，又旧又大爬得很慢，人在里面立刻发作幽闭恐惧症，进去后心慌意乱又按错开关，电梯一动不动，好容易上去从电梯出来是一片峭壁挡道，天在下雨，从峭壁中走不出来，就像在深山里，感觉很荒谬，怎么好端端的一下子从城市落到荒山野岭？我们又从原路退回电梯口，才知方向不对，等走到外边，发现我们只是到了 Fort Tryon Park，需穿越公园才能到修道院，走进公园里不见人影，旁边是石山，有一股原始的荒芜，虽然公园里花草茂盛，总觉得会有什么人跳出来用枪指着我们，只好从公园退出来，然后看地图找巴士站，终于搭乘到去修道院正门的巴士，如此一番折腾，到那里早已过了闭馆时间。"

真真一口气道来，子晨忍俊不禁："喔，听起来很曲折，难得，你还保留着童心呢。"

"怎么得出这个结论？"

"看你讲起那个经历，很真切的样子，只有孩子才会这样。"他看看她，笑着一抬眉峰，那样的表情很性感，她心动。他看看表说："真的，时间不早了，两点多了，不如看完展览，再去公园。"马上补充道："你不用担心，这里的公园很安全的，一直有保安巡逻，相信我，我在纽约呆了十年。"他又忍俊不禁，大概在想象真真的"恐怖经历"。

Cloisters 本身是一座修道院，主要展示欧洲中世纪的艺术和建筑，这里有法国和西班牙十三、十四世纪墓碑人像和雕塑，圆顶的彩色玻璃来自于十四世纪澳大利亚，以及十三世纪意大利壁画，植物花园里还留有二百五十种以上在中世纪栽培的植物，等等。

即使匆匆忙忙也花了近一小时看完修道院所有的展品，两个孩子已急不可待地在 Fort Tryon 公园石头山的半坡上奔跑。直跑到没有人影。

"你爸爸妈妈好吗？"

"爸爸有过一次小中风后，突然失忆，有一次出门回不来。"

"真的？在我的记忆里，他一直很帅气。"

"现在你恐怕认不出他了，来美国后他苍老许多，"他感叹的，"生活安定后，他反而苍老很多。"是过去的内伤发作了？她没有作声。"经过治疗和锻炼，恢复得很好，他现在坚持练书法，也是有效的脑力锻炼，还好他们住在法拉盛，方便。"

"他们没有想过回上海？"

"我想，他们已习惯了，法拉盛一街的人说上海话，再说，上海的房子我们离开时就没收了，再买房就买不回原来的地段。"

"宜朵好吗？"

"不错，三个孩子都大了，老大已上大学，老二老三都在高中，她可以腾出时间去姐夫的诊所帮忙。也能经常回上海。"

"现在上海又繁华了，宜朵不在，我们阿飞街的品位在降落呢。"她开着玩笑。

子晨笑了，摇摇头："但是回去后，她更失落呢，她说她在上海觉得自己老了，过时了……"

"噢……"

"她已经习惯美国的安静，平时在诊所，周末在社区免费教太极拳，还去养老院做义工，是个虔诚的教徒。"

她不由暗暗叹气，"文革"斗私批修了十年，资产阶级生活方式批判了十年，宜朵一天都没有放弃她的"美丽"追求，现在她却过起奉献人生，她问他："你有宗教信仰吗？"

他沉吟片刻："我希望有，可我没有，所以我很……lost。"他用了英语，因为上海话没有"迷惘"这类词，那时他们俩沿着山岗洁净得几乎没有杂草和垃圾的石板路漫步，旁边是石墙，站在石墙边，宽阔的哈德逊河就在下面流淌。他停下来靠着石墙望着哈德逊河，眼睛里就有了苦恼：

"到了我们这种年龄，需要考虑宗教问题了，我们会越来越脆弱，有些问题却越来越迫近，比方衰老比方死亡，还有种种个人力量无法克服的挫折和灾难，个人……个人怎么面对这一切？其实很多年前，在读中学的时候……"他顿了顿，是他哥哥出事的时候吗？"我就感受到人生无常，心里一直过不去，这么多年过去，还是无法解决这个问题，也去过教堂，可是我没法像他们像教徒那样执迷于一种信仰，我们……"他苦笑，"很不幸，我们被洗过脑，没法虔诚了。"

她受到震动，一时竟说不出话来，想起何值说过，在我们这个没有终极关怀的城市，只有通过艺术拯救自己了。她就是在这一刻突然明白，这么多年坎坷之途与何值仍没有走散，是因为他们都是内心深感孤独的人，需要握住另一条手臂走路的人。

两个孩子从下倾的坡上狂奔而来，他伸开手臂，像个港湾，孩子们呼啸着扑向他，他笑了，他们稍稍沉重的话题也就此打住。

离开公园时，他说："我很想见见何值，浩森对他称赞不已，今天晚上请何值出来一起吃饭吧，我打电话把浩森也叫来，我请你们去法拉盛吃海鲜？"自嘲一笑："上海人在纽约聚会的一大快事是去中国餐馆吃饭。"她不好意思让他破费，欲推辞，可他说："难得相聚，我很开心，明天带父母去新泽西州看亲戚，后天一早就回 DC 了……"她才意识到，今天下午两人相处的难得。

回去路上，两个男孩在后座睡着了。车厢安静。

她告诉他："六月，我们小学几个女生聚会，都是你认识的，章霏，萧永红，如果拿得到签证，珍妮也来。"

"真的？"他眼睛一亮，"不过，那个萧永红我好像不认识。"

"怎么会？"她惊问，笑了，"中学最后一年，你不是写过纸条给她。"

"我有吗？"他也惊问。

"文化大革命一坚强战士……"她笑着背诵。

他凝神片刻："萧永红，隔壁班的班干部，很活跃的积极分子。"

"积极分子"的说法让真真失笑："对对，她曾经很积极，一直做班干部，那张纸条是关于借书。"

他皱眉一笑："我想起来了，纸条是浩森写的，他恶作剧，叫她把书放在我家信箱，对了，萧永红拿了纸条找过我。"

"真的吗？"真真目瞪口呆，同时还有不可言明的释然，呵，呵，很多年里，为这张纸条永红有矜持的得意，现在她有点为永红失落。

"还有我认识的吗？"他在问。

"有，不仅认识，也许印象深刻！"真真开着玩笑，虽然内心有些犹豫。

"谁？"他感兴趣的。

"郁芳。"她停一停，等他的反应，但他只是短促地"哦"了一声，他在看后视镜，准备进入转弯车道。真真继续道："她六月来美国，女儿被麻省理工大学录取，暑期进修英语，她陪女儿来报道，顺便为她安顿住宿，这次聚会是为她安排，如果抽得出时间，希望你也来纽约。"

他点头："好，要是抽得出时间，"

车厢里突然有些沉寂。是因为提到郁芳？

"我是为郁芳可惜啊，匆匆忙忙嫁了个广东仔去了香港，鲜花插在牛粪上啊。"真真嘀咕着，子晨沉默，不给予回应。"那时，八二年左右，你，你们都走了。"

你们？可是，子晨保持沉默。

"那之前珍妮的小哥哥在缅甸失踪，接着你去美国，然后是郁芳远嫁，我在读大二，每星期回家听到的都是离去的消息，阿飞街只有一个话题，那就是：出国！"

"是逃走，'文革'记忆太深刻了，谁都不知道还会发生什么，能做的事就是逃了。"他苦笑。

她也笑，却是明朗的，是目睹那些逃离之后的泰然，带着些劫后余生的侥幸："一场胜利大逃亡，没有逃走的我们很慌张，我能做的事是逃离阿飞街，那时的我多么厌恶阿飞街。"

他"噢"了一声，有点吃惊似的，良久，却又笑开来："不过那时我看你很单纯很透明，有点诗雾腾腾，离开中学后还常想起你书生意气的样子，中学几年我们一直前后座对不对，现在想想，可是浪费了不少好时光……"

她瞥了他一眼，他也正回眸看她，她侧过脸朝窗外看："你别开玩笑，我会当真的。"

前方是跨越东河连接曼哈顿和皇后区的昆士大桥，桥上车龙蜿蜒，车轮连续滚过钢桥时发出轰隆隆的接连不断的咆哮，是现代社会最无情的声音。东河上西下的太阳像一粒大蛋黄球，注视它的时候不再感到刺眼，但也只是一会儿工夫，当子晨的车子上桥时，这粒大蛋黄已掉下去了，仿佛掉进河里，但河水泛着灰色的波纹，虽然只是短暂的黯淡，曼哈顿的灯光璀璨在即。子晨紧紧握住方向盘，专注地看着前方，笑意隐去时眸子里便有沉郁的暮色，他答道："是真话，不过现在才说，是不是太晚了？"

她咬住嘴唇，眼睛就湿了，他放在方向盘上的手伸过去，握住她的手，他们的脸仍然对着前方。那时候所有的车都在桥上停下来，隆隆响声突然消失，真真面对的世界突然变得寂静无声。

20

与子晨度过的短暂下午，在她心里留下悠长的波动，她的精神状态产生了微妙的变化，她仿佛又回到终日在眩晕，神思恍惚注意力无法集中的成长年代。遐想令她无法进入现实。她身处的城市纽约突然从她的足底漂离，她和它隔着距离，它以令人畏惧的空旷面对她，so empty，so down，可怕的空虚，可怕的消沉，就像失恋。

是失恋，不过他们之间只恋爱了一个下午。正是在这个下午之后，米真真失却朝前走的动力，仿佛重新感受青春时代的渴望，从未满足的渴望成了她的人生的大块缺憾，她处在某种一意孤行的激情中。真真问自己，接下来我怎么办？

她给珍妮打电话，她没有告诉珍妮她对子晨的心情，只是讲了他们见面的过程。

真真说："我觉得子晨变得朴实了，有时候感觉是对着一个新人，不能相信当年那么隔膜，今天反而接近了。"

珍妮才告诉她："子晨有过一次非常长非常深刻的感情，那个女人是宜朵的同学……"

"那个女人我们都知道，好像是子晨去美国以后他们好上的。"真真有些不快。

"这种恋情开始的时间是很难说清的，你想那个女朋友比他大五六岁，她和宜朵往来密切，子晨本来就早熟。"

"后来呢？"

"她八一年就去美国了，不久子晨也去了，他们同居了十年，子晨一直没有跟她结婚，直到她走……"

"她去哪里？"

"她……生脑癌……从查出到走才三个星期……"

"……"

"她进医院时，他才想到和她结婚，可是为他考虑她也不愿意了，虽然她等了那么多年……我想，那件事让子晨成熟了许多，他自己说的，他懂得付出和责任，还有，他变得悲观了。"

"这些事以前从没有听你谈起过。"

"我也是这两年才渐渐知道，他现在的太太比他年轻十五岁，也许是为绿卡和他结婚也说不定，总之，之间不太和谐，这两年她又老是往上海跑，子晨很爱孩子，说，如果她不提离婚，他也不会和她离，不过，他心里一定苦闷，以前有个大女人让他依赖，现在那一半是空的，他说，我是在为我自己的过去受到惩罚。"

知道子晨的创伤，反而让真真在心理上更接近他，印象中的子晨过于精美，仿佛他是从某种华丽人生诞生出来的，他是她的七十年代一个平面的幻丽的影子，而现在他在立体起来真实起来，他曾经的对爱的怠慢疏忽，所有的过错，已通过这样一个悲剧升华了，他跟她们一样也完成了他的成长。真真现在是庆幸而不是遗憾她是在将要进入四十岁而不是更年轻的时候与他重逢。

然而，这新的了解和接近只能加剧她对失恋的感受，让空虚更空虚，消沉更消沉。

早晨八点半以后，当儿子进了校门，何值去了他的语言学校，米真真总是要回到床上重新躺一会儿，仿佛需要一个物质的载体帮她承受身体的分量。这时房间里的暖气被关闭了，屋里的温度在下降，她紧紧裹住羽绒被，她甚至没有学会自慰，听说，在禁欲的时代，很多人用这个方式解放自己。可是她从来不敢用这种方式触碰自己的身体，内心深处她仍然保持着处子般的洁癖。她在有凉意的屋中感受羽绒被的柔软，她知道一会儿便会在温暖的被子的拥抱中熟睡。只要睡几天就会痊愈，就像感冒，除了等待痊愈，她还能做什么？

当郁芳电话进来时，从睡梦中醒来的真真一时不知自己在哪里。听到郁芳的名字她竟问："哪个……芳？"

"你是真真吗？"郁芳在那边疑惑，"我是你的好朋友，郁芳呀。"

她已经彻底清醒，并为"好朋友"的称谓而震动。"郁芳，是你？"她的鼻子竟有些发酸，"你在哪里？"

"在香港，我已打过好几次电话，没人接……"

"等等，郁芳，把你的电话告诉我，我打回你。"脑子清爽后的她马上顾虑郁芳那头的电话费。她挂断电话先给自己冲了一杯咖啡，好像要让自己缓一缓神。

"你打过来也一样要花钱。"重新拨通电话，郁芳这么说，她完全明白真真的体恤。

"你难以想象在 China Town 买的电话卡有多便宜，我这张十美金卡有二百八十分钟呢，所以这里的中国人笑说，现在不是没有钱打电话，是没有时间。"

"那，你现在有空吗？"郁芳立刻敏感地问道。

"有，有，最有空的就是我，我在纽约的身份是家属，天赐我也，从来没有想到竟能偷得浮生半年闲。"真真夸张地，或者说是开着玩笑，她在掩饰慌张，不知道该如何与郁芳接通话题。

"嘿，有时间有电话卡为什么不给我打电话？"郁芳笑着责备道，那是多年前她对真真的说话方式。

一丝阴影立刻爬上真真心田，她话题一转："哦，很巧，我在纽约碰到两个老熟人……"说出来就后悔，她并不想告诉郁芳关于子晨的近况。

"不会是章霏吧？"郁芳性急地问道，"她好多天没来电话，我找不到她。"

"我也在找她呢。不要理她，一定是和男朋友去哪里快活了，这人就是这样，开心时不会想到我们，遇到问题她就来了，哼！"真真自从遇到浩淼后就再没有与章霏联络上，她觉得有点对不起浩淼。

"你们还是那样，针尖对麦芒的，"郁芳是羡慕，追问道，"到底碰到谁了？"

"先碰到浩淼……"

"真的啊，是浩淼呀，好可爱哟！"好像浩淼是她儿子的同学，郁芳式的做作，真真不爽，无论如何，时间也未磨去她们之间摩擦的凹痕。"他结婚了吗？记得他在画上有天才。"

"天才不至于，画家是真的，没有结婚，好像想找回上海女人做太太……"

"章霏正好单身，浩淼喜欢过她呢。"

原来人人都知道谁爱谁，真真在想自己小时候就像在昏睡，到现在才醒过来，所以会有这么多的 shock（休克）。

"是呀，浩淼说还想追求章霏，所以我急着找章霏，让她不要自暴自弃，至少这个世界上还有个可靠的人在等她。"虽然是玩笑的口吻，但难掩刻薄。女人之间也是这样爱恨交加吗？

"听说你先生很有才华，你们两个志同道合。"郁芳这样接话，让真真觉得自己在婚姻上有优越感似的。

"不与他志同，他的追求不是我的追求，他有没有才华跟婚姻没有关系，我们在一起十几年也习惯了，再找别人还要磨合，已经没有耐心了。"似乎为了洗清"优越"嫌疑，也是不想听这一类赞叹，话一转，"听说你先生对你很不错的。"

"照他的说法，他也只有这个长处，人生风风雨雨的，至少跟他之间还算太平。"当然，像他这样还能起什么风浪？真真在心里说。

"对了，还有谁？"郁芳接着问。

"宋子晨，他前几天来过纽约看父母，他自己住在 DC 附近。"

郁芳"噢"了一声，寂静几秒钟，真真有些后悔，她的过去都是暗伤，为何要去触碰？

"很想见见他呢！"她居然说，"想象不出中年的子晨是什么样。"

"还是风度翩翩，不过比过去壮实，在做运动嘛，我告诉他六月你来纽约，他说有空会来。"

"我不要见他，真真，我老得不像样子。"

"你老，他也老，我们都老……"

"不一样，真真，我更年期提早到来，MC 不来了……"

真真大吃一惊："哦，怎么会？"

"东南亚金融风暴，我先生的银楼倒了，我一急，就不来了。"

"为什么不去看病？"

"不瞒你说，当时根本顾不上，先要帮他把家撑起来……"

真真不响。她在问自己，如果像章霏这么有钱，会不会捐出一点钱给郁芳？

"其实也不一定是坏事，"似在安慰真真，"你知道的，我的内分泌一直失调，以前每次来充血很厉害，都要用止血药，不来反而轻松，只是人显老，"笑了一声，"还好老公比我大好几岁，现在出去人家不会说我们像父女。"

"要是子晨来纽约，你真的不见他？"真真认真问道。

郁芳笑："真真，你还是那么孩子气，我开玩笑呢，其实都是老同学了，像兄弟姐妹一样，无所谓啦，又不谈恋爱……"真真的心一跳。

"那时他和你最接近……"

郁芳深深地叹了口气："子晨他……只是不忍心……拒绝帮我……"

那个夜晚，郁芳从家里逃走，她去了子晨家，她为什么不去找她们几个女生，这是她们不能原谅她的原因。

"喔，不要说过去的事，想起来心里会很闷，在香港这么多年，我过着最粗糙的生活，生了一群孩子把他们带大，帮老公打理生意上的俗事，手脚不停地忙，脑子就空了，不要有脑子，不要有心情，我已经变成粗壮的家庭主妇，有什么关系呢，至少不会精神崩溃。"一口气说来，然后是长长的沉寂，真真捏话筒的手出汗了。"噢，真真，对不起，给你打电话，是想问候你，这么多年没见，猛然听到你的消息竟很激动……"

　　真真就是在这一刻流下眼泪，她像个傻瓜一样对着电话哭了，郁芳又叹了口气："呵，你还是那么爱哭！"

21

~~~

郁芳的电话虽然令米真真五味杂陈，但至少把她从消沉中拉了出来，她起床给林木电话，约好下午抽两小时一起去十二街的旧书店淘书。

真真打算先去"中心"买戏票，也许还能见到瓦夏，自从和子晨重逢，真真的思绪里都是他的影子。瓦夏的身影退远了。

真真站在"中心"休息室门口，这个时候人很多，休息厅每张桌子都坐了人，但是没有看到瓦夏，没有瓦夏的休息厅，是个陌生场所，真真一时有些不知所措。

有人拍了一下真真的肩膀，是"中心"的助理迈克。"嘿，在干什么，很久不看见你！今天可没有利查的课。"迈克喜气洋洋的。

"没关系，我总是赶不上，放弃了。"笑着打量迈克，"有什么好事让你满脸幸福笑容？"

迈克带几分神秘："我在申请去韩国教书，我想到我将要去亚洲，便按捺不住兴奋。"

人不是总在向往远方吗？比如我从中国来到纽约，而你将要从纽约去韩国，所以英国作家戴维·洛奇说，我们的文明是轻便旅行箱的文明，是永远分离的文明。可是，真真无法把要说的话用英语表达出来，迈克已被工作人员苏荏叫走了。

中午前后，休息室的窗口有卖三明治蔬菜沙拉烤面包圈等简单快餐，打完工上这里听课或听完课去打工的学员，通常在这里用午餐。

真真看到三位中国女子围桌吃着她们的自带午餐，她们的桌旁总坐着犹太人罗斯先生，他是个退休的理发师，经常穿一条西式红背带裤，他教过真真一个词：suck。说到喝咖啡他不用 drink（喝）而是用 suck（啜饮），他端起咖啡做示范，告诉她，喝咖啡要一小口一小口品尝地喝，享受地喝，在生活中其他时候，如果做得到，也要像啜饮咖啡，慢慢地，享受地。可爱的罗斯先生，他似乎在婉转地批评米真真的来去匆匆。

现在罗斯先生被三个中国女子包围着，他耐心地倾听并纠正她们的蹩脚英语，她们会带一些自制的中国点心给他品尝，把休息厅弄得像餐馆，但也让这里有了些许温情。

这几位中国女子从南方沿海城市移民过来，可以合法打工，却没有学位不会讲英语，是纽约城里的底层人，与住在郊区有自己的 house，高学历英语流利的中国留学生是两个阶层。她们互相说着真真听不懂的广东方言，真真记不住她们的名字，因为她们用的是英语名字，苏珊娜艾米丽什么的，谁是谁难辨别。除了一位高个女子，她叫简，真真只认得她，因为她每每看见真真站在窗口买票，便会过来与真真搭话："哪一天晚上有空我想跟你去一次戏院，除了做工，我哪里都没有去过。"

今天简看见真真便向她招手，要她尝她带来的锅贴，于是真真便在她们桌边坐了一会儿，她们纷纷问她，你又来买票吗？有什么戏我们也能看？并感叹，你怎么那么幸运，从来没有见过有人专门来纽约看戏！罗斯先生则在一边问，啜饮，还记得吗？真真笑着点头。

戏票窗口旁醒目地贴着 Miss Saigon（《西贡小姐》）海报，真真问她们，看过《西贡小姐》吗？今天有余票。她们茫然摇头，真真说，这么有名的音乐剧你们怎么会不知道？她们就有些尴尬，真真也尴尬了，凭什么认为她们应该知道百老汇的《西贡小姐》？

简说："我倒是知道《西贡小姐》，听说里面的男演员是我们中国人，但是票价太贵了，要七八十美金一张，不是吗？"

"你说的是正常票价，但是到这里只卖五美金，只怕余票有限。"

售票窗口还没有开，却已经排起短队，真真坐不住了，她向罗斯先生抱歉地挥挥手表示告别，她终究无法在纽约的休息室慢悠悠地品味咖啡和人生。

简跟着真真去售票窗口排队，那几个南方女子也坐不住了，一起拥过来。窗口前立刻嘈杂，她们叽叽喳喳问个不停，几个到时间就要来买戏票的老纽约人便有些吃惊，他们排在后面微微皱起眉头。等到窗口打开，问题更多了，真真不得不为她们代购票子，弄得她觉得自己像在抢购一样。不过看见她们兴致颇高，她也挺快乐，好像她对她们的快乐尽了某种义务。

离开窗口简意犹未尽，拉着真真倾诉她在纽约生活的 boring（沉闷）。真真偷偷看表，已接近她和林木约好的时间，她的脚步朝休息厅外移动，简便跟着她移动。

真真正等着简说话间隙与她告别，简突然眉梢一扬朝真真身后什么人笑笑，笑得有几分羞怯，竟自动停下滔滔不绝地诉说。真真诧异地回过头，便看见她身后从走廊迎面过来的瓦夏，今天的瓦夏穿着西装打着领带手却插在裤兜一副逛马路的悠闲自在朝她们走来，他看见米真真毫不掩饰惊喜，一连串的问候也跟过来："你好。这么多日子不见你，有时候我有错觉以为你已经回中国了，我很担心你不与我说一声再见就走……"

米真真看着他笑而不答，因为瓦夏已经同时又朝一旁的简挤挤眼："简，最近顺利吗？"

哼，这双到处放电的蓝眼睛，但是，却让米真真感到由衷的快乐。

"还好，最近……换了工作……"简老老实实地回答他，一边困难地组织着英语，跟不上他的左右逢源。瓦夏的眼神已在和米真真对话，简用中国话对真真说："他好像有话跟你说，我先走了。"

这时走廊又涌来一群人，两名韩国女孩和三名南美主妇，她们对着瓦夏快乐地喊 hi，瓦夏也以同样明亮的笑容回答她们。真真再一次想起那句电影对话，那个女人在说，瓦夏好像没有生活过，总是在准备生活。真真兀自一笑，却见瓦夏正笑望着她："嘿，笑什么？"

真真却笑着道别："对不起，我有事先走了，改日见！"一径离去。

电梯门开，真真正要进去，瓦夏追上来。"为什么这么急？现在见到你可不容易！你要去哪里？回家接孩子还早，公立学校三点半才开校门，如果我没有记错。"他打量着真真，赞赏地，"你穿牛仔衬衣很性感！"

"谢谢！"真真由衷地笑了，今天她穿了一件 Levis 衬衣，也是她最喜欢的衣服，她的手按住电梯钮，告诉他，"有朋友等在楼下……"

"为什么不叫你的朋友上来？"

"不必了，他要陪我出去买东西。"

"他？"瓦夏的蓝眼睛似笑非笑地看住她，把真真按在电梯按钮上的手轻轻拉开，于是电梯的门悄无声息合上，按照指示红箭朝楼下去了。

"嘿，嘿，我来不及了！"真真想再按电梯，又怕瓦夏拉她手，也许从旁人的眼光看过去，他们之间有点暧昧，真真禁不住地心虚，她朝空无一人的楼梯口走去，瓦夏跟着她。

"嘘……"瓦夏的食指放在唇边，仍似笑非笑地看着真真，"这几天你在和'他'约会？"

真真好笑："怎么一说就说到约会，他是我的中国同事。"见瓦夏释怀的样子，真真心一动。

"我请你吃饭，什么时候有空，今天晚上，明天中午，还是后天，告诉我时间。"瓦夏执着地看住她。

"为什么这么急？"真真有些吃惊。

"只怕你说走就走。"

"去哪里？"

"回中国啊！"

真真的眼睛竟有些潮湿："不会，还有一段时间呢，再说我也不会对你不告而别。"

"那就好，不过我还是要请你吃饭，为了我们可以有单独的相处，和你谈话令我兴奋。"

他用了"兴奋"这个词，让真真脸热，她转开脸，瓦夏移动半步与她脸对脸："你不要回避我，只是吃饭，像上次一样，我们不是很快乐？"真真点头。"那，什么时候有空？"

"可是……让我安排一下时间……"真真需要想一想，"我给你打电话。"

　　"你有我电话吗？"

　　"当然，我不是给你打过吗？"

　　但是，瓦夏仍然不由分说拉起真真的手在她的手心写下他的手机号码。

22

林木已在楼下大堂来来回回踱步，手里大包小包，看见他真真有种踏实感，穿着羊毛外套内衬芭芭拉粉红衬衣的林木，让她从漂离状态回到纽约，林木带来的是物质主义的纽约，名牌名店名人轶事，他看见她第一句话便是：

"我上午去了一位大牌服装设计师的发布会，有好莱坞明星做嘉宾……"

真真性急地打断他："噢噢，是谁？"

"Meg Ryan……"

"Sleepless in the Seattle（《西雅图不眠夜》）。"真真和林木异口同声。

"不过我更喜欢她的 When Harry Met Sally（《当哈里遇上萨莉》）！"真真兴致颇高。

林木耸耸肩："我听说了，不过没有看到。"

"图书馆有录像带，可以借回家。"米真真似乎比来纽约十年的林木更熟门熟路。

"哪有时间看录像带，晚上我要画图。"

"她后来又和汤姆·汉克斯演《电子情书》，你看了吗？"

"我没去看，他们说没有超过《西雅图不眠夜》。"

真真不以为然："他们两人的电影值得看呀！汉克斯所有的角色都有感染力，他是个有灵魂的演员，Meg Ryan，她演时装片最过瘾，看她穿时装，简直是衣裳架子，对了，她还有一部时髦电影 Kate & Leopold（《穿越时空爱上你》）……"

"很惭愧，也没有看过，听起来有点奇怪，你在中国看过的美国电影反而比我多得多……"

"这就是在中国的好处，中国有那么便宜的盗版 VCD 片子，现在又有 DVD，"真真笑瞥林木，"当你晚饭后在为老板加班画图案赚美金的时候，我在家里看盗版片，我过的是农民生活，日落而息，这'息'不是睡觉，是看片子，花钱最少的娱乐。"

回想起来，上海的生活的确是沉睡的生活，纽约激昂得令米真真走在六大道的步子有些跟跄，已是四月底，阳光和阴霾交替，现在这一刻走在向阳一面街，没有风的日子，在曼哈顿逛街是快乐时光，心里有些企盼，身体有些骚动。

"听起来你的生活更诱人……"

"不要这山望那山高嘛，"真真拉拉他的衣襟，"你这身名牌我一辈子也置不起，再说你可以看到真实的 Ryan，我可是她的粉丝，她演 Sally 时换了二十几套时装，让我大饱眼福，按理说，身材好的演员也不少，可是这时装穿在她身上特别时髦，特别的纽约味儿。"

林木点着头。"所以，服装师要找她，那些时装穿在她身上真的好有气质。"林木噗嗤一笑，"不过，你这人很好笑，到底是看电影还是看时装，喜欢时装，不如看时装表演。"

"那不一样，我对模特儿身上的时装不太有感觉，演员穿时装胜过模特，演员有灵魂嘛，时装在他们身上就有感染力。"

说起电影真真情绪高涨，"有个香港资深制片人曾对我说过，如果时装片的故事不够好，演员不够到位，观众还可以看时装，总之你总应该让人家看到点东西，我当时觉得这人很肤浅，现在回想很有道理，你看我们的电影能给观众什么？故事连流畅都做不到，演员又是那么做作，时装，哪有时装，乱七八糟的衣服穿穿，我只是想他们怎么敢愚弄观众到这一步……"真真突然就有了牢骚。

"对了啦，想起来，你还写过电影呢！可惜我没有看到。"

"你还好没有看到，惨不忍睹，我看得头皮发麻，坚持了五分钟就逃走。我做编剧做伤心了，电影也好电视也好，拍出来早已老母鸡变鸭。"林木不由笑起来，真真没好气："你还笑，我都想哭。"

"我想起我们一起在电影杂志上班时，你对我大谈契诃夫，你的理想是写一出契诃夫式的话剧……"

米真真一声叹息打断了林木，午间的六大道有些拥挤，都是些来去匆匆去午餐或午餐归来的上班族行人，米真真望着远处的天空深深叹息："那时年轻气盛敢这么说，现在契诃夫对于我是更加遥远的星辰，我已经没有这样的奢望……"

"不过契诃夫，难道他没有过时吗？"林木疑惑。

"我问你梵高会过时吗，毕加索会吗？"

"当然不会。"

"那么契诃夫怎么会？"真真有些生气地质问。

"对不起对不起，我对戏剧无知……"林木赶紧笑着道歉。

于是真真耐心解说，似在为他补课："来纽约后我走了这么多小剧场，不敢相信居然有不少剧团在演契诃夫风格的戏剧，有人告诉我，今年的 off-off-Broadway 重新流行契诃夫式的写实主义，世界在茶炊旁毁灭的主题。"

真真与瓦夏才几分钟的对话激起的涟漪到此刻还未平静。"真是举重若轻啊，我是说契诃夫，他的戏剧结构是分数的……"

"什么叫分数……"

"一般人都是整数，他是分数，也就是说他展示的人性世界更细微更幽深，是需要显微镜一般的洞察力，噢，契诃夫，文明给予我们的好处是渐渐懂得感受大师的伟大……"

"真的吗？何时也带我去感受一下。"

"不过，那些模仿的戏太生硬，"真真摇摇头，"我是说目前我看过的那些小剧场的戏，只是仰望大师之作。对了，我在上海看盗版片时至少看到四部电影翻拍《万尼亚舅舅》，其中有一部是米高梅出品的商业片你能想到吗？他的《三姐妹》被模仿更是难以计数，伯格曼，瑞典大师级导演，著名的《呼喊与细语》不是也有《三姐妹》的影子？可见契诃夫不仅没过时，还相当流行……"

"喔，真真，看的东西不少，你是有点怀才不遇呵。"十年前林木也是这样感叹。

今日的真真倒是有了几分自知之明："小才而已，不能坚持的人只有小才，有努力和坚持的人才是大才，我只是一个在不断失望和困惑中活到四十岁的女人。"真真突然又触摸到空虚的四壁，池水微澜——她将迈入四十岁，可是在心理上并不愿意接受现实。

"谁又不是在失望和困惑中活下去？"林木问道，"当年我还办过新具象画展，可现在只是个画匠，看老板脸色，图案上的每一笔都在讨他欢心。"

两人一时无语。

真真马上又笑了。"When Harry Met Sally 在一百部爱情电影中被排在首位,"今天的她特别想聊这部片子,"两个人大学毕业就相遇,一直到三十岁以后才恋爱,虽然中间不断邂逅,我看时真担心他们直到老还不肯说出 I love you。"

"谁和她演对手戏?"

"Crystal……"

"他很大牌噢,主持了好几届奥斯卡颁奖,接口令太快了。"

"没有他怎么压得住奥斯卡这样的阵容?他的戏也好,Ryan 的风头都给他抢去了。"

"他们为什么要熬到三十多岁才来谈恋爱?"

"好好,你这个'熬'字用得好,"真真大笑,"真的是熬啊,对于 Ryan,也就是她演的 Sally,十九岁了还情窦未开,面对令她动心的男子,却愚蠢地坚持她的某种顽固,岁月蹉跎,到了三十岁还不解风情……"

她在想这只是电影的安排,生活中,Sally 这样的人一定永远和爱情错臂。

"什么顽固?"

"比方她坚持男女间可以有友谊。"

"这没错。"

"但要看前提,如果她遇到的男人很性感,就没有友谊……"

真真不由得吐吐舌头,她面前的林木性格温和举手投足有点女人气,还比她年轻七八岁,他们之间毫无性别障碍,换句话说,她从未把他当作男人,所以友谊长青。做平面设计的他,工作时间自由,衣着品位不俗,是真真在纽约 shopping 的参谋、逛街的搭档。可是她能和瓦夏无风无浪保持几个月的友好关系吗?真真毫无把握。她看着林木拎着几大袋东西磕磕碰碰的,便转移话题："又买了什么好东西？"

"对了，今天从朋友的设计公司弄到打折的 Gucci 套装和 Prada 皮包，这可是当季的，你要吗？"林木与一些设计或广告公司有业务往来，经常弄得到打折的名牌衣，他自己一身名牌包裹，还乐此不疲给周围朋友弄来名牌衣服，人家不喜欢，他还要把衣服退回去。总之，比女人还热衷于 shopping 的林木在今天令真真感慨，她在算他的年龄，他进小学时，"文革"已经结束，没有心灵创伤的林木是多么适应这个物质的欲望城市。

她在想穿着牛仔裤和格纹棉布衬衣的子晨，他父亲是小开、老阿飞，可在他身上已不见丝毫纨绔气，他受雇咨询公司，年薪丰厚，可他在为自己找不到信仰迷惘。

林木当街欲从纸袋里拿出 Gucci 套装，她推开纸口袋。"算了啦，我不起劲大名牌，一套当季的 Gucci 打折我也买不起，再说，只会给我带来麻烦，用什么配它呢，裤子，鞋子，头发，包……都要换，天哪，最后发现，最应该换的是老公，首先老公要养得起穿名牌的老婆……"真真笑说。和林木在一起最轻松，轻松就是肤浅，与何值充满焦虑的共同生活令她需要肤浅，她向他宣称："对于我，Gap，Banana 足够了……"

"这种牌子是小青年随便穿穿，风格轻松，价格低。"林木有点不屑一顾。

"对对，我最适合轻松价格低的衣服，反正我的生活场景都是随随便便的，"真真并不在意，"如果 CK、Levis 打折，当然更中意，有人说我穿 Levis 衬衣性感，所以，我打算穿着我的性感衬衣在我中年的平庸旅途中前进。"

说着，真真右手臂朝前一伸，右腿一弓，左臂左脚朝后伸，在曼哈顿的六大道上摆出"忠字舞"pose（姿势）。

林木大笑，喊着"酷"，一边拿出随身带的照相机，把一堆包袋当街一搁："不要动，让我拍下来……"

林木对完焦距，把相机交给旁边闲看的路人，让他帮忙按快门，自己跑到真真边上，配合她握拳弯臂弓腿，左臂左腿朝后伸，跟当年宣传画上的 pose 一模一样。收回照相机，两人捧腹大笑，这便是纽约的好处。

"想当年……呵呵……我们搭档出去采访……呵呵……也是疯疯癫癫……呵呵……还不至于在街上跳'忠字舞'……"林木笑得气喘吁吁，"嘿，在纽约就是过瘾，无论你在街上多疯癫，没有人见怪。"拍打真真，"你看你，已经四张啦，还这么疯……"

"要是你敢在人家面前说什么四张、四十岁之类的话，我把你杀了。"真真手指点过去笑着威胁。

"好好，不说不说，"林木讨饶，"要说就说你只有二十五岁……"林木笑得弯下腰，手上一大捆包又被搁在地上。真真和他再一次放声大笑，反正这是纽约街头，Who cares（谁在乎）!

"在 shopping 上有主见的人，在生活中也知道自己要什么……"后来，他们安静下来，林木正色道，真真不响，林木看看她，与先前的疯疯癫癫判若两人，真真的脸在敛起笑容后竟有点郁郁寡欢。"说明你在紧要关头比较理性。"

"我有吗？"真真夸张地自问，轻轻叹一气，"算了啦，也不过是知道自己要什么样的衣服而已，不再说明其他。"

"怎么啦？你脸色不好，有心事？"与真真并排走的林木侧头看看她的脸，"你可不要在纽约有外遇？我有一种感觉，你这种性格的人必在这个城市发生点故事。"

林木这人常有惊人的直感，真真不理他，是心虚，她拍拍他的包："喂，除了 Prada，还有什么嘛？"

"BCBG 的中靴，四折后再打七折，24 码，你应该可以穿，要不要？"没有比名牌更能让林木倾心和专注，他举起一只特大的纸袋交给真真。

"真的？那么现在到底卖多少钱？"真真更喜欢买鞋，今天无论如何要买一样名牌以解心头郁闷之感。

"原价是一百七十美金，现在才卖六十，因为断码。"

"先让我试试。"真真性急地抢过纸袋，似乎马上要在街上脱鞋穿鞋的。

"等等，等等……"林木以为她真的要当街试鞋，米真真这人有时会有惊人之举，他赶快拿回大纸袋，指着前面，"马上就要到了……"

"到哪里？"

"披萨店，不是说好一起吃披萨？你吃过中饭了？"

她一愣，不记得起床后是否吃过东西。

"我说过你一定碰到什么人了！"林木再次断定。

"无聊！"真真骂他，夺过纸袋便踅进前面的披萨店。

无论如何，这顿午餐是几天来最开胃的一顿饭，虽然店面窄小，但仍有一长条不配椅子的吧台，和几张同样不配椅子的高脚圆桌，午餐时分，店里人满为患，让真真想起那天在苏荷与瓦夏一起站着午餐的情形，他们一起在苏荷画廊消磨的时光多么令人怀念，然而这已是那种单纯相处的极限了。

林木去买披萨，真真等到一张空桌后，把所有的包袋放到桌上，然后忙着试靴子，腰一弯，臀部立刻翘起撞到经过身边手里拿着披萨和可乐的上班族男人，他一个劲地对她说 sorry，她大言不惭用 OK 回答他，脚已伸进新鞋，呵，BCBG 的好处，脚趾触及除了熨帖还是熨帖，她舒心地朝那个陌生白领嫣然一笑，让那人心乱两秒钟，欲端东西过来，林木的披萨已放到桌上。

真真不想再穿回旧鞋，便把这双中国穿来的皮鞋扔进纸袋，然后付钱给林木，心情也像更换过。

"嘿嘿，刚刚换鞋的两分钟里我差点勾搭上一个曼哈顿专业人士。"真真轻松地拿起披萨一咬，才明白这家店为何受欢迎，这里披萨上的乳酪又香又厚。

"小心，曼哈顿西装革履的白领，不少是性变态，"林木用告诫的口吻，但马上诡谲地笑了，"如果你希望有些不同的 experiences（经历），不妨试一试。"

"我只想试一下我是否还有魅力，谁让你老是提醒我的年龄，让我心虚。"真真笑答。

"这你放心，纽约人口味千奇百怪，到六十岁你也找得到与你 match（匹配）的性伙伴。"

"哗，一说就说到性，已经是老练的纽约人了。"她拍拍林木肩膀，像一对同性伙伴。和林木在一起的好处是，他随手捻来的"现在"颇具娱乐感，让真真时时感受过往的遥远和虚幻。

一片披萨 1.25 美金让人吃到胃涨，再加一大杯可乐，两人一顿午餐才四五美金。为了感谢林木，真真拿出刚买的戏票："为了你给我带来的美丽靴子，我请你看 Miss Saigon。"

林木怕烫一般推开票子："Miss Saigon？很贵的。"

真真笑。"我是在'中心'买的，才五美金一张票。"马上又刺他，"如果在剧场买最好位子，也不过是 85 美金，对你算什么，你的一件 Versace 丝质内衣也不止这个价。"

"你觉得值得看吗？"林木怀疑地看着手里的票子，"我晚上画设计图，顺利的话，一个晚上可赚上百美金。"

"赚钱有没有底？"真真问他，叹了一气，"你那些名牌上百上千，赚多少钱都不够用。可是，你住在曼哈顿，却从不去百老汇，不觉得可惜？"

她想起子晨说他来纽约必去林肯中心听一场歌剧，这爱好在"文革"后期养成，那时家里有一套苏联歌剧《叶甫盖尼·奥涅金》胶木唱片，他直听到胶木纹理摩平，他打工读书拿到博士学位找到一份固定职业后已不在纽约，工作的第一年回纽约探亲，给自己的犒赏是去林肯中心大都会歌剧院听《茶花女》歌剧，之后，几乎每到纽约都要去一次林肯中心，一张歌剧票一百以上美金，如以对其崇拜或着迷的强烈程度计算，百多美金怎能算贵？子晨代表了真真曾经珍惜的那一部分价值观。

真真告诉林木："我们'中心'做餐馆的广东人都舍得花钱看 Miss Saigon……"

"五美金能算钱吗？"林木打断她。

"对你不算对她们算。"真真几乎是强迫地把两张票塞到林木手里。

林木要求去咖啡馆坐一会儿。"我们不是还要去旧书店？"真真问。

"可是，先让我休息一下嘛，上午到现在，我还没有坐过。"

"拿着这么多东西怎么去淘旧书，算了，下一次去吧！"真真同情地看着他被时髦物质所累——手里大包小包的名牌。林木立刻喜笑颜开，他其实并不想去旧书店，本来嘛，那种地方最不适合林木，他做平面设计，必须握住时尚，捕捉潮流的未来趋势，他需要的是最新版本的设计书摄影集，他的职业本能要求他摒弃过去。

"喏，那里有座教堂注意到吗？"在咖啡座，林木朝玻璃墙外一指，语气神秘地问道。

"你是说在路口砖红色那座？"真真的视线跟过去，见林木笑得暧昧，便又问，"怎么啦，神秘兮兮的，里面有裸体舞演出？"

林木笑着点头："你来的时间虽短，了解还是很深入……"

"当然，我晚上去过那么多小剧场，看过修女表演最前卫的戏剧，也看过全裸男性舞蹈……"

"人家都说上海像纽约，切……"林木嗤之以鼻，"你说呢？"

"要说像也是表面几根皮毛，我们的体制不可能产生纽约，纽约的水太深，没有底没有边，"真真摇头，但见林木的神情诡秘，"喂，你到底想说什么？"

"你看那座教堂白天大门紧闭，晚上可是另外一番景象。"林木嘿嘿笑，"听说很放纵呢？"

"怎么放纵法？有 sex performance（性表演）？"

"说 sex party（性派对）更确切，因为进去的人都要参与，如果能进到幽暗的走道旁边那些更加幽暗的房间，见到的都是名人呢，是真正的 vip 房……"

真真笑："政治名流，电影明星？"

林木耸耸肩："说上东区名流更恰当一些，噢，好莱坞明星也不少。"

真真笑问："你进去过？"

"没有啦，我是听人说的……"林木拇指翘翘，"怎么样，晚上八点以后，去看看？"

"No！"真真拒绝得干脆。

"Why? Who cares?"林木问。

"在乎的是我自己。"真真在问,"是不是我们以前被管怕了,现在要补偿一番?"

林木点头。"我想,很多中国男人出来首先去找红灯区就是这种心理。"他手指点点真真,"我以为你胆子比我大,哪里都敢去。"

"不是胆子的问题,也不是谁在乎谁会管的问题,是自己的选择,当你什么都可以做,什么地方都可以去的时候,你必定开始选择……"

"哇,听起来很深奥……"

"肤浅地说,我对 sex 没有兴趣,我只要 love。"

"嚯,那才危险呢!"林木用气声发出叹息。

23

那天，当米真真向林木道出"我只要 love"时，心里被自己的话一震，这些日子挥之不去的子晨形象，难道已经 fall in love？

回想那天从修道院回来，晚上在法拉盛中国餐馆，何值与子晨一见如故，何值不厌其烦地向子晨介绍他的未来剧场观念，电脑专业出身的子晨对何值的话题表现出极大的兴趣，已经很久没有人与何值讨论这样的话题，即便是在做剧场的同行中，事实上，在他自己的城市，他是个孤独的另类，其代价是他只能自言自语。

之后，子晨与何值讨论信仰，何值也以同样的热诚倾听子晨的思考，子晨甚至引用圣经里耶稣的 True Happiness——寻找真理的人是有福的，他说到这句话时的热诚，让真真震动。何值也很感慨。"关于寻找真理，在我们这个城市已成了上一世纪的语言，"他自问，"也许，还可以通过艺术拯救自己？"她在那一刻也被何值的话感动，并再一次明了，为何多年的坎坷之途与何值仍没有走散。

那天的餐桌甚是丰富，蒜烤龙虾清蒸雪鱼鲜贝黑椒螃蟹等，都是国内最昂贵的海鲜，子晨自己几乎不吃，似乎更享受与何值的交谈，浩淼很晚才到，何值离席去厕所时，子晨对浩淼说："我很为真真找到何值骄傲。"

浩淼说："我觉得对于真真，过这样的生活很不容易，听说结婚第一年，他们搬了六次家，有一段时间找不到房子，他们去外地住了一年……"

可能搬了六次都不止。八十年代中期城里没有空房，他们都是父母的叛逆儿，从家里搬出来了，一开始是浪漫，但不久变质为灾难。搬家本是生活中艰辛的部分，具体到把四处的杂物拾掇，世上没有比拾掇杂物更琐碎更麻烦，找结实的绳子袋子捆扎打包不容易，找一部运行李的黄鱼车更是难题，毋庸说还得找一间能让两人安身的住所。彼此的脸色开始难看，话语里有了怨愤，情绪一触即发，开始有争执，很快激烈起来，绝望得号啕大哭，都在问自己，为何找个冤家在城里流浪？但如此孤注一掷的两个人，竟还有理性，他们没有吵着吵着就各奔东西，而是像一对真正的市井男女，吵着吵着便接受了现实，过起了结结实实的人生。当有了自己的房子以后，他们之间的热情也早已在磨合中消失，生活的具体内容在变化，需要共同付贷款，需要配合时间带孩子，不过，最根本的需要是，一路坎坷，他们充分体验了人生的强悍冷冽，自我的虚弱无助，握住彼此的手臂才能走下去。

子晨望着真真，他深邃的眸子波动着温柔的怜悯，在嘈杂的中国餐馆，他目光里的暖意给了真真很深刻的抚慰。

第二天，真真给浩淼打电话："看到子晨，我又乱了，我有一种好像开始恋爱的感觉。"甚至感觉到荷尔蒙又在奔流了，她对自己说。

浩森的劝慰很哲学："人生有永久和瞬间的分别，何值于你没有任何人可以替代，你和他的关系就是属于永久性那一种。"

"我并没有想和他分手，不过，人生能如此冷静把握，还有什么意思。"真真深深叹气。

"子晨也喜欢何值，况且他这人一向与世无争，对不起，由我来说这些话很没劲，我是想说，你可以通过其他方式得到调整，你既然来到纽约，又何必走入这么一种艰涩的关系？"浩森在暗示什么呢？真真不太明白，然而浩森是个含蓄的人，他只能点到为止。

也许有些感情只能在心里纠葛，子晨已经回去 DC，告别时他诚恳邀请真真和何值带小欧去他家度周末或公共假日。是啊是啊，一起度假，友好家庭之间的往来，除此之外，还有什么方式可以相处？真真自问。

黄昏，她独自漫步在格林威治。

曼哈顿成棋盘格局的街道到了下城——华盛顿广场向南，开始错综弯曲，方向突然混乱，拿在手里的地图已看不太懂。这个夜晚，当"国际中心"的简们在百老汇大道五十六街观赏她们人生中第一个音乐剧 Miss Saigon 时，米真真拿着地图册和戏票，在曼哈顿下城漫游。她宁愿独自对付对她来说像乱麻一团的下城街道，也不要和一堆同胞在剧场相遇寒暄，她们的喧闹引来人们的侧目将令她无地自容，这也是她把两张音乐剧票都塞给林木的原因。

她要去的剧场所在的街道实在太小，地图册上找不到，连在下城行走的居民都没有听说。她从西四地铁站出来后，已经问了五个人，他们都无法确切地指出这条街在哪里。米真真曾根据其中一个人的指引，走了几条马路，却又在一条五马路口，被他喊住，他们又相遇。他说米真真走反了，可米真真当时明明和他各走不同方向，怎么穿了两条马路又碰到一起？他们站在街口一起笑，那个学生模样的行人陪着米真真走了一段路自己也糊涂起来，于是米真真与他道别，寻找新的指路人。

有人说纽约是反诺亚方舟，意指这是个独行者的城市，而现在米真真是曼哈顿下城真正的独行者。她和何值无法在夜晚同行，因为必须留人在家照管八岁的儿子。凭着一张"中心"的会员证，用几块美金便可以让自己走进下城的任何剧场，虽然水准参差不齐，但何值和真真一点都不想苛刻，可以用如此低廉的价格享受纽约小剧场让他们对这个城市满怀感激，对于何值则更像一次专业补课。剧场是否"正"不重要，重要的是他需要进行一次剧场浏览。

所以一个星期至少有三个夜晚让米真真感受独行者的忧虑和期待——迷路时的忧虑，走向目的地的期待。所以今晚，米真真对她所要去的剧场仍然处在迷雾中并不着急，或者说，她的处在游离状态的精神对于能否到达目的地已失去关注。

也许在马路上到处问路也是排遣郁闷的方式？她找那些看起来有正当职业，衣着时尚的年轻白人女性问路，她们通常语言清晰，为人热情，跟她一样有一股热切与世界沟通的劲头。

然而下城在天刚擦黑时行人稀少，一直要到夜完全深了，这就是说剧场已经散场，上班族准备就寝，下城街道才变得富有生气，她一改白天小城镇般的宁静，酒吧露天座位坐满客人，乐队喇叭鼓声激动人心，旅人们在露天站成一排吃着披萨热狗，然而这都没有她对下城的另外一种憧憬更激动人心。

"离开了大学，战争也结束了，我们中的大多数人漂流到曼哈顿，漂流到十四街以南的弯弯曲曲的小街上……我们走在格林威治大街上时，在库什曼面包房停下来闻一闻热面包的香味。在春天的早晨，每个垃圾桶似乎都用绿色的菠菜装饰着。"黄昏，真真走在西村，在迷宫一般的街道，重新温习着当年读《流放者归来》时心里奔腾着的憧憬和激情。

从春街（Spring Street）北段到14街（14th Street），从格林威治大道（Greenwich Street）东端到百老汇大道（Broadway），这一带被称为格林威治村，纽约人也称之为西村，那是著名文学史评著《流放者归来》中的经典场面，是"迷惘一代"的精神家园，是八十年代中国大学文科生也就是米真真和何值这一代大学生需要追随的精神空间，那时候"文革"结束不久，他们怀着时代留在心灵的创伤站在信仰的废墟上，有着和"迷惘一代"同样的迷惘，他们迫切需要在理想的残骸上建造自己的小屋。

这个曾经住满诗人剧作家小说家画家音乐家的社区，飘荡着艺术家村落的诗情，沃特·威特曼、马克·吐温、欧·亨利、斯迪芬·库瑞恩、文森特·米莱这些如雷贯耳的名字令西村笼罩着梦幻一般的光环，吸引着有能力挑选人生的富人，在金钱世界浸润已久的他们需要这种梦幻气氛的陶冶，就像人们说的附庸风雅。

可是随着富人的到来，西村的地价膨胀，穷困艺术家们只能搬走，一部分到东村寻找廉价公寓，朝南迁移，将工作室建立在二十几街的切尔西，然而一旦艺术家集中，有钱人又跟来了，房价又被炒高，艺术街区再一次商业化，艺术家再一次选择搬迁……现在切尔西的工厂车间改装成的画廊都挂着五六位数的商业画。只有东村的地下室还住着艺术家，更多的艺术家搬去布鲁克林工厂区，然而西村仍然保留密集分布的实验剧场，艺术家们的出入，令这一带依然飘荡着波西米亚式的浪漫气息。

这个黄昏，米真真问到第六个人，才算确切找到剧场的方向。当时她正走过街边一个 club（俱乐部），那里似要举行 party，门口停满了车。一辆林肯从米真真身边缓缓开过，突然车子停住车窗摇下伸出灰发梳得有型的中年白人男子的脸。May I help you？米真真立刻对着他绽开笑容，无论处在什么样的心情，这句问语总是令她心存感激。

中年人接过米真真递上的戏票，并换上老花眼镜去看上面的地址，然后又从车里翻腾出比普通尺寸更大张的地图，上面密密麻麻的字母和线条，男子找出一枚大尺寸的放大镜，对着地图探测一般移来移去，一边喃喃自嘲："请等我一会儿，我首先要把这个城市放大……"

中年人终于在这张大型地图上找到米真真所要去的街，他的手指在地图上划动一番，然后走出车子，非常细致而具体地指点她，从此地朝北面走，再经过六条街就可以到达。并向真真抱歉，他因为有事不能将她送到那里，真真歌唱一般向他道谢并道别，兴致勃勃走向那个过于幽秘的剧场，经过反反复复寻找的目的地是诱人的。

剧场在一栋破旧的公寓楼里，门面很像上海的里弄房子，门廊窄小，细长的走廊，松动的木头楼梯，感觉上像在走亲访友，事实上，楼内进深很深，她在散场时将发现，每个楼层都有两到三个剧场，现在离开场还有二十分钟，楼里有一种空间带来的深邃的安静。

剧场设在三楼，一间窄长的二十多平米的房间里，是将原来五六十平米大的房间从纵深方向用木板一拦为二，阶梯式的观众席只有四排，每排八个位子，中间和两旁还要腾出走廊，顶多坐三十个观众，留出一半空间给舞台，但仍然显得紧迫和切近。米真真坐在第二排。

戏开演前几分钟，来了八九个观众，看上去只占了观众席一半都不到，一名剧场职员拿去前面一排空位子，边上的椅子也抽走了，演出空间陡然空阔，观众席更像客人席，就像上门做客，舞台更像主人的内室。

这是根据萨特情人波伏瓦真实经历改编的故事：到美国来度假的波伏瓦，与一位美国青年邂逅，他们陷入情网，年轻的崇拜者要波伏瓦离开萨特，但波伏瓦只愿和他共享身体的欢乐，而把灵魂留给那个更加强大和蛮横的存在主义者。然而，美国情人在情感上的狂热和执着也颠覆了波伏瓦自以为是充满优越感的精神世界。

这一年，纽约小剧场又回归写实主义，充满生理体验的表演被容纳在如此窄小的空间，对于米真真是一次挑战，她从来没有过如此近距离地观看情事，在两米不到的距离，真实身体的亲密接触。米真真以一种前所未有的紧张忐忑，观看一个在旅途上的女人将偏离日常支点有多远。

当晚剧情介绍也加入了演员关系的介绍，饰演波伏瓦和美国情人的演员原本就是一对离婚的夫妻，这位前夫是纽约人，比波兰移民的前妻年轻整整十岁，表演的某个瞬间，你已经很难辨别这是剧中人还是真实的人物关系在继续发展。当戏中，狂放起来的波伏瓦猛地撩起裙子，裸露出下体，美国青年孤注一掷地走向她，他一件一件甩脱自己的衣服，灯光渐渐收去，只剩一束追光，两具意欲走向毁灭的肉体，咄咄逼人地迫近观众，几乎听得到有人吞咽唾沫的声音，米真真按捺住自己想逃离的愿望，然而舞台开始转暗，直至完全漆黑。音乐起来，她咕咚一声吞下一大口唾沫。

24

~~~

夜晚九点，独行在西村要有点勇气，所有的希望期待或绝望挫折都转换成音乐在一间间酒吧释放，街边座位坐满人，他们多是异乡人，"在那里你所遇到的人都来自另一个城镇，而且企图把那个城镇忘掉；没有比昨晚的愉快宴会更远的过去，而他的将来也超不出今晚的愉快宴会和他明天要写的幻想破灭的作品"。那样的情景是发生在半个世纪前，同样的骚动让今天的真真慌乱，我正朝自由去，谁也无法阻止我奔向自由，可你拿这自由怎么办呢？她宛如站在荒原边，一种无边无际的空阔感让她失去方向。

她在西四街头给瓦夏打投币电话，却又希望他的电话关着。瓦夏轻快的声音表明他就是西村一小粒自由分子。"你现在在哪里？"他问道，"我来接你。"这个新移民最吸引她的是走在纽约街头的自信，他被融入时的轻快感。

"我在西四大街。"米真真接通电话时并不清楚接下来是不是去见瓦夏。

"太巧了，我正好在附近的餐馆，我离你不会超过一百米，呵，这才是命运的安排，"瓦夏愉快地感叹，他指点道，"你走到汤普逊街，我在226号外等你，别担心，这是一家餐馆。"
看来瓦夏绝不会在西村迷路，她羡慕他毫不迟疑的方向感。

米真真很快就走到汤普逊街，看到站在街边灯光下的瓦夏，
他的手插在裤兜，他向她眯起一只眼眨眨，哼，一个站在城市
边缘的新移民也可以这么风流倜傥！真真笑了。有人告诉她，
纽约长得帅一点的，看得上眼的年轻男子基本上都是同性恋，
谢天谢地，瓦夏不是，因为他不是纽约人？

他像把她带进家里一样带进这家他已在就餐的西班牙餐馆，
鲜血淋漓般的红墙配洁白桌布，四周布满星星一样的小灯，闪
闪烁烁。客人很满，白人和南美人，飘荡在耳际的是西班牙语，
差不多是个西班牙区域。只有西班牙人才这么晚用餐，米真真想。

"你怎么会来西班牙餐馆？"感觉到周围人的注目，真真
在问瓦夏。

"我哪里都去，我是国际人。"瓦夏轻松地和熟人打着招呼，
比起亚裔，祖籍俄国的瓦夏在人种上与他们更接近，他没有异
类的感觉。

瓦夏的桌子在里间，里间的墙上挂着阿尔莫多万的电影剧
照，真真立刻笑了，她需要通过某种媒介找到融合点，瓦夏似
乎心领神会："这里的老板是电影迷。"他把老板招来介绍给真
真，真真对老板竖起大拇指说："阿尔莫多万，我最喜欢的导
演！"老板欢笑热烈，握住真真的手，一个粗犷但不失英俊的
黑发黑眸中年男子。

瓦夏指着真真对老板说："她是电影人（filmmaker）。"

最有效的吹捧，果然，老板睁圆深凹的眸子："太好了！
太棒了！太酷了！"一连串的感叹词。

老板告诉真真，他曾客串过阿尔莫多万电影的群众演员，

不过电影出来时已找不到他了，老板又是一阵哈哈大笑，笑得眼泪都出来了，他指着《捆住我绑住我》剧照上的安东尼·班德拉说："我本来追随他去好莱坞做明星，不过我马上被淘汰出来。无颜见爹娘，不得不到东部来打工，做上了餐馆。"

"真的吗？"真真睁圆眼睛，难以置信。

"没有半句谎言。"老板正色强调。

真真便去看瓦夏，瓦夏笑得顽皮，问老板："不过，上一次，你告诉我你是在那里开餐馆时遇见他。"瓦夏指着安东尼·班德拉。

"真的吗？"老板煞有介事地问道，"可能我没有说全，我在洛杉矶餐馆一边打工一边等机会，可是我耐心不够。"老板又是一阵哈哈大笑。

瓦夏用指头打了个响指："没关系，反正你从西岸来就对了。"真真便跟着瓦夏大笑。

瓦夏一定要真真品尝这里最拿手的名菜paella，其实就是海鲜饭，沉甸甸的不粘锅端上来，热气和香料仿佛也是双料的，分量更是多得足够两人当主食。瓦夏用勺子把锅里的海鲜饭搅拌，更猛烈的气体中paella的特殊香味冲击着她的感官，多么物质的香味，打开所有欲望器官的香味，瓦夏舀起一勺paella送进真真的嘴里，然后舀起一勺喂给自己，他们在催情香料缭绕氤氲的气状空间互相凝望咀嚼吞咽，然后瓦夏说："你好像是纽约最忙碌的女人，不过我们终于可以坐在餐桌上吃吃饭，谈谈话。"说到"谈谈话"，瓦夏的笑容有几分自嘲。

她喜欢他带一点点嘲讽，而不是无忧无虑的欢笑，这更符合他的身份，一个难民的孩子，漂泊者。她等待有一天他内心的荆棘会从他光滑的笑容穿出来，虽然吸引她的恰恰是他及时行乐从不掩饰欲望的笑眸。

米真真笑着回应他：“今天谈什么，谈电影吗？”

瓦夏突然站起身，身体前倾吻住她。一个悠长的吻，一股措手不及的力量，悠长得令她窒息，力量之强足可以用吻作为谋杀手段。她没有推开他，她抬着脸，她的嘴好像永久地被吸进他的嘴。

她嘴里充满西班牙海鲜饭 paella 味，她后来去餐馆的洗手间漱口洗嘴重新涂上唇膏，但 paella 的味道仍然从齿缝舌尖喉口，从嘴的深邃的角落弥漫出来，或者说通过瓦夏的舌头从四面八方进入嘴的幽秘处。paella 刺激的芳香在他们的嘴里混合搅动，催肥一样催发着包裹在衣服里分布在身体各处的湿润的欲念。

她在漫长的回家途中回想这一个吻，被它不由分说的蛮横锐利的刺激和驱之不去的回味惊异。令她不可思议的是，他们的口水，最私密的黏液，在现实世界是蕴含大量细菌令人厌恶的液体，这一刻宛如被欲望的高温消毒，充满诗的芬芳，不，仍然是 paella 的芳香。

她已经很久不用“吻”这个动作表达什么，无论爱意还是欲念。很多年前，她开始谈情说爱时，便对“吻”有戒备，那时，城里在流行肝炎，她厌恶口水相混的爱，对于传染病的恐惧阻碍了爱欲的表达，或者说，那时的她刚从禁欲的时代出来，还没有找到可以打开欲念器官的香料。

然而，与何值相遇的那一晚，他也是不由分说吻住她，那是在大学同学家简陋的舞会上，冬天阴湿，暖气器和空调还未问世的年月，他们穿着羽绒衣跳舞，那不是真正的交谊舞，对于那时的他们交谊舞简直太假模假式，他们只是身体相拥跟着音乐摇晃，一曲完毕交换舞伴，假如彼此默契可以一直摇下去，直至两具身体合二为一。后来何值吻她，他的直截了当和执着——这股劲头现在只用在他的剧场里——还有，可以回想的物质气味是，他留在她嘴里的麝香味，那时他颈部扭伤贴着伤筋膏，毫无诗意的伤筋膏，可伤筋膏里的麝香味却是诗意的，它通过他的吻留在她身上，它遮盖了她对于他人口水的厌恶。

也许不仅仅是一个带着诗意的有麝香味的吻，对于米真真是第一个有着身体交流的爱情，假如说之前，她总是沉浸在类似于单相思的停留在精神状态的仰慕。她很容易把这个吻看成情感的承诺。

那时候的何值是油画系学生，他的毕业创作在学校引起争议，并在各类画展上落选，他开始做边缘人，不参加分配，长时间逗留在青海或西藏，只要他回上海，她总会去火车站接他。那个吻令她在车站接了他三年，对何值有个时断时续但时间长达十年的女朋友完全无知。同居第二年她才发现这段在何值的世界人人皆知的关系。那时她已跟着何值住在四川美院的教师宿舍，那个四川女子与他们住一个大院。于是，她一个人带着行李回上海。

她与何值分手时是个肢体饱满、心智萦绕诗意和孩子气的女孩子，之后两年一路情海探险，但她不轻易接受吻。与何值再见面时她纤瘦了，神情有几分忧郁，她的情感和性已成熟到能自动分离。何值给她送来她留在他住处的一纸箱信，其实是何值当年写给她的信。米真真说，我不要了，随便你怎么处理，我要结婚了。可是何值吻住她，这让她记起她的初夜，她回到他身边。这与贞操观无关，只关乎她的性情，她把那张从单位开出来的结婚介绍信塞在何值口袋，由于她换了结婚对象，一时拿不到家里的户口本。

他们似乎通过结婚再一次确认他们两年前的相恋和失恋，他们心平气和做爱，以后怀孕，她不再接受何值的吻。"因为你在感冒。"何值有过敏性鼻炎，一年四季有感冒症状，有了孩子，她讨厌感冒，当然不仅仅是感冒的问题，她说，我无法回到年轻时的状态。何值并不介意，他快三十岁了，他为之焦躁的东西远远重要于男女关系，于是，他们的嘴又回到其物质状态，吃，说，还要吵架。

她回到家时已近十二点，何值说，怎么这么晚回来，这是纽约！声调比平时还低，来自于何值的冷冽把她从香料的迷幻中警醒。她吓了一跳，是后怕，从地铁车站出来，经过两条横街，路上的行人越来越少，家门前的马路几乎没人，最近发生的强奸案就是在家门口，当女子用钥匙启开公寓大门时，歹徒从后面劫持她，她的口中被塞进东西，她被推进公寓，作案就在公寓底层走廊。不过，这是发生在曼哈顿的河边大道，高尚地区。瓦夏的吻令米真真忽视夜深回家可能遭遇的危险，她启开公寓门时甚至忘记回头观望。

米真真脱下大衣，打开壁橱门仔细挂好，对何值的疑问保持缄默，这总比撒谎好受。何值不会追问到底，他对她的缄默保持缄默。她还知道何值不会去阻挡她，假如她一意孤行的话。当年她从阿飞街奔向何值，也曾经患得患失寻找退路，只是激情的力量战胜了价值观，可那是在叛逆的青春路上。

现在是，家里空气陡然缺氧，她觉得透不过气来。

何值继续看录像，不诘问也不暗自愤懑，他已把空间留给她，足够她反省自责愧疚。如果质疑争执，只能令她情绪饱满，通过反向的力而获得离去的激情，将婚外恋进行到底。然而，何值并非老谋深算，通过思虑计算结果。他是无暇顾及其他，为了专注于目前的事业，任何不良情绪他都希望并学会迅速过滤，让自己呼吸的空气保持清澈，所有的焦虑和热切都已经和情感没有关系。当年，真真与他分手，之后又重归于好，她内心的幻灭和自我修补似乎从来与何值无关，她在自己的情感世界跌宕起伏，何值这里总是风平浪静随波逐流。

米真真先把满地绊脚的玩具和童话书收起来，饭桌上饭粒汤水滴滴答答，以往每次看到这样的情景真真都会火冒三丈，告诉何值洗碗时把饭桌顺便也收拾干净，但没用，他必是遵循自己的逻辑做事，洗碗是何值的家务范畴，对于范畴内的事务绝不推诿，常常一回家来不及脱衣便先把饭碗洗掉，之外的事就不管了。不是故意不管，是视而不见，他善于将生活中影响他追求的所有障碍排除，视而不见是内心排除法。

尽管是自己出轨，米真真仍被何值的冷漠激怒，这一刻又很后悔自己的"及时抽身"，她是好不容易才从瓦夏的热吻中解脱。她很想甩几本书或什么杂物之类发泄，但这是纽约，稍有声响邻居就要来投诉，便愈加气闷。她打开壁橱门拿出大衣欲重新穿上，然而也只是一刹那的要离家的冲动，生活是如此具体现实，首先，在这夜半时分的纽约，在这个如同匍匐着猛兽的荒蛮丛林一般黑夜的纽约，她能去哪里？

这时，电话铃响，真真不由舒出一口气，她把外套挂回壁橱，径直去了卫生间，何值来敲门："你的电话。"真真不理，何值又敲，"是章霏的声音，她好像神志不清呢。"

真真奔出卫生间，拿起话筒。

"真真……我……不想活了……"章霏口齿含混。

"你现在在哪里？"真真半捂着嘴，对着电话轻声喊。

"我在……圣地亚哥，在机场……"她舌头打卷，喘着气。

"你喝酒了？"

"我们……喝了好……几杯，为了再也不要见面……"她终于完整地说完一句话。

"你跟谁，到底怎么一回事？"真真问道，虽然她心里有些明白。

"我和戴维决定分手，"她费力地说整句话，语速很慢，"他说他不要活了，他不活，我也不活了。"她的声音懒洋洋的，听起来不是悲伤，而是沉溺，真真的心里却涌起悲伤。沉溺——那是明知不能还要跳入的深渊。

"章霏，你听好了，你现在买一张来纽约的机票，上飞机前告诉我航班，我来接你……"没有声音，她又喊，"章霏……"

"嗵——"振聋发聩的声响，与王太共有的那堵墙又在怒吼。

25

这晚，米真真在客厅的沙发上看书，一边等章霏的电话，直到自己睡过去，做了一夜乱梦，不是在地铁就是在机场，反正一直在等车或等飞机，心里有一股令身心感到压迫的焦虑，她几乎是被这股焦虑催促而醒。睁开眼睛天已大亮，身上盖着毛毯，客厅的铝合金百叶窗没有全部关闭，早晨东面的阳光像金色格纹，一格一格通过百叶窗划在她的脸上、毛毯上。

她抱起毛毯去卧室的床上继续睡，待她再次醒来已是上午十一点。她只是看了一眼钟，又闭上眼睛，然后完全清醒。她有些奇怪，何值带着儿子起床过程她竟没有醒，这几乎是她睡眠史上的例外，她睁开眼睛，寓所刷得雪白的天花板在旋转，纯白的旋转，像一件装置作品。她闭上眼再睁开，旋转的速度在减缓，却能感受眩晕的恶心，就像坐着小飞机在室内盘旋，盘旋着，何时才能降落？她想起她的父亲有美尼尔氏症，发作起来就天旋地转，眩晕感几乎跟随了他半生，这个病摧毁了他的听力神经，也摧毁了他关于自己人生的理想。按照疾病遗传说，难道潜伏在基因的美尼尔氏症发作了？在纽约发作怎么办？她马上想到基金会已为他们一家买了医疗保险，然而，米真真仍然被吓出一身冷汗。何值在哪里呢？她甚至没有办法通知他。

她不敢挪动身体，紧紧闭上眼，这是父亲的经验，以提前的昏迷状态克服真正的昏迷，这里似乎有一些人生启示，然而容不得自己多思虑，米真真在假寐中又睡了一小时，她小心地睁开眼睛，旋转竟奇迹般地消失，虽然还有轻微的眩晕感。她起身去了一趟厕所，为自己能够行走而庆幸，她刷牙洗脸喝了一杯清水，拿了靠垫半卧在床上，想到今天哪里都可以不去，心里只有轻松。奇怪，当身体受到疾病威胁时，昨天之前的空虚突然消失了。

她想起她昨晚喝过酒，一杯葡萄酒，不知为何她对某些酒有些过敏，比如葡萄酒和部分洋酒，平时没有喝酒嗜好，连想尝试的愿望都没有，但在别人的劝诱下又另当别论，比如你怎能在如此梦幻气氛的西班牙餐馆拒绝葡萄酒？就像与瓦夏的关系，禁忌已预先设置在那里，然而她无法抵挡自己要去触犯的冲动。想到酒，她便想起章霏，她醉酒在圣地亚哥机场，她后来飞去哪里？她坐在床上无法把握昨晚电话的真实度，她立刻拨电话，先拨去章霏家，仍是录音留言，她又拨她的手机，仍是关闭。好吧，无能为力，章霏，我也帮不上你，既然东南亚的风风雨雨你也过来了。真真在床上自言自语。

她想起几年前，当章霏摆脱婚姻后，她们俩在上海商城的长廊酒吧被酒精迷乱的状态，那时商城是上海最具国际气氛的建筑群，感觉坏一点，觉得那里有几分租界色彩。那里的国际友人比本地人更自在，流通的货币是兑换卷，受人尊敬的语言是英语。这两年上海更现代更炫目的建筑群在浦东陆家嘴，几十倍于当年的国际商务机构，令友人们开始学本地方言。商城已陈旧，曾在那里喝得半醉的她们到了不愿上酒吧的年龄，然而，她们的人生并没有跟着年龄圆熟，她们是在一个愈来愈陌生愈来愈华丽的城市老去并且继续困惑着。

回想那次，把章霏留在录音带里的婚姻故事告诉戴珍妮的时候，她觉得像是自己杜撰出来的。珍妮流下眼泪，她问："我们能为章霏做什么？"

能做什么？当年我们的"哆妹妹"章霏和郁芳勾肩搭背走在阿飞街上，被称为"芳菲姐妹花"，两个漂亮女生，却在美好年华饱受挫折。妈妈喜欢说，红颜薄命。真真讨厌这种古老的断言，就像一道咒语，她曾经坚信咒语无法控制一个人的命运，她在少女时代就是个唯物主义者了，可现在，生命成熟的今天，她却找不到信念，并涌起阵阵无力感，除了心痛，她还能为友情贡献什么？

真真和珍妮商量，能给章霏什么样的安慰？想起她的饕餮，对了，请她去上海最好的餐馆吃一顿，就算最无力最平庸的安慰也聊胜于无，要是可以敞开心扉谈心里话就是额外收获了。

可是章霏不要去饭馆，她提出上珍妮家吃饭。她说，我想珍妮妈妈那一桌菜可是想了十几年了。提起珍妮妈妈真真眼睛热热的，珍妮妈妈是那个粗暴时代绝无仅有的馨香柔软的妈妈。

珍妮说，妈妈走了，谁也做不出那桌菜。反而是珍妮更能直面妈妈的去世，可她这么直通通地一说，章霏沉默了。米真真对珍妮说："我们自己做！"

她们三人一起拟定菜单，达成的共识是，既是章霏爱吃也是她们能做的菜。不过珍妮能做的菜很有限，能干的妈妈总有一个笨拙的女儿。珍妮自有她的福气，婚后是丈夫下厨房。相比较米真真能干多了，她母亲当年对她的全面培养中还包含厨艺和女红，所以那天便由她掌勺，让珍妮做她的下手，她们忙了一个下午。

章霏跷着二郎腿坐在沙发喝茶听音乐看她们忙，她又笑意盈盈："呵，我可不帮你们，既然是你们请我。"

她的左脸颊上深凹的酒窝盛满了天真的快乐，你怎能在这张天真的笑脸上读到她在南洋的另类遭遇？米真真看着她的笑脸有片刻失神，她在想疼爱章霏的珍妮妈妈如果知道她的遭遇她会怎样难过？

"我喜欢看你们像珍妮妈妈一样在厨房忙进忙出，喔，真真系着围兜蛮性感的……"章霏像只快乐的麻雀栖息在沙发上，叽叽喳喳。

"我做妈妈们的事已有些年头，你没有看到罢了。"米真真鼻子哼哼。

"眼见为实嘛，我真的是想象不出你们是怎么做老婆做娘的……"章霏咯咯笑，"我们以前跟着萧永红崇拜的是撒切尔这样的铁娘子，我们成长的年代没有女人，只有女兵女斗士……"

"好像不至于那么悲惨，阿飞街可是有不少好女人，比如珍妮妈妈……"米真真朝珍妮手一指。

珍妮苦笑："可惜那时我不懂欣赏我妈妈，处处与她反着干。"

"把自己弄成个假小子，看看你毕业照上的形象，再看看你刚进小学校的时候，哗哗，完全是两个人。"章霏夸张地比划，又让自己"疯"起来。

那时候她们的班主任把爱笑爱闹的女生称为"疯"，章霏是典型的疯女生。

"刚进校时怎么啦？"珍妮认真问道。

"你忘了自己刚进小学时的样子？你那时是有名的小阿飞……"章霏又是一阵大笑。米真真笑着接上去："对，烫了一头卷发，穿着彩格小包裤，飞得快上天了。"

"噢，那裤脚管紧紧裹在你的细脚踝上，我在想，你的脚怎么伸进这么细的裤管里。"

"为了那头卷发和小裤脚管我不知哭过多少次……"

"听说是我们班主任岳老师找你妈谈话？"真真问道。

"好像是，反正我知道岳老师不喜欢我妈妈……"

"岳老师是激进青年嘛，她对我们阿飞街的女生很感冒，老是骂我们虚荣，不求上进，除了萧永红……"章霏撇撇嘴。

"萧永红从来不认为自己是阿飞街的女生，她那条弄堂在三岔路的转弯处，一半朝着垂直的茂名路。"米真真的嘴角也有了讥诮，这是她们和萧永红之间微妙的隔膜。

"可这条弄堂写的是阿飞街的号码。"章霏几乎是愤愤不平。

"但这条弄堂正好通淮海路，萧永红家用的是淮海路的地址。"珍妮指出。

"是阿飞街领导淮海路的时尚……"章霏不服气的。

"领导时尚又怎么样呢？萧永红恰恰讨厌阿飞街的追慕虚荣，她觉得阿飞街的人最俗气最小市民最没出息。"米真真模仿着萧永红的铮铮有声的批判语气。

"那她为什么和我们在一起？"章霏较真的。

"她一向认为是我们要和她在一起，你们忘了，上学时，我们四个人一路叫齐后再去叫她？"真真仿佛故意气章霏。

"她不是也赶了阿飞街的潮流，出国也没落下？"

"出国不是阿飞街的潮流，是全上海的潮流，你不要夸大阿飞街的能量，再说，她出国不是赶时髦，她是去实现理想。"

"什么理想？"

真真一愣："你自己去问她，她已经和我们断了联系。"

"我倒是真的很想再见到她，我们激进的红小兵团长到资本主义国家打工是什么滋味？"章霏似和不在场的萧永红斗嘴，又有些不甘心地问道，"听说她刚去那阵很不顺利，差点回国？"

"她没有回来，说明她坚持住了。"真真答道，她不喜欢身为富婆的章霏居高临下的姿态。

"当然当然，我当然希望她顺利，不过也希望她不要像在国内时那么夸夸其谈，感觉太好。"真真和珍妮面面相觑而笑，一圈人里章霏和永红是冤家。"算了算了，说了这么多她也听不见，等碰到她再和她理论。"章霏已经东张西望岔开话题，"嘿，坐在珍妮家比坐在我自己家更有回家的感觉，不过这里的房子好像变小了。"

珍妮家的客厅一分为二，"文革"时搬进一户人家，"文革"结束，房子却拿不回来，因她父亲已去世，家属享受不到她父亲的副局级待遇。珍妮的婚房安在自己家，门外宽敞的走廊原来空空荡荡不放杂物，打蜡地板滴溜溜滑，现在堆满了东西，地板很久不打蜡，黏腻发黑，合用走廊的隔壁人家也住着第二代人，总人口应比过去少，但东西多了几倍，充满互相占有的拥挤、彼此吞噬的紧张。

章霏说："不是房子被隔开的缘故，我觉得整栋房，连花园都缩小了……"

珍妮笑她："因为你在外面住惯豪宅……"

"不，还是眼界问题，那时候要求低嘛，只要和喜欢的人有一间房结婚就满足了。"

"但我记得你说过，这间房最好是在阿飞街！"米真真问。

章霏想了想，笑着点头："这只能说明那时候不仅眼界低，还狭隘……"

"现在呢？"

"现在连非洲都敢住……"

"如果现在给你阿飞街的一间房，一个喜欢的人，你能满足吗？"

章霏不置可否地也许更多是否认地耸耸肩，如果她说"满足"，米真真会认定她在"装"。至少，章霏已自信到不用"装"了。

说说笑笑中，她们到底还是折腾出一桌菜，米真真记不得弄了些什么菜，但制作上海沙拉的过程却记得清清楚楚。因为章霏不要她们用现成的卡夫奇妙酱，而是要像珍妮妈妈一样，用沙拉油调蛋黄。她们掌握不好油滴入蛋黄的频率，很难将蛋黄调成发酵的糊状，浪费了好几个蛋才调制成功，期间还去买了一瓶白醋，可谓煞费苦心，让章霏好不满足。

终于，上海风格的沙拉做出来了，材料是以煮熟的土豆为主，掺一些生黄瓜红肠番茄，这些东西都切成丁，用调好的沙拉酱加一点冰淇淋凉拌。其实珍妮妈妈更喜欢用豌豆番茄蛋白做颜色搭配，但粗心的珍妮是无法真正买齐妈妈用过的材料。应该感激章霏给她们机会制作这道充满七十年代气氛的旧菜，制作过程成了味道复杂的回忆，因为她们已经很久没有为了单纯的吃吃喝喝聚在一起，在珍妮家被分隔的大房间，过了一把怀旧的瘾。但这也是要在时间又一次流逝后来感受。

可当时米真真自问，把自己两岁的孩子交给保姆，从浦东坐隧道车又换了一部出租车到珍妮市中心的家，忙了一下午，做了一桌菜，到底是为什么？她们不是想要和章霏有一个敞开心扉的谈话？然而章霏嘻嘻哈哈疯疯癫癫，完全没有说伤痛话题的气氛。米真真和戴珍妮飞快地交换了一下眼色，好吧，不谈就不谈，一切随缘，至少心意到了。眼看聚餐愉快结束，话题突然急转直下。

当时真真和珍妮感到安慰的是，章霏吃了不少沙拉还喝了啤酒，章霏吃饭时是不喝酒的，她说是为她想念的沙拉喝酒，虽然这道沙拉只是珍妮妈妈那道沙拉的赝品，颜色委顿毫无灵性，但章霏吃得很努力，她们不知道，这样的沙拉吃得越多缺憾的豁口就越明显。

章霏突然笑问珍妮："你是不是嫉妒过我，因为你妈妈喜欢我？"

"我有吗？不至于吧。"珍妮一笑，镇静地剥着虾壳。

"你妈妈走时，你不告诉我，我没有送到她……"

"别瞎说，我都不知道你是在澳门还是泰国……"珍妮抬头看到章霏的眼眶汪着泪水，后面的话便缩回去了。

章霏放下啤酒杯用手捂住脸："我一走八年，回到阿飞街，你妈妈不在了，走在街上好寂寞。"

米真真起身去卫生间。还是珍妮镇静，她说："妈是心脏病走的，她一直说福气的人是不睡病床就走，她没有睡过病床，走的时候没有痛苦。"

章霏很快就平静下来，但气氛却沉寂了，也许为了安慰她，珍妮对章霏说："妈真的是喜欢你，要知道她当时更希望小哥哥和你好。"

米真真一惊，锐利地瞥了珍妮一眼，珍妮没有注意她的反应，继续说道："喔，我妈是希望小哥哥把你娶回家。"

"真的吗？你为什么不早点告诉我？"

珍妮不响，她和章霏都看到了米真真阴郁下来的脸，空气一时僵冷。

此时，章霏的手机响起。

"我男朋友等在下面，要不要叫他上来给你们看看？"章霏接听完电话，问道。

"男朋友？"米真真和珍妮异口同声，两人面面相觑。

出现她们在面前的是一个陌生的上海男人，似乎比她们年轻好几岁，珍妮忙着泡茶，米真真坐在一边只顾吃惊，甚至连敷衍的客套都忘了。

米真真回到家，章霏的电话跟过来："真真，还在想着小哥哥吗？"

"拜托了，不要拿开裆裤的事说……"

"有时候想起那个小哥哥，觉得是个不真实的影子，我其实早就把他忘了，到了南洋就把他忘了，照理离他更近了，可那种现实容不得你有任何幻想。我们都很可怜，在幻想中生活得太久。"

是应该骂她还是同情她呢？章霏的所作所为总是让她的旧同窗头脑混乱。

"我真的看不懂你，你的男朋友怎么是另外一个人。"

"知道你们会有这种反应，"章霏的口吻几乎是轻蔑的，"我现在是自由身，为什么不能换男朋友？老古话还有百里挑一的说法呢！"

"是不是太快了？我没有来得及消化你的前男友。"是冲口而出的刻薄话，米真真马上后悔。

果然，电话沉寂。

"对不起！"真真说。

"噢，没关系，我也没想到现在的我已经不能忍受我过去喜欢过的人，我和他那次之后又见了两次就继续不下去了，我知道我利用了他……"

"利用？"

"是，利用他来完成我的过去。"

米真真不响，是郁闷，为章霏的过去，即便她们之间常有龃龉，但就像性格不合的家庭成员，沉淀在关系之下的是不可理喻的亲人般的关切和担忧。

"真真，今天说起小哥哥，我才想起，"章霏已转回话题，"为何你老公第一眼看上去眼熟，他和小哥哥的气质有点接近。"米真真一惊，她自己都未必有这个发现。"我们是老朋友，有些事说开来更好，其实，小哥哥是个不真实的幻影，真的和他近了，你会失望的。事情过去这么多年，我直说好啦，小哥哥去农场不久就有了新的女朋友，他说他未来的伴侣应该是他的战友，而不是郁芳这样的资产阶级小姐，可是他又无法真正舍弃郁芳，他们仍在通信，郁芳后来去了他的农场，他们之间反而有严重的危机，我想这是和郁芳出了那件事有关，那次他回上海探亲他便来找我约会……"

米真真拿话筒的手一软，她换了个手，她不知道还有多少事她仍蒙在鼓里，她"咕咚"一声咽下口水，这是心理性的分泌亢进，奇怪的是这么多年过去了，她居然还有反应。

"他第二次回家探亲，你和珍妮已经离开上海在郊区农场……"

"……"

"真真，你在听吗？"

"我其实不想听……"

米真真不等说"再见"便毫无风度地几乎是粗暴地把电话挂了。她觉得疲惫，无聊，和窝囊，她对保留儿时的友情再一次产生怀疑。自从郁芳章霏萧永红相继出国，彼此几乎已不往来，尤其是婚后，米真真追随丈夫过着波西米亚式的生活，她已从阿飞街的生活里挣脱出来，或者说，她的婚姻便是她对以往人生的背叛，与自己出生成长的街区、家庭以及他们所代表的某种价值观的决裂。

所以米真真和章霏的感觉相反，她认为真正的人生是从婚姻开始，抑或，她新的人生是通过婚姻的形式获得实现，虽然丈夫的感受完全不同。结婚那天，丈夫开玩笑说，从此我戴上了枷锁，她答道，可我自由了。面对丈夫不解的神情，她并未解释，是无从解释，那是需要对那个漫长的过去有深切的了解，才能明白这句话。

米真真虽然长得眉清目秀，气质里渗透了阿飞街的风韵，然而她和女生们一样也被时代的印痕左右。很多年过去了，阿飞街女生的性情仍残留着当年时代给予的尖锐激烈睚眦必报的痕迹，只要和她们在一起，便要滑到过去，滑到坚硬部分。米真真不知道，她厌恶过去，是厌恶过去的自己。

无论如何，章霏不可思议的婚姻和更加匪夷所思的初夜遭遇以及她和小哥哥交往的告白，让米真真深受刺激，神经末梢发生的颤抖虽然微弱，却敏感地影响了内分泌，次日她的偏头痛发作，MC 提前到来。同时她在疑惑，是否，她和她们的联系成了宿命，已超越血缘和时光？

而此时此刻，在纽约的中午，米真真很想给浩淼打电话，从他那里拿点主意，可是转念一想，这样的讨论对于浩淼未免残酷，如果他和章霏之间还有可能存在未来，为了浩淼内心的美好图景，也不能让他看到章霏此时此刻的状态。想着浩淼对章霏的痴念，真真的心里竟涌来暖流，过去的某种值得纪念的东西只能在旧人之间记忆了，虽然他们像沙子撒在异国的沙漠里。

26

一个星期过去了，米真真仍没有章霏的任何消息。这天黄昏，真真接到萧永红的电话，她激动地一口气喊道："永红，你终于出现了，好长时间没有听到你的声音，主要是我这里有些消息无法告诉你，对了，先把你的电话告诉我，要找你的时候，我才发现我们大家都没有你的电话号码。"真真的一只手在茶几上摸来摸去，找纸和笔。

却听见永红说："我会打给你们，因为你们不知道我什么时候有空，一般我不给别人我的号码。"

真真就有些不快，你把我们这些老同学当作普通的"别人"？

"那病人找你怎么办？"

"他们有我的BP机号码，"永红解释道，"我通常是在诊所结束营业时给你们打电话，我尽量不在家打电话，戴维因为身体原因需要安静……"

戴维？真真一惊，相同的名字在今天竟有一种特殊的宿命的意味，现在章霏和她的戴维怎么样了呢？

"你丈夫……戴维，他好吗？"她这么久没有电话，是不是家里发生什么事？真真不由得要为她担心。

"还可以，"永红立刻换话题，"你说有什么消息呢？"

"首先是，"她想到那晚的电话，"章霏让我担心……"她把章霏的状况叙说了一番。

"我等会儿打电话找找她看，我要好好和她谈谈，"永红颇有责任感的语调，"我早就跟她说过，你的人生要是没有目标，你只能纠缠在情欲关系里无法自拔。"

永红式的严厉跟着出来，这一次，真真没有反感，而是有一种莫名的安全感，也许，再也没有人会像永红，充满责任感地对她们这样苦口婆心，诲人不倦。

"可是永红，我们也要体谅她的心情，章霏一向脆弱，她对情感的需求比我们多。"听起来像在说自己。

"可是，她找到的人永远不会给她真实的情感，任何关系的形成不会单向的，她之前的情感悲剧，她自己是有责任的，为什么到今天的年龄还不懂得从自己的人生里得到东西？"萧永红的本来沙哑的嗓音更加低沉，有一种深邃的悲哀，"上帝只救自救的人，《圣经》上也这么说。"

沉寂，仿佛这句话连同她的悲悯也在朝真真内心渗透，然后她问："你也读起了《圣经》？"

"有时会翻翻，我的病人不少是教徒，我们之间的谈话会涉及宗教，真真，我也有脆弱的时候，不瞒你说，这样的时候好像越来越多，我需要读不同的书，包括《圣经》。"

永红，你好像有事瞒着我们，你仍然要在我们面前竖起强大的形象？

"最近的宋子晨也在考虑宗教问题。"真真说。

"宋子晨？你遇到他了？"萧永红笑了，"噢，这个名字把我们青春期愚钝的腔调都带出来了，当时的我们纯洁到愚钝，愚钝的纯洁也是很可怕的。"她一定在回想那次为了一张纸条大动干戈的情景。真真笑笑，她不要告诉永红那张纸条是浩淼捣的鬼。但永红思绪的背景似乎要广阔得多，"真真，我和戴维是相亲认识，我告诉他我是处女时，他非常震惊，他后来告诉我，他当时心里有一种很深刻的感动还有……畏惧……"永红停顿片刻，似在眼前重现当年西方男子面对二十八岁的中国处女那一刻他眼里的畏惧，"他知道我不是教徒，而且生活在大城市，他想知道是什么样的文化力量就像宗教一样可以强大于本能，即使在荷尔蒙最旺盛的年龄，我都没有过自慰。"

"我也是。"真真说。

"你比我好多了，至少你恋爱的时间要比我早得多。"

"那么你是怎么向他解释？"

"我得从我们的启蒙教育开始说起，从'文革'说起，它几乎伴随我们整个受教育的年龄，为了了解我的文化背景，戴维开始读中国历史……"

"噢，真不错，为了了解太太，丈夫再攻一门学科，永红，你从上海到加拿大，你迟迟不谈恋爱，就好像在等他来见你，我相信这是命运的安排。"真真深深地感叹。

"我也这么想，我很珍惜我的婚姻，有时候太珍惜反而会失去……"永红的嗓音又在沙哑。

"发生什么事？不会吧？"真真又疑惑起来。

永红一笑："没有，我这是迷信，小时候我最喜欢的糖纸总是最快遗失，因为我总是捏在手里，捏得太紧，什么时候放掉都不知道，所以最后能够保存下来的糖纸都是我随手可以丢弃的。"

"喔，可不要这么说，弄得我也很不安。"

"没有啦，每个人都有一点解释不了的迷信，即使在最快乐的日子也会有莫名其妙的担心，是不是？"

"嘿，永红，能不能告诉我，和你的戴维……在……夫妻生活方面，你们大概很和谐，我想。"

"如果光是从性的角度，戴维比我有发言权，"永红分外坦率，让真真意外，"他有过比较，他说我在这方面与他最和谐。"

"你也很……满足？"

"当然，我和他很快乐，如果我可以说我有快乐，那就是从和戴维的婚姻开始。"

"哗，我从来没有听到哪个已婚的人有这样的感觉。"

"我知道，所以会有些不安。但是，你和何值有这方面问题？我是说，你和他有高潮吗？"

高潮？真真一惊，没有人问过她有没有高潮，甚至何值。

"说真的，要是我说没有高潮你会相信吗？"

"为什么不相信，据说，有百分之七十的女人是没有高潮的。"永红说。

"真的吗？"她暗暗摇头，她不相信数据，至少她周围的女人都有高潮，她听说。

"除此之外，你跟何值还有问题吗？"

"我们的问题具有某种普遍性，一锅沸腾过的水，现在在冷却。"真真轻描淡写。"不过，夫妻平淡才能维持嘛，否则要生病的。"她笑。

"真的吗？你有这样的体会？"永红才有的认真劲。

真真"嘿嘿"干笑两声，转移话题："对了，我还没有告诉你，浩淼在纽约，他还是单身，对章霏还一往情深，可惜自从遇上他，一直未联络上章霏。"

"喔，我太吃惊了。"永红有点发愣似的，"可是你还没有告诉我宋子晨是否结婚？"哇，子晨的魅力，永红更关心他呢。

"有个五岁的孩子……"

永红笑着打断道："又是一个晚婚！"停顿片刻，立刻转话题，"还有其他消息吗？"

"对了，郁芳跟我打过电话，她的计划不变，仍是六月来东部，还有，章霏委托她的律师给珍妮做担保，如果珍妮能拿到签证。六月，你能腾出时间来纽约吗？"

差点忘记讨论聚会的事，真真此刻最担心的是，永红的一句"腾不出时间"。

永红似在思索，没有立即答她，她便补充道："我也告诉了宋子晨，他说有空他也来，浩淼本来就在纽约，没问题。"

"可是，我们女生聚会，为什么要男生参加？我们有自己的话题。"

"没关系，让他们最后一天来，这么说，你可以来纽约？"

"我……到时再说吧……"

"永红……"

"我知道……如果我来不了，一定是有重要的理由……"

萧永红几乎是匆忙地挂断电话，似乎在回避讨论是否出席六月的聚会。可为了永红这个电话，米真真放在烤箱里的鸡翅膀烤成了黑色，好在小鸥被电视迷住也忘了自己的肚子。米真真无法把小鸥从电视机旁拉开，只得把他留在家，自己奔到街边印度人开的熟菜店买了半只烤鸡，一罐土豆沙拉，回家再开两罐奶油浓汤，晚饭的菜就解决了。可是已到吃饭时间，何值怎么没有回家呢？他倒是个按时回家的男人，虽然在家时更像一具影子。

已过七点，真真匆忙安排小鸥吃晚饭，这边小鸥刚坐下吃饭，那边电话铃就响，小鸥用哭腔问："你又要打电话了呀？"如果他不看电视，真真也甭想安静煲电话。幸好是何值打来，他告诉她，晚上的剧场在布鲁克林，回来吃饭来不及，刚才一直忙音，我打不进来。他语气客观，听不出抱怨。他不是一直这样淡漠？除非她刻意让他发怒。

小鸥在这边问："这个电话为什么很短。"

"你爸爸打来。"

"我爸爸这个人不喜欢打电话，我妈妈这个人最喜欢打电话，"小鸥永远搞不清何时可不用代词，对家人说话他也是"我爸爸"、"我妈妈"、"我家"的称呼，"'你妈妈到纽约来就是来打电话的'，这是我爸爸说的。"

儿子的话让真真稍稍吃了一惊，仔细想想也没错，来纽约后，在家里的所有时间基本上都给了电话。

"我看你们性格不合。"真真又一惊。

"为什么这么说？"

"我爸爸不喜欢做的事你都喜欢……"

"有哪些事你说说看……"真真感兴趣的。

"我爸爸不喜欢打电话，你喜欢打，我爸爸不喜欢买衣服，你也喜欢买。还有他这个人不喜欢朋友，你喜欢……"

"哦？"

"因为你总是有这么多电话……"

"这个你说过了……"

"反正你们性格不合。"

"这是性格不同，性格不同不一定性格不合。"

"听不懂你的话，反正你刚刚又打电话粥。"小鸥是想说煲电话粥，真真直想笑，但心里仍有一片乌云，是永红的低哑的语调留下的效果吗？她无端地要为永红担心，然而，她又知道，永红不需要任何人为她担心。

27

几天后的夜晚米真真突然接到章霏的电话，她还未来得及表达这一个多星期的牵挂，章霏劈头便抱怨："你怎么把我的事都告诉萧永红？为什么要跟她讲，她打电话来骂我，我们吵起来……"

米真真也火了："章霏，你是不知好歹，你从圣地亚哥打电话来之后，从此没有音讯，我在为你担心呢，本来还想报警……"

"拜托了，你不要骇我好不好？"

"是你在骇我们，害得我们为你白白担心几天。"米真真气得要死，已上床睡觉的小鸥奔到客厅兴奋地一迭声问真真："是谁？是谁？你和谁吵了？"真真捂住话筒，对儿子吼道："睡觉去！"马上又捂住嘴，啊啊，邻居！她重新拿起电话憋着气说道："章霏，萧永红也是一片好心，她骂你是为你急……"

"拜托了，她的好心，"章霏的声调是呻吟，"弄得我在怀疑是不是还在自由国家，呵，你听听她是怎么大发脾气，简直是 crazy（疯狂）！"

天哪，到底谁 crazy？米真真不响，现在拿着话筒的她，冷冷地等着章霏冷静下来。

"喂喂，你怎么不讲话？"

"我在听你讲……"

"难得难得，难得你沉得住气……"

"我突然觉得没有意思……"

"什么意思？"

她突然想到感情这样东西最原始，倾注太多便会产生野蛮的力量，比如她们之间，几乎很少有理性的对话。

"感情这样东西适可而止比较好，不管是男女之间还是女人之间，互相太关心太紧张不是好事……"

章霏不响，然后说，声音阴郁："我心情已经很不好，她还要来责骂我，把我的感情说成是一场游戏，好像我是个很轻浮放荡的女人，真真，我问你，爱情还有高低之分？她的爱就是真诚的高尚的，我的爱就是虚假的低俗的？谁给她这样一种道德优越感？"

"她总是担心你也担心我们每个人，怕我们受骗，怕我们做错事，就像我们的父母……"

"可她不是我的父母，就是我的父母也没有这么厉害，他们哪敢这样对我？"

真真岔开话题："你刚从圣地亚哥回来？"

想着不要过问她的事，仍是开口便问，真真恨自己多管闲事，既然章霏已安全回家，她们还是少管她的事为好，就像她说的，这里是自由国家，她们的确没有权力谴责她的生活方式抑或爱情方式。

"已经回来几天了，我关了电话，在家不吃不喝睡了三天，没想到才开电话就接到萧永红的电话……"章霏顿了顿，咽了一口唾沫，"我和戴维分手了，这一次是真的，我们一起去圣地亚哥，他的故乡，"不让真真插嘴，语速渐快，"说好在他的圣地亚哥分手，他说只有在自己家乡他才有勇气一个人……一个人活在这个世界。"

"有这么严重吗？"米真真不以为然，"他家里人呢？"这么实际的问题以前只有珍妮才问。

"他家人都不愿理他，他是家里最小的孩子，过去他们是多么宠他，后来他们突然撒手，他受不了，后来遇到我，我也是，爱他宠他，却又对他撒手……"

"为什么？他的家人为什么要这样，还有你，为什么突然下了这么个大决心？"米真真隐约觉得后面必有隐衷。

"你没有看到他哭得多么伤心，伤心得我都不想活了。"章霏根本不回答她的疑问，这么说一定是有隐衷，米真真有说不出的担心。是自己的直觉有问题吗？为什么她们的电话都会让她担心，萧永红，章霏？"算了，戴维已成为过去式，不要再谈他了。"章霏突然又轻快起来，只有她可以这么快速转换情绪，"我从圣地亚哥回来的飞机上，在商务舱里认识了一个看起来很酷的硅谷人，他有一张典型的不苟言笑的英国脸，我们很谈得来，他问我要了电话，希望和我交往下去……"米真真对着电话发愣，感觉上是在听一段电视剧的情节，不过，情节的飞速发展倒是很章霏风格，米真真的问题是得学会泰然处之，章霏继续介绍，"他把他的婚姻状况年龄都告诉了我，他叫托尼……"

"离婚，年龄三十五到四十……"

章霏惊问："你怎么知道？"

"年龄更大的男人你不喜欢，不离婚他也不会提出交往。

猜也猜得出来，"真真声音冷淡，"你刚才还告诉我回到家三天三夜不吃不喝……"似乎还含着谴责，跟永红一样站在道德优越的立场？她马上自责。

"这是两回事，这并不影响我为戴维伤心，可是我在为戴维伤心的时候，并不影响我遇到托尼，对不对？"章霏挑衅地问道。

"不是说好六月聚会吗？"真真只能岔开话题，"你给珍妮出具的担保书做了吗？"

"珍妮不是说她六月有事吗？如果她不来，我也不想白白出钱让律师办。"

六月的事当然就是小哥哥的事了，真真的心一沉，但她决定不谈这件事。

"那就搁一搁吧，我再打电话问问她。章霏，有个男生一直想和你联系……"

"不会是宋子晨吧？"章霏情绪立刻好起来，"我对其他男生都没有兴趣，子晨来美国快二十年，好想见到他。"

"他就住在 DC，刚刚来过纽约。"真真阴郁地答道，她本来还在犹豫是不是要告诉章霏，可是在这样的情势下，要对她隐瞒就成了欺骗。

短暂的沉寂。

"这么说你已见到他了？怎么样，有感觉吧？"章霏用气声问，似小时候的耳语。

"人家已经有妻有儿……"

"不要这么实际好不好，快把他的电话给我，我要给他打电话，噢，等等，他还神气吧？"章霏又有几分犹豫，"如果已经面目全非，不如不见。"

"章霏，宋子晨再神气也是个有妇之夫，不如考虑浩森，他还单身，对你念念不忘……"

"浩淼是谁？"

"伊浩淼，和我住一条弄堂，小学和我们同班，坐在第一排。"

"伊浩淼……伊浩淼……"章霏嘀咕着，"我想起来了，长得很白，也很瘦小……"

"现在也白也瘦，但个子高了，不会低于一米七三七四……"

"拜托米真真，这种男人不在我的视野……"

"浩淼这人心好，感情细腻，现在的职位也不错，是一位有名的纽约商业画家的助理，那画家在纽约开了一家相当有规模的艺术公司……"

"我晓得，浩淼这类男人通常是又聪明人又善良，可是米真真，我没法想象和浩淼这类男人谈恋爱，因为……"她"嘿嘿"一笑，"因为我这个人在性方面比较……和西方人般配，噢，这种事我只对你说，西方人的尺寸比较合适我……"

有时真真会觉得是在和另一个章霏在说话，比如这时当她若无其事说起尺寸之类的话题。过去那个嗲妹妹——娇滴滴的，柔弱的，虚荣的女孩子，经过十年东南亚，竟练就成个硬派女人，谈起性来爽利结实，真真皱皱眉。

"呵……呵……你又没有看到现在的浩淼，"含讥带讽一笑，"你还没有和他交往怎么知道，这种事不可貌相不看尺寸……"章霏哈哈大笑，真真也笑，"浩淼当年为了追求西部的女友，他是准备和她结婚的，他把纽约的房子卖了，带上一卡车的家当，主要是他的那些画，从东岸一路开到西岸，后来和女朋友吹了，又开着卡车从西岸回到东岸。"

"嚯，听起来这个人内心是有点执着，开着卡车运家当千里迢迢来西岸找女朋友结婚，很浪漫喔！我喜欢。"

"他现在非常纽约艺术家风格，住在布鲁克林废弃的工厂区，那里是新苏荷，他那套房是真正的仓库，他用来做 studio（工作室），租这套房的钱可在我们皇后区租三房的 apartment（公寓），或者在 New Jersey（新泽西）租 townhouse（排屋）住。"

真真突然意识到浩森的另类生活方式可能会打动章霏，她和她一样，心里保留着另外一小片憧憬，那一小片憧憬像她们光滑肌肤上的胎记，她们这一代女子曾经历过极端的高歌理想主义的时代，她们是无法完全在物质富足的现实获得幸福感，就像无法擦去肌肤上的胎记。

果然章霏似被打动："喔，你那个伊浩森听起来不平庸。可是，也要等我见到他才能找到感觉，不如先把宋子晨的电话给我，拜托了！"这一点她们也相同，贪恋美色，难忘少女时代的美少年。

"子晨是上班族，还带着儿子，没有多少业余时间，你不要泡上电话不放。"真真不情愿地去找电话簿。

"噢，你是不是吃醋了？放心吧，我远在西岸，距离上也是你更方便，不过是在电话里找点感觉。"章霏夸张地叹气。

米真真好像没有吃醋的感觉，她看到章霏的生活与子晨的状态完全风马牛不相及。

"不要想得太多，人家宋子晨现在在考虑都是人生问题……"

"什么意思？"

"你自己去问他，你先把电话记下……"

章霏在那头找纸笔记电话，一边道："明天就是周末，我给他打电话，噢，真真，谢谢你的无私，我是你我会把子晨的号码藏起来，什么人都不说。"她笑了。

"前几天郁芳来过电话，说起子晨，她提到那件事……"突然提郁芳，好像故意气章霏。

但是章霏大大咧咧的："什么事？"

"她承认那天晚上在子晨家过夜。"

"那是明摆着的事。"

"不，不仅仅是逃夜到子晨家，之后，他们之间是有过……"突然浮起的乌云令米真真的五官有阻塞感。

"有过 sex？"章霏快言快语问着。

"也不至于，但他们是 in-love 过的。"这才是米真真心头的块垒。

章霏不以为然："这是多少年前的事了，大家早就这么传了，你忘了，还在当新闻八卦说？"

"我一直不相信。"

"为什么？"米真真不响，章霏深深地吸了一口气，"老实说，那时候我们这圈人中，和子晨最般配的就是郁芳了！"

可是那个傍晚的情景就在眼前，子晨笑说："离开中学后还常想起你生气勃勃的样子，中学几年我们一直前后座，不是吗？可是浪费了不少好时光……"那时前方是跨越东河连接曼哈顿和皇后区的昆士大桥，车轮连续滚过钢桥时发出轰隆隆的接连不断撞击声，东河上西下的太阳像一粒大蛋黄球，她瞥了他一眼，他也正好在看她，她侧过脸朝窗外看，她对他说："你不要开玩笑，我会当真的。"子晨紧紧握住方向盘，专注地看着前方，他告诉她："是真话，不过现在才说，不是太晚了？"她咬住嘴唇，眼睛就湿了，他放在方向盘上的手伸过去，握住她的手，他们的脸仍然对着前方。那时候所有的车都在桥上停下来，隆隆响声突然消失，她面对的世界突然变得寂静无声。

那只是她的幻觉吗？

"那时候，郁芳不是在和小哥哥恋爱吗？"米真真仿佛心犹不甘。

"那又怎么样呢？恋爱的人不一定般配，小哥哥这人太激进，太无情，郁芳这人很女人，柔软细腻，她的漂亮也是细瓷一般精致，和宋子晨温文尔雅的气质很相配，他们互相动情是正常的。没有发展下去，也是因为这么多的阻力，社会的，还有小哥哥的……"

"为什么说小哥哥无情？"她的心第二次下沉。

"你可能不知道郁芳出事后，他就开始折磨郁芳。"

"小哥哥折磨郁芳？"

"郁芳不是提前毕业去了云南吗？她去找小哥哥，但是她的痛苦并没有结束，小哥哥不能接受郁芳被强暴的现实，他反反复复质问她，是审问，要她把过程写下来，他在她面前自虐，用头撞墙，手拍碎玻璃，那个看上去很英雄的男人，是很嫉妒的……"

米真真感到压抑："我都不知道。"

"你不知道吗？因为没有人告诉你！"

"为什么不告诉我？"

"为什么？那要问你自己。"章霏不客气地顶撞道。

"想要责怪我什么？"说米真真生气不如说她沮丧。

"那时候的你给人感觉又脆弱又不开窍，你怎么能理解怎么能承受？"

现在也不能承受，即使理解了。她心中的小哥哥肖像轻而易举就碎了，也许这肖像早就模糊了，可是碎裂的疼痛仍是这般尖锐。

"这么说，小哥哥后来去缅甸参加游击队，有部分是情感的因素？"

"可能吧，他一向自我感觉高大，而且他曾经很珍视郁芳，他们之间的爱是纯精神的，所以，郁芳被强暴对于他是当头一棒啊，他……他简直疯了。"

"章霏，谢谢你告诉我真相。"几分钟前她在章霏前的心理优势转换成过往的自卑，虽然说话的语气仍是连讥带讽。

"说这话干什么？"

"我越来越看清过去的我是活在一个被蒙蔽的世界，不过，我现在要挂电话了，小鸥该睡觉了。"她觉得胸闷，四肢无力。

小鸥已趴在她和何值的大床上睡着了，手里还抓着被他拆到一半的四驱车。她给儿子脱去衣服盖上被子，自己也在他的身边躺下，她本来是要躺一躺，但马上就睡过去了，她好像是在梦里思想着过去的一切，繁杂而清晰的片断叠影，很跳跃像电影。

在丛林枪战穿迷彩服的小哥哥和怀孕的郁芳和宜朵"老阿飞"子晨叠在一起，然后是粗暴的叉叉，叉叉又成五花大绑，五花大绑上的脸是章霏，然后是"嘭"的巨响，血溅画面，郁芳母亲在黑框里的遗像，小哥哥也挤进来了。粪便满溢的屋子，萧永红守在病床旁，外边是花园，花园的墙上站成一排十三岁的女孩：珍妮，章霏，萧永红，米真真，郁芳。珍妮妈妈坐在花园为她们讲述《珍妮的肖像》。

一声巨响，是电话铃，米真真一身冷汗睁开眼睛，钟面的长短针都指向10，家里寂静无人，身边是熟睡的儿子，她拿起电话。

"真真，我是浩淼……"

"阿飞街又发生什么事了？"

"你说什么？"真真一愣，谁在说梦话？浩淼在说，"我的邻居安东尼要我代他邀请你们下个周末参加布鲁克林早餐！"

布鲁克林？米真真这才醒悟她正身处纽约。

28

纽约都快进入五月，但融融的春日感觉并不十分清晰。春天并非是以持续的暖意朝前走，而是跌跌撞撞，忽冷忽热，突然窜高的气温，人们不仅把大衣羽绒服之类的冬装脱了，连初春的薄外套仿佛也是多余的。然后下雨，气温降低，风衣不够，再穿回羊绒大衣，但终究是勉强了，这大衣穿在身上沉甸甸，知道已过时了，于是你才明白，终究是春天了。

跟上海的春天一样，纽约的春天也是从一个极端跳到另一个极端，跳来跳去，跳几跳季节就转换了，但心理上总在诧异，好像以前的春天不是这样的。事实上，一到换季就会有些失望出来，每一个季节到来时好像都不是想象中的，每一年的每一季，人们都在抱怨，说，今年的天气有点古怪，往年不是这样的，却不知，记忆总有偏差，因为已经渗入自己的愿望。

就在这个忽冷忽热的春天，米真真一家坐"灰狗"去华盛顿DC。这一天，气温突然上升到三十度，巴士里的暖气转成冷气，窗外烈日骄阳，虽然隔着深色有机玻璃，但太阳的热力反射在疾驰而去的车盖上刺眼的光芒、公路旁浸在阳光里有金属质感的树叶，让你感同身受。坐在冷气空间旁观太阳对万物的暴晒，也是一种快意的享受。

然而米真真仍是有着阵阵惊异，似乎前几天还春寒料峭，今天已俨然初夏的气温，没有过渡的气候，好像把一段时间失落在哪里。还有，坐在"灰狗"里的她和家人，是，就像她曾经想象却又不能想象的那般，带着家人去子晨家度周末。她看看坐在前排的何值和小鸥，仍有几分恍惚。

周末，本来应该去布鲁克林参加浩淼的艺术家邻居安东尼安排的布鲁克林早餐，浩淼打来电话的那晚提起宋子晨来过电话，问真真一家什么时候可能去 DC。

"我其实很想去 DC。他为什么不直接打电话问我？"真真有些不满。

"有点心理障碍吧？"浩淼笑了。

"不会吧！他应该是对郁芳有障碍。"比起女生小圈子，米真真更容易对浩淼倾吐心声，"我是很傻的，很多事也是刚刚弄明白，比方那一年，郁芳逃夜到他家。她真的在子晨家过夜，郁芳才告诉我……"

"噢，这么久的事还记在心上？"浩淼和章霏一样不以为然。

"不是记在心上，是蒙在鼓里……"她顿了顿，低声道，"这次见面，我对他又……开始单相思了。"

"真正的单相思，是不管他那里发生了什么，他爱别人、他结婚，都没关系，单方面施予感情就是了。"浩淼在笑，有点苦涩，但米真真看不到。

米真真也笑了，也是苦涩的："现在年纪大了，患得患失了，感情释放前先要看准是否有回报……"

"当然，应该的，现在都是有家室的人，一步不对，摔跤的不是一个人。"

浩森这句话竟有点警示的意味，真真无言以对。

"不过，无论如何，DC应该去一次，能够重逢也是缘分，要珍惜呢，男女之情终究是短暂的，老朋友才是终身可享用，我们不是在老去吗？将来我们又缩回自己的小世界，总要有些谈得来的旧人一起聊聊我们的过去。"

浩森一番沧桑良言平复了米真真内心的动荡，那晚她担心失眠预先吞了一粒安眠药，结果是结结实实睡了一觉。

"天越来越暖和，现在来DC是好时候，周末你跟何值带上小鸥一起来吧！"次日，米真真便收到宋子晨的电话，"去四十二街坐'灰狗'四个小时就到了，如果浩森有空，他可以把你们一起载过来，噢，尝尝我的厨艺，我可是能做几个好菜，过去做留学生时，都是在饭馆打工，从洗碗一路做到大厨，厨房经验丰富……"

子晨笑，真真也笑，她立刻就答应了他的邀请。

她赶快又打电话给浩森，如果浩森也去，她打算只和他同行，带着家人住到子晨家这样的事还是免了吧。

电话刚接通，浩森便说："我已告诉安东尼你们可能去华盛顿，顺延到下下个周末才来我们的布鲁克林，他说没问题，他要我转告他的问候，希望你们旅途愉快。"

"子晨希望你和我们一起去，我也非常希望。"

"这个星期我和老板要去一趟芝加哥，只怕星期五赶不回来，不过我会尽量去那里与你们一聚，我可能从芝加哥直接飞到DC，再怎么抓紧也要比你们晚到一天，但不影响我们星期六晚上在子晨家聚餐，他已为那晚拟定菜单，你知道，子晨喜欢把事情安排得井井有条。"

天哪，这两个人都这么仔细，阿飞街的男生，仔细详尽安排生活日程的住家男人，跟他们在一起你只想做个普通人，与世无争，在自己的小天地平稳度日。

"好吧，那就听子晨安排！"米真真虽有些失望，但心情已从低谷走出，她才想起浩淼的心事，"对了，章霏已回到旧金山的家，我们已通过电话，我把你的电话给了她……"

浩淼一笑："她已来过电话……"呵，动作还是她快，真真一愣，浩淼说："我们一聊就聊了一个半小时。"

真真咕咕笑："好了，浩淼，至少你可以做她的电话男友，她是这么喜欢煲电话……"

"她的记性也好，许多年前的许多事她都记得，所以和她聊天我觉得特别过瘾。"

"真的吗，那我就放心了！"真真如释重负般的。

浩淼却说："不过现在和章霏只能算是老同学之间的沟通，我必须去一趟旧金山，见了面才会知道我们之间有没有将来。"米真真又一愣，对于浩淼的认真，她不由得要为他担心。

"打算什么时候去呢？"

"看你的安排，想和你一起去。"浩淼笑答。

真真愣住，有些吃惊，但马上笑答："我可不想做电灯泡。"

"不是你一个人做，是你们全家三只灯泡。"浩淼大笑，"好像听何值说起你们有去旧金山的打算。"

"是夏天的计划，可是为什么要和我们一起去？人多嘴杂，多不方便，尤其是小鸥在边上闹，会很扫兴的。"

"你们在旁边我还有个退路，万一我们到不了那层关系，加上有个小鸥就不怕冷场了，是不是？"

噢，浩淼好像信心不足，章霏已经给他这种感觉？可他还要试一下，米真真心里就有些感动，她突然想到她和浩淼倒是知己,在情场屡屡失意,总是沦陷在得不到意中人的漫长寂寞中。

"你这么说,我们无论如何要配合你,如果你想六月之前去也可以,只要不影响我们的六月聚会。不过,浩淼,这次去DC我本来是想请你陪我的,我不要何值小鸥跟在身边。"米真真笑说,是为了给他鼓劲。

浩淼不响,半晌才说:"这样的话,我们三人都尴尬,你真的期待和子晨有个什么结果?"真真就说不出话来,浩淼叹息道:"现实总有诸多不如意,谁不是心里藏着苦衷过日子?有些事是需要两个人的冲动来推动,还要有条件,子晨是从那种家庭出来,好容易挨过'文革',年轻时就收起了天性,早就不冲动了。"

她没有再说话默默地挂了电话。

何值对去DC没有异议,基金会的玛瑞甚至为他们订了"灰狗"的车票,给他们准备了一套地图,让他们俩感动不已。何值更是兴致勃勃在月历和地图上勾来勾去做着日程安排,本质上他很适合做职业"背包客",他更适应"在路上"的状态,年轻时他到处漂泊的生活,别人看过去觉得辛苦,他却当作一段最合心意的人生。

总之,这样一来,这趟DC之行越来越像一次旅游,正是在做这些准备的过程中让米真真的心情回到现实中,那种朦胧的期待正越来越清晰成虚无。

临行前真真和子晨通电话确定行程时,子晨告诉她:"我太太刚从上海回来,这个周末我们家会很热闹。"可他的语气却有几分倦怠。

她愣住,下意识地问道:"我们去……是不是方便呢,你们也是难得在一起……"

他打断真真："她这次回来要长住，我和她有的是时间。"他似乎轻叹一口气，真真几乎能从话筒感受他的突然消沉，但她有点不敢相信自己的判断。子晨继续道："你们在美国时间有限，大家凑到一起不容易，有时候拖一拖就没有机会了。"

真真被打动，她几乎可以忽略他的妻子的到来给她带来的失落感。

当她跟着何值拉着儿子在四十二街庞大的巴士站找到他们的车子，看到巴士车头写着 Greyhound（灰狗）这个给他们带来充满美国气氛的旅行交通工具的词时，心情突然又雀跃了，天气那么晴朗温暖，基金会的照顾那么周到，你要学会感谢生活而不是让奢望折磨自己，她要再一次学会接受这样一个现实，子晨既不属于过去的自己，也不会属于现在和未来的自己，就让自己的心里保存念想，人生有念想总好过没有。

米真真带上了数码相机，至少她又有机会收集她需要的素材，她必须做一个与何值的剧场无关、只和自己生活心情有关的纪录片，同时，她必须试着找回重遇子晨之前的状态，她有些奇怪之前的她已趋向麻木的平静人生是怎么过来的？

29

他们到站时，子晨已等在华盛顿市中心的长途巴士站，他直接从办公室过来，所以西装领带，穿正装的子晨更接近他父辈暗暗追求的典雅高贵的架子。然而，他的气质里的质朴和大气却是在北美熏陶感染，远不是阿飞街的风格，更无他父亲那种精心打造的时髦和对享乐的追逐以及获得这一切的勉强、和掺杂几丝只为享乐而乐的轻浮的"飞"。

何值走在前面与子晨握手寒暄，真真拉着儿子站在后面有几分腼腆。

子晨的家在郊外马里兰州，半个多小时的路途。何值坐副驾座上与子晨并排，所以一路上多是他们之间在交谈。他们两人虽然是第二次见面，已经有好友重逢的喜悦，何值滔滔不绝，大概自上次遇到子晨之后，何值还没有过一口气说这么多话的机会，或者说还没有机会再遇见一个如子晨那般听他说话的对象。

真真的心情就很矛盾，既欣慰也有几分别扭。

子晨开车先在 DC 地区兜了一圈，因为隔天还要来这里仔细游览，又不方便停车，他们就没有下车。国会大厦前空旷的草地修剪得有雕塑感的绿树，让在城市蜗居太久的米真真一家隔着车窗发出近似于贪恋的感叹，于是在上高速公路前，子晨特地将车开到郊区一座山坡，那里正对着一片林海，子晨停车对他们说，我们可以在这里停留一会，这里有华盛顿最开阔的绿。

他们走下车，正是夕阳西下的时候，天空有一层胭红，就像柔和的红晕，若有似无轻罩荡漾远去的绿树尖，白天的炎热令黄昏时的风仍带着暖意，却又夹杂夜晚到来时的凉爽，还带着植物苦涩的香味，像含着清香的温水沐洗着他们的身体，从纽约带来的疲倦的身体。

感动的是风蕴含的饱满的春意，这是他们来到美国后第一次真实地感受暖意融融的春天，这是真正的仲春，离初夏宛若一步之遥。米真真只穿着白衬衣和牛仔裤，冲到山坡最前面，然后她回过头朝着落在后面的子晨与何值微笑，她不知道回首间她的脸和她身上的白衣也被夕阳的光辉罩住，衬着身后深沉又洁净的绿。

子晨轻喊："呵，真漂亮，可惜我今天没带照相机。"

何值把身上的数码相机递过去，相机里便有一张她朝着镜头喜气洋洋挥着手的照片，就像在和什么人欢快道别。

后来有一天，浩淼看着照片说道："但愿有一天你能像照片上那样欢喜地对过去说一声 bye！"

在去宋子晨家路上经过某个被称为 New Money（新贵）的社区，子晨知道他们很好奇，索性把车拐进 New Money 小区。这里草坪宽阔，鲜花姹紫嫣红，那些 house 是真正的大房子，富丽堂皇得像皇宫，罗马式的柱子，瓦片闪闪发亮，充满不可一世的气势。

"这里的一切都是新的、时髦的、华丽的，也是用钱立刻买得到的，"子晨语带几分嘲讽介绍说，"大房子大草坪大量鲜花，漂亮是漂亮，但充满油漆未干，铜臭未蒸发的气息，没有一样东西是有历史的，注意到没有？这里没有一棵百年老树，这就是 New Money 的特点，它的好处是开放姿态，英雄不问出处，只要肯付费，就能搬进来，不像老上层社会那么保护自己的阶层领地……"

在车里昏昏欲睡的小鸥突然就坐起身打断子晨话语喊起来："我要住在这里嘛！这里很漂亮，你们为什么不搬到这里？"他责问父母。

何值笑说："没想到我们家的儿子嫌贫爱富……"

"而且崇洋媚外，他还吵着要有一双蓝眼睛呢……"米真真补充。

"我们过去避之不及的资产阶级意识他一个不少全有。"何值幽默道。

子晨大笑，笑声化解了两个不免有点尴尬的家长。

"孩子就像动物，很本能，不用急着给他我们认为是正确的价值观，生活是会颠覆成人给予的教育，总有一天他会明白，有比这一切更重要的东西，也更难得到。"子晨看着窗外的美景感叹着。

子晨的车继续朝前开："我们去看看 Old Money 的住宅区……"

何值和米真真都笑起来，感叹英语某些词的表现力，比方"新钱"、"旧钱"的象征性。谈话间，车子便进入 Old 领地，这里多住世袭有钱人，果然有一种非同寻常的深邃和气派，绿林深处，浓荫遮蔽，房子并不招耀，小小的，掩映在名贵乔木中，每一栋楼间隔很远。

子晨说："这是 Old Money 的品味，住在森林深处，旁边看不到人家，它的昂贵就在这一片只看到树看不到房子和人的空间。"

车子又转回来，一直开到高速公路旁的小区，子晨笑说："我的住宅区是借了 New Money 的光，虽然离公路近，但学区还不错。"

车刚刚停在子晨家门口，他的太太便打开门站在台阶上朝客人微笑，她是个三十岁左右的女子，小巧玲珑，戴着眼镜，像个大学生。她叫书华，名字也是书卷气的，笑起来却有股活泼劲，是个活力充沛的小女人，但无论如何，不能说是美女，这让米真真放松，也有一点点不适感，哦，子晨的女人也不过尔尔这样一种不以为然，但她马上惊异地发现，书华的腹部微微隆起，至少有四五个月的身孕。

书华自来熟地和客人打着招呼，热情地招呼他们进屋子。此时的客厅西窗满载夕阳余晖，屋子明亮富丽得犹如在波光粼粼的海水中航行。然而米真真跨入屋子的一刻心情黯淡，她还来不及消化她刚才看见的现实。

子晨夫妇招待他们去小镇的中餐馆晚餐。餐桌上，在过于活跃的太太面前子晨寡言，他殷勤地为客人布菜，但说笑之间总有一些沉寂突然降落。他们之间的某种失衡连何值都意识到了，他便鼓起劲说笑想把气氛调节到和谐，便形成他与书华互相应酬得热闹的局面，这让真真对何值暗生感激。

从餐馆回到子晨家已九点，书华便带着东东去睡觉。真真也必须安顿小鸥睡觉，于是她们俩在浴室碰面，为自己的孩子洗沐时就有一些谈话。其实他们家有三个卫生间，书华似乎故意与真真同挤一室寻找说话机会，她告诉真真，她想生个女儿，子晨本来不想再要孩子，她怀孕时是瞒着子晨停了避孕药，所以怀孕后子晨一开始很不快，有种受骗的感觉。

"但现在越来越接受这个现实，毕竟他是很宠孩子的上海男人。"书华笑说。

真真一时惊诧，书华毫无过渡的"推心置腹"令她尴尬，她们刚刚认识，彼此关系如此微妙，想说什么掩盖一下自己的心情，竟一句也说不出，从书华的视角看过去，她的沉默有点古怪，好在小鸥和东东打起了水仗，真真才突然想起似的问道："听子晨说，你一时不会去上海对吗？"

"子晨都告诉了你是吗？"她意味深长地问道，一个"都"字让真真芒刺在背。

但真真故意不答她的话，说道："也许我这样年龄的女人还是太传统，总觉得孩子离不开母亲，父亲怎么周到都不如母亲，所以听说你一时不会离开东东，竟很为孩子高兴。"

当书华和东东进了卧室，小鸥也终于安静下来并且进入梦乡，已是夜晚十点，在郊区住宅区，已安静地听不见任何声音，子晨把何值和真真带进他的书房，那里有一套带环绕音响的视听设备。子晨拿出他收藏的录音版的歌剧演出大碟，他迷普契尼的歌剧，像《波西米亚人》《蝴蝶夫人》《托斯卡》有好几种演出版本，他让他们与他分享曾打动他的某个经典唱段，帮助他们分辨版本之间的差异，完全是个资深发烧友。

真正的发烧，应该是对恒久的孤傲的从不被时间的砂砾埋没的珍藏品的挚爱，挚爱是一种难以改变的执着，与爱的对象一样恒久。这情景在上海还看得到吗？上海的变化太大了，大到留不住一样东西了，街道留不住，房子留不住，寻不着老店铺找不到旧人，一切都在变动中，"变动"成了洪水猛兽，它冲垮毁灭了我们心里的挚爱。这是这一刻真真的感慨。

浩淼的电话进来，他让子晨把电话交给真真，他问："子晨是不是在给你们听他收藏的歌剧唱片。"

真真笑问："看来他也让你一起分享过？"

"这是款待好朋友的保留节目，也是他最快乐的时光。"

真真看着坐在地上的子晨和何值头凑在唱片上，子晨在找黑人女高音在大都会演唱的那张大碟，一边滔滔不绝，何值热切地听着，他们是彼此热心的听众。

真真轻声对浩淼说："我看，他的确很快乐，何值也很起劲！"

"那么你呢？"

"我……"一秒钟的停顿，"当然，我也开心啊，虽然我在音乐方面毫无修养。"

浩淼似乎听出了她的格愣，他似要问什么又忍住了，然后道："我明天晚饭前赶到，不过现在就有点迫不及待……"

真真笑了，把电话还给子晨。

听完唱片已是夜半一点，回到卧室，何值很快就入睡，真真却无法立刻安静下来，平时睡不着可起床找书看，或吃点宵夜，或干脆吃药，但出门时忘了把安眠药带上，客人房里也没有她要看的书，更不可能起身找东西吃，就有点像困在囚牢里，在床上翻身发愁时，却听到楼下客厅有轻微的瓷器碰撞声，便起床轻轻拉开门。

在与客厅相连的开放式厨房，子晨正在泡茶，见真真出现在楼上走廊，便举起茶杯，示意她下楼一起喝一杯茶。真真大力点头，高兴地忘了穿拖鞋便朝楼下去，赤着脚从"囚牢"解放。

真真不敢喝茶，便喝红酒。子晨开始做宵夜，从冰箱里拿出奶酪黄油果酱鲜榨果汁牛奶新鲜蔬菜等，竟在餐台上放出一片热闹。

真真咕咕咕地笑："我在家睡不着也是喜欢去厨房找吃找喝，有时就在厨房看书，半夜三更却发现厨房比卧室更有归属感。"

子晨有同感："我是到了周末晚上就不舍得睡觉，半夜三更一个人在厨房喝茶竟也很享受，有时也给自己做点夜宵。"

真真笑道："我的夜宵没有这么讲究，通常是泡饭加酱菜。"

子晨眉毛抬抬："哟，泡饭倒是没有，被你一说我也很想吃呢。"

真真笑说："不过我也很能吃起司（奶酪）。"

"这是难得的口福，"面包从烤箱里跳出，"来，给你一份全麦面包加瑞士奶酪蛋黄酱。"子晨很职业地招呼着，利落地做好一份三明治，交给真真。

真真叹为观止地看着手里的三明治："很诱人呢，看你熟练得像在快餐店服务。"说着咬了一口连连点头表示满意。

"做了三年不止。"子晨接她的话，"要是下酒，以一九九二年份的 Misen Cave 葡萄酒搭配 Parmesan 起司是最完美的结合。"说着他从冰箱里翻出那个牌子的奶酪，切成薄片整齐地排在小碟放到真真面前，又找出搭配的红酒。真真笑着把嘴里的吃食咽下去，正要说什么，子晨已代她说出来："也是酒吧的熟练工！"真真点着头捂着嘴笑，他道："在一家法国葡萄酒店做了一个暑假，至少学到两门学问，奶酪和葡萄酒的不同牌子和口感，这两样东西怎么配是第三门学问。"

如果子晨不说他的打工经历，真真会以为他的出身使他天生懂得吃喝玩乐，事实上，他们一家在七十年代也就是子晨成长的岁月，生活拮据的程度远远超过周围人家，子晨父亲"文革"

前做专业小开，靠利息过日子，连一份正常职业都没有。当利息断档时，小开已经四十开外，没有生活费也没有挣生活费所需的技能和体力，听说，那时只能在码头上找到扛包的外包工。

真真不能不想起子晨父亲，一个从浮华世界里出来，在时代巨变的缝隙中苟且的男人，在回忆和想象中保持着不劳而获的生活方式的可怜人，他的让人羡慕同时遭人唾弃的阿飞头是用清水发蜡加上压发帽弄成，靠吹风机画龙点睛，前面一撮发根竖起——小鸥公立学校的小男生都喜欢梳这个头——他的"飞"今天看过去实在勉为其难。

然而，他仍是幸运的，他让自己的娱乐方式变成赚钱方式，用京胡给票友们伴奏，酬劳虽然微薄，但薄利多销，从早到晚拉京胡总好过去码头做外包工，他的家成了京剧票友的练嗓场所，只是邻居的耳朵遭殃，他们得忍受那些准花旦准老旦准花脸们的嘶吼，他们也更加憎恨他，不过他并不把他们的白眼放心上，首先他们和他一样在这时代是泥菩萨过河自身难保，其次他的细皮白肉的手除了拉京胡其他功能就很微弱，他在家里仍然连一块手帕都不会洗，他太太仍然像过去一样照顾和爱惜他，他大概不会想到他的儿子将通过连续十年餐馆酒吧的打工得到关于享乐生活的文化。

子晨和真真在厨房吃吃喝喝竟也消磨了一个多小时，后来，真真回想，除了吃喝和关于吃喝的话题，这一个多小时并没有延伸其他内容，然而，深夜宋家厨房给了她快乐的回忆，那样一种安宁温暖和口腹之乐的单纯，平静的，安全的，非年轻的，她自嘲，这就是中年的男女关系？

他们回到各自卧室已是下半夜三点，从厨房带回的是放松，真真很快入睡，上午醒来时已过十点，花园里有孩子的嬉闹及书华何值的说笑声，她拉开窗帘看到两大人两小孩在双打羽毛球。是个明朗的晴天，阳光洒满花园，一首童年时的歌曲从真真的记忆跳出：窗下一朵大红花，开在金色阳光下，每天我去浇浇水，红花对我笑哈哈。一生中学过的所有的歌，她唱不出一整首，除了这一首，谢天谢地她居然想起这么一首古老又简单的歌来。于是她可以哼唱着歌，刷牙洗脸洗澡，用吹风机吹干湿淋淋的头发，然后到楼下，看到子晨坐在厨房，想来他也是刚起床，正在吃早点，看见她他说："我后来又回厨房在电饭煲里煮了点白饭，现在我们可以有一顿道地的上海早餐——泡饭，何值很羡慕呢，可惜他已先吃过东西。"

"他比我还爱吃泡饭。"她笑说，坐到昨天的位子，餐桌上放着上海早餐必备的皮蛋肉松腐乳，真真立刻觉得五脏六腑都畅通了，她拿起筷子和子晨一起吃上海早餐，好像是昨晚的厨房吃喝没有中断一直延续到现在。

他问："晚上睡好吗？"

"很好！一觉到天明。"她用筷子点着装在小碟里的台湾腐乳，才住了一晚就住出了回家的感觉。子晨坐在她对面，背后是厨房的东窗，窗开着，外面是一片树林，真真深深地吸着气："空气真好，看出去真舒服。"

"要是喜欢，以后写剧本就住到我这里来。"

"哇，这个剧本成本很高，假如住到美国你的家来。"她笑着，却突然看到书华坐在客厅沙发整理着沙发上孩子的玩具，她小巧玲珑的身体陷在庞大的沙发里，远远地看过去像个孩子。一时，真真就有些尴尬，刚才他们的对话她都听到了？但仔细回想，并没有任何暧昧，一起吃东西，说些闲话，分享人生中的片刻，没有表面和潜在意义的片刻，然而，她在这个片刻陷得多么深啊！和子晨面对面坐在餐桌边，好像可以天长地久地坐下去，现在看到书华的同时她也听到了何值在花园与小鸥和东东玩四驱车的声音，现实闯进来了，嘈杂着不安和内疚的声音，刚才的片刻像泡沫消失了，让她再一次茫然若失。

30

这天夜晚的聚餐，因为浩淼的到来而热闹非凡，就像壁炉的火被点起来似的，屋子里的温度陡然升高。子晨的黑椒牛排鲜嫩，还用蒜泥奶酪烤了一大盆龙虾，他的清蒸鳕鱼也是专业的，大家不断干杯，都喝了不少酒，书华拿起酒杯要求与真真碰杯，她说："我想我不会猜错，你做过子晨的女朋友。"

呵！真真端着杯子瞠目结舌。餐桌静了下来。

不过她马上就回过神。"噢，你搞错了，子晨的女朋友不是我，是我们班另一个女生，当然也是最漂亮的女生，"真真装得满不在乎因此显得喋喋不休，"我还带着我们一起合影的照片呢。不过，关于她和子晨的关系有各种传说，我们到现在也没有搞清他们是不是真的谈过恋爱，对了，子晨，你今天应该告诉我们真相。"她朝子晨笑说。

子晨的脸瞬时阴暗下来，他摇摇头，站起身给众人布菜。

子晨突然的沉郁令真真尴尬，书华却像没有看见，笑问真真："你不是说带来照片吗？让我看看。"

真真竟有些为难，浩淼一旁发问："什么时候拍的合影？"

"进中学时。"真真得救般地朝浩淼微笑。

"这可是宝贵的历史资料呢！快去拿来看看。"浩淼朝她眨眨眼。

"现在上海最吃香旧照片呢！"坐在餐桌最里端的何值揶揄，真真奇怪地瞥了他一眼，她以为他的思绪是游离这张餐桌的。

子晨似乎已从某种情绪中缓过来，跟着笑了。

于是真真放下筷子到楼上客房去拿照片，她临上路时匆忙把五人合影塞进旅行包，当时的心理有点复杂，现在也来不及分析了。她对着房间的镜子照了一下，她的脸红彤彤的，有几分慌张，毫无风度的一张红脸，她用发凉的手指按在脸颊上。

关于郁芳的话题为何让子晨紧张？她注视着照片上的她们，心里是子晨突如其来的沉郁留下的暗影，也许不要把这张照片拿去楼下是最明智的，但她却有一种再去触碰一下"过去"的冲动，就像要去挑战某些禁区。

真真把照片递给书华："找出最漂亮的一个。"情绪很微妙，郁芳的美将给书华小小的打击，她终究还藏着嫉妒，过去对郁芳，现在对书华。

但是书华毫无受到打击的感觉，她看着照片轻描淡写："一群小孩子，还没发育呢，怎么看得出谁最漂亮？"

真真有些吃惊。"怎么会看不出，她很引人注目啊！"她忍不住伸出手指在照片上指着郁芳，"就是她，虽然当时才十三岁，可是已经在女孩中鹤立鸡群……"

但是现在真真从书华的角度看过去，似乎照片上郁芳的光芒微弱了许多，她的美没有真真形容的那般弹眼落睛，或者说她记忆中的郁芳的美与照片上的呈现有着距离。

真真有几分失礼地从书华手里抽出照片交给浩淼，似要他"公平评说"："你说呢？你是画家，对美最敏感了，听说当时我们街上的男人给最漂亮的几个女人打过分，郁芳得分很高。"

浩淼拍拍子晨的肩膀，嬉皮笑脸："让子晨说，子晨的爸爸是'老克勒'，关于谁是真正的美女，他是有研究的……"

子晨皱皱眉制止浩淼："算了，提起来让我难为情，他年轻时只会玩，荒唐了半辈子，现在想起来很后悔，说什么少小不努力，老大徒伤悲。"

"告诉他不用后悔，现在'老克勒'也是上海的时髦，很多人后悔年轻时只会搞'革命'，疏忽了吃喝玩乐。"何值冷不防又插了一句，说得幽默，众人不得不笑。

"没错，那种年代你爸爸这样的人又能追求什么，如果想在事业上有什么建树说不定会引来灾祸。"浩淼说。

"最好的结果也是郁郁不得志，人格分裂，神经官能症，"何值接口，"所以那个年代能够做到玩物丧志也是一种境界，至少这是一种逃离方式，惹不起我还躲不起吗？一个小人物只能躲只能逃，不为虎作伥已经是有良知了，从客观效果上看，也是一种消极反抗，如果'文革'中都是逍遥派，打砸抢还搞得起来吗？"

子晨和浩淼以几分惊讶和敬佩听着何值发宏论，他们不知道何值却是最有政治激情的，关于这类话题他可以连续演讲几小时。

不过何值并未在这个话题上停留太久，他似乎看出子晨并不想回顾过去，他接过浩淼手里的女生合影照，像第一次看到一样端详了一阵："看起来这个漂亮女生是真真的块垒，现在，就靠你们给她化解了。"何值说着把照片递给子晨。

真真像被看破心中的秘密似的，朝何值拉下脸，却又不便发火。书华看在眼里，却把目光投向丈夫，但子晨低下头看照片，书华的头跟着凑过去，说："这个漂亮女生有不少故事吧？但是，我真的想象不出她有多漂亮。"

子晨把照片放在桌上，走开去拿饮料。真真已回到桌边，在给小鸥剥蟹，她已把他们夫妻暗中对峙看在眼里却又要装作没看见。书华见没人回答有些讪讪的，把照片放在餐桌的一角，也坐回自己的座位。

浩淼却又拿起照片道："其实，郁芳的漂亮是比较立体的，是在动态当中，照片很难显示，而且照片上的年龄实在太小……"

真真立刻表示同感："那倒是，才几年功夫，到她中学毕业时，已经不能单独出门，她走在街上，真有点光芒四射，会被不少男人跟踪，可那时，漂亮只能给她带来灾难……"

她戛然而止，往事不堪回首，她和六十年代末出生的书华相隔十年，是两代人了，他们经历的情景，如何让后来的人想象和感受？或者说，他们是否有勇气让后来的人知道所有的真相？

她瞥见子晨在整理厨房的料理台，延宕着回饭桌的时间，他又开始逃离，逃离关于郁芳的话题？他的脸为何又变得冷漠？

"噢，她后来怎么了？"书华聪明过人，她已听到真真的潜台词？至少，男人们的沉默显而易见，她把照片还给真真，她看着真真，在等回答。真真用一根筷子仔细地剔出蟹壳里的肉，那些藏在角角落落里的往事好像也被剔除出来了。

他们从楼房奔出弄堂，楼房在弄堂陡底的位置，有点像足球场用来进球的门框位置，两个男人从陡底狂奔而来，朝弄堂口去，简直是长驱直出！两个高个子的男人在弄堂如此狂奔谁都会害怕，弄堂里的人避之不及，刚来得及避到两边，像街上两边人行道上的树，是被狂风扫过的树，有着七零八落的动荡。狂风从弄堂刮到马路，那里响起喧嚣，他们撞翻了小孩，自行车阵乱了，有人摔倒在地上，好在马路上不通机动车，否则便有流血事件。人们在叫骂，枪毙鬼啊！

弄堂里的人就是这么骂着他们："两只枪毙鬼！"他们脸型端正，个子修长，在太平盛世是青年才俊的形象，可在七十年代初，却成了两个贪婪怯弱只敢在家里掀起暴乱的懦夫。每隔一段时间便发生这样的狂奔，他们互相斗殴，或者其中一个抢了家里的钱逃出来，他们的大哥每个月从香港给他父亲寄生活费，现金刚从邮局提出，放在桌上，其中一个抓起钱就朝外逃，另一个便去追，他们总是互相追逐，像两只野狗。

可是有一天，他们在弄堂又追又号，这次他们齐心协力，他们是来向你发难。当他们知道你怀孕以后，他们把你锁在二楼亭子间，学着六十年代造反派整你母亲的方式，用剪刀剪去你的辫子，他们要给你剃阴阳头，手边没有剃刀，便把你的头发铰得乱七八糟，他们骂你"拉三"、"贱种"……那时我们一家人围桌吃饭，我们在二楼前楼，我们全家清晰地听见亭子间传来的骂声，我们不知道你家发生了什么，但这样的吵骂经常从你家传来，大家习惯了，愈加瞧不起你们，也不想知道发生什么，当然这也是我父母的态度。

粗鲁的谩骂让妈妈觉得不堪入耳，她关上房门，并把房门上的天窗也关上，可我已经听到你轻微的哭声，是你压抑着的声音，我很惊怕。你很少卷入他们的纠纷，他们和你同父异母，你们家给人的感觉是，你父亲和你哥哥是一路，你和你母亲是一路，你们家的男人多么邪恶，女人却这么美。

因为你隐隐约约的哭声，我要妈妈去干预，但是妈妈不肯，她说她不要管你们家的事，这么野蛮的两兄弟，只有让派出所管。我要妈去叫派出所的人来！妈说，派出所不管家务事，如果真的来管，他们两兄弟会恨死我们，住在一幢楼，以后日子难过。

爸爸突然对我发火说，你以后少和他们家的郁芳往来，郁芳也不会好，这种人家！爸爸说到"这种人家"时是多么的鄙视。我相信，不只是爸爸这么认为，弄堂里不少人家也是这么认为，那天晚上后来发生的事竟在证实他们的偏见似的。我那时不敢和爸爸顶嘴，我很怕他，我觉得他越来越暴躁，我不知道，在那个时代的成年男人是最压抑的，他们越来越倾向于把脾气朝家人发泄。

我只能和家人沉默地倾听着，或者说，装作什么都没有听见，那时候最容易做的就是装傻，装得木知木觉。后来我听到他们两人终于离开亭子间，你的哭声也已停止。安静得好像什么事都不曾发生。然后，我们便听到了两兄弟上楼、开门、突然爆发的号叫，接着他们冲下楼，原来，你从亭子间窗口跳下，你逃走了。

他们在弄堂号叫奔跑，怎么没有人制止他们？如果在工人新村，他们就不敢，有工人子弟压着他们。现在，弄堂里的人家不是黑色就是灰色，谁能管他们呢？他们在弄堂大声喊着你的名字，一边骂骂咧咧威胁敢收藏你的人家。是的，你的名誉就是被他们被你的哥哥们践踏的。一直要到很多年以后我才有点懂他们为什么要这样，不，没有为什么，没有理由，丧失了天良的人所做的事在旁人看来都是不可解释。不过有一点我终于懂了，他们凶狠是因为他们懦弱。

后来我从传说中知道，那晚你去了子晨家，那时子晨的母亲和姐姐为了他哥哥的丧事去了黑龙江，子晨的父亲从来就不管儿女的事，黑龙江不去，丧事不管，他只想躲起来，躲在京胡里，再难听的嗓音他也能容忍，岂止是容忍，简直是快乐，声音越吵，他的世界越安全，因为他什么也听不见了，他可以安心地躲起来。那天晚上像平时一样，他在前楼给票友拉京胡，子晨在亭子间，楼下的后门开着，你径直上楼梯，敲开子晨家的门，你把其中的一部分——不可能是一切——告诉他，毕竟你还是个女孩子，很多事怎么说得出口，你受到的强暴，你被哥哥羞辱，你怀孕，你走投无路……你到底说了哪一桩？也许你什么也没有说。

那时你和子晨是校园引人注目的男女生，缺乏各种教育却发育未受阻碍的中学生们在你们身上展开着关于男女关系的想象力，校园的空中每天飞扬你们俩的流言。已经中三了，你们在公开场合几乎没有任何机会交流，男女生之间本来就壁垒森严，你们的一举一动更在人们的监视下。同样，回到家也一样在公众的目光下，弄堂里住家密集，闲男闲女将弄堂当作沙龙，在那里相聚传播流言，所以你们之间比平常的男女生还要疏远。但是你在紧急关头却去找子晨，不管你对他是怎样的心情，可你有把握他不会拒绝你，你有把握他的牢靠，你那晚对他所说的话就像关进保险箱，直到现在我们都不知道你到底告诉他什么，而让他把你留下。

可是这并不重要，重要的是，他让你留在他家，并给你修齐了头发，子晨也为那晚收留你而惹上麻烦。他被你哥哥扭送到派出所，你的哥哥们说是子晨让你怀孕。

你去了派出所，你写了一份经过，把你怀孕的经过白纸黑字留在派出所，然后子晨放出来。事实上，一开始人们并不知道你在派出所书写的内容，但不久，谣言在弄堂里飞扬。你被人强暴了，就是在那个晚上，在深秋，北风从弄堂的深处呼啸而来，家家关起门，突然一声凄厉的叫声划破风啸里的寂静，那声音竟是从你的喉咙里发出的。人人都听到了，但是，人人都装作没有听见。妈妈干脆起身把门上的天窗都关了，充耳不闻，装聋作哑。人们就是在自我欺骗中获得安全感。你仿佛是在人们的默许下受到强暴，就是在通往淮海路弄堂的喉结处，那个臭气熏天的小便池旁，那个被水泥墙遮住罪恶的拐弯处……

你是受害者，可红字刻到你的额上，满天的谣言里你被阿飞街上的人歧视着，连我，你曾经最好的朋友也疏远你，在人们眼里你比强奸犯还不齿。你搬家了，然后退学，那一年是中三，离毕业还有一年，你报名去云南军垦农场，已是一九七四年，插队风潮已到尾声，至少可以不用去边疆了，毕业分配是四条出路：上工——上海工矿，上农——上海郊区农场，外工——外地工矿，外农——外地农村。按照当时分配政策，你的去向是上海郊区农场。

你却只身去遥远的边疆，你唯一可以投靠的是小哥哥。但是不久，小哥哥又走了，他偷越边境，加入缅甸游击队，直到他在丛林失踪。

31

"过去的早已过去，"浩淼好像在背一段台词一般不自然，他只是要尽力打破餐桌上的沉寂，"为我们今天的聚会干杯！"

真真终究没有回答书华的询问，她左手拿着照片，右手举起酒杯，子晨和浩淼对过去某些片断的讳莫如深，令真真心存疑团，然而此刻那些往事令她眼睛发热，无论如何，她应该珍惜这样的重逢。

然而对于郁芳，是否她希望与旧人相聚？为了避开所有的旧人所有往事，她宁愿去边疆农场，当然她也是为了追随小哥哥，虽然，她终究是被他抛弃了。她又跟着从未见面的广东仔去了香港，对于她，上海的一切，阿飞街的一切都不堪回首，她还愿意与她们相聚吗？真真第一次想到，六月聚会是否是郁芳的黑色日子？

晚餐还未结束，何值已转到客厅的电视机旁，正在转播NBA篮球赛，小鸥和东东也已回到他们的活动房，但东东很快被书华带去卧室睡觉，小鸥百无聊赖，回到客厅伴着父亲看球赛，他要到十岁以后才会成为真正的篮球迷而不是现在，所以不久他便在沙发上睡了。

餐桌少了一半人有些寥落，浩森也急着喝完最后一口酒建议去书房给她们几个女生打电话，也许他想和章霏通话，子晨说我已很久没有珍妮的消息。真真却很想听到郁芳的声音，好像她需要通话来确认两个时代如何衔接。子晨有些踟蹰，他想征询何值的意见，但是转身回客厅，那里已空无一人。

何值正把儿子背进东东的房间，他希望把儿子安顿好立刻回客厅，这样他可以心无旁骛享受他的喜好，他对于三个老同学进书房继续同学会根本未给予注意，内心排除法令他经常只生活在自己的天地里，如果遇到球赛，他简直无暇关心之外的话题。

他走进儿童房书华也在，他们各自安顿自己的儿子，书华说："对不起，我这两天误会了，差点吃真真的醋。"

"哦，没关系……"何值并未注意她在说什么，很多时候他就是这样敷衍社会和身边人。他把儿子放到床上，不给他脱衣就把他塞进被子。

书华看见道："这样会着凉……"过来帮着脱小鸥的衣服，她腹部有负担，所以便单腿半跪在小鸥的床上，这样一来，何值倒也不好意思就走，便也笨手笨脚在一边帮忙，书华停下手看着他说："今天晚上我们两个是多余的人。"

何值不知所以地看着她笑笑，心里在记挂电视里 NBA 的比赛，心急慌忙给孩子三下五去二地脱去衣服，并再一次把他塞进被窝，直起身待要离去，却看到书华竟拿去眼镜抹起眼泪。

"我觉得我回来的不是时候，子晨对我很冷淡。"

何值没有听懂她在说什么，可女人流泪也会让他涌起怜香惜玉之心，他不是团团转找来纸巾塞给她了事，而是男人气地伸出手臂揽住她的肩膀安慰，毕竟何值年轻时风流过，知道怎么安慰女人。可这么一来，书华索性靠到他肩上，在何值看来怀孕的女人比较脆弱，可真真会怎么看呢？因为她正好进门，她是来看小鸥是否睡了，她进门时书华已飞快地闪开了，所以她其实并没有看懂眼前的一幕，但书华潮湿的眼睛却让她疑惑和不安，她看着失态后的书华发愣。

书华嘀咕道："我知道说不清了，不过，真的没什么！"

等真真回过神，她已离去。

突然进门的真真与突然离去的书华令何值发愣。然而当他看到真真目光炯炯地看着他，他感到身上像通电一般，所有沉睡的能量都触发了，那时她就是这么炯炯地看住他，原始，动物，充满挑战诱惑的蛮横目光，那个年轻时的真真。何值猛然揽住真真的肩膀，欲把她拉到隔壁他们自己的睡房，他想和久违了的那个真真做爱。

可是真真并不知她一刹那的激烈带给他的生理变化，她一把推开他，并用拳头去砸他，这使何值更紧地拥住她，他的眸子闪闪发亮，四肢充满力量，荷尔蒙处于咆哮状态，他们似乎又回到年轻时代的关系。

很多年前，她和他争吵时就是这般拳打脚踢，那通常是从嫉妒开始，所以这样的争吵从不讲理，从来是身体冲突开始身体相爱结束，真真在男女之情上的原始性恰恰是何值渴求的，然而时光是洗涤剂，将原生物质中最具活力的菌体清洗，固定不变的关系如同发生霉变的物质本身，做着令双方面目全非的自我腐蚀。换句话说，真真已多久不吃醋了？多久不让她的目光炯炯盯视纠缠身边人，并用她被激情左右的四肢宣泄欲望？

他的性欲早已转化为人们称之为"事业心"的东西，从他身边走过的女人不再令他目光迷乱，当然更不会对每天睡在身边的女人产生激情。省省吧，他的人生成了一系列省略，他的目光朝向自身某个神秘的角落，他试图从那里挖掘或等待他称之为"意义"的东西。

真真用力推开何值，她并没有与他同步走回他俩的过往，这是个错误的地点和时间，她可没有忘记这是在子晨家的客房。此刻，两位老同学在楼下用电话卡播着冗长的电话卡号密码以及国家和地区号码，常常快要完成拨号时手指一个闪失，便要重新开始。真真便是乘着他们播错号不得不重新开始的当口，溜出来找儿子，如果确认儿子入睡，她便可以心安理得回到她的"同学会"。

她已经不习惯与丈夫亲热，她很奇怪她年轻时的不知餍足到了中年却变成性冷感。她对何值莫名其妙的冲动发烦。而且，刚才，书华和何值相拥在一起算什么？她并不相信他们之间会有什么，但这个图景的荒唐性令她心神不宁，她需要弄明白。就在她与何值挣扎的时候，听到浩淼在楼下喊她：

"真真，珍妮要和你讲话。"

听到浩淼的声音，何值也立刻冷却了，他放开真真，回到卧室，马上又进入睡眠，他在睡梦中想起，他今晚可是喝了不少酒，是酒让他兴奋。

这个晚上他们只与珍妮通上话，章霏又不知去向了，郁芳家的电话成了空号，人生有这么多不确定因素，短短几个星期，郁芳的电话就更换了，而章霏又去哪里追逐她的爱情？只有珍妮守在她的烟纸店，那条阿飞街早已面目全非，但是没关系，珍妮的小店还在，只要她在，她的店在，阿飞街就不会彻底消失。真真相信那天晚上，子晨和浩淼跟她一样，因为珍妮仍然驻守在阿飞街而感到深刻的安慰。

珍妮是在店里和他们通话，嘴里含着东西，她说她在吃点心，真真问她吃什么点心，她说是芝麻汤圆，弄堂门口的邻居给回国的女儿做芝麻汤圆，便也给珍妮端来一碗。真真咽着口水，按下免提键一边把珍妮的汤圆描绘给在一旁的子晨和浩淼，他们"喔喔"地喊着，一时被弄堂的气息包裹得说不出话来。

　　子晨说："算起来我已经八年未回上海了。"

　　浩淼说："我至少有十年没有吃到芝麻汤圆了。"

　　真真说："现在上海超市一年四季有冰冻汤圆卖，可是怎么能跟当年我妈妈自己做的汤圆比？这是机绣和手绣的差异了。对我来说，过年最让我期待的好事排在第一的就是新年早晨的汤圆。"

　　珍妮在那头呼应："真真家的汤圆我吃过几次，称得上是极品，那糯米粉又细又白，汤圆像二分分币，小小的，但又不是太小，只只匀称，薄薄的皮白里透黑，咬一口，芝麻馅就涌出来，那芝麻也是又细又甜又香又肥，我再也没有吃到过这么香肥的芝麻馅……"

　　子晨与浩淼"唷唷"地呻吟。浩淼夸张地咽了一口唾沫："不要说了啦，我都没法在纽约呆下去了，明天就回上海找真真妈妈，让她帮忙我做芝麻汤圆……"

　　"她已经很久不做了，做不动了。"真真笑说，"珍妮说的那种芝麻馅可是花大工夫做出来的，首先买上好的芝麻，捡去碎石沙子在铁锅里用小火炒熟，然后用石臼舂碎，舂两斤芝麻需要一个晚上的时间，然后与绵白糖相混。当年绵白糖一家只有半斤，所以我妈还要用擀面杖把白砂糖捻碎。芝麻这一头弄好了，接着是猪油的准备，最关键的是必须买到上好的肥白如雪花膏膘厚一寸以上的猪油，号称是大猪身的膘。为了这块猪油，我们得储备几个月的肉票，妈妈要有几个清晨早起去肉摊排队，因为不是次次都有大猪膘。有了猪油，把芝麻白糖揉起来就靠做的人的手势。首先要把猪油上的筋和衣除下来，这需要把一整块猪油一点点扯下，从脂肪衣上剥下的才是真正柔软的油脂，是油膘上的精华。这时才把芝麻白糖揉进猪油里，揉啊揉啊，直揉到猪油完全消融进芝麻白糖，成了一整块黑色的馅子，扯开任何一块见不到一点点白色的猪油，这馅子才上品，煮熟后咬开来流出的是纯黑的芝麻馅却又有猪油的肥香透明，这透明是看不见的，是在齿间感受的。现在外边的冰冻汤圆，既毫无肥香感，且一片混沌，就像吃面粉，那混浊的芝麻馅从此断了我吃汤圆的念头，呵……"真真喘了一口气，"当然还有汤圆的皮囊也就是糯米粉的问题，汤圆糯软细滑的口感，也是精心打造的。一般我妈妈是不用干粉的，只用水磨粉，也就是浸在水里的米粉。其工序是，先要把糯米浸几天，然后用石磨磨成粉，这活通常两个人干，一个掌磨子，一个加米，一般是磨两圈，加小半调羹米，米不能加多，怕粉粒子粗，这样连米带水磨成粉水，便放在缸里沉淀。一个晚上这粉水就分离了，粉沉下去，水是清澈的，为了保持水磨粉的新鲜，每隔两天就要换一次清水。需要用米粉时，先要用碗从缸里捞出粉到干净的米粉袋里，再把米粉袋吊起，直到袋里的水沥干，通常是三五个小时，这粉就可以搓圆子了。怎样把粉团挖洞放尽可能大的馅并保持汤圆外表的干净，则是手上的功夫……"

真真一口气道来，此时终于断气，她喘息着，两个男生和那一头的珍妮也跟着换气，然后他们一起哄笑。

"哗，厉害喔……"

"你可以到美国来开汤圆店了……"

"我嘴里的汤圆突然不怎么样了……"

真真意犹未尽："过年前我最喜欢的家务事是磨水磨粉，通常石磨是放在厨房，厨房是公用的，在底楼，楼里人进进出出，在那里磨粉真是开心。要过年，家家都在厨房忙，很热闹，也很兴奋，厨房已预先洋溢节日气氛，所以楼里进出的人都要来厨房待一会儿，这样就显得更加拥挤闹猛。磨粉需要有人帮着加米，知道这件事是谁帮我做的？"

真真突然停下来。

"是郁芳呢！"真真自问自答，"她没有搬走前，我们两人在春节将要到来的日子，一起坐在厨房磨粉这段时光，后来回想，真是令人留恋……"真真欢快的声音被自己咽唾沫声打断。

沉默一会儿，珍妮开着玩笑说："对了啦，你不如留在美国开汤圆店，让章霏投资，叫郁芳做你助手，这样的话，你们俩又可以一起磨水磨粉。"

"这么原始的劳动方式开店可不行。"浩淼认真地说。

"而且为节日做汤圆和开店做汤圆的心情又不一样了。"子晨说。

他们装作没有听见她的那声夹着哽咽的咽唾沫声，又闲聊了一会儿，珍妮有顾客，把电话挂了。她没有谈起六月的安排，也没有谈及小哥哥生日纪念事，也许珍妮从来就没有打算六月来美聚会，真真也是在她挂断电话时明白过来。

他们三人又在小房间坐了一会儿，子晨去拿来金酒汤力水和冰桶，他把冰块夹进玻璃酒杯，倒了小半杯酒、半杯汤力水并端起酒杯轻轻摇晃，然后把酒递给真真。

真真接过酒喝了一口，微甜，满口馨香，她随口问："自己做酒吧应该很开心？"

浩森笑说："这主意不错，真真到纽约开汤圆店，子晨回上海开酒吧。"

但是，真真没有回响，关于汤圆的话题让米真真失落极了。当年，眼看新年过去，水缸里的水磨粉已见底，妈妈在给他们做最后一碗汤圆，她心里空虚得直想哭，现在就是这样一种看见水磨粉见底的心情。

子晨把第二杯酒给浩森，然后给自己调酒，他全心全意做着这一切，几乎看不出他的心情。他举起酒示意三人碰杯，这时他才笑笑说："噢，开汤圆店是不错的主意。"

真真微微一笑，算是回答，她晃着杯里的酒，沉吟道："我觉得自己很荒唐，刚才说了老半天的废话，竟忘了问珍妮，章霏给她做的担保应该收到了，现在她应该知道能不能安排出时间来美国……"

子晨不解地看住真真，问道："珍妮要来美国？"

浩森在一旁解释说："今年六月她们五个女生在纽约聚会，珍妮也应该参加的。"

子晨有些吃惊："据我所知，珍妮六月要去香港与她英国的大哥会合，今年是她小哥哥去世十周年，他们兄妹几个要把她小哥哥的骨灰迁到苏州，与她的父母亲葬在一起。"

"小哥哥骨灰？"真真吃惊。

"真真，你不知道珍妮小哥哥十年前就在香港跳楼？"浩森惊问。

"小哥哥十年前在香港跳楼？"真真对着一片真空发问，"他不是在缅甸吗？"

"后来他离开了，偷渡到越南，又从越南偷渡到香港……"浩森说。

"谁告诉你的？"真真带几分责问。

"我那年去上海，遇到她大哥，是她大哥告诉我。"浩淼答她。

"他们可能一直瞒着珍妮母亲，我是后来几年才知道的。"子晨在一旁解释道。

"那么珍妮早就知道了？"

"当然！"他们异口同声，但是立刻又面面相觑。

一时静寂，音响箱低低响起音乐剧《歌剧院的幽灵》里的唱段"Why so silent"（"为什么这般寂静"），噢，为什么这般寂静？泪水从真真的脸颊滚落到她的酒杯，子晨走过去，轻轻抽去她手里的杯子，他握住她握过杯子的手，浩淼把纸巾盒拿过来，一张又一张，他抽了一大捧纸放进真真另一只手，真真把一大捧纸捂住脸。这么多年，她对他的死有过许多种想象，他中弹，他感染瘟疫，他迷路，他遇到野兽，热带丛林永远是她梦魇的背景……她在一大捧纸后哭着："他为什么要跳楼？为什么？"

穿一身睡衣的书华推开书房门，见此景她在门口呆立片刻，然后她朝真真接近，一边说："真真，你误会了……"

子晨浩淼一起回头吃惊地看着书华。

"我来向她解释……"书华对他们说。

"在说什么呀？"子晨嘀咕着。

浩淼走过去，把书华带出书房。

"你可能不太懂她的眼泪，可是，让她哭吧，我们能做的就是，让她哭。"

浩淼在客厅里对书华说。

32

~~~~

布鲁克林早餐，听起来充满戏剧气氛，就像一出模仿契诃
夫的戏剧。的确很契诃夫。他们围桌而坐，长桌上的人种复杂，
一边是清一色中国人——浩森和米真真一家，另一边就是纽约
人了，确切地说，是布鲁克林人。肤色有黑棕白——他们是浩
森的画家邻居白人安东尼和深肤色女友萨拉，安东尼的朋友，
一位棕色皮肤名叫马龙的古巴裔版画家和有黑色卷发黑肤色的
非洲男友罗伊，对，他俩是同性恋。

除了安东尼，他们都是第一代移民，也就是说除了安东尼
是出生在纽约的纽约人之外，这张早餐桌上的其他人都是外乡
人。这使新来乍到的米真真和何值感到放松，也许不光是肤色，
他们不同口音的英语，让何值陡生说破碎英语的勇气，而不是
依赖浩森的翻译。

当何值和浩森与他们互相寒暄，并做着关于自我的叙述时，
米真真手搭在儿子肩上退在半步之后微笑着，她已习惯在这种
场合做配角。可是安东尼似乎不要冷落任何人，他与米真真招
呼并告诉她，这一次时间匆促，没有来得及约上做独立电影的
朋友，有机会他一定会为米真真开一次电影人 party。

米真真每每听到被人标以电影人（filmmaker）身份便一阵阵的心虚。但浩森曾经告诉她，在纽约有的是从来没有过作品问世的 filmmakers，正是这些人使东岸的电影文化具有浓厚的前卫色彩。所以，只要有这群人存在就可以了，他们的存在就是一种文化现象，至于能否做出片子，是另一回事。事实上，很多人从儿童时代就拿着摄像机拍片了。只要有摄像机，有热情，当然还要有钱，谁都可以做 filmmaker。

这么一说，米真真更心虚了。

"我只是用家用摄像机偶然做了一部纪实风格的片子而已，我从无探索的雄心，事实上，我也没有任何心理准备从此走上职业电影人的道路。"

"做'业余'更真实，全职做自己喜欢的事，是这个世界上极少数幸运的人，可我们都是芸芸众生，我们只能先解决生存，再考虑自己的爱好，或者说理想。"浩森说，那是他自己人生的写照，也是纽约生活教会他的豁达。

米真真不响，迄今为止她已写了近一百集的电视剧，问题是，这些电视剧都不是她喜欢的，也就是说在生存之途上她已离开初衷太久。她曾经想写一部契诃夫风格的话剧，哪怕是模仿之作，退一百步，哪怕是模仿万比洛夫的话剧。然而，在撰写钱来得容易的电视剧时，对戏剧的热情也在赚钱的匆忙中逃逸得无影踪，如果没有来纽约，她连剧场都不想进去，当然何值的剧场除外，不过，何值探索的剧场与米真真曾经迷恋的play（话剧）毫不相干，这是另外一种错失了。

不过这一类失去跟小哥哥的死相比又算得了什么？电视剧？他活着的岁月对这东西还闻所未闻，那是个没有电视机的世界，也没有传媒的概念，事实上也没有真正的传媒，只有宣传，屈指可数的报纸发出的是一种声音，统一的意识形态声音。

可他却热衷于阅读，不是读报，是读书，他读马列主义著作，也读诗，那是另外一个地下文字世界，那里流通着世上优美的文字，他酷爱普希金，他在家里带领崇拜他的女孩子们朗诵《叶甫盖尼·奥涅金》，他是领诵人，他就是奥涅金："我使我的心所珍爱的一切／那时都和我的心一刀两断；／那时我孑然一身、无牵无挂，／我想我愿意用幸福去换取／自由和安逸。但是我的上帝！／我怎样地错了啊，怎样地受了罚。"

女孩们稚嫩的声音做着咏叹："我情愿马上／抛弃这些假面舞会的破衣裳，／这些乌烟瘴气、奢华、纷乱，／换一架书，换一座荒芜的花园，／换我们当年那所简陋的住处，／奥涅金呵，换回那个地点，／在那儿，我第一次和您见面，／再换回那座卑微的坟墓，／在那儿，一个十字架，一片荫凉，／如今正覆盖着我可怜的奶娘……"

她们对自己正在吟诵的诗句似懂非懂，对于达吉雅娜的悲哀是要在多少年后，其中的一两个人才有可能领会。然而当时，他和她们吟诵着普希金的诗句时，窗外是暴力，一个血红的世界：红旗红字标语人们身上的血，喧嚣着锣鼓声口号声谩骂声鞭笞声。她们纤尘未染的嗓音天籁一般萦绕在珍妮家破旧的洋房里，萦绕在她们自己心头，令她们热泪盈眶。多少年后只要回想这个情景，她们的眼睛还会湿，现在真真的眼睛就湿了，她几乎能听到小哥哥的手风琴声，在诗与诗的间隙，在声音像波涛一样平息下来，他的琴声响起，像鸟一样飞翔起来，拍着翅膀舞动着，悠远着，那是为诗句存在的音乐，只有俄罗斯有这样忧伤深沉的音乐，她们像露水一般清澈透明的声音低低地贴着旋律，反反复复咏叹着："奥涅金呵，换回那个地点，／在那儿我第一次和您见面，/ 再换回那座卑微的坟墓，/ 在那儿，一个十字架，一片荫凉，/ 如今正覆盖着我可怜的奶娘……"

就是那一刻，小哥哥拉着手风琴低声吟诵诗句的形象成了她的人生中最完美的青春偶像，一生一世地镌刻在她的心里。他给了她抵御卑俗的力量，给了她精神审美的高度，在漫漫时间长河里无论发生什么，那一刻的形象不会再改变了，它是永恒的。

无论发生什么都不会改变吗？但时间带来的改变又是多么令人难堪。小哥哥在高楼平台上一瘸一拐走到楼顶边缘（在一次农场的救火行动中他的腿被房梁砸伤而成了瘸子），他头上稀疏的长发在高楼的狂风里像几根枯草摇曳打转（边疆长年喝盐汤、丛林湿热的气候令他头发大量脱落）。这样一个瘸着腿谢着顶眼角皱纹下垂站在屋顶上准备自戕的小哥哥，和那个挺拔英俊有着微卷的头发和阳光般笑容的小哥哥怎么会是一个人？还有他们共同的诗人，像神一样在她心里膜拜着的普希金，在重新挖掘的史料中变成一个淫乱的道德败坏的浪荡子。

午夜梦回，米真真两眼空洞地望着白茫茫的天花板，她想起身去找出诗集再读一遍《叶甫盖尼·奥涅金》，想把那一刻的记忆重新温习并再一次牢固在心里，但是她的四肢、她的身体像湿泥摊了一床，她竟无法挪动一寸。她想喊叫，但喉咙发不出声音，她看着身边睡得像昏死过去的丈夫，竟无法触动他醒来，他好像是在另一维空间，只有她的泪水还活着，它们汹涌着，从眼角滚落鬓发，在一片潮湿冰凉中她真正醒来，原来，这一刻也是梦魇。

现在在布鲁克林早餐的桌上，米真真的眼眶又盈满泪水，可只有安东尼看到了，他被她热泪盈眶的眼睛吸引。他问她："我能帮助你吗？"她一愣，用袖子擦去眼泪，有点难为情地笑笑。

安东尼的蓝眼睛几分动情地看着她："噢，我有一些电影人朋友，找机会你们见见面，但愿对你有几分帮助，待会儿不要忘记把电话给我，我会直接通知你，而不用麻烦 Miao。"他指指浩淼。

真真拿出手绘的卡纸名片分发给安东尼和他的朋友，一边强调着这是何值的创意和制作，众人便对何值在名片上的标新立异表示赞叹，并开始与他交流关于城市、艺术，乃至人生的意义。

早餐端来时，餐桌上有一阵戏剧化的沉寂，各人面前是稍有差异的早餐，面包卷烟肉和煎蛋，或者是夹了火腿肉和鸡蛋生菜的三明治，但也是千篇一律的美国早餐。虽然都是住在仓库的艺术家，但餐桌上也是中规中矩，杯盘刀叉只发出轻微的声响，悦耳的彬彬有礼的声响。

所谓布鲁克林早餐便是他们这群布鲁克林画家在周末一起早餐，聚会在布鲁克林画家开的小餐馆。餐馆坐落在画廊聚集地威廉姆斯伯格，餐馆兼有画廊的功能，墙上的画都标着价格，客人多是近邻画家，尤其是这个周末早晨，来早餐的几乎清一色是画家，就像一个在早晨举行的画家 party。

暂时，只有浩淼在餐桌上喋喋不休，他正辛苦地做着何值的翻译。何值要叙述的东西那么丰富，只有母语能承载，他的关于未来剧场的构想的叙述非常专业，频频出现的专业术语使浩淼有点应接不暇，于是何值便不断地把英语单词掷给浩淼，帮忙他组成句子述说自己的想法。何值不懂英语语法，词汇量却出奇地丰富。

米真真心不在焉，思绪已飞得很远，直到儿子的盘碟发出不雅的声音，她才回神，低低斥责他，给他一些与教养有关的规劝。当她抬起眼帘，视线与对面的安东尼相撞，他正凝望她，这个早餐聚会的召集人，水彩画家，消瘦苍白羸弱，灰蓝色的眸子被无框镜片罩住，也许是眸子的颜色太淡的缘故，这双眼睛在凝视你的时候，有一种空茫的气氛，一种超越现实的，或者说让现实变得透明的气息。

他们被邀参加这个布鲁克林人的早餐是安东尼对亚洲艺术家的热情使然，浩淼进入这个社区也是安东尼的关系，他的仓库房便是安东尼租给他的。安东尼是波士顿新英格兰世家后裔，有一双洁白修长手指指甲修剪得很光滑的手，他看上去更像一个知识分子而不是画家，或者说他不像米真真他们想象的画家那般颓废。

但是，这并不重要，重要的是他对少数民族的好奇和好心！然而，在旁人看来安东尼有一种盘踞于金字塔顶尖，高居众人之上的优越，然而米真真的表情令他的心情处在某种激荡中，她的不时流露的难以自禁的哀伤的表情：他早已逝去，可她一直相信他还活着，这是另一个让她无法接受的现实，所有的人都知道了真相，只有她是无知的，流落在无知的孤单中，想起来她就感到落寞。

那个深夜她坐在子晨的小书房哭泣，对于小哥哥的哀悼令她处于深刻的孤寂中，她和身边的人暂时疏远，已在客房熟睡的何值离她远去，坐在旁边的子晨她也视而不见。初恋是一生情感的背景色调，她的色调曾经烟雨迷蒙，此时烟雨已去却更显灰暗，带着受潮过久的霉斑。

次日，浩淼便返回纽约，子晨带真真一家和东东游览华盛顿。国会大厦前的倒映池,《阿甘正传》里的阿甘曾站在这里,面对池边的群众发表反对越战的演讲。但是他的麦克风被警察拔去插头,他童年的女友淌过池水朝他奔来,阿甘弃去演讲的喇叭扑向爱情,他说,这是他这一生最快乐的时光,可是接下来他将看到他心爱的女人已心有所属,他将看到他珍视的女人被她信奉的爱和信仰践踏。

现在东东和小鸥站在池边扔着小石子,正是黄昏,夕阳色泽艳丽的光芒笼罩着湖水和孩子头上柔软的短发,真真的照相机镜头对着他们。镜头里,这一湖水像透明的巨大的镜框衬着孩子们,真真像梦吃一般突然吟诵《阿甘正传》著名的旁白:"妈妈说,人生就像一盒巧克力,其滋味令你意外。"

站在她身边的子晨几分吃惊地给她一瞥,他那时正沉浸在自己的烦恼中。

她立刻用自己的语气说道:"我当然不相信,可我还是感动。"

子晨说:"如果还能感动,说明你没有被生活毁掉。"

何值在一旁以讥讽的语调接上说:"是啊,已经毁不掉了。适者生存的法则告诉我们自己,经过'文革'没有沉沦,经过经济大潮没有沉沦,那我们的生命力是要比其他族群来得旺盛,旺盛得有点让人讨厌了。"

这句话逗笑了子晨和真真,何值的尖锐常令人耳目一新,让她以某种冷漠重新审度小哥哥的死。他没有毁灭在丛林,却一头栽倒在商业竞争的钢筋水泥森林,他是物种中被淘汰的类?

对于前一晚真真的悲伤何值毫无所知,这使她在这一刻突然想到,她从来没机会与何值谈谈小哥哥这个人,或者说,她找不到一种方式向何值倾吐藏在心里令她饱受挫折的初恋,也许夫妻间最没有可能产生这样的谈话。

她回到纽约便给珍妮打电话，为什么？为什么？为什么？她一迭声地问着，他为什么走这条路，为什么让我蒙在鼓里，为什么到了今天还会痛心？

珍妮沉默。后来，她告诉她，因为你崇拜他，只有你相信他是个会为自己的理想去死的人。可是他不是，他逃走了，他无法忍受热带丛林法则。他的共产主义理想，先在军垦农场破灭，然后在丛林再次破灭。逃去香港是他向现实妥协的第一步，可是他无法在资本主义的香港为谋生而活，他无法活在没有理想的生活里。他走这一步，他迟早要走这一步，妈妈早就说了，他的个性决定了他的人生是场悲剧。可那时候我们太小，我们无法想象所谓完美是虚假的表象，我们以为真理就是完美，我们没法接受腐化霉变的真实，我不愿意看到你受打击。你是我的另一个自己，一个用积极的逃避方式远离现实的人，我是多么羡慕你，你对我哥哥空幻的不褪色的爱，还有你的婚姻，你通过婚姻逃开了我那种平庸的生活。

珍妮连续不断说了半小时，她哭了，她也哭，她们对着电话抽泣不已，可是痛苦不会因为哭泣而减弱，但哭泣可以使痛苦的感受力疲弱。

真真又开始神经衰弱，常常未到睡眠时间便困顿，睡到半夜便清醒。为了让头脑处于真空状态，她想象自己睡在海水里，或者说，让想象的蓝色填补那片空洞。可是填不满的空，即便是海水都填不满。她不得不起床吃镇静剂，家里所备所有包含镇静剂的药她都吃过，退热止痛的，抗过敏的，止咳的，当然还有宝贵的仅剩几粒的安眠药。

33

安东尼的凝视终于让真真从凝神中醒来，她也开始注意起他来，她从他的柔软微卷的金褐色长发感觉他的个性中潜藏的神经质和懦弱的骄傲，她在想象他在恋爱中的极端和唯我独尊，或许仍然未从恋母情结解脱？

他的女友就坐在他身边，一个在巴黎长大的南美音乐人，他们叫她萨拉，她比安东尼年长，这令米真真产生"恋母"的联想。萨拉是个开朗女子，笑起来脸上好像开了一朵白牡丹——白而大的牙齿在厚的红唇和深沉的黑肤中灿烂地凸现出来，没有心机，坦诚而热烈，这是中国女子从来到达不了的热度。她爱安东尼，这一眼就看出来，她看他的目光深情中还有宠爱和纵容，没有原则也没有戒备的爱，蛮横泼辣让旁边的女子产生畏惧的爱。此刻，她正专注地倾听何值的谈话，或者说是在倾听浩淼的翻译，看得出，对于艺术，她也有同样的热忱。

她只是他人生中的一个驿站，之后，他会找回他的同族女子结婚，或者，继续和少数民族女子恋爱？但是一开始，他怎么和她们交流，如果她们只会说法语，抑或西班牙语和汉语？有人说，情人之间只有身体，可他的身体是羸弱的，能负载这么多的功能，其中一项是不同文化的沟通？他的灰蓝的眸子在阳光下几乎褪去了颜色，在凝视的时候好像失去焦点，就像一双发出梦呓时的眼睛，他的神情里有种什么东西，与小哥哥之间有着细微的相连？

米真真坐在安东尼对面垂着眼帘想象着安东尼的眼睛和他可能遭遇到的各类激情，他正是那一类可以给她想象力的男子，气质另类让人不安，在纽约的背景前，让你产生某种畏惧和像被磁吸住的铁器的快感，一种凉硬的快感。

他们在用眼睛对话，但真真终于撑不住了，她垂下眼帘看着眼前的盘子，盘中的早餐，她不太饿，尤其是对着西式早餐，她微微蹙起眉尖陷入沉思中，有时竟兀自一笑，神经质的笑。

她抬起眼帘立刻触到他的注视，她有些疑惑，她下意识地用手去摸摸自己的头发和脸。他笑了，有些感动，他对不可解释的现象总是先产生感动，她突然出现的沉默和微笑，在他看来都是神秘莫测的，包括她触摸自己脸颊头发的姿势。他遇见了一个令他想要探索的女子，他看到她的第一眼，他们目光相遇的第一瞬间，他就明白了，这使他的荷尔蒙激增，他坐在她对面凝视着她而并不自知。

她的视线终于落在他的头顶，他朝她微笑，她并没有看见却能感知，她也用微笑回应他，他们的目光再一次相遇。他朝她微微摇头，似乎在劝慰她不要沉溺太深。她耸耸肩有点自嘲，他便笑出了声，她也笑，虽然不知笑什么。萨拉忽然发现他们的互相微笑，萨拉立刻露出她的白牙齿，不问情由地哈哈大笑。她的笑声让一堆谈话的人静下来，他们立刻也跟着笑了，然而萨拉眸子里的警觉却让米真真抓住了，她先收起了笑容。

小鸥突然喊："我不要吃美国饭，我要吃中国饭。"

人们一愣，布鲁克林的艺术家听不懂小鸥在喊什么，这一次浩淼率先哈哈大笑，何值也笑了，布鲁克林的艺术家们便跟着笑。小鸥见他的话居然这么有效果，竟也得意地笑了。米真真对儿子伺机吵闹过于焦虑，而失去了幽默感，只有她不笑。她知道这是儿子"人来疯"的第一步，这是他要让自己成为饭桌中心的第一步。米真真担忧的表情却被安东尼犀利的视线收入，她为何总是偏离普遍反应呢？他是这么理解她。

"你的中国饭是什么？"浩淼笑问小鸥。

正如小鸥的心愿，成人的目光终于朝他注视。

兴致开始告涨的小鸥想了想："泡饭，肉松，还有酱菜。"

"可是在中国的时候，你最好天天吃麦当劳，必胜客，现在给你吃的西式早餐，都是你喜欢的东西，你怎么又要吃泡饭，你不是存心捣乱吗？"米真真斥责他。

何值说道："孩子就像现代派，大人忌讳的语词他最喜欢说，比如屁，大便，屁股之类，不给他的东西都是他要追求的。在中国吵着吃美国快餐在美国要吃中国泡饭，那泡饭我们现在在中国也很少吃了。"

浩淼笑着把小鸥的吵闹，他们的对话，及何值的评论翻译给布鲁克林人听，于是又引来一阵欢笑。小鸥觉得很出风头，笑声比谁都响。然后又引来关于反语的话题。坐在桌子那一端的马龙说："纽约的正常语调就是反语，只要读一下《纽约时报》就知道了，这让我看到，我们城市的居民是多么孩子气。"

马龙一脸大胡子，摊着手耸着肩，说着"我们城市"时非常的自家人，他的男友以欣赏的目光注视着他。今天餐桌上两个爱人都在尽力显示他们的甜蜜关系，这给了米真真无端的压力，好像她和何值只是一个剧团的同事，说一起出来旅行的伙伴也可以。他们的确已成了伙伴，在这么多年的相处中，需要追求的是和谐而不是热情。

"听说，你的儿子在纽约公立学校读书，他能习惯这里学校生活吗？"安东尼在桌子对面发问。

"我们以为他很难习惯，因为有语言障碍，可是看他每日高高兴兴离家去学校，想来他是习惯的。"

她如是告诉安东尼，这好像是在对纽约人说好话。她想起，现在的儿子去学校前天天要照镜子，这两天用自来水当摩丝把头发涂湿让前面一撮竖起来，他们二年级的小男生都梳这个发型。前些日子他曾为自己眼睛的颜色烦恼，他问，为什么我的眼睛是黑的？我要一双蓝眼睛。她和何值惊诧之余还有困惑，儿子已经意识到容貌上的另类——少数民族的压抑？然而，这是一所南美子弟众多的公立学校，南美孩子都有一双美丽的黑色大眼睛，蓝眼睛是少数，为何儿子提出，想要一双蓝眼睛？

她朝安东尼看去，这张桌子，只有他有一双蓝眼睛，他的蓝有点褪色，带着灰色调，一种飘忽的色彩，与瓦夏蓝眼睛的明朗比起来，这双眼睛有着某种令人不安的空茫。然而，蓝眼睛终究有些神秘，是否对于所有黑眼睛民族皆然？

米真真对着安东尼的蓝眼睛冥想然后微笑，安东尼便也对她笑，他们又一起笑起来。正在倾听何值说话的萨拉立刻把头转过来，她想知道安东尼和米真真为何而笑，或者，她只是想加入他们的欢笑声里，萨拉笑望着安东尼，她的满溢着爱的目光里有着更激烈的色彩。

这让真真想起自己年轻的时候，她第一次与何值相爱时，也是目光灼灼，虽然她看不见自己的目光，但她知道自己的狂热，她希望自己每分每秒在他的视线里，所有能令他分心的人和物都让她憎恨。经过两年分离，再回到何值身边，她已经平静了，有一天何值的前女友上门，她陡然觉得自己插在他们之间像盏灯泡，便借故离开去了母亲家，但那晚何值把前女友打发走，赶去米真真娘家把她找回，原来男人也是反语动物，你撒手的时候他却要抓住你。

萨拉的手摸摸安东尼的手："亲爱的,什么事让你这么高兴？"

安东尼用另一只手去拍拍她放在他手上的手："没有什么特别的事，我们在说这个中国男孩读书的事，我担心他不喜欢美国食物，也会不喜欢美国学校。"他在回答萨拉，又似乎是在对米真真说。

米真真笑说："美国小学没有功课，这比中国食物更能吸引我的儿子，说起做功课，他宁愿不要吃东西。"

"可是我听说中国孩子在美国学校都是第一第二名。"萨拉搂住安东尼，脸依偎在他肩上，对米真真说，"安东尼很喜欢中国孩子，他曾经想领养中国孤儿。"

"真的吗？"米真真笑着敷衍，一边忙着照顾小鸥，把刚刚给她端上的有火腿煎蛋放到小鸥盘里，把他啃过两口却又立刻嫌弃的面包卷和鸡肉换到自己面前，并重新给他铺上餐巾，在杯里倒上水，她是在寻机从安东尼和他女友的空间逃出来。

何值他们开始谈论一出外百老汇的戏剧，大卫·马麦特的《美国水牛》。对于马麦特的兴趣使真真的注意力又集中起来，她听到何值说，这出戏虽看过，却根本无法跟上舞台上妙语如珠的语速和商界的特殊语汇，更无法抓住马麦特的南方俚语。古巴籍的马龙对马麦特用粗俗的脏话连篇的南方俚语在外百老汇舞台上大肆播撒而快乐不已，何值对马麦特这样一个来自南方非主流的戏剧家，以底层的粗砥和商业元素极低的故事，而进入商业的华美的外百老汇剧场而惊叹连连！安东尼也加入了讨论，他对马麦特以残酷冷血的方式展示的资本主义商场竞争表示保留，马麦特让西装革履角色做出粗鄙的举止让安东尼厌恶。

"这容易让角色简单化，让主题赤裸裸，或者，这只是马麦特的风格。很多人喜欢，可我不！"

讨论戏剧的人的语速也越来越快，浩淼已翻译不过来。米真真吃力地追了一阵也放弃了。剩下安东尼和马龙在讨论，两个情人是听众，对各自的爱人频频发去爱的信息。浩淼和米真真、何值干脆用中文聊起天。如果这里是舞台，这时，已分成了两个演区。

34

~~~~

从餐馆出来，阳光已铺满布鲁克林街，风拂在脸上温暖柔软，已经听到季节的脚步声，纽约的夏天将被晚春的风携来。

趁着今天的好天气，我们要走得远一点，米真真想对何值说，但马龙和罗伊在跟何值告别，然后他们转向米真真。马龙对米真真说："有机会单身来纽约，那么你的感觉会更加奇妙。"何值在一旁使劲点头。

安东尼邀请米真真与何值去他们家看看，按照浩淼说法，是个绝对值得一看的家。于是他们一堆人便朝河边的工厂大楼去。通向河边的这条街矗立着庞大的旧厂房，但清扫干净，几乎没有碎纸和行人，有一种遁世的宁静。曼哈顿就在咫尺之遥的天空，在窄窄的河那边，三十七街的帝国大厦昂首在群楼中，俯瞰着河这边废弃厂区的艺术家们。

安东尼的家是在三楼的一间大仓库里，至少有两千尺，兼起居书房画室，卧室在只有半人窄的门框的那一边，那里至少也有上千尺。厨房卫生间和萨拉的视听工作间则安放在楼梯上的阁楼。由于空间巨大，房间里的家具和沙发变成微型，人站在房里就像站在广场，有几分形销骨立无所依凭的萧瑟。

大厅本来没有窗，那两扇做仓库时凌空而立、直接衔接起重机进行货运的大门敞开着，门槛外就是半空。米真真从进门的一刻便牢牢拉住小鸥，对于她，这扇原来用来卸货的大门，像鲸鱼的嘴巴一样张开血盆大口。

　　不过，这只是米真真作为母亲的立场去看待这个宽阔高大过去是门现在是窗，没有任何阻拦你就可以从这里走向"坠落"。从画家的视角，这是一个富有创意的洞口，它成了这间巨大幽暗封闭的仓库房最生动的画面，以朴素直接的方式——顶天立地巨门洞开，永无止尽地摄入洞外富于生机的景象。

　　安东尼的画架就支在门前，那上面夹着一张画到一半的厂区水彩写生图，它至少展示了安东尼作为画家的平庸。米真真想象着安东尼站在画架前画画的图像，他和画架、画架上的画，以及这扇竖在半空的大门，门内巨大和微小的对比，门外破落空寂的厂区广场，广场边停车场里破烂不堪的汽车，车旁就是河，河的对岸便是曼哈顿，一年四季太阳和月亮交替起落，无论阳光还是月光，一视同仁照耀两岸不同景象。

　　这边所有的破落萧瑟空寂没有任何被迫成分，是经历了豪华后的选择，它至少向对岸显示了另外一种人生的意义。是的，安东尼，这位富家子弟，比起他的画来他的人生更有意味，他有资本过他想过的生活，他通过这间仓库走出了平庸的生活。可是米真真仍然无法让自己喜欢这里，不愿想象让自己住进这一个富于个性的充满早期苏荷气息的布鲁克林工厂区，她在中国受够了萧条、简陋、灰暗，那个给她深刻烙印的七十年代，她不由自主要奔向那个华丽明媚用耀眼的物质堆砌的世界——河对岸的曼哈顿。

　　萨拉的视听工作室也让她难忘，虽然是间暗室，但作曲所需的一切设备都齐全，包括合成器调音台和一台苹果机。

浩淼告诉米真真："萨拉的工作室靠安东尼赞助。"

"那么萨拉到底是爱上安东尼的赞助，还是爱他本人？"米真真不无阴暗地猜测着，她对萨拉刚才在餐桌上对安东尼甜蜜的控制还未释怀。

"他们是在巴黎相遇，是安东尼要萨拉搬来纽约，所以他赞助她。不过，安东尼也赞助过其他艺术家，他爱艺术，因此爱做艺术的人，应该说，萨拉在音乐上很有天赋……"

"所以安东尼是先爱上她的音乐？"米真真的语气难掩尖刻。

"可能。"浩淼心平气和答道，似乎看出米真真的不以为然，笑问，"不过有什么区别呢，先爱上人或先爱上音乐？"轻轻叹气，"总之这两种爱都很纯真。"

米真真仍然不以为然，有绝对的纯真吗？但是，既然没有绝对的纯真，又何必去求证他是爱上她的音乐还是爱她人？她对自己说。总之，爱令他慷慨给予，或者说，爱以这样一种令人快乐的方式给予和得到。遗憾的是，为何有些人的爱只留下痛苦的回声？只剩自怜自哀的寂寞？

上帝为何全心惠顾某一类人？真真再一次去打量萨拉，她和安东尼互相依偎着站在她的工作室门口，舒服地体味着客人们对她工作室的羡慕的叹息。她想象，在萨拉的音乐会上，他们也是这样互相依偎着站在音乐厅门口，他们一起为他们共同喜爱的音乐自豪，为他们彼此相爱自豪？然而，她的怀疑的目光令她无法相信人生有这样完美的一刻。

萨拉对着米真真粲然一笑，告诉她："我马上要回巴黎做博士论文答辩。"

"喔，博士！我很佩服你，听说很难。"

"因为有安东尼的支持！"萨拉仰起头看着她的爱人，并在他的脸颊上吻了一下。

怎么听都像台词？这到底是萨拉的虚假，还是真真已无法适应直率的爱的表白？或是，自己想象力的阴暗？这时一只如墨汁一般黑的猫从工作室的角落蹿出来跑到大厅，小鸥一声尖叫便要去追猫，米真真紧紧拉住小鸥的手跟他一起去追逐，大厅里那扇敞开的洞天是她的心病。安东尼看出了她的心病，他过去把门关起来，并用一根粗大的门闩把门锁住。屋里立刻漆黑如同进入夜晚。

安东尼打开灯对真真说："现在你不用担心了，放开他吧，他找到了玩伴，我真为他高兴。"安东尼朝着小鸥笑，这是这个上午米真真对安东尼认同的一刻。

下个周末安东尼邀请米真真参加他为她办的披萨派对，虽然只是五六人的派对，但来的都是纽约城的独立制片人，为这个聚会真真感激安东尼。

这一次真真只能独行布鲁克林。何值揣着地图带上小鸥打算兴之所至，去纽约任何一个角落，这是何值与儿子共同喜欢的周末娱乐方式，当然这也是小鸥反抗不肯再去布鲁克林的结果。

浩淼不在纽约，真真必须一个人对付一帮纽约人。好在她带去的短片，已配上英语字幕，但那几位独立电影人有层出不穷的问题，真真无法跟上他们的语速，于是安东尼把他们的话再缓慢地说一遍。或者把复合句改编成简单句，而安东尼又把她的破碎英语用他的语言再装饰一遍。总之，因为安东尼，真真竟也和这帮纽约人交流了几小时。

晚餐便是外卖披萨，这让真真大开眼界，简单食物也可以给派对带来个性。不过她从法拉盛买去的锅贴竟盖了主食披萨的风头，客人们几乎以崇拜的口吻对着锅贴喃喃着 Chinese food，好像面对一部获金熊奖的中国电影。总之在这个披萨派对上，真真带来的短片和锅贴使客人们的精神和食欲得到了满足，或者说，看起来是这样。真真让安东尼脸上有光，他满意极了，他对她殷勤温柔，照顾得无微不至，他甚至把那只象征阴暗墨汁一般黑的母猫放生到屋外，他看出真真对这只黑猫有着难以克制的厌恶。

然而，真真这一次必须克制自己的倦怠，那是一种旁观者的倦怠，她无法投入与自己有关的聚会和讨论，对自己制作的短片也已经厌倦，她不懂为何有些人热衷将自己多年前的作品一年又一年带到不同的电影节上去，一年又一年与自己的旧东西作伴，将其作为终身话题。当然，她的倦怠更多源自于自身的问题，关于小哥哥真实的结局，关于瓦夏的踪影全无，关于子晨即将添子，关于自己在日复一日的婚姻中不断地离去和归来。

她无法克制倦怠而心不在焉，有时她看着客人们蠕动的嘴唇，突然失去对英语这个语种的感应力，哪怕安东尼用缓慢十倍的语速，她仍然一脸茫然对着他。她的转瞬即逝的迷惘却令安东尼着迷，当她迷惘地看着他时，他热切地回望她，这使他们之间有着短暂的将自己置身度外的互相凝望，就像一对被人群分开的情人。

终于客人们先后离去，米真真和安东尼站在家门口送客，这是她曾经想象的萨拉和安东尼相爱相知的画面，家门口或音乐厅门口，男女主人刚刚举行过一个与艺术有关的聚会，他们富足的精神生活便是以这样的画面令人们艳羡，谁不艳羡可以同时满足精神和肉体的情人？

虽然这并非是米真真的艳羡，与何值的婚姻令她明白精神和肉体的同时满足是奢望，她很明白她与何值最初的结合是情欲所使，当肉体厌倦之后——噢，肉体是多么容易厌倦——他们之间才产生精神沟通，或者说，是欲念冷却之后的相处，那时候精神才有空间彼此打开，至少对米真真与何值是这样。米真真要到好些年之后才开始关注何值的追求，而后孩子出生，这种关注便被孩子打断。之后的相处便开始超越情爱关系，或者说已进入无性无爱境界，他们只是家庭成员，与情爱不同的亲情关系。他们这两个需要激情和爱的想象世界的男女，却被彼此困住，也许都在等待某种更强大的力量将他们抛出已连续多年的惯性。

现在米真真站在萨拉的位子与安东尼并肩，她甚至没有注意安东尼的手搭在她的肩上。

送完客人她也提出告别，但安东尼像没有听见，他让真真坐回客厅的会客区域，在这个像广场一样巨大的空间，真真有点茫然，她跟着他坐到沙发，她的脸正对着敞开的用来运货的仓库门——在这间房它是被用来当作窗户，现在，在夜晚八点这一刻，它展示了另一种现实，是更加接近梦幻的现实：河这一边灯光黯淡的布鲁克林在对岸曼哈顿璀璨的灯火映照下有着深不可测的包藏罪恶的幽暗神秘，那个闪闪发亮的世界在夜里与这间充满反讽的仓房更远了，可也给真真带来奇异的兴奋感！然而某种恐惧从内心深处爬出来，帝国大厦耀眼的尖顶在向她迫近，她在想象绝望的浓度，它曾像催眠一样让小哥哥从高楼下坠，她突然有点透不过气来。

安东尼向真真举起手里她的短片带子，似在提醒她她在现实生活中的责任。电茶壶上的灯亮了，他为她重新斟了一杯红茶，并注入浓郁的牛奶，可口的奶茶缓解了她不可名状的紧张和焦虑。在她喝茶时他与她讨论片中所展示的何值的剧场，安东尼对其中现代舞的元素很感兴趣，原来他过去的某个女友是纽约很著名的现代舞者。

安东尼提出的问题很专业，不愧是纽约的艺术人，他追根寻源从后现代主义最早的空间——六十年代的格林威治村大量的先锋派表演谈起，指出六十年代的艺术家曾把对人体的力量和了解带到了新的极端，他们通过现代舞对欢乐、自由、肉欲的人体的强调展示了许多新的形式，而在何值的剧场，人体进入戏剧结构之后需要提升的是什么呢？

真真不仅回答不了他的问题，反而就他的问题提出许多需要搞清的常识，不过，这倒使她聚精会神，从低沉的情绪解脱。她曾与何值一道，将关注远在彼岸的格林威治的先锋艺术当作他们婚后的营养，她读过不少这方面的书，对于在六十年代的格林威治流行的身体概念感到惊喜：关于味觉的身体、种族的身体、狂欢的身体。那也曾是她与何值进入不那么热衷于做爱时期经常谈论的话题，现在让一个真正的纽约人来谈论又派生了非同寻常的意义。

但真真马上发现在这间仓库这个话题变得刺激而令人不安，安东尼淡蓝色的双眸出现无焦点的凝视，他性感的手指温柔地抚摸着手里真真带来的带子，他借着续茶的机会坐到她的身边，她几乎能通过皮肤感受他的发烫的气息，那时候房间里只有他们谈话的一角亮着一盏落地灯，其他角落深邃悠远得令人心绪紊乱。

真真几乎是生硬地站起身向安东尼告别，她说，也许应该找她的丈夫何值讨论这些问题，她在这方面只有一些皮毛知识。安东尼还未明白怎么回事她已快步走到门口，回头与他道别时"窗"外黑色的布鲁克林映入她的眼帘，她心里发紧，这是另一个需要勇气进入的现实，所幸的是，安东尼立刻追上她，他说："我送你回家。"

35

米真真把安东尼的话题带回家，令深夜的何值精神振奋，
这些日子他正好对味觉的身体重新发生兴趣，他刚刚观看的一
出印度戏剧，便是身体概念的最后注解。在这出戏里，舞台成
了正在烹煮的厨房，厨娘也就是女主角在制作印度点心，她的
丰腴的黑身体洒满雪白的面粉，她正在制作的印度食品辛辣的
香料——咖喱、黄姜、胡椒、小茴香、肉豆蔻、芥末、多香果、
月桂树叶弥漫剧场，伴随厨娘滔滔不绝音韵婉转的诗一样的独
白，观众的欲望高涨，或者说，欲望的高涨状态，情感才是苏
醒的。观众和剧场产生热烈的互动，这是何值从这出戏中总结
的理论。他认为，这是一个嗅觉剧场，是同属味觉的身体概念，
关于调动官能感受性，通过生理的管道进入心理，就像被施予
巫术一样进入艺术创造的幻境，那正是让何值快乐和烦恼的剧
场能量，他不是一直在寻找他的剧场能量吗？

何值与米真真谈论欲望时，是处在无欲状态，他们之间已
很久没有这样的谈话，它需要时间空间和心情，也就是时机。
借着这样一次讨论，真真也让小哥哥以及他最后的结局进入他
们的谈话，有关过去的话题让下半夜的真真变得脆弱难抑伤感，

从小哥哥开始进入青春时代的回顾，也许把子晨扯进来也说不定，但她有一种豁出去把一切都坦陈的愿望；可何值却呵欠连连，何值对非想象世界没有热情，完全冷感，他的情感区已昏昏然进入晦暗，然而千万不要低估何值的智商，在结束深夜谈话时他说了一番让米真真彻夜失眠的话。

"过去的感情只能在记忆里保鲜，事实上早已变质，作为物质的个体难逃被时间腐蚀的命运，走回过去的关系是冒险，不仅难以抚慰今天甚至会剥夺你的昨天，为何不去创造一段新的关系？你需要有活力的生活，需要新的激情，性爱是调节你内分泌的激素，是你保持年轻的生活方式，为何要禁锢自己？"

为何？真真难以置信，就好像何值是个与她无关的异性，她抬起身体去看何值，他闭着眼睛似乎已跌入睡眠，真真推推他："你不会是说梦话吧？听起来你好像在鼓励我去找婚外恋？"

何值睁开眼睛："我是站在中间立场说这番话，本质上我们是同类，所以我比你更了解你，我们这样的人一旦被禁锢就会枯萎。"

"你是说，你也在枯萎？"真真惊问。

何值笑笑："我有我的目标，我的剧场在不断消耗我的欲望，因此我需要某种稳定的生活，你不同，你是个迷惘的人，你安静不下来，如果你死心塌地做贤妻良母，你的精神会休眠，我不喜欢那样的你。"

"我听不懂你真正的意思，难道你希望我挣脱我们的婚姻？"真真烦恼地看着他。

"这正是我的矛盾，如果对你公正，婚姻就成了我的麻烦，可是任凭我们的生活浑浑噩噩，也是有违我的良心。"

"你说我们的婚姻是浑浑噩噩的？"真真生气了。

"婚姻到了同床异梦就已经腐败了。"何值心平气和，真真哑口无言。

"也许他只是在试探你，说不定他已有了新的方向，至少他在纽约有旧情复燃的可能，他过去的女朋友不是在纽约吗？"

真真一愣。

"你忘了？你自己告诉我的，她在台湾人的花布公司打工，做花布设计。"

章霏的提醒让真真吃惊，她几乎把她忘了，何值的前女友，有一度她是真真与何值婚姻的阴影。但阴影终究退去了，这与何值的对情感的态度有关，他的思绪里不再有她的影子，真真恰恰对这一点很有把握，但这并不说明她有战胜何值旧情的得意，她正好从这一点感受何值的寡情。

那晚与何值的深夜讨论并没有带来任何实质性的结论，何值很快入睡，丢下真真在黑夜里空虚着，是的，何值的一番话令她觉得什么东西在心里倒塌了。

尽管她明白她与何值之间已没有激情没有爱欲，变成家庭成员，而不是爱人，然而这是比单纯的男女之爱更实在的关系，它使两张浮萍变成一座岛屿，使你找到了站立的地基而不是只在空中飞翔。直到那一刻，当何值告诉她，他有准备随时结束婚姻关系时，她才慌乱起来，被不期而至的无所依托的孤寂感搅得心慌意乱。

"你怎么知道何值没有去找她，他每天早出晚归号称去查资料，你怎么知道他没有去图书馆而是在曼哈顿的某个小咖啡馆与那个女人幽会？"

章霏继续喋喋不休以妇人之见的思路提出她的怀疑，令米真真后悔，后悔把何值与她的谈话告诉章霏，她本来以为在男女情路上饱经风霜的章霏，应该有一些独特见地。

"拜托了，你的推断太具典型性，所以恰恰不适应何值，何值既不会去见过去的女朋友，也不会发展新的恋爱关系……"

"不要对何值抱幻想，男人喜欢女人，多多益善，旧欢新爱都要……"

"可是纽约的英俊男人多对女人不感兴趣。"

"他们是同性恋……"

"但你不能说他们不是男人，所以不是所有的男人都喜欢女人。"

"你说何值是同性恋？"章霏惊问。

真真叹气："说起来你已离开大陆多年，但思维方式还是这么大陆，非此即彼，简单化概念化……"

"拜托了，你用的那些词才让我头痛，什么简单化、概念化的……"

"对不起，我长期生活在那里，近朱者赤……"真真笑了。

"好吧好吧，你想说什么呢，何值不是同性恋，对女人又不感兴趣，一个可靠丈夫，你还发什么牢骚。"

"你这么一总结，觉得很不真实，好吧，他可能有新方向了，不过，他要是有方向，他是不会骗我的！"

"那你想说什么？"

是啊，我到底想说什么？她也自问。

"他和你已经没有性生活？"章霏用气声问。

"他在剧场找高潮！"真真不愿正面回答。

"所以他才劝你出去寻找你的生活？这么说，他是个有良知的男人，怕只怕有些男人占着茅坑不拉屎。"

真真不响。

"那么你有什么打算，有新的方向吗？"

"没有。"

"那么先有心理准备，如果哪一天有了，与何值告别就很容易……"

"有这么容易，就不叫生活了，"她烦恼地打断章霏，看起来这一类讨论非常无谓，根本上谁也无法指导你的生活，"嘿，那个晚上我们在 DC 子晨的书房给你打电话，你偏偏不在，"真真已转换频道，"你，是不是在和那个商务舱的硅谷人约会？"

"知我者米真真。"章霏开心地在那边大笑，"为什么对于我的事你总有先知先觉？"

"因为发生在你身上的事总是非常的典型，"真真不无讥讽地答道，"听起来你心情很好，关系发展得很顺利？"

"岂止顺利，他正追求得热烈，让我再一次感受做女人的幸福。噢，真真，我劝你跟西方男人爱一次，他们是最浪漫的恋爱对手。"

听说，他们现实起来更加无情，但是真真不想去反驳她。"你不是说过，被追的感觉很短暂，等他追到手，就不会追了，"真真提醒她，"用你的话来说，新欢眼看就成了旧爱。"

"算了啦，不要说扫兴话，人生苦短，我只能今朝有酒今朝醉。"章霏的情绪立刻下降。

"好吧，你去享受今天吧，反正明天还有个浩森等着你。"真真没好气，章霏却笑起来。

"噢噢，他怎么样？"

"他……他还打算六月或七月去旧金山见你，还约我们一起去呢！"

"好啊，你们一起来，我最不缺的就是时间，有你们在我可以和硅谷人拉开点距离，你知道我是怕空闲太多，容易陷入情网。"

"浩淼是很认真的，如果你本来就不打算和他发展，何必让他去西岸？"真真不快。

"就像你说的，浩淼是我的明天，要是美国人让我失望，我还不是要回到我的同胞身边？"

游戏人生，要是换了萧永红，一定给予毫不留情的斥责，真真这么想着，也不想再多说什么，一样一样，她也同样没法指导他人的生活。

"快三点半了，我要去接儿子了。"真真打算挂电话。

"等等，你还没有告诉我子晨怎么样？"

"他太太有四个月的身孕，秋天要生第二胎了。"真真这才意识到她心中的某种空虚还因了这一次的 DC 之行。

"噢，所以你这次回来情绪不高，我们共同的情人将做爸爸。"

真真好笑："他本来就是爸爸。"

"眼看他再一次做爸爸，让仰慕他的我们怎不心灰意懒？"章霏歌唱一般咏叹，真真只能笑，没话好说。无论如何，章霏是个积极的女人，一次次的恋爱事件给予她的活力似乎多于伤害，真真只能再一次为浩淼遗憾。

"好吧，我挂电话了，有什么新发展及时通报。"章霏兴致勃勃地关照道。

"等等，郁芳呢？她家电话已成空号，她搬家了吗？"

"哦，你还不知道？她把房子卖了，为了兑出现金给大女儿付学费，现在租房住。我有她的新电话，不过她现在打两份工，时间很紧张，有什么话等她来美国再谈……对不起，我有电话进来……"

卖房子，打两份工，她和刚才她们对话的内容多么遥远，令真真不爽的是，郁芳为何还坚持说，我现在很快乐。这算哪一门子快乐生活？真真在心里责问，不快乐装快乐，郁芳还是这么虚伪？

噢，虚伪！小时候她们就是这样互相指责，当你无法了解对方的心情时，一声"虚伪"就让自己解脱了，她已经多久不用这个词？当她长大成人，真正进入虚伪人生，她反而不再用这个词，所有的修辞在结实强悍的人生面前是这么无力。

36

从 DC 回来，拖了好几天，直到有个安静的晚上——何值去看戏小鸥已睡觉，米真真才给子晨拨电话，DC 之行反让她和子晨疏远了，在关于郁芳的话题上他的讳莫如深成了他们之间的沟壑。

"hello？"他低沉的带点疲倦的声音，让真真有点后悔拨这个电话，她是否在打搅他呢？

"没有特别的事，只是问候你一下，去 DC 给你们添麻烦了……"

"喔，是真真？我也正想给你电话……"

"真的吗？"真真期待地问，"有事吗？"

"没有，我也是想问候你一下，听起来你还不错。"什么"不错"？但她马上意识到他是针对那晚她为小哥哥哭泣的状况。她不响。

子晨也不说话，似在等待她重新平静。她意识到了，兀自对着电话一笑："我们六月聚会可能会改到七月。"

"唔。"

她似乎听到了什么，立刻追问一句："你会来吗？"

半晌，他才答："我觉得……不太合适。"

"为什么？"真真终于忍不住了，"你是对郁芳……你们之间……到底怎么了？"

子晨迟疑一会儿："过去的事情不想再提，提起来让人痛心。"

"那就 forget it！"真真赶快说。

挂了电话，她有些憋气，但十几分钟后子晨的电话马上又进来："现在说话方便吗？"

"当然。"

"小鸥呢？"

"他睡了。"

"何值又去看戏了？"

"对。"

看起来子晨有什么重要话对她说，真真的心怦怦跳。

"就像你猜测的，我不想再见到郁芳，"果然，但没想到这么直接，开门见山，真真更紧地握住电话筒，"但这和郁芳无关，纯粹是我这方面的原因，我……对她很愧疚……"他停下来，她也不响，是不敢说话。"我常常问自己当时如果我不是这样做而是那样做，当然，我完全明白后来的情况就不是现在这么发展了，我间接地知道一些郁芳的现状，所以就更加后悔。"子晨的语速平缓，就像在讲他人的故事。"其实我有两次机会帮她，但我没有。第一次是发生那件事情，我是说她……怀孕的事……"

这仍然是令人难堪的话题，他有些踟蹰，真真好像要帮他越过障碍，轻声问道："可是这样的事你怎么帮得了？"

"她来找过我这件事弄堂里的人都知道，那时大家都认为我和她有事，如果我承认也不过如此……"他和她有过关系？

真真大吃一惊。"当然我们没有事，我是说……"他好像看到她的表情马上否认，"事情如果发生在我和她之间，我们两人顶多受些处分，她后来至少不会受到这么大的羞辱……我是说人们对她的歧视，我经过这件事才发现，在这个社会，一个被强奸的女孩子比强奸犯还可耻。"

"可是为什么要你帮她承担？"

"只有我能帮她，她那个晚上逃到我家，就是希望我帮她……最重要的是，我喜欢她，我当时还认为她是我一生中最喜欢的女孩子。"上海人不说爱，上海人说"喜欢"就是爱的意思。米真真的头"嗡"地响成一片，即便他们是在讨论一个更沉重的话题，子晨的表白仍给予她打击。

她捏话筒的手心沁出冷汗。

"我以前一直看不起我的父亲，我觉得他懦弱，他甚至不敢去参加我哥哥的追悼会，他害怕看到他被大树砸烂的样子。后来我明白我也一样懦弱，我不敢把这件事顶下来，我怕遭到各种处罚。还有，这也是我后来才意识到，发生了这件事，我对她的感觉也变了，内心深处，我对她的看法跟社会一样，我觉得她……是被……玷污了的，我已在感情上遗弃她了。我甚至想到，如果她受到强暴后立刻去死就好了，至少她保住了她的纯洁的形象，我会用一生的时间去怀念她。"他短促地一笑，"人的心有多黑暗，看看我自己就知道了，我后来变得悲观，是因为我在黑暗里沉溺过。"

你的眼睛发烫，你没有眼泪，震惊和惧怕像发烧一样令你身体发干，子晨的话触动你最秘密的点，那正是你在躲避的最阴暗的点，你至今还记得强暴的事发生后，你经过那个有小便池散发骚臭味的弄堂暗角，身体滚过一阵战栗，郁芳是在这样污秽的地方失去她的贞操，她为什么不去死？是一闪而过的念头，但你被自己念头的残酷震动，它是一道浓郁的阴影，令你一时间透不过气来，从此你再也不走那条路，你去淮海路宁愿绕圈子从马路上走，你是想躲掉来自你心里的阴影。

"那些事情重新说开来很难过，所以我一直不想提……"子晨的声音从重得压人的沉默中响起。

"那么第二次机会是指哪一次？"她追问着，甚至不顾对方心情，她是想赶快绕过去，从小便池旁逃开，那股令人作呕的骚臭似乎又在鼻翼旁飘浮。

"八一年我申请出国时，她来找过我，那时她刚回上海，跟着边疆知青潮流回来。当时的她一无所有，没有工作，在家里连一张床的位置都没有，她两个哥哥结婚了，为抢房子，兄弟两家打了起来。她在这个城市连立足之地都没有。她想逃走的念头比我还强烈，她问我有什么办法可以把她带走，比如我们可以先结婚再申请签证，这样，至少她可以通过陪读跟着出去。她劝我说只是假结婚，到了美国只要我愿意随时都可离婚……"

"你为什么不肯？"

"我也不断问自己为什么做不到？"

沉寂落在他们之间。他终于又说话。

"之前，已有多年未见，她突然出现在我面前，好像……比过去更漂亮了，好像，从来没有见过比她……更美的女孩……"

"你的姐姐宜朵是阿飞街的顶尖美女。"真真有些不以为然。

"这说明我仍然……喜欢着她……"

"那……为什么不肯？"他不响。

她不由得嘀咕："为什么呢？那并不难。"

"因为我……做不到和她假结婚，说得直率一些，我那年已经二十四岁，已经能正视自己的欲望，我对她……喔，你能想象……"四十岁的子晨说到自己的欲望竟是难以启齿，或者说，是对真真难以启齿。

"我明白，但是为什么不可以真结婚？"

"这……正是我至今都说不口的理由。"

真真不响，如果他说不出口，她也不用追问，理由很清楚，让她寒心，让所有的女人寒心的理由。

两天后的中午浩森来电话，刚睡醒的真真喑哑的声音让他吃了一惊："你怎么啦？生病了？保险买了没有？"

真真"噗"地一笑："没有生病，保险倒是买了。"

"是哪一种。"

"不知道，是基金会买的。"

"喔，他们很周到，那快去给小鸥补牙。"

"怎么想到补牙？"

"小鸥不是有颗蛀牙吗？你上次说起过，既然有保险，赶快去补掉，这里牙医最多了，做个预约，不花多少时间，回中国补牙要等大半天，所以我老爸一口烂牙一天挨一天的，他说哪个牙防所都是一圈长凳坐满人，他怕等……"

"噢噢……"真真握着电话张口结舌，对浩森陈述的那个现实感到十分突兀。

"你有事？我过两天打来。"浩森要挂电话。

"没事，我刚起床，有点跟不上你的思路。"真真学着浩森的口吻，"生病了？保险买了没有？天哪，立刻是现实的纽约，看你住在仓库，以为你天马行空，拒绝现实。"

"只能拒绝一部分，要不为何还要去公司上班？解决自己的生存，是最基本的人道主义。"浩淼笑称，"现在潇洒的是你，白天还能睡觉，我做自由职业时，也是倒过来过日子，白天睡晚上画画，如果明年不结婚，我想回到过去的自由日子……"

真真笑起来："浩淼，我就是欣赏你的能上能下，既能结婚做上班族，也有做自由职业的自信。"

浩淼苦笑："谢谢你的鼓励，虽然结婚对象还在空中飞。"

"听说纽约是个单身城市，有的是单身女人。"

"我把赌注押在旧金山之行……"

真真的心一跳，不知说什么好。

"章霏最近好像又很忙，不常在家，留话她也不回。"

"她不是还在学校注册读书吗，也许要考试了。"真真竟不愿把实情告诉他，只能这么敷衍。

"噢，我已跟老板谈了请假问题，六月去旧金山，你们能不能一起去呢？"

"我想我们的时间是自由的，应该没有问题，不过浩淼，章霏这个人是有点多变的，她……哦……她有时真的不知道自己要什么。"为浩淼想，她应该劝他放弃章霏，但为章霏想，她又希望浩淼的追求成功。

浩淼不响，然后道："你好像在为我担心，她那里有新情况？"他还是很敏感的。

"浩淼，章霏那里你能想象，她是单身而且风流，身边不乏追求者，总之，你既然喜欢她，就要努力嘛！"真真不得不鼓励他。

浩淼笑了，他是领情的："我会的，我这人没有其他优点，就是一个：执着。"

"浩淼，前两天和子晨通过电话，他说起郁芳……"

浩淼打断她："我劝你们不要再钻牛角尖。"他心知肚明。"真真，人生苦短，我们已被牺牲很多年，不要再为过去那些事苦恼。在那个时代只能做那种人，个人的力量很小，无谓得像一堆泡沫。现在能做的是离开那个过去越远越好，我们需要脱胎换骨，做个新人。你要学何值，你看他走到哪里学到哪里，拼命地吸收养分，做着自身的新陈代谢，残留在身体里的毒素正在被他代谢出去，他是个新人了，他用他的方式让自己得以新生。"

37

这个早晨，真真送走小鸥便去"中心"，虽然到那里已过了九点，但在"中心"的休息厅只有寥落一二人，上午有利查的语音课，今天真真终于在利查的教室顺顺当当地找到了空位。

才一两个月利查的课堂上又多了一批新学员，她熟悉的那两个韩国女孩，和 China Town 的中国女子都看不见了，难道这里是一个像百货公司一样流动性很强的地方？她不快地想道，甚至对利查的幽默都失去了感应，心情有些忐忑，哦，这些她面熟而产生安全感的纽约新移民从此就消失在纽约吗，包括瓦夏？

是的，她突然很想见瓦夏，一种心情复杂的渴望。现在已是五月尾，四月她与瓦夏在西四地铁站分手到现在，她还未见过他，有几次去"中心"未见到他，她也并未放在心上。或者说，她打算慢慢理会对瓦夏的感觉。她的生活被过去的人和事缠绕，对于一段也许是即时的感情，对于其质地的轻和透明，她有一种愈握愈握不住的虚无。

事实是，四月晚上那一吻曾令她站在了临界点，进退都变得尴尬，她曾经既不想失去瓦夏非常性感的友情，却又无法把握这样一种摇摇摆摆正开始失衡的关系。喔，如果不想玩火，至少不要再主动给他电话，所以她宁愿到"中心"来等他，令自己觉得只是一次平平常常的相遇。

她以为瓦夏就是"中心"的背景，她想见他就去"中心"，但是现在"中心"一片寂寥因为并没有瓦夏的身影，这使她平添慌乱。为了见到他，她在曼哈顿消磨一天，早晨、中午、黄昏，在不同的时段她都去过"中心"，这使她不知不觉进入一种时时刻刻在等待他的焦虑中。

在利查的课堂，和来自世界各地口音各异的移民跟着做过戏剧演员的利查念"way, weight, wait, witch, wine"，辨别英语元音发音的微小差异，擅长表演的利查叫了几名拉美学员到讲台前站成一排，让他们跟着他唱歌，拉美学员一听到利查的旋律立刻摇摆起身体：

Feelings—Nothing more than feelings.（感觉——没有比感觉更重要。）

Trying to forget my feeling of love.（尽力忘记爱的感觉。）

Tear drops rolling dawn on my face.（泪水在我的脸颊流淌。）

Trying to forget my feeling of love.（尽力忘记爱的感觉。）

怪不得利查的课这么受欢迎，他让学员唱歌跳舞获得发音的感觉，让语音课都充满爱的旋律。真真坐不住了，虽然这是她好不容易等来的位子，听说打进百老汇的王洛勇仍然以每小时三百五十元的高价跟语音老师辨别微小的发音差异，以使自己的语言纯正不带任何口音。这就是说，利查的语音课按照市价是昂贵的，可是真真离开了利查的教室，与教室一门之隔的休息厅里人越来越多，也许恰恰在这个时段瓦夏到来？她自己都未意识到，她一直不愿正视的欲念在她最虚弱的时候突然强烈起来，乘课间休息，她去了休息室。

她坐进休息室才想起自己还未用早餐，便要了一个面包圈，烤热的面包圈涂上一大堆奶油，一般中国人很难消受，但真真嗜好奶制品，再加一杯注入多量牛奶的咖啡，便是她满意的早餐。她把刚买来的《纽约时报》摊在桌上一边阅读，其实只是一个阅读姿态，每一个进休息厅的人她都要看上一眼，虽然她对瓦夏是否还会出现的希望越来越感到渺茫。

她目前的心绪非常混乱，小哥哥的死、子晨的回述令往事中最昏暗的那部分内容如同一团浸泡在水里很久的叶子，就像福克纳的比喻，叶肉早已腐烂，只剩下丝丝缕缕的叶子纤维，互相虬结的部分已经松弛，但仍然被一根根叶脉拉扯住，其间关系清晰起来，像一张轻飘飘的网在水里浮动，那纤细的叶脉在水的更深处投下影子，它们被放大了，似乎水被网撑满了，或者说，所有的水只能从网的空格里流过，并沾染了腐烂的叶肉的臭味。这是真真在梦中闻到的臭味，它使她窒息，她像心脏病人在夜深时因为胸闷而突然坐起身来，大口大口喘气。

就像何值说过的，走回过去的关系是冒险，不仅难以抚慰今天甚至会剥夺你的昨天，为何不去创造一段新的关系？为何？这声诘问从何值口里出来就有几分嘲讽，它伤害了米真真，他向她提供的空间只是一片什么都抓不住的空旷。

她是在等待与瓦夏创造一段新关系吗？可瓦夏为何不来"中心"呢？

迈克出现在休息室门口，对整个大厅巡视一遍后，他的目光落到真真身上，他几乎是喜气洋洋地朝她走来，脚步一颠一颠轻捷地像在街上走着走着就要奔跑起来的少年。"嗨，好久不见，在忙什么？"口吻是老练的，更显示他是个乳臭未干的愣头青。

真真笑起来："我不忙，不像你又读学位又做经理，把'中心'管理得井井有条，这里成了我在曼哈顿的家。"

"真的吗？你真的喜欢这里？"迈克惊喜地问道，在她对面坐下，"可是很久不见你，我以为你不满意呢！"

"啊，我只是离开纽约几天。你看，我一回纽约便来'中心'报到，我是说，我到曼哈顿的第一站，必是'中心'，哪怕不听课，我也要来坐一下。"

"真的吗？你可不要哄我？"迈克认真得过分。

弄得真真不得不问："你怎么啦？你这是在收集我们对'中心'的看法吗？"

迈克目光灼灼，难抑兴奋，正要说什么，可是真真的脸已转过去，她朝休息厅门口看去，那里又进来一群人，迈克问："你在等人吗？"

"不，噢，是的，我有些奇怪，"她想了想，终于忍不住向迈克打听，"我很久不见瓦夏了。"

"谁是瓦夏？"迈克问。

"谁是瓦夏？"真真一愣，反问迈克。

是呀，谁是瓦夏？瓦夏是我给他的名字，我甚至叫不出他那一串拗口的名字。真真自语，她为无法让迈克知道谁是瓦夏而感到荒谬。她对着迈克瞠目结舌，迈克正喜笑颜开，快乐地回答走过他身边的会员的招呼。

"噢，迈克，你今天特别开心，有什么好事？"真真用指头点点他。

"啊，我正等着你问这句话，"迈克夸张地吸进一口气，含着笑意的蓝色眸子打量着真真，"可我看你心不在焉……"

"告诉我什么好事？"真真笑着打断他，"我想知道让你快乐的是什么？"

迈克伸出手指作 V 状："我申请去韩国教书被批准了，我将在韩国住两年。"他禁不住地站起身，好像出发在即。

"什么时候出发？"

"下下个星期。"迈克笑得更孩子气，"我简直等不及了，我一直向往去东方，你瞧，这是个多么好的机会……"

"祝贺你迈克。"真真只是出于礼貌祝贺他，虽然她对他的快乐并无共鸣，但她仍然开着玩笑，"这就是说，你将有一场非常浪漫的韩国之恋，或者，有一个非常韩国风味的婚礼也说不定？"

迈克有些腼腆，但仍然回答得认真："哦，我不知道，这要看我的感觉，当然我更喜欢东方女孩，这也是我向往东方的原因。"他真挚地看着真真。也许年轻二十年，她可以跟迈克谈一次恋爱？

迈克的精神气质里有些东西让她想起自己的纯真年代，就是在这一刻，当他意气风发地告诉她，他准备朝东方出发，他对着他的理想发出阳光般的微笑时，她的心里竟涌起类似于悲哀的热流。但是她并不流露她的任何感觉，只是对迈克笑着皱皱眉头："那么……你不来'中心'了？"

"我在这里的工作这个星期末结束，所以今天就算和你告别了。当然，我们也许会在东方见面，在韩国，或者，"迈克伸出手握住真真的手，"在中国，我一定会去中国。"他摇了摇她的手。

中国很大，我在哪个城市你都搞不清，见面的可能性是零，如果不留地址。真真想说。但迈克已步履轻快地离去。这就是纽约的来去，相遇，然后告别，没有一丝留恋，或者说，不要流露一丝留恋，可真真做不到，真真对着迈克的背影怔忡。

真真走到衣帽间，那里设有投币电话，她犹疑片刻，从双肩包里拿出名片，她终于忍不住给瓦夏拨电话，但是这个号码成了空号。真真举着电话失神。

怎么会是空号呢？他被人暗杀，或卷入走私或贩卖毒品案而关进监狱？她不由得要去做这一类可怕的想象，在纽约，生活已远远超越了想象力，好莱坞的情节片在这里是现实。她中毒了是吗？中了纽约的毒，或者说，好莱坞电影的毒？

她给林木挂电话。

"我在 New Jersey 的 studio 布置现场，明天要拍一组模特照，你来不来呢？我这里有些名牌皮包和皮夹子，Coach，Louis Vuitton，Miu Miu……"

"不不，我没有时间也没有钱，"真真笑着打断林木，"我是说我只有两三小时的空闲，接着要赶回去接儿子。如果你在曼哈顿我想让你陪我去切尔西的画廊……"

"逛画廊不如逛古董店，切尔西 25 街的古董大楼值得一看，从瓷器水晶到杂志海报旧照片到家具银器，你从那里买了古董，到中国再去开一家古董店。真真，把握时机，这是你投资的机会……"真真能想象林木戴着耳机愉快地讲电话，这是他工作时的休息方式。

"投资？"真真嘿嘿地干笑，"我，少的就是第一桶金，投资这个词就像天堂一样，对于我，遥不可及，所以我连梦都不做了。"

"不要这么悲观嘛,在美国只要敢梦想就有梦想成真的可能,你还有一个梦可以做,把英语学好,到好莱坞卖电影剧本。"林木哈哈大笑。

"这你就不懂了,抢手的电影剧本无非有几个好桥段,可是好莱坞最不缺的就是电影桥段,去看看我们中国的所谓优秀电影,重要的桥段都是抄来的。"衣帽间人来人往,真真不时将身体贴住墙让出空间,在这个地方与林木聊关于好莱坞的桥段有几分荒唐,然而她迫切需要和什么人说说无关痛痒的话打发那一片空号声留给她的空洞回声,她继续道,"算了,我对电影没有梦想,不如你去上海开古董店,我做你的店员,后半辈子在古董店里度过,倒也是个不错的创意。"他们两人一起哈哈大笑。

真真站在"国际中心"的大楼门口,瓦夏的电话变成了空号,这使她突然不知道接下来可以做什么。她本来计划下午去现代博物馆的电影资料馆看资料电影,但现在突然对一个人坐在五六平米的暗房对着百年前发黄的画面这个情景产生厌倦,总是观看而不行动的自我厌倦,被出卖和出卖的青春,不了的情欲,远去的理想,洞孔颇多的人生,她突然发现自己成了自己人生的旁观者,她成了自己愈来愈洞孔化的人生的旁观者。

她走出"国际中心"所在的五十号大楼,曼哈顿天空阴沉沉的,一阵大风卷起一切轻飘飘的物质,大部分是纸片:饭店的传单,招租或应召广告,深夜伴侣的电话,随便拾起一张纸便是纽约的一个故事。

家里录音机的灯亮着。"Jinjin,"一刹那血管扩张,以为是瓦夏,"我是安东尼,"她深深地呼出一口气,完全是两种口音,"请给我回电,我在家,但我的手机也开着。"

38

"我对你准备拍的新电影很有兴趣……"

"新电影？"真真一愣。

"我听 Miao 说……"

Miao？真真又是一愣，不过马上明白 Miao 是浩淼，跟着也明白了他说的新电影是指六月相聚时她打算做的纪录片。

"我想听听你的构思，也许会对你的片子有帮助。"

他能帮她什么呢？她倒是在担心她的老同学是否配合，比方那次去 DC，她的摄像镜头一打开，画面就静止了，他们突然没话说了，动作也省略了，脸上的表情僵了，当然，责任在她，她必须让他们习惯她的镜头的存在，直到将镜头"存在"变成"不存在"。

她匆匆忙忙去三天，能拿到什么好镜头呢？她最初的构思只是想拍下一群女生的相聚，然后根据现场的内容进行再构思。如果片子可以发展，她应该是要跟踪这些女生去到她们如今生活的地方，摄下她们今日生活状态，至于过去，只能靠每个人的述说，她得赶快回去把她们住过的地方拍下来，可怕的是，萧永红的家已成了上海最著名的商厦之一。

最重要的是她。如果是在纪实生活，那么她在这段同步进行的生活中，具体地说在将要到来的相聚中是个什么角色呢，如果她站在镜头后，她只能是个旁观者。

她怎么可能是个旁观者呢？她也多次考虑这个问题，如果让何值来掌镜，她们的相聚就有了外人掺入，他将微妙地影响着女生们的情绪表达，这个相聚的真实性又有了折扣，不，他的存在将直接破坏真实性。或许，第一个要抗议的便是萧永红，她是非常"排外"的，当年她们聚会时，她总是把女生带到她的睡房，那个只有四平米的箱子间，她母亲要把大房间也是她家的客厅让给她们，她却不要，理由是家里人随便进出，没有一点密谈气氛。

米真真便把她此刻刚刚浮起来的一些想法告诉安东尼，关于真实性的问题，安东尼认为这是个有意思的问题，他说："你不如到我家来，我们可以慢慢地边想边谈，今晚你有空吗？"

"晚上我要去剧场。"

"真的吗？"安东尼颇有兴趣地问道，"在哪一个剧场呢？"

"就在东村 La MaMa……"她与何值是通过"辣妈妈"进入格林威治的"外外百老汇"。在他们眼里，它是纽约小剧场的象征。

"啊，La MaMa，我已多久没有去那里了？"安东尼叹息着。与安东尼沟通的快感是，他至少是个精神上的格林威治村民，对于那里著名的艺术空间如数家珍，"我想，你应该了解'妈妈'Ellen Stewart 的历史。"他是指辣妈妈的创办人，在戏剧史上 Ellen Stewart 被称为"妈妈"。

"当然，关于'妈妈'的传说我们在中国听起来就像一个乌托邦的故事。"

作为女性，"妈妈"也是真真心中的同性偶像，她创建了一个几乎称得上是乌托邦的小世界，令真真无限向往也给了她无法企及的怅惘。这位黑人女性六十年代从南方路易斯安那，从第五次婚姻逃出来。她在东村第二大道开了"妈妈咖啡馆"，然后她把这个空间给了所有闯荡纽约的年轻剧作家，人们说"妈妈"不仅向这些落魄的年轻人提供了工作场所，而且提供了一个精神家园，只要新来的剧作家是美国戏剧忽略的孩子，"妈妈"就给他一个家。

谈到乌托邦，安东尼告诉她："一位城市分析家将之称为'异托邦'。"他用缓慢的语速解释道："'妈妈'是比较成功的典型，当年的格林威治，人们以各种方式创造自己的伊甸园，不过，那样一个波西米亚式的格林威治我们永远看不到了。"安东尼感叹了。

夜晚米真真来到"辣妈妈"剧场时，看见安东尼站在剧场门口，她并不是很意外，可以说有意料之中的感觉，在经过下午热烈谈论"妈妈"之后，安东尼想要再来朝拜一次妈妈剧场就一点都不奇怪了。

演出要推迟半小时，安东尼建议不如去旁边的露天咖啡座坐一会儿。这正中真真下怀。露天咖啡座是"村子"一景，坐在咖啡座悠闲眺望"村景"将是多么惬意的事，真真走过这么多剧场，在西村和东村来来去去，每次都很匆忙，竟一直没有机会坐坐露天咖啡座。

这是个晚春的夜晚，暖风拂面，她与安东尼面街而坐，此刻她对安东尼的到来甚至还有几分感激。他是个具有"村民"精神的纽约人，她现在不再是孤单的外乡人，他帮她找到"村民"的感觉。他们坐在东村街口，他的手指指向哪里，哪里就点铁成金。她又想起瓦夏,她和他漫步在苏荷,他也曾对她点铁成金,现在想起他来,那些很电影化的情景立刻在她脑海演绎,心里阵阵发紧。

"辣妈妈"门口已有各等角色出现,亚裔女孩剃光头,肚脐舌头鼻孔闪闪烁烁到处缀金属环,朋克青年的头发染成宝蓝和翠绿和金黄,并且一根根竖起来像孔雀开屏在头顶。年近六十的女子,也许是女导演,身材瘦削穿着黑色皮夹克,脊背靠在墙上旁若无人地吐着烟圈,没有表情的脸酷得性感,她的旁边围着几个漂亮男子。

一位个子至少有一米九的男演员穿着维多利亚时代的夜礼服浓妆艳抹,真真每次来这里都看得到"她",戴着金色的卷发头套,颌骨颧骨突出的大脸庞,浓眉剃去画了纤细的柳眉,脸颊是两团彤红的胭脂,骨骼粗大的兰花指一翘一翘。为何所有的"ladyboy"都喜欢翘兰花指呢?事实上,名副其实的女人却很少翘兰花指。真真看着"她",就会这么联想并且笑起来,毫无嘲笑之意,东村自由自在的气氛令所有的嘲笑显得狭隘小器,正是这些奇装异服的人们让真真感受自由的气氛,让她的心情无端地兴奋和轻松。

安东尼说:"今天的你与上次判若两人。"

真真说:"我也不知道,我来到这里总是很快乐,就像来过节。"

安东尼对过节一说十分赞赏,他又引经据典:"有剧评家指出,'外外百老汇'是一心一意的俱乐部式的。在某种程度上,它有圈内的观众,在某种程度上,它是自命不凡、自我崇拜的,在某种程度上它是一个游乐场。"

这一段话对于米真真是一次单词搜索,所幸她带了电子词典，并让安东尼不段重复某些词语。

然后，安东尼又用了某个名人的说法："它是我去见朋友们的地方。"来指他今晚到这里是来见真真。她竟有些感动。

于是他们又谈论起"辣妈妈"剧场，关于"妈妈"的轶事，仍是她最爱听的。

安东尼告诉她，"妈妈"剧场是格林威治文化中典型的由反家庭者管理的家庭事业，"妈妈"做汤给她的演员和剧作家吃，她的薪水放进公共的小金库里，她在每一个表演开始时打铃，用她著名的欢迎词作开场白："欢迎到'妈妈'来，将所有奉献给剧作家和戏剧。"安东尼笑说，在这个没有爸爸的家庭戏剧店铺里，有一个异国情调的妈妈，她穿戴着丝帕、流苏、围巾和艳丽的佩斯利细毛披巾，介绍每个节目，在整个演出过程就坐在台阶上守护着剧场的次序。

米真真的手指跟着安东尼的节奏在词典上找解释。

然后，她告诉他："可是我一次都没有见到'妈妈'。"

"这是当年的'妈妈'，现在的'妈妈'有四个剧场，而且'妈妈'老了，精力不济了……"不知为何安东尼笑了，她很少看见安东尼笑，有时她觉得他有点过于认真，"现在要见'妈妈'必须预约。"他笑说。

"对，我上一次曾问过售票窗口的印度人，他告诉我，可以留下地址和名字，他们会安排我与"妈妈"见面，不过，这有点太正式，我只是想远远地看她一眼。"真真说。

安东尼便又笑，他饶有兴趣地打量着真真，就好像她要见"妈妈"是一件很意味深长的事。然后他敛起笑容告诉她："你是'外外百老汇'得以生存的潜在因素……"

"什么叫潜在因素？"真真又拿起英汉电子词典，让安东尼把这个英文单词输入。

直到八点一刻演出还不能开始，似乎演员遇到了些麻烦。在剧场外厅，一间简陋的不到十平米只有一个破双人沙发的门厅一样的地方，放着供应观众的咖啡、矿泉水和饼干奶酪，观众们并没有怨言，他们吃着喝着聊着天，就像在一个派对上。真真给何值打电话，告诉他戏延迟开演她要晚些回家，她没有说起安东尼也在旁边，直到八点三刻戏才正式开始，是个独角戏，一个日裔女演员一人扮演十几个角色，所有的改变不是通过化妆，而是语言，她的不断变化口音的语言，似乎极具表现力，观众常常捧腹击掌。可惜真真一点都抓不住其语言妙处，岂止不能感受妙处，她完全听不懂。

演出结束后，她向安东尼坦言，她其实没听懂台词，安东尼说这一点都不奇怪，因为有大量街头俚语。他问她："你是否后悔看了一场没有听懂台词的戏？"

真真告诉他："迄今为止，大部分戏里的台词对于我都是非常艰涩，不过，我仍然很有兴趣，舞台，表演方式，剧场的气氛，我可以通过其他路径进入剧场，或者说进入格林威治，我是这样爱格林威治。"这些话用中文来说有些肉麻，也就是，真真运用母语时是不会有这一类表达，然而第二语言给她某种解放感，这是真真在国外的另一感受。

无疑的这也是真真最能打动安东尼的地方，正是这一刻，当她无拘无束诉说着她的喜好，她的精神世界在向他打开时，她的肢体也同时充满了活力，是性感。他觉得自己受到了诱惑，然而他越发显得严肃，他认真评价说："你瞧，我没有说错，你是让这几百个剧场生存下去的潜在因素之一。"他又开始引用理论："现在我更加相信这样的说法：这些实验剧场的规模、亲密关系及缺乏资金，有时甚至是受市政当局骚扰的共同经历，刚才我们的演员不是遇到麻烦，我们陪着她忍受了等待？这一切，使'外外百老汇'的演员和观众参加了一种被他们看作是信仰的集体飞跃的东西。"

"等一会儿，你说信仰吗？"真真问，一边拿出电子词典。

"对，信仰。这样的演出和观看构成的仪式带来的飞跃。"安东尼在她的词典里输入信仰、仪式、飞跃这几个词。

"我想，这比较适应于何值，我是说我的丈夫，对于他，实现剧场中的一些追求，是否也成了他的信仰的方式？"真真问道，其实是自问。

安东尼道："好啊，我也愿意听听你丈夫谈谈。"就好像他是某个剧场制作人，或评论家，真真看一眼他严肃的表情，在她自己的城市，这样的严肃已经很少见了。不知为何，她又想起了小哥哥，他总是皱眉凝思，有一股让人敬畏的严肃劲儿，身体羸弱却胸怀壮志，令他腾挪于芸芸众生之上，那也是她的纯真年代。

安东尼开车把真真送到家门口，他们约好次日去他家与他谈谈她的电影。在她的生活里，人们把这样的谈话称为空谈。

39

但是电影是无法谈的，至少对于纪实电影，因为无法预设情节，不需要设置人物关系，她们已在生活里存在了。能谈的是可以构成纪录价值的现实，然而那只是真真眼里的现实，是需要廓清仍疑窦丛生的现实，这也是米真真久久无法在心里建立对于拍片的自信，她自然是要向他倾吐心中的块垒，没想到这一谈，竟是刹不了车，它延续了整整两个星期，几乎改变真真的人生。

第一天去他家，感觉是去参加一个下午聚会。当安东尼打开门，她有些吃惊，这里静得只剩空旷和微小，仓库的空旷和家具在其中的微小，她再一次感受这里给予她的莫名的忐忑。只和安东尼面对面，这让她想起上一次的仓惶离去，然而现在是白天，而且在东村度过富于艺术气氛的夜晚，她对安东尼有了深切的认同。

这个白天不同于那个白天，那个萨拉与他并肩而立的白天是阴郁的灰沉沉的，这个白天阳光灿烂，巨大的"窗"被阳光盛满，外面是变得明朗的布鲁克林，没有罪恶的联想，只有独特的简单和宁静。

她问起萨拉何时回来，安东尼说："她回去了，她要答辩论文，她也许会留在欧洲，也许会回自己的国家。"

"可是，你怎么办呢？你会跟她一起去吗？"真真问道。

"啊不会。"安东尼非常肯定地摇摇头。

"你们两人分开来怎么办呢？"真真又问。

"噢？"安东尼似乎没有明白，然后道，"我们已经说过再见，我把她送去机场，有些难过，不过现在已经过去了。"

布鲁克林早餐才过去三个星期，他们已经分手，并且分手的难过已经过去？

真真怔住。羸弱又书生气的安东尼，热爱艺术，对少数民族热情，可是在与萨拉的关系上他却有着不自知的冷酷，或许，这并非是她想当然的爱情关系？或者，纽约城的爱情与她自己城市的爱情是有着巨大差异？

安东尼把她带到他们的会客区，茶几上是正在冒热气的蒸馏咖啡，他们喝了一杯咖啡，谈话才正式开始。奇怪，谈话本没有开始和结束的界限，因为安东尼提醒她把摄像机打开，才有了正式开始的感觉。

真真就有些不自在，她半开玩笑地对安东尼说："嘿，我来和你聊电影，我的电影还没有开始。"

"我想我们的谈话可能会对你的电影有帮助，也许会成为你电影的一部分。"真的吗？真真有些不以为然。可安东尼却是认真的。"Miao 已经告诉我一些你们的故事，虽然我只是个画家，我不是电影人，可我也是纪录片电影的爱好者。在你将要拍的片子里，我想你不仅是片中的一个角色，你才是最重要的角色，你不仅是电影人（filmmaker），你还是电影中的人物（character）。"

真真对安东尼刮目相看，他的意见并非毫无价值，他指出的问题正好也是让她感到最棘手的："安东尼，最近我在想的是，到底作品重要还是生活重要。不，我的意思是，如果为了拍电影而影响我们聚会的真实性，说得直白一些，如果干扰了我们的聚会，我们各奔东西十多年后的宝贵的聚会，我，宁愿放弃。我是说，虽然我们聚会的纪录也很宝贵，但是，对于我和我的老同学，我们在一起的这一刻的感受重要过一切，我们不是为了拍片聚在一起，我们不是为了秀（show）去生活。对吗？"

　　她不知道她是否表达清楚了，但在与安东尼的交谈中，她却理清了自己的想法，归根结底对于她，生活重要过一切，重要到她可以放弃创作。

　　安东尼蹙着眉尖，半垂着头。

　　真真不由问他："喔，你明白我的意思吗？……"

　　"我完全明白，"安东尼沉吟着答道，"你提出的问题也在困扰我，我在想，一个人只能坚持一种立场，一个普通人，或者，一个创作者，以创作者的立场，生活中一些珍贵的瞬间，如果不通过艺术把它们留下来，就永远地丢失了。就这个角度，作为纪录电影人的你有责任把生活里的重要时刻留下来。"

　　"可我是普通人，我不是职业电影人……"

　　"当你打算做这个片子的时候，你就是创作者……"

　　"可是问题总不是那么简单，你知道吗，我很看重这次聚会，我不想因为我的拍摄干扰了她们……"

　　你知道吗，我最害怕的是见到郁芳，我不能想象我的冰凉的镜头不动声色地对着她，她对于我就像一池深潭，我的手指想触摸到它的水面，我怎能扛着镜头去触摸它？

　　她沉默下来，一时竟说不出话，意想不到的是，一阵哽咽堵住她的喉口，当安东尼问"想不想再来一杯咖啡？"时，她的手捂住嘴就好像要堵住自己的哭声，这就像一次突然的脑缺氧，她无法控制泪水如同无法控制昏迷。

她摇摇头回答安东尼同情的询问的目光。"不，不，我马上就好，我只是一时的激动……"她接过安东尼递上的纸巾把泪水迅速擦去，她朝他笑笑："没事了，我已经好了。"

"你想到什么了？"安东尼几近焦虑地问道，他坐在她的对面，他的圆镜片后近于灰色的蓝眼睛对于她仍是一个遥远的彼岸，他看着她，在等待她的倾吐。

她想象着萧永红与她的心理医生面对面的情景。她告诉真真，他对于我不仅是个医生，而且是个陌生人，一个愿意倾听你的陌生人，他的倾听的姿态打动了我，即使他不是医生，我想，我也会对他倾吐，我只是需要向一个无关的什么人倾吐一下，然而，在西方，它被称为"精神分析"。

"刚才我们谈到哪里了？"她问他。

他答道："你心里有一块区域是黑暗的，你要正视它才能照亮它，否则它会扩大，直到你的心全部被它占满。"

他的话语中总有一些她抓不住的意思，就像他的蓝眸，有一种疏远的没有焦点的茫然，那是一双无法让人踏实的眸子。但这并不重要，重要的是他的倾听的姿态，令她有着诉说的冲动。

"聚会的日子越近我越害怕，我其实最怕见郁芳，她是我十六岁前的好朋友，也是我的邻居，"她慌慌张张毫无头绪从中间开始，"有一度我很崇拜她，有一度我很嫉妒她，总的来说我和她之间有过一场像爱情一样的感情，我有时觉得我的初恋不是男生是女生。噢，不，"她赶快制止安东尼发亮的眸子将要表示的呼应，可能是错误的呼应，"这不是你们想象中的同性恋，这里没有任何身体的欲念，是小女生之间的倾慕，因为夹杂了嫉妒、背叛、内疚之类的痛苦，这倾慕就发展成一种感情。你知道，感情是一种原始状态的东西，很强壮很野蛮充满非理性的力量，她溃退的时候也是一败涂地不可收拾。我常常在想，我曾经像影子一样跟着她，恨不得依附在她的身上，可一夜之间影子变成另一具身体，另一具远远逃开的身体。"她停下来朝他看看，询问地。

他点点头："我懂，我能理解。"

理解什么呢？连她自己都不理解。

"我们如影相随，我是她的影子，我梳她的发型，穿她的衣服样式。当然，那时候没有什么服装和发型，无非是剪短发还是梳辫子，穿灰布衣还是蓝布衣。她喜欢短辫子土布细格纹罩衫，我也剪短辫子去郊区买土布格纹布让裁缝照着她的衣服样子裁剪，后来我们干脆买同一块布，裁做外套或裤装，一直发展到连底裤的料子都一样。那时候的商店没有内衣柜台，内衣代表了另外一种生活，有尊严的生活，而我们当时生活在普遍的屈辱中。她和小哥哥谈恋爱，我帮她写情书，我也爱着小哥哥，我通过帮她写情书，倾诉了我自己的爱情，当然那也是一种……"她停下来查电子词典，"对，自虐，那也是一种自虐过程，我从来没有意图要去抢她的爱，因为他们是完美的，完美到连嫉妒都失去了能量。"

"重要的是上学和放学的路上，这是我们俩的空间，这也是我们如影相随的象征，所以有一天，这个空间被摧毁之后，我觉得我有一种解放感，我从一种执着的关系中解放出来，不

310

是……"她摇头否认，好像另有一个对话对象，"是太沉重之后的解脱。"

"是谁给你们沉重？"他问。

"是外面的力量，也是自己的感觉。自从她被强暴，她怀孕，她的美受到污染。我想我对她的崇拜其实是对美的崇拜，美是脆弱的，她唤起的感情也是脆弱的。我是在给自己寻找理由吗？"她又一次自问。

他不作声，将盛热咖啡的马克杯放入她的手，并给予她他的关注的目光，他给了她倾诉的安全空间。她眼帘发红，她朝屋里唯一的巨大的"窗"外看去——因为没有窗框的界定，它更像一个缺口——布鲁克林颓败的工厂区马路不见人影，她指着缺口告诉安东尼，

"我看着布鲁克林的街，它的颓唐的气氛让我想起我从小长大的街区，虽然这是两条风格完全不同的马路。那条街区一九四九年以前是法租界，座落在城市中心却又非常僻静，今天被称黄金地段。那是在七十年代，革命风暴刚刚过去，到处是毁坏的痕迹，破碎的窗玻璃，露出砖块的墙壁，飞了一地的纸片，上面是墨汁淋漓惊心动魄的词语，"她说得很慢，常常需要停下来查她的电子词典，"马路上人影稀少，人们不敢出门除非迫不得已，那一股萧瑟和破败很像这一片废弃的厂区。"她的目光收回来，眼帘下垂，双手放在自己的膝上，很像一个告解的姿势。

"每天上学放学，我和她并肩在这样的萧瑟和破败中走着，我们的心总是怦怦乱跳，眼睛东张西望，似乎有一种更大的毁灭要落在我们头上。终于有一天，它落在我们头上，我是说落在她头上，可是有什么区别呢，当我是她的影子的时候，她受

伤我跟着残缺。"

"我们住的弄堂可以通向淮海路,淮海路在上海相当于曼哈顿的麦迪逊大道,"他抬抬眉峰耸耸肩,表示微带嘲讽的吃惊,"在两条弄堂的相连处有个凹口,那里有个小便池。"她说说停停,在寻找词语,有时候停下来用电子笔在词典的屏幕上划着,找出她要的词。"小便池旁有一堵墙,那是弄堂里的黑暗之处,是魔鬼的藏身之地,不要说夜晚,就是白天走过那里,也会起一身鸡皮疙瘩。即便是阳光灿烂的晴天,走过凹口,会觉得天都暗一暗。那天晚上,不是很深的夜晚,顶多是九点,但是,当年冬天的九点,感觉上已经万籁俱寂。"又是一个需要查找的词语,"那个晚上事情发生的时候我已经上床,如果可能我父母恨不得让我们在床上度过那个年代。他们提心吊胆度日如年地度过他们的工作日,回到家吃完晚饭他们便催促我们睡觉,上了床这一天便将结束,重要的是他们不用再操心我们的脚步跨出家门口……"她停下来朝"窗"外看去,仿佛从那个废弃的厂区重新感受当年的气氛。

"在那个冬天的九点的晚上,我和我弟弟已经睡下,我们听到……一声尖叫,后来才知道,郁芳在可怕的凹口遇到了流氓。她呼救,但没有人出来救她,她就像落入空城,那个流氓似乎对这样的局面了然于心,而且他果然得逞了。那一刻我们躲在家里,把门窗关得更紧,我们想,只要家人在一起就好了,只要家人是安全就可以了,我们不要管闲事,我们觉得那声尖叫离我们很远……"

她捂住嘴,好像欲捂住那声尖叫,在她的幻觉中不能停止的尖叫。

安东尼的手伸过去握住她的手,似乎在提醒她他的存在,她微微吃惊地看看他："她被强暴的事公开以后，她突然成了……"她停下来拿起词典划着，她读着词典上的英语单词，"异类，她成了社会的异类，她将接受第二次漫长的受害，她受了强暴还要受到侮辱，她成了街区的耻辱。"

她的手从他的掌心滑出，它们又端端正正放到膝盖上，她的眼帘下垂，像个告解的姿态。

"我和她走在街上不敢再东张西望，生怕视线到哪里就引来毒箭，然而，这并不能制止那些有预谋的袭击。肮脏的唾沫从我们的头顶飞落，石片呼啸而来从我们的鼻尖脸颊旁擦过，还有谩骂和下流的口哨声。'拉山，拉山'，就是上海口音的Lassie……"她对他解释道，"他们齐声喊着，像谩骂的合唱。终于，有一天中午，我们刚刚走出校门，一块比我的拳头更大的石头，"她看着自己慢慢捏起的拳头，仿佛重新估量那块石头的力量，"朝她砸来，砸在她的头上，她没有喊叫，只是捂住头，血从她的手指里溢出来，流在她面孔上，她好看的面孔。那天疯狂尖叫的是我，我一声一声地尖叫着，我好像把一生的尖叫都叫完了，我的尖叫引来半马路人围观，她被学校老师送到医院。这一天也是我和她身影分离的一天。我父母告诉我，不准再和她在一起，为了我的安全考虑。不，父母只是个借口，是我想逃了，我很恐惧，也很厌恶，她的血弄脏她的面孔，就像她的被玷污的纯洁。我对她心痛的同时也有怨恨，她为什么要忍受这样的污辱，为什么不去死？"

她深深地喘了一口气，喝下半杯已经凉却的咖啡，这是今天喝的第三杯咖啡，她从来不在一天里喝两杯以上咖啡，不过这又算什么呢？跟她遭遇过的、目睹过的一切相比，之后的人生却是轻得让人恍惚。

"对的，当时我就是这么想的，我甚至都没有意识到这个念头的残酷。那天以后，我开始避开她，不久，她家搬走了。"她放下杯子脸埋进膝盖。

安东尼已坐到她的身边，他的手臂揽住她的肩膀，他的另一只手放到她的脸颊上，她几乎意识不到他的触摸，或者说，几乎意识不到他的触摸里的欲念。

每个白天她过河去布鲁克林厂区，他要开车去皇后区接她，她谢绝了。她喜欢步行过桥，她查阅地图才看清这条河是东河的支流，被称为 New Town 溪流，它隔开了皇后区与布鲁克林。

坐七号车在 Hunters Point 站下来，她仍然站在皇后区，这里仿佛是城市的尽头，铁轨、桥梁、隧道和高速公路在这里汇拢交错——坚硬冰冷庞大的城市内核的裸露。走过长长的 Pulask 桥，便接近河边的厂房区。她常常走到桥中央站下来，桥的侧面溪流的上游便是曼哈顿，它轰轰然地矗立在面前，却又被东河隔开了，在右侧面东河上行连接皇后区和曼哈顿的昆士铁桥接连不断的车流，传递着另一种速度。

而安东尼就站在桥的另一端，在布鲁克林。她还未走到桥的尾端便看见他，他朝她招手，她笑了，她的心情就有些飞扬，这越来越像一次次约会，等她意识到的时候，她已陷进去了。

连着两星期的白天，她在安东尼家度过，就像一个漫长的连续不断的精神分析，她倾诉他倾听，越来越细密的分支将她带入幽暗的深处。每天晚上她回家后便开始做笔记，她把轮到她去剧场的这个晚上让给何值，这样她就可以从容地将白天叙述的内容记下来。

她从郁芳说到小哥哥，她的初恋，她近来才知晓的最后的结局，她的情绪一次次下坠又一次次地飞扬，当故事关系到她与阿飞街女生夹杂着疼痛和快乐的纠葛，然后又回到与郁芳的关系，她与她的中学时代，她又一次爱上郁芳的恋人，又一个的单恋，她的情绪再一次坠落。

她终于把往事都倒空，但虚脱感也跟着把她围住，那一阵阵的心慌，出冷汗，手脚冰凉，似乎已到了休克的边缘。他让她在他的长沙发躺下来，她仍然禁不住地微微发抖，他抱住她，用他的身体紧紧裹住她，她感受到内在的饥渴，那种很久很久以前就隐埋起来的似乎永远无法满足的饥渴。他们做爱，持续了很长时间，然后是一阵阵战栗从腹部滚向全身，她意识到这就是人们所说的高潮了，她克制了很久的泪水也跟着流下来了。她终于有高潮了，她人生中第一个高潮竟与情爱无关。

40

～～～

　　章霏驾着 BMW 在一号公路飞驰，她的旁边坐着米真真，后车座是浩淼、何值和小鸥。

　　高速公路旁褐色丘陵起伏，却是开阔平缓中的起伏，现在是夏天，草已枯黄灌木却绿了，枯黄的草盖着褐土，绿色灌木一簇簇点缀在黄褐色的土丘上。丘陵之外是太平洋，碎银般晶晶亮，闪闪烁烁，无限地绵延开来，与天连接。

　　随车音响里放着电影《毕业生》里的插曲，也是真真随身带的西蒙的歌，那个阴郁自卑的达斯丁·霍夫曼通过莽撞的性爱探索进入成熟人生，他长久地感动着真真。为何我们这代人没有自己的艺术形象，这是真真对着"毕业生"生出的怅惘。

　　当车里响起西蒙的 *The Sound Of Silence*（《沉默的声音》）时，章霏就像牙痛发作似的发出"丝丝"声，戴着墨镜的她一边朝后视镜看去："我受不了了，我想哭了，对于我，西蒙太抒情了，而且是在一号公路上……"

　　坐在后面的何值与浩淼便笑起来，何值说："我本来一直认为真真比较夸张，没想到你比她还夸张。"

　　章霏："哼，东方男人就是冷血，老实说，如果不是我也有些崇拜你，我一定劝真真改嫁西方男人。"

何值哈哈一笑，坐在副驾座的米真真已改变话题："我但愿这条公路没有尽头，一直开下去，开下去……"

"知道吗，当年我决定留在旧金山，就是因为这条公路吸引我，第一次驾车在这条路上，我想这就是我要生活下去的地方，这么多的山丘却没有一座阻挡你的视线，太平洋就在侧面，抬抬眼就看到了。对对，我知道你要说什么，有山有海的地方很多……"章霏似感觉何值的动静，回答他可能有的不以为然，"但我是在这里感受到自由的气氛，到底什么触动我，我不知道，我确实感受到了，为了留在这里，我去大学注册读书，支付昂贵的学费，keep（保持）我在这里的学生身份。我不知道明年后年或者五年后我是否还能做学生，我不知道未来在哪里，想起来会心慌，所以我不想，只有现在这一刻，我还在一号公路奔驰，至少今天的生活是按照我的心愿流逝。"

突如其来的溃败感与失重感，情绪的急转弯，众人有些不知所措。

米真真看着窗外说道："知道现在我想起了什么？浩淼和章霏在外滩的宣传台上朗诵快板诗，接着浩淼就失踪了，我们到处找他，在外滩的人堆里大喊大叫，'伊浩淼'……"

"而且那个'伊'又是发不出声的……"章霏接口，"只能'浩淼——淼'地叫唤，听起来像在唤一只猫。"

众人笑，浩淼和小鸥在后座头凑头一起读《三国演义》小人书，几乎让人忽略他的存在，"这段快板我还能背……"他从小人书里抬起头笑得顽皮，"穿军装戴军帽……"

章霏立刻跟上："紧紧腰带脸带笑……"

米真真也跟上去，他们语调整齐："今天咱们上街买宝书，红心乐得蹦蹦跳……"

小鸥在后面喊起来:"我也要我也要……"

何值问:"要什么?"

小鸥一愣,大人们笑声响亮。

这是六月中旬,他们的旧金山之行提前了半个月,一方面为了配合浩淼的行程,真真希望浩淼能把章霏追到手,在她看来,这两个有缺憾的人生因为这样的结合而完整起来。然而何值不以为然,他认为真真把生活简单化,缺憾加缺憾并非是完整,也许是更大的缺憾呢?但他对改变行程没有意见,对于他,日程表通常是没有意义的,这是人给自己的枷锁!他说得没错,但真真不想附和他,他们是家人,有非常具体的家务关系,没法在虚无中过日子。

六月底的纽约聚会延迟到七月中,这和郁芳的行程有关,出发前,真真与郁芳通上电话,郁芳是在她租借的房子给真真打电话,像上次一样,郁芳接通电话后,真真让她把电话挂了,她重新打过去,好像她只能在这些微不足道的细节上表示着心里的愧疚。

但也是匆忙说几句,郁芳很疲累,她在打两份工,真真竟不想跟她提旧金山的旅行,那完全是两种人生状态,郁芳的人生昭示着你想躲避的那一部分真理。真真很想与萧永红谈谈她的压抑,可是永红很久没有电话,真真担心,永红将在聚会的时候缺席,她甚至有个错觉,永红是在逃避将要到来的聚会。难道这场聚会是宿命,她们都在逃避,却又不得不打起精神去面对?

他们将在加州滞留一星期,留宿在章霏家,其中两天何值要参加旧金山 Mine 剧团,也称哑剧团的 workshop(工作坊)的联排,他将在剧团过夜,这天章霏载着一帮人先把何值送去旧金山市的剧团，再带众人去西部的景点。

何值说，他对任何景点都不感兴趣，所以趁着他不在的时候，章霏说，我们把景点都玩了。对此，浩淼当然不会有意见，无论去哪里或者不出门都没有关系，他只是想和章霏相处几天找感觉，然而对于他们是否互相有感觉真真一点不乐观。

因飞机延误，他们到达旧金山时已是下半夜两点，他们从候机厅出来竟没有认出来接机的章霏。浩淼二十年未见她，何值也只见过她两三次，问题是真真怎么会没有认出她来呢？章霏对他们一行人摇手招呼时，他们都木知木觉毫无反应，直到章霏拉住真真。

她对着章霏发呆，这个时髦的风韵迷人的东南亚美富婆素面朝天站在他们面前，一干人全部呆住了。看起来章霏是从被窝出来直接到机场，她没有化妆，为了对付六月旧金山深夜的寒意，她在家常棉 T 恤外套了件羽绒外套，风度韵味都不讲了，像个在中国城掏便宜货的主妇。

她也太不把浩淼放在眼里，再说旁边还有何值，章霏马马虎虎向他俩招呼一声，好像他们只是偶尔见到的熟人，真真很觉扫兴，但彼此三年未见，章霏以什么样的形象出现在老同学面前这样的细节实在不足挂齿。重要的是她为他们安排了舒适的客房，房里插着鲜花。她简单地指点了一番便立刻进自己房间睡觉，她从来不熬夜也不晚睡。

次日，当他们从各自卧室出来时，章霏已重振旗鼓，这就是说她又楚楚动人重拾魅力。她已去过美容院，虽看起来未施粉黛，但脸上皮肤紧绷光滑，一头直发蓬松柔软一缕一缕的金棕色在阳光里熠熠生辉，她穿着运动装四肢散发活力，比在上海出现的形象还要健康。事实上那时已近中午，她已健身两小时，她是健康生活典范，早起早睡，天天运动。

她神情轻快地朝他们打招呼，絮絮叨叨询问他们的近况，好像这时候才算正式见面。

浩淼笑对章霏说："你的健康生活让我们倍感压力。"

"为什么？"她问，章霏特有的活泼的语调。她在布置餐桌，笑瞥一眼浩淼，十分的佻达，真真知道，章霏开始放电了。

"让我们显得不合时宜，未老先衰……"何值顺口接答。

"不会吧，你是先锋派，引领文化潮流，只怕我们想跟都跟不上。"章霏眯起眼笑，对何值也是电力十足。真真冷眼旁观，把风头让给章霏。

这边小鸥已不客气地抓起桌上的油条，那是章霏车路来回二十分钟，从中国超市买来，配上豆浆，这拨成人立刻跟着流口水，慌忙围桌而坐。

这是一顿丰富的中西结合的早餐，也许说午餐更合适，等到他们终于坐下用餐，已是中午十二点。长餐桌上浩淼与章霏面对面，现在章霏终于把注意力放在浩淼身上，她打量他一会儿，说："你如果在马路上走我已经认不出。"

浩淼摸摸自己的脸颊，幽默道："不好意思，早晓得要遇上你，应该好好保养。"

"不会吧，我是吃惊你不再是那个细皮白肉的小男人……"

真真与何值大笑，浩淼的脸哗地红了，他指着小鸥解嘲："细皮白肉的小男人在这里。"

喜欢管闲事的小鸥抬起头问："在哪里？"又是引来大笑。

章霏接着叹道："没想到浩淼是有络腮胡的。"

真真吃惊地瞥了一眼浩淼，她从未注意他是否有胡子，因为他的两腮总是刮得干干净净。现在才发现那里青涩一片，是络腮胡的阴影。浩淼有些不自在了，但仍然保持着幽默："怪不得我很招 gay 的喜欢，经常会有些性骚扰。"章霏直乐，他俩总算有点接上线了，虽然真真觉得章霏过于居高临下。

但是何值却又横插一杠："听说同性恋的世界更加自恋，在那里如果你不是肌肉发达身强体壮便无处容身……"

"怪不得健身房里都是 gay。"章霏恍然。

"所以在同性恋世界，男人更有压力，他们得保持良好体型，女人却不是这样，她们比较看重你的个性学识和智慧，可是接着她们又发现她们的男人也太疏忽于美感……"

"中国对同姓恋已经这么开放了吗？"章霏惊问。

"不会，这是我从一本有关西方嬉皮士文化的书里读到，所以说的仍是发生在美国或者西方的现象。"

于是章霏的注意力又移到何值身上，与他讨论起性文化，遇到这种引经据典的谈话，浩淼就收声了，真真变得非常不耐烦，何值的喧宾夺主，章霏的心不在焉，浩淼的与世无争，就像他对以往感情的态度，还未争取便准备放弃的态度，焦虑的是真真！似乎，何值正以他从容的侃侃而谈的长篇宏论与她短促脆弱的一触即发的神经对峙。

送走何值，他们去了十八哩海滩，章霏为海滩准备了凉菜、冷面和饮料，还有桌布，章霏把桌布摊在海滩的木制野餐桌上摆开吃食，六月海风凉爽，阳光更是加州天赐，小鸥在海滩狂奔呼啸，真真打开摄像机摇了一阵，一边说："我们为什么不把聚会放到这里？"

"这问题不是早就讨论过？为郁芳考虑，她没有时间来加州，她在纽约只呆两天，人家要赶回去打工。"章霏皱皱眉头，"听说你想把我们的聚会拍下来？"

"有这样的打算。"

"我们在一起本来非常没有拘束，也许还有很私密的谈话，你拿着机器对着我们，哪里还有感觉？"

"那么，聚会结束后我再采访你们。"真真坐下，把摄像机搁在桌上，暗自庆幸已对这一类阻力有所准备，浩淼站起身拿起镜头继续拍摄，他把镜头转过来，对着她们。

镜头中的这两个女子仍然留着披肩直发，穿着休闲的白衬衣和牛仔衬衣，如果不用特写，你几乎看不出她们脸上的岁月，举手投足仍带着些孩子气，或者说是她们那一代特有的天真和浪漫，这正是让浩淼留恋不已的气质。

"你想采访什么呢？"章霏感兴趣地问真真，同时对着镜头绽出一个迷人的笑。

"我还没有想好，我不知道聚会会怎么样，喔，我真的担心是否聚得起来，永红好久没有电话，她会不会来呢？"

"她没有说不来，最近她丈夫身体不好她在忙他的事，有什么问题她会在我的信箱留话。"

"噢永红，我总觉得她有什么事瞒着我们。"

"可是这也很正常，你也不见得把你生活中所有问题告诉我们。"章霏瞥她一眼。真真不理她转向浩淼："浩淼你说，他们两人，我是说郁芳和子晨当初究竟好到什么地步，到底算不算谈恋爱呢？"

"互相有感觉而已，"浩淼坐回桌旁，把机器搁在桌子上说道，"那种年代，大家还在中学，是不敢有什么越轨行为，我知道他们连手都没有拉过。"

"他们拉手你又怎么知道？"章霏笑问。

"不会，子晨告诉我的，他不会撒谎。"浩淼认真答。

真真看着小鸥拾起海滩乱麻一般互相纠缠的海蜇，良久，"郁芳这次来纽约其实还是很想见到子晨的。"

"她说了吗？"章霏追问。

"前两天刚刚和她通过话，我跟你说起过。"

"但是你没有提这件事。"章霏敏感的。

"她只是提了一句，但我能感觉到她的心情，浩淼，你最好劝劝子晨，如果他能去纽约……"真真对浩淼说道。

"子晨说过不去吗？"章霏又敏感起来。

"他说他不去了，有一次他打电话说。"

"这件事你也没有告诉我。"章霏不满的。

"是吗？"真真针尖对麦芒的，"我有义务把每件事都汇报给你听吗？"

"这是我们大家的聚会，应该及时互通情报。"章霏答，口吻却柔软了，她其实是有点畏惧真真的锋芒。然后朝浩淼笑："你不要见怪，我和真真在一起就是这样，说话像吵架，我们是欢喜冤家。"

"冤家是真的，欢喜不见得。"真真顶撞她。

"好了好了，不要吵，看我为你准备了什么？"章霏拿出灌在保温壶里的咖啡，和配套的小包装牛奶沙糖，"你不是每天下午要喝一杯咖啡吗？你看咖啡具都带来了。"她对真真道，一边拿出陶制咖啡杯配咖啡碟以及长柄咖啡勺，并一一摆放在桌上。

浩淼对章霏不厌其烦地享受生活叹为观止，开着玩笑道："啊，不行不行，我要沉沦下去了，我已经没有勇气再过回纽约的单身生活。"

"那就在加州结束单身吧！"真真端起咖啡，对着浩淼朝章霏做了个鬼脸。

但是章霏就像没听见，她在给浩淼的咖啡加奶加糖。

"子晨是个心思细密的人，"浩淼饮尽杯中咖啡，打破沉默，提起刚才的话题，"如果他觉得不合适见郁芳总有他的道理。我想，当年那件事也给子晨留下很深的烙印。"

"可当事人是郁芳，哪个女人能经受那种事？现在回想起来，郁芳没有走她母亲那条路已经是非常坚强了。子晨如果他当年真的喜欢过郁芳，他今天就应该去见她，毕竟郁芳已经落到社会最底层。"章霏声调有些尖锐。

真真没有作声，她在踟蹰是否把子晨的愧疚向他们公开。

浩淼道："子晨为这件事也付过代价，郁芳两个哥哥找子晨打架，用水果刀捅他的手臂，但这件事没人知道。"

"为什么打子晨？"章霏和真真异口同声惊问。

"他们不相信郁芳被强暴，认为是子晨的责任……"

"怎么可能？"她们一起叫起来，"是郁芳去派出所报的案……"

"那个强奸犯后来抓住了，虽然已在几年后。"章霏说。

"喔，抓住了吗？"真真问章霏。

"你不知道吗？可能是你家搬走以后，他，多次犯案，被枪毙了……"

真真失神片刻，这么重要的结果她竟不知道，还是，已经忘记了？

"那个经常在我们弄堂一带流窜的偷窥者也是他吗？"

"好像是另外一个人，听说那人只看不动手，用今天西方人的观点，是属于精神病，有偷窥癖……"

"真可怕，想想吧，竟是不同的人……"

"是啊，我们是幸免于难，在那个乱世保留了完整，没有被强奸，没有被抢劫，没有家破人亡……"章霏冷笑。

"可是郁芳的哥哥为何要诬赖子晨，他们想敲诈他吗？"真真阴郁地问道。

"他们只敢欺负子晨这样的君子！"浩淼深深叹息。

太阳开始西斜，风吹在脸上有微弱的刺痛，真真坐不住了，站起身收拾桌上的东西，章霏也跟着起身。"stop（停止）了好不好？一说到过去天都跟着暗了，无论说什么都无法改变已经发生的事情。"她看着真真收起镜头问道，"你不会是要采访那些事，我是说忆苦思甜之类的？我一点没有兴趣。"见真真沉着脸，"哦，拜托了，不要再提过去好不好？"

浩淼在一旁微微点头，不久前他不是也这么劝她？

41

之后几天他们相处得还算快乐轻松，毕竟加州景色宜人，他们久别重逢，之间有说不完的话，小鸥跟着何值去了剧场，真真像卸去大包袱，格外轻松。

现在浩淼已坐到驾驶座，章霏坐副驾座，两人聊着被真真称为无聊的童年趣事，把路都走岔了，却因祸得福来到一个漂亮的小镇。那是一个汇集了欧洲建筑风格的小镇，一尘不染的小街，两边是色彩缤纷的木屋，他们把车停在路边，在这童话一般的小世界悠闲散步。

真真一边打开摄像机镜头一边道："这种时候我最容易想起某一类事。"她朝着章霏和浩淼恶作剧地笑："记得吗，小学毕业时时我们被岳老师派到环卫局劳动，每天清晨跟着掏粪工人倒马桶……"

章霏一声尖叫："哇，简直是一场噩梦，每天要倒几十只马桶呢！"

"而且只有我们阿飞街的人被送去那里，其他人都去工厂劳动。"浩淼说。

"她认为我们住的房子卫生设备齐全，从来没尝过倒马桶的苦，却不知我们几家人合用一个卫生间，抽水马桶锈迹斑斑，浴缸的裂痕里都是污垢，那种生活也是非常劳苦大众的。总之，我们阿飞街的人有受老师歧视之嫌，现在想起来。"章霏有点愤愤然。

"但也是一种可贵经历，我们一人跟一部粪车，进到那些有台硌路的小弄堂，那一大片马桶真是壮观，可惜没有拍下来。"真真将镜头对着一栋南欧风格的小楼，"每次回到家我妈都紧张地把住门不许我进房间，一定要我先去公用浴间把外套裤子鞋子都脱下……"

"为什么？"章霏问。

"当然是怕溅在她身上的粪便喽，"浩淼接口，"所以我们在家里也备受歧视，我哥哥都不肯和我睡一张床，说我一身臭气。"浩淼笑得顽皮，"我跟他说，越臭越香，身上臭思想是香的，还让我爸爸来评理，给他们念了一段关于脚上有牛屎的《毛主席语录》。"

章霏笑得蹲在地上，真真便把镜头对着她，章霏气喘吁吁："为了表示积极我让师傅休息我来倒马桶，可是马桶很重，我的姿势又不对，马桶里的水先倒出来，粪倒不出，积了半桶厚厚的……"

"耶……"真真怪叫着把耳朵捂住，逃开几步对章霏喊，"不行不行我要吐了……"

"啊啊，这个美丽的小镇眼看要被污染……"浩淼在旁边起哄，章霏笑倒在地，真真也一起东倒西歪，浩淼顺手接过她手中的摄像机把她们的"惨状"摄入镜头。

车子离开小镇驶上公路，浩淼说："我最喜欢听粪车工人那声吆喝，真是荡气回肠，余音袅袅……"于是她俩要求道：

"吆喝来听听嘛。"浩淼不响，先按开关打开车顶，吸了一口气，她俩不解地看着他，却未料"倒马桶哎……"一声嘹亮的吆喝冲天，直震得她俩耳膜发麻，然后前仰后合，只恨无法在车上打滚。

直到进旧金山市从剧团接回何值、小鸥，她们还气喘吁吁。何值问什么事乐成这样，章霏和真真便要浩淼再吆喝一声给何值听，于是在旧金山市区上上下下，如山路一般倾斜的街道两旁开满鲜花，浩淼又长长地吆喝了一声，立刻又被两个女子疯狂的笑声淹没，以致小鸥对着他父亲责备他母亲："妈妈也太痴了！"

这天回到章霏家，正好萧永红的电话进来，章霏打开免提键，他们三人围着电话就像开会。"永红，你先听这是什么？"章霏朝浩淼眨眼，浩淼便很默契又来一声吆喝。她们俩又一次笑得恶形恶状，赶快又把嘴捂上，"这是什么吆喝声？"真真忍着笑问永红。

"我知道，倒马桶嘛。"永红也笑起来，"啊，浩淼还是这么顽皮？"

"把马桶里的粪倒进粪车的技术含量是不是很高？"浩淼一本正经问永红。她们俩已躬腰屈背笑瘫在地毯上。

永红答，不动声色："推粪车也是一门技术，因为这是一种独轮车，容物一多有朝两面歪斜倾倒的危险。不过经过一番练习，我终于把车推起来，而且跑得飞快。可是呢，我没法把车停下来，常常到了粪站还在朝前飞奔，师傅在后面喊，到了到了，我一边跑一边喊，我停不下来我停不下来……"永红终于没憋住，哈哈大笑。这边三人更是"哎哟哎哟"地喊着，笑不动了。

突然真真从地上坐起，她猛地意识到，她已经多日未听到永红的笑声："噢，永红，你今天听起来精神不错。"

"当然，我的精神一直好……"要强的回答。

"他好些了吗，你的戴维？"章霏也坐起来，凑到电话旁。

"这两天好多了……"

"戴维到底生什么病……"章霏用力扯了真真一把打断她的问语，在她耳边耳语道，"不要问她，她好像忌讳问这个问题。"

果然，萧永红就像没有听到真真的提问，她以一种与刚才截然不同的礼貌的也是疏远的口吻道："噢，真真，浩淼，我是打电话道歉，照理我应去加州看你们，可是实在忙得抽不出时间，章霏知道，我前些日子关了诊所，积了一大堆病人……"

"没关系，"真真打断她，"只要你能来纽约。"

"当然，如果没有什么……意外……"永红打了一记格楞。

"永红，把你的电话告诉我，也许我有机会去蒙特利尔出差，我去找你。"浩淼说，章霏却在旁边朝他摆手。

"喔，浩淼，我整天在诊所，几乎没有业余时间，不如我去纽约看你，公共假期我通常离开家找个地方休息，我可以去纽约……"永红立刻和他们道别挂了电话。

在旧金山的一星期，天天是集体活动，真真竟没有机会与章霏交流她对浩淼的感觉，回纽约的前一晚，真真便去章霏的卧室，两人穿着睡衣盘腿坐在床上，好像又回到小女生时代。

"怎么样，这几天看你和浩淼挺合得来……"

"他这人是老好人，没有脾气容易相处，又好玩，鬼精灵一个，我喜欢……"

"真的吗？"真真惊喜，"我还在担心呢，觉得浩淼有点够不上你……"

章霏一笑："只是喜欢和他做朋友，那种感觉……啊啊，怎么说呢，还没有……"见真真沉下脸，便解释道："我知道他的种种好处，他的所有优点我都看到了，不过……"她的话被电话铃声打断。

"是托尼，他每天这时候来电话。"她拿起话筒时对真真说，"你别走，我叫他等会儿打来。"

但是章霏的声音突然急促生硬起来："不不，你不要来，我不会见你……"她立刻挂了电话并且把电话插头拔去。

"是戴维。"她喘了一口气。

真真看到章霏的眼圈突然发红，不由发问："既然你们互相有这么深的感情，为何非断不可呢？毕竟年龄不是感情的最大障碍……"虽然她曾经反对章霏与才二十四岁的戴维恋爱。

"不……不……"章霏语气激烈，"不和他了断我没法回到正常生活，虽然……我很痛心……"她咽了一口唾沫，似在咽下涌到喉口的感伤。

"与年轻男子恋爱也不能说不正常，或者……"她看着章霏疼痛一般的表情，"你们之间还有其他问题？"真真问道。

"不，不，我不想错过托尼，他是更加合我心意的约会对象……"章霏语气坚决。

"对浩森找不到感觉也是因为这个托尼？"真真问道，见她神情犹疑，便说，"当然，这种事没有办法勉强，这么说你接受了托尼的追求？有没有可能结婚？"

章霏却深深地叹了一口气："本来是想让你见一次托尼，想让你帮我判断一下，他和我年龄相当，有魅力，有一份好职业，可是他不要结婚，第一次婚姻让他怕了……不不，你听我说，"她扯扯欲答话的真真，"其实我也不能轻易结婚，你知道我……那些财产是我的婚姻障碍，如果不是为了绿卡我根本不要结婚，不过，不要以为我要为绿卡结婚，我已在办加拿大绿卡。所以，这一次我是要为感情结婚，即使他不想结婚，我也希望能感受一份真感情……我觉得……我大概爱上他了，我希望他爱我多一点。"

"他爱你不够吗？"

"也许这就是西方文化？总觉得他太自我，还有，也许是我上海女人的敏感，觉得他有点小气，可以说是吝啬，在用钱上……"

"你并不需要他的钱不是吗？"

"我不需要他的钱，所以他干脆什么钱都不付，两人出外玩，所有的费用都由我出，是不是过分了？"

"当然过分，他不是在硅谷拿薪水？"

"在硅谷拿薪水，到底多少他从来不说，他可能天生小器，这算不算一个大毛病呢？"

真真答："我最受不了男人小器，钱买不来爱，但对所爱的人不肯付费，又如何表达爱意，况且他有钱。"

"可是我们其他方面合得来，他至少能填补我和戴维分手后的空虚，重要的是我们在床上很合拍……"

"如果是这样，我还能说什么？"真真一下子泄了气，嘀咕道。

章霏又在深深叹气："看见浩淼我感受到所谓安全感，那种感觉在托尼身上是找不到的。"

"就看你要什么，章霏，老话最有道理，有得有失，你不能什么都要。"

章霏的眼眶突然被泪水盈满："其实我还是很留恋戴维，

托尼这人太理智，太精明，我需要那种不顾一切的感情，需要疯狂，我怀疑我的情感机制有问题，在经历了戴维的强烈之后，我难以接受普通的平静的感情，比如浩淼。"

也许年轻时我们患上了泛饥渴症？饥渴体温、饥渴高潮、饥渴肉体的完美、饥渴纤尘不染的白衬衣、饥渴海上的浪潮和一次肝胆相照……真真的内心画面是：她发抖的身体被紧紧地裹在迈克的身体里，脑子一片空白，只剩渴望拥抱的本能。

"我给你听一段戴维的留言，你就明白了。"章霏向真真打开她的电话留言。于是，真真便听到一个她的现实中从来不会出现，或者说，只有在电影和戏剧中才有可能出现的关于爱的表白——戴维在哭泣，他的话语断断续续，夹杂着抽泣。

"我爱你……你听懂了吗……我离不开你……如果一定要分开……我就去死……即使我死了……我的灵魂也跟着你……哦……不要离开我……求你了……"

这晚真真回到自己的房间时已经两点，戴维的录音留言令她眼睛潮湿，离开章霏房间时心里有几分激荡，她向章霏要了一粒安眠药，然而睡眠仍是很浅，杂乱的梦境像一个连续闪回的电影，伴随着一次次的惊醒。

次日清晨她被门铃声吵醒，她听见章霏走到门口询问，门外的回答，含混不清，接下来是一段冗长的隔着房门的谈话，章霏说着急促的英语，时有恳求，旁边的何值和小鸥睡得昏天黑地。此时此景有几分不真实，真真就有些睡不着，她坐起身，犹疑着要不要走出房间询问章霏是否需要帮忙。

突然，一阵猛烈的撞击声，她从床上跳起身，何值也同时醒来，她拉开门冲到走廊看到浩淼正从房间出来，他们交换了询问的目光，一起朝门口去。章霏站在玄关门旁，脸煞白。门因激烈的撞击而颤动。章霏用英语对着门外的人说："再不停止，我要报警。"

浩淼已经拿起电话，但是章霏做手势制止他。"再等会儿，"她对真真说，"是戴维！"

"为什么不让他进来？"真真惊问。

浩淼不作声，却穿上了球鞋，似乎在做某种准备。何值也出来了。

"不能让他进来，进来他就不走了，他喝醉了，变成了疯子，我不要看到他。"章霏说，牙齿在打战。

"那……也不能把他关在门外，你要帮他……"

"我帮了他好久，"章霏突然歇斯底里喊起来，"为了帮他戒酒我已花了两万美金，他是个讨厌的酒鬼，他家里人早就不管他了，我为什么还要管他？我们已经分手了！"

她流着眼泪责问真真。

真真目瞪口呆："我不知道发生了什么，你从来没有说过……"几小时前她们不是还在听那段抒情的录音？

"真真，现在不是讨论的时候……"何值皱眉责备道。

"我不想说，我想保持美好的回忆……"章霏哭着，"我什么办法都试过了，我救不了他，我不要再理他，我要被他拖死了……"

一阵更加猛烈的撞击。

"他在用石头砸门，要出事的，对面马路的邻居都出来了，"浩淼站在与玄关相连的厨房窗口朝外看去，他又回到玄关，拿起电话给章霏，"章霏，你先冷静，你想清楚，如果不想让他进来，只能报警……"话音未落外面警笛大作，红色警灯照亮晨曦微薄的窗外。"邻居已经报警了！"浩淼喊起来。

"他要坐牢了……"章霏哭喊着拧开大门奔出去，浩淼去拉她，后面跟着真真与何值，真真的牙齿发出"得得"声，她站在台阶上颤抖，何值一把捏住她的胳膊。

来了五六部警车，将章霏的小楼包围起来，一大群警察持枪跳下警车。那个叫戴维的年轻人躺在屋前草坪上大喊大叫，欲朝他冲去的章霏被真真和浩淼拉住，警察把戴维从地上架起来反转着朝警车送，戴维的脸正好对着章霏，他冲着她破口大骂："Bitch（母猪）……fuck Chinese bitch ……"

章霏对着他摇头，泪流满面："No……no……"

于是戴维哭了，哀求着："Help me（救救我），please，please……I love you！……"

被真真和浩淼紧紧拉住的章霏嘤嘤地哭着，绝望地摇头喊："No way（不可能了）……"

警笛呼叫，警灯闪烁，戴维和章霏的哭喊，视线所及的小楼都亮起了灯，邻居们从家里出来，这个安静美丽纤尘不染的高尚住宅区在这个早晨突然面目全非。

42

进入夏季的纽约宛如在迎接艺术节庆，到处是室外演出，广场搭起了演出台，高贵的林肯中心也放下架子，门口彩旗飘扬夜晚有拉丁舞和啤酒，它的旁边搭出了巨大的帐篷，欧洲巡回剧团表演有剧情的现代杂技，中央公园将开始莎士比亚戏剧演出，免费票在下城的勒菲耶街 public center（公众剧场）领取，那里排起了长龙。纽约大学的学生干脆搬去躺椅带上矿泉水、面包和书本，前夜便去坐在售票窗口下，这样的景象让真真与何值想起自己城市七十年代商店门口的长龙。

"国际中心"休息厅的墙上也是贴满彩色招贴纸，那是各种演出海报，真真隔天便去一次"中心"购买廉价演出票，好戏多又分身乏术，便把票送给周围朋友。一位在纽约工作多年的同胞，拿了真真给的票而进入他从不涉足的地方，因此在这个季节建立了对戏剧的需求，在真真、何值回国后，他和妻子成了持久的戏剧观众。

现在米真真已经没有心情也没有时间听英语课，还有一个月就要回中国了，可纽约竟给她千丝万缕缠身的感觉，她需要做整理和清除。首先她的目录表上至少还有十个电影没有看完，然而她已经无法进入MOMA的电影资料室，MOMA的雇员罢工愈演愈烈，他们在门口拉横幅，撒传单，她每每进门总要遭到罢工雇员的劝阻，他们塞给她传单，告诉她他们受到不公的待遇，需要来自她的道义支持。她也可以告诉他们，她千里迢迢来纽约，对于她，膜拜大师比支持罢工更重要，他们为了增加福利却剥夺了别人亲近大师的机会是否也要负道义责任呢？看起来不同的立场便有不同的道义，但她不想与他们争执，作为短暂居留者，她与这个城市不要有任何纠葛和执着的联系。

小鸥在放暑假，真真何值想乘此机会给儿子一些艺术教育，他们带他去不同的演出场所，这个八岁的小男孩烦透了，在去剧场的路上又哭又闹，愤怒地喊着："我恨艺术呀！恨呀……"就这样，父母和儿子互相对峙了一星期，眼看儿子在仇视艺术路上越走越远，他们不得不放弃美好愿望把他送回公立小学的暑期班。同时他们更加忙碌于占有这个巨大的城市，图书馆资料馆剧场公园广场旧书店，忙着见朋友提前告别。然后，在离开前夕，何值将做一个行为艺术表演，米真真要迎候她在纽约唯一需要等待的聚会。

忙乱的时光在纽约飞逝，对于米真真却有着不同寻常的迷乱的焦灼，纷杂的旧关系还未清理干净，更加暧昧的新关系网住了她。

那个下午已过去十五天，从旧金山回纽约，米真真拖延到第二星期才与安东尼联络，她只答应在剧场与他见面，似乎短暂的旅行给了她反省短暂关系的机会，而章霏家那个清晨给予她的刺激还未消除，包括在那个清晨台阶上她对何值重新升起的依赖和内疚。

可是，她与安东尼在剧场见面的一刹那，一些冲动和渴望又在身体里涌动，或者说，那只是对于高潮的单纯的渴望，就好像身体里有一头野兽，它突然醒了，正要奔突出来，她正用力按住它。她的紧张也感染了安东尼，他失语一般望着她，灰蓝色的眸子没有了焦点，过于专注所呈现的空茫，有那么一丝细微的绵延令她联想起小哥哥，然而戏开始了，角色的台词她一句都抓不住，安东尼在她耳边问道："你还想看吗？"她不假思索地摇摇头，他拉起她的手，带她离开剧场。

他们刚坐进他停在路上的车子，他就吻住她，她迎住他，好像，她一直期待着，他的舌头像海参滑入并黏附在她的上颚，然后滑腻地游走在齿间，她的心跟着荡空了一下，她的嘴还留着瓦夏的吻的记忆，她有轻微的恶心感。瓦夏，你到底在哪里？但是更强烈的渴望覆盖了零星浮起的感触，安东尼一只手拥住她的肩膀，一只手握着方向盘，皇后大道星星点点的灯光稀疏地悬在平坦宽阔的马路上，她问自己，将去向何方？

受基金会资助的各国艺术家都纷纷在这个季节展示自己的作品。何值在四月与中国画家聚会后就打算做的装置艺术，因材料难以置齐而改为行为艺术，他以《苹果的阐述》为题，将在七月的第二个星期天在华盛顿广场演出。

在何值演出的前一天，真真一家被日本画家三岛请去装扮日本人参加他策划的行为艺术《示威游行》，也在华盛顿广场。这就是说，这个周末，他们一家就要演出两种行为艺术，在同一个地点。何值笑说，这正好证明了纽约这只"大苹果"的文化浓度。

他们和一群日本人站在华盛顿广场"抗议"英语的拼读发音，他们的标语牌上写：Never Use X & Q（绝不要用 X 和 Q）；

或者：Pronounce SIMPLY and SHAPELY as JAPANESE do（发音要像日语一样简单直接）。是以戏谑方式微弱反抗英语沙文主义？小鸥将之视为娱乐，举着标语牌十分兴奋，到处欢奔。何值把它当作自己在次日的演出热身。真真却忐忑不宁，明天的演出，浩淼是何值搭档，这就是说，安东尼也会来。

最近又逢公共假日，暑期班也休息，他们只能一家三口集体行动，与纽约的中国朋友不断见面不断告别，她已连着几天未和安东尼联系，是时间表让她和他朝不同方向渐行渐远，他们的相遇是某种偶然，渐行渐远才是必然的。她不知道在公众场合当着何值的面和安东尼还能说什么？

华盛顿广场中央有个圆形区域中间下沉如同干涸的水池，通常它的四周坐满休闲的人们，这个凹下的圆坛便像一个舞台。何值的行为艺术就在这个区域。那天除了浩淼，何值那几个大学同学也来了。他们带去了一筐苹果，外科手术用的器械如手术刀钳子剪刀缝合伤口的针线和手术台，以及按摩台。

何值是主演，他穿一件七十年代中式棉袄罩衫，赤脚，盘腿坐在坛的中央，啃咬苹果，他将通过连续不断地啃咬一个又一个苹果完成他的行为。他的一边是浩淼和他的手术台，他穿着白大褂煞有介事地给苹果动手术——剖腹挖创缝合，另一边是按摩台，叫阿董的纽约中国画家也是何值的旧日同窗给苹果按摩，他为苹果涂上香油并用手指摩挲着，用长长的耳勺子挖苹果。真真则拿着摄影机为他们录像，何值的另两位同学也在拍录像，只有"录像"能使行为艺术从现场变为成品。

人们一开始并不注意他们的行为，毕竟这里每天有这么多的"行为"。小鸥看到他父亲在那里不断吃苹果十分好奇，便上前问他为何吃这么多苹果，但何值不理，眼帘下垂看着手里的苹果啃咬着，持续不断地重复同一套动作。小鸥急了，在父亲眼前拼命舞动，做着各种从中国电视学来的武打动作来挑衅父亲并"嘿嘿"地叫着，人们的目光跟过来了，真真本要呵斥他，见儿子制造了意想不到的效果，便随他发展。

真真的镜头对准了观众，在镜头里她看到了安东尼，他和一群纽约人在一起，他们也在哈哈大笑。安东尼的视线过来了，他看着她的镜头，阳光下，他的眸子退得很远，她几乎抓不住他的表情，他朝她走来，真真微微转开镜头，安东尼便走出她的长方形的屏幕。

这边见父亲还是不理，小鸥便去推他，未料到父亲像石雕竟难撼动，小鸥竟"哇"的一声哭开来，人们哈哈大笑，并鼓起掌来，观看的人越来越多。安东尼走过去把小鸥抱起来。

这天晚上，一伙人跟着安东尼去九大道的四川饭店聚餐，安东尼已在那里订位。何值一家、浩森以及纽约中国画家加上安东尼那边的几个纽约人，一张大圆桌竟也铺铺满满。东道主仍是安东尼，他让何值与浩森坐在他的左右两边，表示着他对中国艺术家的偏爱，真真挤坐在中国画家当中，说着家乡话，她几乎没有和安东尼的说话甚至没有视线接触。

小鸥在饭桌上出尽风头，他们说小鸥是行为艺术最有互动意识的观众，安东尼要何值专门为小鸥设计一个表演主题。可是真真却不以为然，她问坐在安东尼旁的丈夫："虽然我录下了整个表演，可是我真的不懂，你要表达什么呢？有什么意义？"

何值回答她："行为艺术没有意义，或者说，是消解意义。"

浩森把他俩的对话翻译给安东尼听，安东尼朝着真真微笑，但她仍然不朝安东尼看。然而他俩的对话在饭桌上引起关于意义的讨论，人多嘴杂，又是两种语言，真真最终没有得到满意的回答，但是饭桌的气氛高涨，无论是中国人还是纽约人都喝了不少中国酒。在中国饭馆特有的喧哗中，中国画家和纽约艺术家开始离开位子互相敬酒，但是，安东尼和何值喝得很少，他们一直在交谈，是安东尼说得多，何值常作沉吟状，真真开始坐立不宁。

他们转移到酒吧，其中一对中国夫妇先回家，他们把小鸥也带走了。真真拿着酒杯去和何值干杯："祝贺祝贺……"

"祝贺什么？"何值问。

"祝贺我们又回到单身，小鸥被领走了，我们今晚不回家了……"

浩淼在一旁笑："好好，让安东尼安排，我们去哪里玩通宵。"浩淼带着何值走开去找安东尼。

不久，安东尼端着酒杯过来，真真转开眸子装作没看见，他坐到她的身边，

"我听何值说，你们可能会提早离开纽约，要在东京留两天看演出？"

"可能，基金会建议，他们总是希望我们有更多收获。"

"你没有说起过。"

"……"

"你为什么不看着我？"

"……"真真眼睛一热，却去看手里杯中酒。

"我们还能见面吗？"

"明天开始我的老同学陆续到来，我告诉过你，我们有个重要聚会。"她终于回眸看他。

"噢，真的，这件事对你很重要。"他认真的时候让她想起她的纯真年代，"之后，希望你能告诉我发生的一切，你知道

我很关心这件事。"

她的心里涌起一股热流，眼睛有些湿了："我会告诉你的……我……会给你打电话，聚会之后我们就要出发，没想到时间所剩无几。"

他伸出手似乎要去抚摸她，却又克制住了，这只手空虚地收了回来，酒保过来问他要什么，他茫然地想了想，要了一杯水。

"我希望你再考虑，留在纽约你会有许多事情可做。"

真真摇头并喝了一口酒。

"那么，我来中国找你……"

"你不会，我知道，你说过你不喜欢旅行，而且是去远东。"她笑了，他没有否认，喔，远东，他正是在说这个词的时候，她感受到他们之间真实的距离，现在她似乎在自己的一笑中重新找到幽默感，"我需要时间，我需要时间告诉我，是否还要回纽约……"

"多长时间？一个月？两个月？"

真真笑着摇头："哪有那么短？"

"可是，生命本来就短！"安东尼灰蓝色的眸子毫无笑意。

真真也收起笑容："所以，我不要轻易做决定。"

她抬起眼帘，何值在另一张桌旁正看着他们，在与她目光相碰的一瞬间，他收回视线。

那晚他们一大帮人跟着安东尼开车去纽约上州山上的大房子，那里有个派对，他们又继续喝酒，人人都在喝酒说笑，但很难听清彼此的话语，只看得到一张张忘情的脸。真真的摄像机挂在胸前，镜头开着，可她已经忘了，几杯啤酒就令她晕眩。她走来走去经常撞到桌子，何值把她拉到角落的沙发里，用矿泉水换下她手里的啤酒瓶，他搂住她的肩膀，他已经很久没有这样搂住她了，她晕眩的头靠在他的肩膀，听见他的肚子发出很响的声音。他告诉她，苹果在肚里发酵胀气，说着就放出一连串的屁。她和他一起哈哈大笑。

笑声中她觉得又回到过去，同居的日子，没有孩子没有钱也没有失眠，却有许多闲暇和热情。冬天的夜晚他们迎着狂风骑自行车从市中心到闸北，在一大片棚户里兜来兜去，就在其中的一间矮房里，有个画展，这是个地下画展，何值的画也在里面。画展后有个讨论，还放幻灯，来了许多人，凳子不够，她与何值挤坐在一张椅子上，他就是这样紧紧搂住她。他们用那种单位食堂蒸饭的搪瓷碗喝白水，没有酒，周围的小杂货店早已关门，屋子的主人用煤炉煮开水给大家喝了取暖。泥地小屋湿气很重，她的脚后跟发痒，她告诉何值脚生冻疮了，心里却很快乐。那时候的生活经常有这种"快乐的一刻"。

"好久没有这样狂欢了。"她说，大笑之后困倦像波浪一样涌来，没想到在应该狂欢的时候她却被酒带来的疲倦扼制，她勉强睁开眼睛，看着眼前到处晃动的人影。"我们要抓紧时间喝酒，直到喝醉。"她对何值说。

"不能醉，连醒酒的时间都没有，明天以后的日程表都排满了，留到上海醉吧，不，上海更不能醉。"何值的嘴角就有了讥讽，"回上海要挣钱了，我们的银行卡上只剩三位数，扣去今年下半年的分期付款，或者，我们可以卖掉房子，住回十五平米的小房子。"

"所以何值，如果不及时行乐，这样漫长的路怎么走下去？"真真突然流下眼泪。

"真真，"何值拍拍她，"不用跟自己过不去，你，可以离开，可以留下来！"

"你说什么？"真真转过头看住何值，何值的手臂从她肩上滑下。

"刚才安东尼跟我谈过……"真真不响，等着他说下去，一阵阵涌上脸的酒的热浪开始回落，"他说，如果我们留下来他会帮我们，他可以帮我们申请其他基金，至少短期内不会有生存问题，也可以找律师申请永久居留。"

"你怎么回答？"他们仍然并排坐着，但两人的身体已经稍稍分开。

"我告诉他我比较合适在中国，也许你可以留下来。"

"那么小鸥怎么办？"她戒备地看着何值，"我一个人带着他在纽约吗？"

"我可以带他回去？"

"小鸥回去，我还留在这里干什么？"她似在自问，一脸迷惘。

"所以真真，你是个不彻底的人，你什么都不能放弃！"何值一笑，站起身，"现在我们只能一起回去。"

"现在就回……去？"真真一惊。

何值看表："现在回皇后区还能睡几小时，明天十点和基金会有约。"

真真跟着起身，浩淼过来后面跟着安东尼。

何值对浩淼说："我们想先走，明天还有许多事要办。"

浩淼笑问真真："不是想狂欢一夜？"

"很想，可是力不从心了。"真真笑答却难掩沮丧。

浩淼说："我送你们回家。"

何值对朝他们走近的安东尼说道："刚才我和真真讨论了

一阵，我们还是决定一起回去。"

站在屋外台阶上的安东尼目送他们上车。

真真站在车门旁怔了几秒钟，她举起手，那是一个告别的姿态："再见，安东尼！"

纽约的上州绿树如海，一阵晚风，荡起绿色涟漪，浩森破旧的福特车在涟漪中时隐时现。

43

~~~

对于一个期待过久的聚会，真真不免忐忑，并告诫自己"失望"是可能的。然而，让她惊奇不已的是，她仍然被一个个意外冲击得晕头转向。

首先是珍妮的到来。当她和章霏出现在纽约肯尼迪机场的候机大厅时，真真惊得合不拢嘴。是的，珍妮是从旧金山和章霏一起过来。这也可以看作章霏以她的方式对珍妮和五人聚会的一次慷慨馈赠。

"聚会不是推迟了吗？所以珍妮就没有什么理由不来，她参加的是商务旅行团，容易拿签证，不过需要交巨额保证金，我只是为她垫了这笔钱而已。"章霏显得轻描淡写，更衬出真真的目瞪口呆，这是她要的效果。

"保证金要十万元呢！"珍妮告诉真真。

"有什么关系，只是作押金，只要你不逃走，他们会还的。"章霏轻松一笑。

"不，旅费也是你出的。"珍妮纠正章霏。

"说好是我出，我向真真保证的，这样我也有理由为郁芳付路费，我是说她也没有理由拒绝。"章霏朝真真眨眨眼，好像是她们事先策划的。

真真感动，却用玩笑的口吻轻薄："有个有钱的女朋友真不错。"

她打量着珍妮，对她突然变得时髦而惊叹不已，珍妮的短发削成寸头，白棉麻短裙和白色紧身 T 恤，穿在个子不高的珍妮身上却有几分英姿飒爽，让人想起她当年是个有些酷酷的假小子，当然，这也一定是章霏的手笔。章霏身上的色彩与珍妮协调，白色短裤橙色无袖紧身衫戴着暖色调的太阳眼镜，她们似乎也携来加州阳光海岸轻快的户外气息，穿着纽约黑色的真真突然就想"疯"一把，她孩子气地大力拥抱她俩，一边道："哼，这些美国人一定以为我们是 lesbian（女同性恋）！"

她们三人在肯尼迪机场抱成一团，嘴里嚷嚷着："肉麻肉麻肉麻……"然后才想起有个浩淼，他站在不远处用真真的摄像机对着她们，他已成了真真的摄影师，紧要关头他在帮真真捉镜头，这两天他还是真真的"司机"，他将陪着真真来机场若干次，接陆续到来的女生然后送她们。

"我远远地看着你们，为你们骄傲，"坐进车子，浩淼说，"谁能相信你们已经四十岁……"

"天哪，快不要提年龄，"章霏大叫，捂住耳朵，"没有人知道我的年龄，我永远是三十岁，拜托了各位，请不要在别人面前提年龄……"

"这里没别人……"珍妮说。

"只有知根知底的自己人，可以大声喊出自己的年龄，真是爽啊！"真真又喊又笑，按照何值父子的说法"又在发痴了"，她推推浩淼，"你的话还没说完呢！"

浩淼笑："我是说看起来也许三十岁也不到……"她们"哇"

地大叫又一次打断他，他也大笑，"好吧，顶多三十三岁……算了，"他更正着，"说到具体年龄就无聊了，总之，是一种精神气质，你们站在那里让我重新看到过去的你们，我是多么喜欢你们还带着那么一点点天真烂漫……"

"哇，肉麻呀……"她们喊着。

也许浩森的话仍有某种局限性，当郁芳站在面前时，他跟她们一样，不敢相信自己的眼睛。

两天后郁芳到来，她们在四十二街的巴士总站迎候从波士顿坐"灰狗"来的郁芳。郁芳朝她们走来，她们发傻一样看着她，静静地，说不出话来。郁芳老矣！面目全非了。

"窈窕淑女，君子好逑。"真真在大学第一次读这段诗时，眼前的形象是郁芳，现在"窈窕"这个词已与她无关，她在发胖，臀部下坠，岂止臀部，似乎全身柔软的部分都在松弛，不可遏止地松弛着。她脸上的肌肤没有光泽，仿佛罩上一层灰暗的翳一样的网，那一片属于郁芳的明媚已荡然无存。对着她，真真直想哭。

"嘿，不认识了是吗？"郁芳近前，嫣然一笑。牙齿整齐洁白，嘴角上翘，妙不可言的性感，这一笑笑出了郁芳的妩媚，活力又回到她们的身上，于是，招呼声笑声响成一片。

"我看你们被我吓坏了，我老得不像样子。"郁芳的笑眼却是望着真真。

"怎么会呢？"章霏问得直率。

"我提前绝经，一下子就老了。"郁芳笑答。

"也许只是内分泌紊乱，不可能这么早绝经……"

"为什么不看中医……"

天哪，她们还没有离开巴士站，就已经讨论起女人的隐私。

真真不由得去看仍然站在远处的浩森，他体贴地给女生让出空间，好像早知道她们会急不可待交流不可告人的秘密。

郁芳走到真真边上轻声叹道："喔真真，你们三人站在一起，我最先认出的是你啊！你几乎没有变呢！"

真真的喉口像堵住一般，她竟说不出话来，她也无法像前几天拥抱章霏、珍妮那样拥抱住她，她只是从郁芳的背上拿下双肩包，把它捎在自己的肩上。噢，人们是怎么面对他们的初恋的？

纽约的七月跟上海一样炎热，公寓的旧百叶窗把阳光旋出窗外时，不能旋紧的部分留了一些横长条阳光余韵，窗式空调噪声扰人，但是它同时也是另一种令人舒心的提示——正在输出的冷气至少使夏天的脚踩在厚厚的地毯上不会烦躁。何值带着儿子寄宿在浩森的阁楼，这套基金会提供的公寓房暂时属于阿飞街的女生，虽然她远不如真真在上海的家那般舒适。房间里没有增添夏天的装备，女生们挤坐在没有藤垫的布艺沙发上，夜晚她们将睡不铺凉席的旧席梦思床垫，或者直接把床单铺在地毯上，那更接近因陋就简的七十年代。

她们仍像过去一样勾肩搭背拥挤在窄小的空间，比如现在，三个人挤坐在两人沙发。那时候是五个人坐在萧永红的箱子间的单人床上，有一次这只床也终于被坐瘫——床腿断了，她们发出阵阵尖叫，但，是快乐的尖叫。

可是萧永红还未到，她来电话说有要紧事走不开，要晚到一天，但哪一个班机还未确定。萧永红是聚会的灵魂，是女生们的主心骨，她给她们力量和自信，但是她的过往的优越感和高智商也使她们压抑，她们总是发着牢骚又焦急地等待着她。而这一次，郁芳在纽约只能呆两天，真真非常担心她与郁芳可能错臂，而聚会因她的晚到始终在缺角状态。

现在她们哪里都不想去，在房间等永红的电话。她们三人挤坐在双人沙发上，在看真真唯一的作品，二十分钟的纪实短片。章霏在向郁芳介绍真真带几分传奇的婚姻，也许只有这个话题是可以公开说说不会尴尬，郁芳常常把头转向真真，她们互相微笑，有一丝疑惑，不敢相信四十岁的时候还能拥挤在一间房里。

只有小女生喜欢挤在一起，有着她们自己都不自知的肌肤相亲的渴望。真真的摄像镜头对着她们，一边感慨着。想起她把家里的床换了三次，从四尺半换到五尺然后是六尺，成年后的女人需要空旷，需要空气流通，不被触碰。

沙发前的茶几上摆满女生喜欢的零食：话梅瓜子巧克力之类，以及各种饮料——咖啡茶可乐冰水，其实她们几乎没有碰这些东西，真正受欢迎的是白水。客厅另一头的餐桌已摆开餐具，烤鸡翅的香味弥漫出来，厨房热得像烤炉，那只巨大的煤气烤箱让真真满头大汗，她一边做着在纽约学会的日本寿司，她不要女生们插手，章霏说，现在的真真可以代替珍妮妈妈了。

真真终于在她们的千呼万唤下忙停当坐下来，她们四人围着餐桌，不知为何真真有些紧张，真正的聚会，或者说戏剧便是在餐桌旁展开的，她又想起了契诃夫。

珍妮对郁芳笑说："这次如果不是你推迟来纽约的时间，我可能就来不了。"真真和章霏敏感地朝珍妮看去。

"怎么会呢？"郁芳问，"我以为你自己开店应该比较自由。"

珍妮就像没有看见她们的目光，镇定自若："今年六月是小哥哥逝世十周年。"真真知道自己在担心什么了，想要避开的禁区其实是很难避开的。"我和哥哥去香港把他的骨灰移到苏州，他的墓和爸爸妈妈的墓在一起，我们为他做了祭奠仪式……"

"珍妮，我们不是说好不讲这件事？"章霏责备道。

"我觉得很别扭，"珍妮的脸突然涨红了，"如果什么都不能说，我们聚在一起还有什么意思。"她看着真真，"你说过，我没有权力向你们隐瞒小哥哥的一切。"

真真不响，只要说起这个话题，她便失去自制，手里拿着酒瓶本来是要给大家斟酒，现在却一股脑儿朝自己的酒杯倒。她端起满满一杯冰镇啤酒一饮而尽，火热的内脏立刻凉却，全身的热流却朝脸上涌去，她的脸她的眼睛红通通的，她的手仍抓着倾空的杯子对郁芳说："我一直以为他活着，或者，死在丛林……"真真的声音突然喑哑，泪水快要从她的宛如涂过胭脂的红眼帘里涌出。

真真放下空杯子再要倒酒，酒瓶已空，郁芳从桌上提起满瓶酒帮她把杯子注满，她的手按住真真的杯子："等等我，我们一起喝。"她给自己的杯子倒酒，一直吃惊地注视着她们的珍妮和章霏把自己的空杯伸过去，郁芳给她们的杯子一一注满酒，然后她们端起酒。

郁芳看着真真说："我一直想有一天我们会聚在一起，一起怀念小哥哥，为他一醉方休……"她的声音似被哽住，她端起杯子饮酒，放下杯时她的眼睛却是干的，而她们已经泪流满面，那三只酒杯也跟着空了。

郁芳继续为她们倒酒，但是她好像突然握不住酒瓶，手肘无力地搁回桌子，"你们可能不知道，在香港，我和小哥哥来往过一阵……"

"呼"的一下，她们的目光仿佛带着风朝郁芳刮去。郁芳抬起脸对着窗外，好像在回望过往，百叶窗已打开，马路对面红砖墙面的公寓楼在窗外的暮色里更接近上海阿飞街的弄堂房子，一天中这一刻是最阴郁的，当黄昏将被黑夜替代的一刻。

"是在八七年，在铜锣湾的地铁站，是个星期天，那时我的老二还坐在童车里，我怀着老三，大概是四个月，我推着童车，我丈夫搀着我的大女儿，她已经六岁了，我……在铜锣湾的地铁站听到熟悉的手风琴声，是我们最喜欢的……俄罗斯的《三套车》，"郁芳的叙述是平静的，好像在讲一个梦境，"这首曲子在铜罗湾的地铁站听起来竟是凄凉的，我站在那里发呆，然后才发现那个戴着军貌的男人是……小哥哥，他很苍老，我应该认不出来，但我还是一眼就认出他，我走过去招呼他，人来人往的地铁站，旁边还有家人，我们匆匆交谈几句，临走时我把电话告诉他，但我觉得像在做梦，不能确认见到的是他……"她停顿片刻，似重新在确认一个现实，"他第二天就给我打电话约我出来见面，那时候我家住在港岛老房子，正是我的家境开始稳定的几年，可是老二只有两岁，根本脱不了身，我是抱着老二去和他见面。在那间茶楼，面对他时，我又像回到梦里，他立刻就开始说服我和他一起回缅甸，他说那里有些小镇非常安静，生活费很低，我们可以过隐居生活，他说他是多么憎恶资本主义的香港。"

"可是你有两个孩子，而且怀着孩子，他不是还看到了你的丈夫，在铜锣湾？"章霏惊问。

"你知道他是看不见的，他不想看见的东西他是看不见的，他是这样的，对吗？"郁芳问珍妮，珍妮点头。

你不理他，而且不要再见他了？真真无声地问着，焦灼地望着郁芳。

"你不会跟他走是吗？你们已经是两股道上跑的车了。"章霏一紧张就要说她学生时代的语言。

"关于离家出走这件事我们讨论了好久，事实上我几乎被他说服。"郁芳睁大眼睛看着她的老同学，这双眼睛的周围长满细细的皱纹，但那双黑眸仍是那般清澈。她垂下眼帘。"我们见了好几次面，在离我家有两站路的茶楼，其实是延续了整整三个月，为了见他，我甚至请了临时钟点工，我对丈夫说我在读下午的成人英语班，你们很难想象当时的我，那种着了魔的样子，回想起来我自己都不敢相信，"她抬起眼帘看着真真，"但是你们应该也是可以想象的，小哥哥他……他是很有蛊惑力的，他在精神上是有感召力的人啊！"

真真深深地凝望着郁芳的黑眸，似要从她的眸子看到那个仍然充满感召力的青年。

"他还在读他的哲学书，黑格尔叔本华尼采，对社会有他自己的图景……"

"他激烈偏执走极端，"珍妮突然打断郁芳，显得少有的激动，"在普通人的眼里他是疯子……"她流下眼泪，"妈妈说过，他敌不过社会，他终究要被毁灭的！"

郁芳点点头："我也不会料到我会被他的那些空想打动，那时候我已经很现实，因为香港这个社会很现实，我在家带孩子，帮助丈夫支撑这个家，只有一个愿望，也是绝大部分香港人的愿望，挣钱发财。所有的话题都跟生意跟挣钱有关，我不再看文学书，更不读诗，生活已经被各种数字概括，银行贷款数字，利润的数字，股市上的数字，连孩子的成长都可以用数字计划，四岁是学钢琴的时候，六岁该进补习学校，我快要被这个数字的现实窒息，可我不会意识到的，如果不见到小哥哥，我不会意识到，当小哥哥对我慷慨激昂满怀热情讲述他的理想时候，我身体里已经麻木的那一部分神经被刺醒……很多时候，他在讲述他的过去，他怎么被鼓动去缅甸，在丛林打游击，怎么逃离那个暴力的小社会，他从缅甸到越南，从越南漂流到香港……"

"小哥哥是在香港出生，他有香港出生证，他可以去香港，可是我们知道有这条法律时他已经在缅甸失踪，我们没法通知他。"珍妮说。

"所以他觉得他是逃到香港去的……"郁芳说。

"他需要给自己悲壮的感觉，在那个个人主义的社会，他是个被遗弃的革命者。"真真说。

郁芳拼命点头："是的，一个被遗弃的革命者，在香港他发现他如果最终在谋生路上挣扎，自由仍是天上的云朵，他为自己描绘的乌托邦好像更远了！他问如果人活着是为生存而战又有什么意义？星期天他去铜锣湾地铁站拉琴，不是为乞讨，他是去抒发心中的闷气。"

"重要的是他传递过来的那股激情和幻想，令我热血沸腾，可能我的人生积聚了太多的黑色，我需要那些亮得耀眼的颜色，用精神病医生的话来说我已经病入膏肓。我告诉我丈夫我已经行尸走肉，我要离开，我要救自己，他听不懂我在说什么，可是他有菩萨一样的心肠，他一直觉得我跟着他是委屈自己，所以他愿意让我做最想做的事，他请了保姆帮我分担家事，给我充分的时间和空间，只求我不要离开家，不要离开孩子。我没有想过离开孩子，我是要带着他们走的，但是这话我说不出来，我看他急成那样，我知道我这样做是要把他毁了……"郁芳长

长地舒了一口气,

"和丈夫谈判的过程很混乱,我自己心里矛盾,处于分裂状态,同时小哥哥也更疯狂,他用红油漆喷写革命标语在富人的名车上,被送进监狱,报纸上有他被拘捕时的照片,我以为他将在铁窗里度过余生,我崩溃了,在家绝食,丈夫把我送进医院,然后搬家,从港岛搬去九龙荃湾的新公寓,那里舒适干净,就好像给了我一个重新开始的新空间,我从医院回来,回到新的家,虽然还是旧日生活的轨道,可心情已经很平静,之前发生的事像一场高烧,小哥哥找不到我,我也不再和他联系,一年后他跳楼,我也是从报上知道……"

郁芳举起酒瓶继续倒酒,这时候她的泪水才汹涌而下:"那时候,我常常想,如果我们没有在香港遇到,他是不是不会那么绝望。"

"郁芳,你不要这样想,他迟早要走这条路,知道他去了缅甸,妈妈就在心里放弃他了。"珍妮说,她的眼睛已经干涩。

"是的,他只能走这条路,这个社会已经没有他的位置了!"真真说,她的眼睛红通通地看着郁芳,噢,郁芳,你也曾经有过那样的绝望,不想做正常人了,与他一起遁世?真真突然冲动地挽住郁芳手臂,她又有往日形影相随的依恋。

她和郁芳一起端起酒杯,章霏和珍妮也跟着一饮而尽,就像郁芳所盼望的,为小哥哥一醉方休,除此之外,还有什么更好的怀念方式?

然而,那个夜晚,章霏第一个冲到卫生间把喝下的酒都呕出来,然后是真真、郁芳、珍妮,她们都呕了,她们四个人拥挤在卫生间,把所有喝下的酒都呕出来了,在纽约公寓,她们一边呕一边哭泣,宛如在把那个"过去"呕出来,那个不堪回

354

首却又铭心刻骨的"过去"。

而客厅的一角，真真的摄像机支在三脚架上，无声无息地尽着它的职能。

44

萧永红夜深到达纽约，直接去了旅馆。次日上午她打章霏手机才和她们联系上，那时她们在去世贸大厦的路上，下午郁芳就要离开了，谢天谢地，她们至少可以在世贸大厦完成她们的五人聚会。

然而车子进入曼哈顿，空间开始朝你拥挤，到了世贸周围更是嘈杂，永红在电话里问道，怎么会想到去世贸大厦挤热闹？可是怎么办呢？郁芳马上要离去，她至少应该到这个城市最具象征的地方逗留片刻。章霏抱怨地答她。这是你的问题，你为什么这么晚才到呢？她们一起看着永红，她推开大堂的玻璃门朝她们走来，她们站在大堂售票处旁排成长龙安静等待上楼顶的游客队伍末尾。

也许这里是轻声细语的西方世界，也许是在超现代超摩天大楼光滑洁净冰凉坚硬的空间里，她们的团聚显得克制理智，或者说是从萧永红出现的第一分钟开始，她们突然意识到她们已经到了应该持重的年龄。你看，萧永红微笑着朝她们招招手安静地走过来，脚步轻柔一步不乱，好像她们昨天刚刚见面，真真的摄像镜头对着她可以稳稳当当。

永红穿着短袖套装，短发微卷一丝不苟，是个典型的中年女子，可是，永红二十岁的时候就像个中年人，穿灰旧衣服，剪劳动妇女短发，她家有落地钢窗的阳台对着淮海路的繁华街口，家里餐桌是西式长台，她去工厂劳动，工人们却以为她是从工人新村出来。

永红虽然化了淡妆，精心的不露痕迹的，可她仍是上一代的女子，自律严谨轻视娱乐，时刻在聚集勇气，你完全相信她可以进行一件比开诊所更伟大的事业。可是她为何那般憔悴，似乎已经耗尽心力？

"章霏是常青树，永远装扮得像二十岁。"永红朝穿着阳光装的章霏打量一眼对着众人一笑，嘴角的一抹严厉充满永红的风格，虽然她的眼神是忧郁的。她的手亲昵地搭在珍妮肩上："珍妮，我们有多久没见了？"另一只手挡住真真的镜头，"喔，给我们留一些 privacy（隐私）好不好？"她似乎已把真真当作媒体人。"听章霏说你要把我们放进你的片子。"

"我先要为我们自己做纪念档案，"真真已经瞥见郁芳担心的目光，"假如剪进片子里我会征得你们同意。"

"那我就放心了。"面对面时永红的戒备，让真真不敢相信她们曾在电话里互相袒露心里的隐痛。

永红与郁芳相视，她的目光柔和了。

"永红你好吗？你丈夫好吗？"郁芳小心翼翼地问道，似乎对永红这样的强者表示关心难以启口。

"还可以，我正想问你，你怎么啦郁芳，你的脸色不好，人有些虚胖，经期正常吗？"永红关切得单刀直入，她已迅速将话题转移。

她们对她的明察秋毫"啧啧"称奇，七嘴八舌将郁芳的病症告诉她。那时正好轮到她们进电梯，挤得满满的一电梯人，她们暂时收声，到了世贸大厦楼顶风景也顾不上看，跟着萧永红径直去楼顶的咖啡室围桌坐下，永红为众女生买咖啡，用医生的望诊的目光看着郁芳，胸有成竹："喔，郁芳，人们有时把它称为早更症状，就是更年期早期症状，其实与内分泌失调有关，心理压力过重，比如突然受到打击，或者劳累过度……"

郁芳拼命点头，似有满腹话却欲言又止，永红伸出手握住与她隔桌相对的郁芳："要熬得住，要忍耐，只要活下去什么难关都能过……"她突然有些激动，声音陡然降低，似在喃喃："我总是相信时间，时间是水，带走一切，听起来让你悲伤，可也是解脱。"一番话竟让郁芳眼泪汪汪。

"其实对于我应该什么都不怕了，我是个死过去又活回来的人……"郁芳轻声道，她们都垂下眼帘。

"郁芳，重要的是先把病治好，"永红又回到医生身份，"你要用些雌激素，它会激活你自身的雌激素，这样，你又能排卵……"

章霏噗嗤一笑，正要说什么，永红正色道："维持正常雌激素不仅为了保持年轻，更是为健康着想，我们的免疫功能也是和它有关……"

"看起来我们已到了要认真把握雌激素的年龄。"真真说。不仅是章霏珍妮连郁芳都笑了。"我不是说笑话，实在是沮丧。"真真对她们说。

"不要沮丧，每个女人都要面临这个变化。"永红给真真冷峻的一瞥，转过身给郁芳搭脉。真真朝珍妮和章霏吐吐舌头，她把摄像机搁在桌上，镜头对着永红。永红对郁芳说："你最好长期服用乌鸡白凤丸，也可适当用点羊胎素，我那里有好的羊胎素，我给你寄去……"

珍妮有些好奇："你在诊所给西方病人也用中药？"

"噢，那是要非常谨慎，这些妇科用的调理性中药我只给比较信任我，和我已有长年关系的患者，知道吗？和我关系最持久的患者，都是和我们年龄差不多的中年妇女……"

"拜托了，不要说中年妇女好不好，我们还没到中年，再说现在谁还用妇女这类词……"章霏提出抗议。

"年龄是章霏也是我、我们这圈人的痛点。"真真只能自嘲。

"如果所有的自信是通过隐瞒年龄来获得是不是很可悲？"永红自己未意识到她对章霏过于严厉，她却看住真真，"真真，你是有人生目标的人。"

"那又怎么样呢？不管是哪个层次的女人，有些忧患是共同的、普天下的，"米真真突然反感萧永红的"说教"，"纽约有个著名女人艾瑞卡也这么说呢，'我的忧郁仍然挥之不去，我面对的是永恒的问题：拉皮或不拉皮？或者我该在为下一本书宣传之前去拉皮？'噢，她是作家，目前正走红，《纽约时报》上有关于她的书评，还是个女性主义者，几乎是我们女性的代言人。"更确切地说，她是米真真近期在阅读的作家，在将要进入四十岁的日子，米真真用毛笔在毛边纸上抄下这位女作家的思考：生命有限，才是问题所在，而非拉皮。我们是否能拥抱自己有限的生命，甚至爱这个生命？我们是否能将知识传给孩子，然后离开，同时了解，我们的离去是一种恰当的秩序？米真真已很久不阅读，更不会去抄写别人的话语，那曾是她发育期的癖好，她在自问，她是否进入第二期的营养匮乏阶段。

但无论如何，永红不要低估真真的阅历，她语速飞快，不给永红插嘴的机会，让郁芳目瞪口呆，她们疏远时她还是个羞怯胆小的女孩子。

"所以，永红，如果我们之间还有什么共同的忧虑，我想性别和年龄是没法疏忽的，不要跟我讲大道理，当年我们就是听这些大道理成长，是呀，这些大道理当年还能骗骗我们，就像用激素治哮喘，对不起，我弟弟有哮喘，我对此比较有体会，激素一开始很有效，多用几次就无效，不仅无效，原来对哮喘有效的其他药也变得无效了，而且激素积淀在身体里……"

"会影响内分泌……"章霏笑哈哈地说。

"可能。"永红说。

"还会影响个性……"真真很认真。

"医学上没有这样的说法。"永红以医学院优等生的权威口吻。

但米真真不以为然："他们聪明过人，能量过人，也偏执过人……噢，对不起，永红……"永红的神情令米真真突然想起她曾患过有哮喘病的，"哦，对不起，我把话题岔开了，我们刚才正在谈什么？"

"关于郁芳的闭经问题，是我目前最关心的，我希望把郁芳的病治好，这才是重要的。"永红似在向众女生宣告。郁芳感激又佩服地朝永红点头，真真就有了愧意，她对郁芳说："幸亏有个永红，她总是在紧要关头助我们一臂之力，要紧的是，她有个永远对我们敞开大门的诊所。"

珍妮小心发问："我们已经到了世界最高处，不去瞭望一下吗？"

她们朝观景台涌去。

登高望远是人类渴望，因为人没有翅膀？源源不断的人流沿着观景平台了望窗做着环形流动。纽约城像个模型在她们的眼皮底下。曼哈顿像一条战舰夹在两条河中间乘风破浪，那是东河和哈德逊河，真真在向她们解说："有些纽约人说曼哈顿的形状像 penis。"章霏大笑，告诉珍妮："penis 就是阴茎。"

真真用手指点玻璃窗下："他们说 dawn town（下城）就像龟头。"郁芳和珍妮捂着嘴笑，真真和章霏哈哈大笑朝萧永红看去，好像两个青春期的反叛孩子故意说粗话冒犯大人，永红微微一笑换了一个窗口，她像个老练的成人故意不给予反应，她们不由自主跟上她。永红说："我们不如去楼上的露台看得更清些。"她们便跟着永红朝楼上去。

露台上风很大人却少多了，永红带她们站的位置正好对着帝国大厦，那也是曼哈顿的南北轴线，当风起来时，她们就像站在飞船的甲板上，恍然间，摩天楼似在摇晃，天更宽阔了但依然遥远，底下的城市渺小得不再有真实感，她们有着飞翔起来的错觉，不由得发出惊喜的欢呼，只有永红失神一般朝着远处望去，宛若在追逐飞得更远的思绪。

真真在摄像机镜头后面问道："永红，你以前来过世贸大厦？"

永红怔忡片刻，才答道："五年前我和戴维一起来过。"

真真有一种错觉，她似乎看到永红的眼里盈满泪水，可是永红把脸转开了。一位年老的白人要求给她们拍一张快照，她们朝着老人的镜头微笑并举起手做着 V 手势，在这张被称为拍立得的照片上，她们都发现永红的眼睛蒙着一层水汽，但是她们没有来得及询问原因，永红已经转过身重新瞭望远处，她对身边的她们说："那些诗我还能背呢。"她望着远处背诵着："我情愿马上 / 抛弃这些假面舞会的破衣裳，/ 这些乌烟瘴气、奢华、纷乱……"她们轻轻跟上她的节奏："换一架书，换一座荒芜的花园，/ 换我们当年那所简陋的住处，/ 奥涅金呵，换回那个地点，/ 在那儿，我第一次和您见面……"

郁芳的眼睛红了，永红搂住她的肩膀，真真隔着永红手搭在郁芳的肩上，她们五个人勾肩搭背一字排开趴在露台的围墙边，游客们从她们的身后走过去，他们惊奇地听见有人在抽泣。突然，章霏"喔"一声，捂住嘴，她的脸苍白："我想吐，我要去洗手间。"

那天，她们送郁芳去机场的路上，宋子晨正从DC赶往纽约，那个下午，他刚刚从西岸出差归来，浩淼打电话告诉他郁芳在纽约但马上要离去，他按捺不住想要见她的冲动。可是时间很紧，进纽约时他正好赶上黄昏时的高峰时间。子晨最终没有赶上在纽约机场与郁芳告别，郁芳对真真说："他有这份心意就够了。"

真真却如释重负，子晨没有赶到机场更合她的心意，不是嫉妒，而是惧怕，她是多么惧怕让子晨看到郁芳的黯淡。她对永红的药方充满期待，她期待它会让郁芳重放光彩。她对郁芳说："子晨说过，明年他会回一次中国，那时你的经期已经正常。"郁芳的脸红了，真真笑了："不，我是说，你将又像过去一样漂亮，让所有见到你的男人都不肯转开眼珠。"那时她们站在候机厅，郁芳将要进关，真真的话让她泪花闪烁。

章霏说："郁芳，努力，重新做个排卵的女人。"

郁芳笑了，她们都笑了，而且是哈哈大笑。

珍妮指着真真和章霏对郁芳说："这两个女人最要好看，虚荣啊！"

真真和章霏齐声念："虚荣使人进步。"她们再一次哈哈大笑。

只有永红没有忘记她的责任，她握住郁芳的手说："我会给你寄药，重要的是你要坚持服药，三个月后就能见效。"

哦，永红，她们再一次崇拜地望着她，她仍然是她们的灵魂人物，虽然她的坚硬尖锐不时触怒她们。

那张拍立得被收在真真的口袋，永红的眼睛蒙着一层水雾，它证实了在某个瞬间真真并非是错觉。喔，坚强的你为何流泪？当她们都佩服地看着永红时，真真在心里问着永红。

尾声

~~~~~

　　离开纽约的前一晚，真真和何值送走最后一位朋友已是下半夜两点，他们收拾行李到凌晨才躺下睡觉，早晨九点有个电话进来，铃声响了两下进入录音档，真真那时困极了没有接电话，十点钟，真真起床看见电话录音的灯亮着，她按下记忆键。"Jinjin，"血涌上她的脸，是瓦夏，"这么说你还没有回中国？我回了一趟欧洲，以为很快可以回来，但做不到，我父亲病很重，他希望我留在家，可是我既然没法留住他的生命，欧洲的家也留不住我。我已是纽约人了。你好吗？对了，我的手机遗失好久，我换了号码，中午后我再打给你……"Shit！Shit！Shit！Shit！Shit！真真冲到卫生间关起门来低声发泄，无论有多懊恼遗憾，中午她已经在飞机上了。不过，即使联系上了又能怎样，她已经回国，他们通过越洋电话聊聊彼此的状况，之后还能说什么？在不同的语境，靠什么维持男女之间微妙的情愫？

　　然而，她应该感到安慰不是吗？瓦夏好好活着，他既没有遭到暗杀，也没有因走私或贩毒被关进联邦政府的监狱，真真对自己曾经有过的荒唐想象感到不可思议，她真的是看了太多的好莱坞电影吗？

有一天安东尼来电话，他问："你说过还要来纽约，下个周末你能来吗？我有个很大的派对，有一群亚洲电影人，他们来参加纽约大学的电影节。"真真笑了，她怎么可能为了一个周末的派对去纽约呢？她告诉安东尼她在家带孩子，何值出国了，他目前在泰国，他是去香港参加艺术节，可是办香港签证非常麻烦，他买去泰国的机票途径香港更容易一些，所以他必须先去一下泰国。不过，她没有说得那么详细，安东尼不会懂，他们的确是在两个语境。

她又开始写剧本，是真正的 play（话剧），有契诃夫风格，或者说，她希望她的剧本朝她崇拜的大师靠近一步。自从回上海，她就没有再打开摄像机，在纽约拍下的资料她还没有时间整理。在内心深处，能给她想象力的是，一个舞台，一个虚构世界。

安东尼又来过几次电话，她还在写她的剧本，她满脑子虚拟场景，当他问她何时去纽约时，她觉得纽约已经很遥远，它越来越虚幻。有一天，她突然意识到，安东尼已经很久不来电话了。然而，她的生活中，真的有过这个人吗？

纽约的往事也已成了云烟。

纽约世贸大厦倒坍那个夜晚，女生们互相通电话，直到那个晚上，她们才知道早在两年前，她们在纽约团聚萧永红迟到的原因，那时她的丈夫刚刚去世，他查出晚期肾癌时，只有三个月的弥留，那正是米真真在纽约时的日子。她们在电话里哭了，永红却说，请为今天消失的几千条生命祈祷吧。永红成了教徒，两年前她无法承受巨大的打击，她走进教堂，她需要宗教的力量支撑她的人生。

那天晚上真真重新翻出那张"拍立得"，这张颜色早已变异成古怪的蓝绿色的快照上，永红的眼睛是多么悲伤啊，真真对着照片泪眼模糊。然而想到永红已皈依宗教，她为她感到深切的安慰。

真真很想告诉她，这些年她经常和子晨通电话，他们在电话里讨论最多的也是与终极有关。而子晨已经从某种烦恼中解脱，他妻子生下老二以后就和他离婚了。她证实了他的怀疑，那个孩子不是他的。

那晚，章霏与永红和解了，那也要追溯到两年前，当女生们在讨论郁芳的闭经问题时，章霏发现自己怀孕了，在世贸大厦楼顶她开始妊娠反应。孩子的父亲在硅谷上班，当他知道章霏想留下孩子便与她分手了，永红不能容忍章霏在年近四十岁的中年又一次遇人不淑，她们在电话里争吵了一小时，章霏痛斥永红是个冷酷的女人。章霏在两年后的世界末日般的悲痛之夜在电话里对着永红失声痛哭。真真给章霏写 e-mail："我们之间像家人一样，痛恨亲人犯错，所以我们还会吵下去，可是比起所有发生过的悲剧，我们的争吵成了另一种悲悯的声音。"

浩淼为了帮助章霏照顾孩子又搬去西岸，他们同居着，在这个广大的悲哀的世界，他们努力创造一个安全的也是微小的岛屿。

而何值带着他的剧场在不同的城市穿行，他告诉他的观众，他是通过剧场向现实反抗。

真真的片子两年后才剪出来，她把片子刻在电脑光盘上，给每个女生寄了一份，就像她当初答应过的，她没有公开出来，当然更不可能送电影节，这是她们自己的 Documentary。

二〇一六年十月十八日第三稿

跋

一

我从小长大的街区是过去的法租界，与淮海路相邻。我住的那条弄堂，曾经住满旧俄人家，然后陆续回国。与我家住同一层楼的旧俄女子，我们叫她丽丽，他的丈夫是犹太人，叫"马甲"（沪语发音，也许是迈克的译音？），他曾在淮海路开着一家只有一个门面的珠宝店。但我的父母和邻居一概把他们称为罗宋人。

经过"文革"，这些人或事，有一种隔世的遥远。

白俄当年穷困潦倒，上海人把他们称为罗宋人其实带有歧视。弄堂对面有一家卖油盐酱醋廉价酒的小店，上海人称糟坊，这糟坊每个街区都有。糟坊有高高的木制柜台，很像今日酒吧间的吧台。罗宋男人在糟坊买一两（50克）廉价白酒，斜倚在高高的柜台旁，一条腿是弯曲的，手肘搁在油迹斑斑的台面上，手里握着酒杯，就像靠在吧台旁。这就是罗宋人，喝着劣质酒穿着破西装，有时还小偷小摸，却把糟坊柜台站成了酒吧吧台。

那条充满往昔回忆正在衰败的街道，衬着旧俄贵族浪迹天涯的身影，有一股伤感的浪漫，我要到很多年以后才知道，他们正是时代变迁时被放逐的一群，身世故事都是生离死别的大悲哀。

后来上海开了多少间酒吧，好像从来没有看到一个上海男人可以像罗宋男人那般帅气地斜倚在吧台旁喝酒。

因为罗宋人家，我们的走廊终日漂浮着很异国的气味，那是羊牛肉夹杂洋葱和狐臭及香水味。生活困窘的白俄邻居，仍不放弃周末派对。来的多是同胞，他们喝酒放唱片跳舞，然后摔酒瓶打架，歌声变成哭声，一些人互相搀扶着离去。妈妈全部的努力是把我和妹妹阻止在她家房门外一公尺，她不要我们看到这些情景，那样一种放浪形骸跟整个时代的严峻是多么不相称。不过，我也是现在回想当年，才有这样一种惊异，比起那些落魄的白俄流浪者，我父母那一代上海人，才是那个年代更不快乐的人群。

在八〇年代的出国潮中，我那条街区走了太多人。然后，直到二〇〇〇年，我第一次到纽约，几乎每天晚上有电话进来，他们是这十多年来陆续去海外留学或移民的故人，在我那条街区多年不露面的邻居，却在纽约地下铁甚至长岛的小镇上邂逅，其中有一些，家族全部成员都已出来，上海的房子都被没收了。他们已很多年未回去，那一口上海话，有些词语上海已经不用，却让我感受道地的上海气氛，那种在今天的上海正在稀薄的气氛。

多年的美国奋斗，现在的他们都有一份高学历，住在东部或西部郊区的 House，周末时在自己的花园修剪草坪。他们费尽周折远离家园时就希望过这样一种生活，有自己的房子和花园，还要有尊严隐私，不再被暴力威胁并且可以以自己的意愿说"不"的人生。很多人与家人一别十年，甚至失去家庭，就是为了从这样一个人生开始。

以今天上海人的价值观，他们不可谓不成功，但在与他们邂逅的瞬间，我怎么突然记起很久以前的旧俄邻居来？令我感慨的是，比起苏维埃时代的流亡者，今天寄居他乡的上海人的生活，是要优渥稳定得多，可快乐的感觉为何仍然握不住？他们脸上那样一种落寞，是我在美国的任何地区都能辨别的我的同乡特有的神情。

说起上海，他们脸上有一种遥远的憧憬，和一些迫切的小愿望，回忆着只有我们自己懂得，住在同一街区经历过同一时代的人才会有的往事。但我知道他们是不会回去了，他们宁愿一边回忆着自己的城市，一边在他乡漂泊，过去的记忆太深刻了，深刻到成了生命的全部真实，眼前这一个急速变化的上海，却更像个梦幻。

二

约翰·厄普代克曾说："我真的不觉得我是唯一一个会关心自己前十八年生命体验的作家，海明威珍视那些密歇根故事的程度甚至到了有些夸张的地步。"他认为，作家的生活分成了两半，在你决定以写作为职业的那一刻，你就减弱了对体验的感受力。写作的能力变成了一种盾牌，一种躲藏的方式，可以立时把痛苦转化为甜蜜——而当你年轻时，你是如此无能为力，只能苦苦挣扎，去观察，去感受。

这多少解释了为何我故事里的人物总是带着年少岁月的刻痕。

我的"双城系列"小说《阿飞街女生》《初夜》《另一座城》再版之际,我去走了一趟从小生活的街区,在我住过的弄堂用手机拍了一些照片。奇怪的是,离开这条街区很多年,我竟然没有要去拍一下旧居的念头,事实上,我总是下意识地远离它。

我的这三部长篇,便是以我年少成长的街区为重要场景,更准确地说,是在创作过程中作为虚构世界的背景,在记忆和想象中,它已经从真实世界抽离。因此,在漫长的写作过程中,我曾经试图通过肉身的远离获得精神世界的空间。

我出生时就住的这条弄堂叫"环龙里",在南昌路上,南昌路从前就叫"环龙路"。"环龙"是法国飞行员的名字,上个世纪初,这位法国飞机员因为飞行表演摔死在上海,这条马路为纪念他而命名。

环龙里的房子建筑风格属新式里弄,有煤气和卫生间,安装了抽水马桶和浴缸(当时上海人称抽水马桶为小卫生,浴缸是大卫生),每层一套,这煤卫设备很具有租界特色,因为传统的上海石库门房子并不安装煤气和卫生设备。

一九四九年前整条弄堂住着白俄人。他们在相邻的淮海路开了一些小商铺,五十年代后逐渐搬迁回欧洲,最后离开应该在六十年代前期,但七十年代仍能在南昌路上看到一位衣裙褴褛的白俄老太太。也有白俄和上海人通婚,我朋友中便有中俄混血的女生。

南昌路曾经不通机动车,马路窄房子矮,法国梧桐站在两边,夏天,便是一条绿色的林荫道,它象征了今日上海渐渐消匿的街区，有最典型的上海市民生活图景。我一位弄堂邻居，八十年代去美国嫁了华人医生，住在山林边高尚社区，夜晚通向她家的车路漆黑一片，路灯开关由她家掌控。她不习惯只见动物不见人的环境，怀念弄堂旺盛的人气，婚后多次换房，从独栋房搬到排屋，再从排屋搬到城中心的公寓房，当然社区的阶层也越来越低，但她并不在乎，后来索性搬回上海。

无疑的，弄堂承载了许多故事，留在记忆里的欢乐多在童年。前些年在美国时，我曾向一位美国医生太太描述弄堂场景：如同公共大客厅的空间，紧密的人际关系，日常里的热闹。她那般羡慕向往，她家住树林边，美景是真，但没有人影。事实上，弄堂这个场景早已远离我自己的生活。

当然，弄堂热闹是表象，童年欢乐很短暂，许多故事渐渐从弄堂深处浮现，或正在发生。

南昌路在七十年代便被本街区人自傲为引领淮海路时尚。当时的美女没有时装和化妆品，但留在记忆里翩若惊鸿的身姿却让我追怀了很多年，遇上一起长大的旧邻居总要互相打听一番。相近的几条弄堂都有自己的佳丽，风情各异，似乎个个完胜当时电影上的女主角。现在想起来，那时候洗尽铅华的美貌是多么赏心悦目。

群星拱月，可以称为月亮的那一位住在隔壁弄堂，喜欢穿一身蓝，藏蓝棉布裤和罩衫，脚上是黑布鞋，走起路来十分缓慢并盈盈摇摆，有人说她的脚微跛，可女生们却在人背后学她的行姿。她并非一直穿蓝，偶尔也会一套白色，当然是舶来品的白，那份华贵雍容令路人驻足赞叹，那已经是"文革"后，亲戚可以从香港寄来衣物。她是幸运的，没有离开过家，可她的大弟却在黑龙江农场伐木时被倒下的大树当场砸死，她的小弟与我同班。

美女们渐次消失。有一位皮肤雪白性情孤傲，也去了黑龙江。听说她后来是直接从东北坐火车去香港和早已定居在港的母亲会面，初夏她还穿着臃肿的黑棉裤，母亲在罗湖桥抱住她大哭。她弟弟也是我同学，高考恢复后曾报考大学英语系，政审未通过。他不久去了香港，却在那里跳楼自杀。

那些年的某一天我们在上学路上，看见一家屋前簇拥着行人。在临街天井，一位美丽的中年妇人穿着有折痕的旧旗袍，抱着枕头当作舞伴在跳交谊舞。天井留着大字报的残骸，天井的雕花铁栏隔开的窗内，有一位青年的侧影，他正对着墙呆滞地笑着。人们说，这家人家只剩两个疯子了，男主人早已在"文革"初期自杀，接着老婆错乱，后来儿子也傻了。妇人穿着色彩鲜艳的羊毛衫裙子、高跟鞋，手肘上挽着精巧的手袋，在她的已被卸去铁门的天井抱着枕头跳舞。我们不明白的是，她怎么敢穿得这么漂亮？她怎么敢跳舞厅舞？然后又突然意识到她只是个疯子。

那时候，我们常常无聊却无比耐心地站在她的天井前，像观剧一般看着她从房间里换出一套又一套衣服，那些陈旧的也是摩登的衣服。她从房间走出来的时候，就像现在的模特儿从后台出来，而我们的神情却渐渐呆滞，我们比她更像梦游人。

这些年常常离开上海，当我在异国，在另一座城回望自己的城市，感受的并非仅仅是物理上的距离，同时也是生命回望。我正是在彼岸城市，在他乡文化冲击下，获得崭新的视角去眺望自己的城市。故城街区是遥远的过往，是年少岁月的场景，是你曾经渴望逃离的地方，所有的故事都从这里出发。

我在阅读和写作中感悟，唯有通过文学人物，去打捞被时代洪流淹没的个体生命。马塞尔·普鲁斯特早就指出：“真正的生活，最终澄清和发现的生活，为此被充分体验的唯一生活，就是文学。”

二〇一七年三月

图书在版编目（CIP）数据

　　阿飞街女生 / 唐颖著 . — 杭州 : 浙江文艺出版社，2017.6
　　ISBN 978-7-5339-4896-2

　　Ⅰ . ①阿… Ⅱ . ①唐… Ⅲ . ①长篇小说－中国－当代
Ⅳ . ① I247.5

　　中国版本图书馆 CIP 数据核字（2017）第 109563 号

策划统筹：曹元勇
责任编辑：周　语　王　艳
封面设计：人马艺术设计·储平
责任印制：吴春娟

阿飞街女生

唐颖　著

出版：浙江文艺出版社
地址：杭州市体育场路 347 号　邮编：310006
网址：www.zjwycbs.cn
经销：浙江省新华书店集团有限公司
印刷：浙江新华数码印务有限公司
开本：880 毫米 ×1230 毫米　1/32
字数：267 千字
印张：11.875
插页：2
版次：2017 年 6 月第 1 版　2017 年 6 月第 1 次印刷
书号：ISBN 978-7-5339-4896-2
定价：37.00 元